KB045966

이세계 미궁의 **최심부** ⑬ 로 향하자

Are the deepest part of the different world labyrinth

와리나이 타리사 지음 우카이 사키 일러스트
박용국 옮김

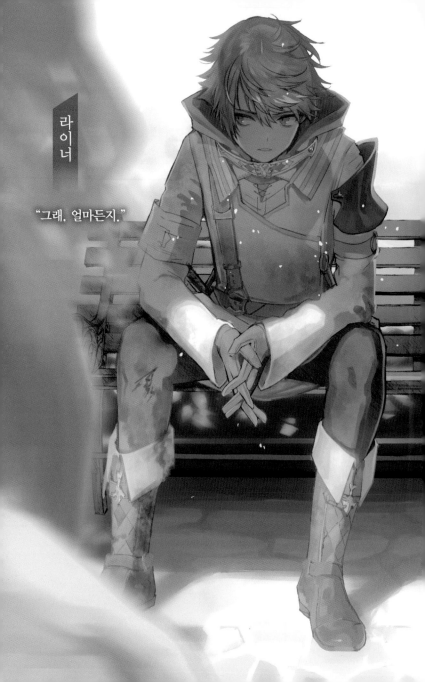

라이너

"그래, 얼마든지."

"혼자 힘으로
제대로 지킬 수 있겠어?"

티
아
라

이세계 미궁의 최심부로 향하자
13

와리나이 타리사 지음 | **우카이 사키** 일러스트 | **박용국** 옮김

이치를 훔치는 자

『미련』을 가진 미궁의 파수꾼들.

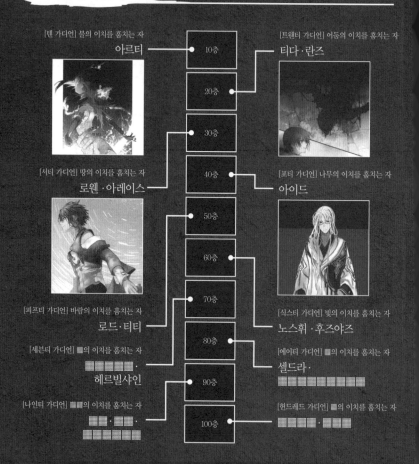

[텐 가디언] 불의 이치를 훔치는 자
아르티

[트웬티 가디언] 어둠의 이치를 훔치는 자
티다·란즈

10층

20층

30층

[서티 가디언] 땅의 이치를 훔치는 자
로웬·아레이스

40층

[포티 가디언] 나무의 이치를 훔치는 자
아이드

50층

60층

70층

[피프티 가디언] 바람의 이치를 훔치는 자
로드·티티

[식스티 가디언] 빛의 이치를 훔치는 자
노스휘·후즈야즈

[세븐티 가디언] ■■■■의 이치를 훔치는 자
■■■■■■·
헤르빌샤인

80층

[에이티 가디언] ■의 이치를 훔치는 자
셀드라·
■■■■■■■■■

90층

[나인티 가디언] ■■의 이치를 훔치는 자
■■■·■■■·
■■■■■■■■

100층

[헌드레드 가디언] ■■의 이치를 훔치는 자
■■■■■·■■■

▶지금까지 이야기

갑자기 이세계에 소환된 아이카와 카나미. 게임 같은 이세계에서, 『어떤 소원이든 이루어준다』
고 알려진 미궁의 최심부를 향하게 된다. 비아이시아에서의 승부를 마무리 지은 카나미는, 티티
와 아이드 남매의 최후를 지켜보고, 디아와 히타키를 되찾았다. 그러나 한숨을 돌린 것도 잠시,
카나미에게 배달된 편지에 적혀 있던 것은 「구원」 요청이었다……

라스티아라 후즈야즈

성인 티아라의 재림을 위해 마련된 주얼 크루스.

아이카와 카나미

이세계에 소환된 소년. 차원마법이 주특기이다.

등장인물소개

스노우 워커

세상만사에 무기력한 드래고뉴트였지만, 요즘은 조금 적극적.

마리아 디스트러스

카나미의 노예. 집을 불태운 아이. 아르티와 융합해서 힘을 얻었다.

디아

마법이 주특기인 소녀. 시스의 혼과 분리되어, 자신을 되찾았다.

세라 레이디언트

라스티아라에게 충성을 맹세한 파란 늑대 수인. 남성을 깐끄러워한다.

라이너 헤르빌샤인

자기희생의 정신이 강한 소년. 카나미의 기사로서 함께한다.

그림 림 리퍼

저주에서 해방된 「사신」. 현재는 카나미의 혈령 소재.

펠린크론 레게시

셀레스티얼 나이츠. 카나미를 여러 책략에 빠뜨렸지만, 패배했다.

와이스 하이리프로페

주얼 크루스, 카나미, 펠린크론, 라이너에게 유지를 남기고 사망.

라구네 카이구오라

셀레스티얼 나이츠의 일원. 무투대회에서 마석에 엄청난 집착을 보였다.

CONTENTS

1. 피 모으기

미궁연합국.

그것은 "미궁에서 발생하는 이익의 최대화를 추구한다"라는 하나의 목적을 위해 손을 맞잡은 5개국을 가리킨다.

후즈야즈, 발트, 글리어드, 라우라비아, 엘트라류. 이 중에서 가장 풍요로운 나라가 어디인지를 묻는다면, 누구나 "후즈야즈"라고 답할 것이다.

그 이유는, 다섯 나라 중에 가장 빼어난 군사력과 재력을 보유한 것. 더불어 가장 오랜 역사를 가진 것. 아주 단순한 이유지만, 뒤집기 힘든 요인이기도 했다.

당연히 후즈야즈의 연합국 내 발언권도 강력해서, 무슨 일에나 주도국 역할을 맡을 때가 많았다.

그 결과, 연합국의 돈은 후즈야즈를 중심으로 돌게 되어 있었다.

연합국 리더의 자리는 앞으로도 흔들릴 일이 없으리라.

그것을 증명이라도 하듯, 지금 나—— 라이너 헤르빌샤인이 걷고 있는 길은 왁자지껄하게 북적대고, 너무 찬란해서 울분이 솟구칠 정도였다. 대충 보기에도 색채가 다양해 보였다. 빨강, 파랑, 녹색처럼 화려하게 염색된 옷을 입고 있는 사람은, 다른 나라에서는 좀처럼 보기 힘들다. 눈썰미 있는 자가 보면, 거리의 모습을 잠깐만 보고도 이 나라의 활발한 물류와 높은 평균수입을 짐작할 수 있을 것이다.

그 길의 이름은, 11번 십자로.

후즈야즈 북부에 위치한 교차로로, 외국에까지 제법 알려져 있는 명소였다.

교차점에는 당연하다는 듯 여러 겹의 『라인(마석선)』이 쳐져 있고, 도로도 값비싼 광석으로 포장되어 있었다. 길의 폭은 어른 30명이 손을 잡고 걸어도 충분할 만큼 넓었다.

11번 십자로에는 분수와 벤치가 설치되어 있고, 그 중앙에는 용맹해 보이는 석상이 우뚝 서 있었다.

기사국가인 후즈야즈는 상징물 세우는 걸 아주 좋아했다. 그래서 이런 명소에는 반드시 누군가의 석상이 서 있는데……, 솔직히, 내 입장에서는 거치적거리니까 좀 치웠으면 좋겠다는 생각밖에 안 들었다.

나는 11번 십자로에 있는 벤치 중 하나에 앉아서, 석상을 슬쩍 쳐다보았다.

젊은 남자와 여자의 부부 석상이었다. 내가 태어나기 전에 대활약한 귀족으로, 『본토』와 『개척지』 간의 교역로를 연결한 위인이었다고 들은 바 있었다. 그 위업을 자랑하기 위해 나라에 거액의 기부를 했고, 그 대가로 나라에서는 이곳에 조각상을 세워 준 것이다.

……솔직히, 그런 얘기에는 별 관심도 없었다.

지금 눈앞에서 걷고 있는 후즈야즈 민중들도 나와 마찬가지로, 시류에 편승해서 한 밑천 단단히 잡은 귀족님 따위에는 티끌만큼의 관심도 없을 것이다.

　그렇기에, 이 거리를 찾아오는 사람들이 관심을 갖고 있는 것은 이 부부상의 역사가 아닌, 그에 부수적으로 딸린 일화뿐. 부부상이라는 보기 드문 구성을 통해 연상되는, 아무런 근거도 없는 징크스뿐이었다.

　그 결과, 지금 내 주위에 보이는 사람 중에는 귀족 커플들이 많았다.

　대체적으로 연령층이 낮고, 분위기가 화기애애했다. 대체 어쩌다가 그렇게 된 건지는 모르지만, 언제부턴가 11번 십자로는 로맨틱한 밀회의 장소로 유명세를 타기 시작했고, "여기서 고백하면 반드시 성공한대!"라는 소문이 퍼져서, 그 영험을 원하는 커플들이 별다른 볼일도 없이 거니는 곳으로 자리 잡은 것이다.

　나는 11번 십자로의 벤치에 앉아서, 점심 식사용으로 산 딱딱한 빵을 씹으며 괜히 그 소문에 대해 화풀이를 퍼부었다.

　"아아, 젠장, 대체 내가 왜 여기서 이런 기분을 맛봐야 하는 거야……. 애초에 대성당의 위치가 문제야, 위치가……."

　덤으로, 자신이 일하는 직장의 위치도 원망했다.

　지금 나는, 주인인 지크와 함께 미궁 66층에 떨어졌다가 1년 만에 귀환한 후, 후즈야즈의 기사 신분으로 복귀한 상태였다.

　참고로 내 상사들은 모두 후즈야즈 대성당에서 생활하고 있다.

그 탓에, 나는 업무를 볼 때나 보고를 할 때나 거의 항상 대성당에 가야만 했다. 그리고 대성당에서 일을 마치고 나면 당연히 점심이나 저녁을 먹을 일도 생긴다. 물론 대성당 안에도 식사할 곳은 있다. 있기는 있지만……, 아무래도 대성당의 기사 일을 한 번 그만두었다가 복귀한 입장이라, 이용하기가 영 껄끄러웠다.

애초에 기사로서의 내 입지는 상당히 복잡한 구석이 있었다.

대귀족의 막냇동생이지만, 실제 출신성분은 불명.

그런 내가 『셀레스티얼 나이츠(천상의 7기사)』가 되는가 하면, 『원로원』의 전속 기사가 되기도 하고, 그랬다가 다시 대성당의 기사로 복귀했으니……, 솔직히 말해 온갖 소문이 다 돌고 있었다. 딱히 성실하게 기사로 일하던 사람이 아니더라도, 이렇게 수상쩍은 나를 식당에서 보면 시비를 걸고 싶은 충동에 휩싸일 것이다.

그 결과, 나는 대성당에서 설 자리를 잃고, 가장 가까운 공공 광장에서 점심을 먹는 신세가 된 것이다.

"하아……."

귀족답지 않은 초라한 식사를 마친 후, 나는 한숨을 지으며 자리에서 일어섰다.

혼자서 식사하는 내 모습을, 주위의 커플들이 빤히 쳐다보고 있었다. 어쩌면 데이트 약속을 했다가 바람맞아서 기가 죽어 있는 소년처럼 보이는 건지도 모른다.

불쾌했다. 그런 건 내 주인인 지크 하나면 충분하다고 생각하면서, 주위 사람들의 시선으로부터 도망치듯 11번 십자로를 탈출, 후즈야즈 시가지 남쪽으로 향했다.

그리고 생각을 업무 모드로 전환했다.

──지금 나는 임무 중이야.

그것도, 후즈야즈 대성당에서 가장 높은 인물인 라스티아라 후즈야즈에게 밀명을 받은 기사.

임무 내용은, 천 년 전의『성인』인『티아라 님의 피』를 모아 오는 것.

최근 1주일 동안, 나는 이 임무를 중심으로 움직여 왔다.

그런 보람이 있어서, 임무는 순조롭게 풀리고 있었다.『티아라 님의 피』를 물려받은『주얼 크루스(마석인간)』는 필연적으로 뛰어난 재능을 타고났기에, 쉽게 판별해 낼 수 있었다.

다만, 워낙 특출한 힘을 갖고 있다 보니, 보통 사람은 교섭하기가 쉽지 않았다.

그래서 레벨이 높은 내가 나서게 된 것이다.『티아라 님의 피』덕분에 콧대가 높아져 있는『주얼 크루스』들을 힘으로 위협해서 교섭하는 게, 현재의 내 임무였다.

솔직히, 임무 내용 자체는 남에게 빌린 힘으로 벌이는 힘겨루기였기에, 은근히 정신적 대미지가 쌓이는 작업이었다.

하지만 이 임무도 슬슬 끝이 보이고 있었다.

원래 필요한『티아라 님의 피』는 1할 정도였던 데다, 나머지 소유자들이 누군지도 이미 알아낸 상태였던 것이다.

조금만 더 하면 된다고 스스로를 질타해 가며, 나는 연합국의 미궁을 향해 걸어갔다.

마지막 『티아라 님의 피』를 가진 『주얼 크루스』가 미궁 탐색을 하고 있다는 정보가 있었기 때문이다. 게다가, 들려온 얘기에 따르면 그 아이와 나는 이미 안면이 있는 사이라는 것이었다.

가는 길에 있는 후즈야즈의 상점에 들러서, 미궁 탐색에 필요한 물자를 구입했다.

등에 메고 있는 작은 백팩에 비상식량 등을 집어넣고, 도시의 『라인』을 따라 미궁 앞에 도착했다.

후즈야즈에 있는 미궁 입구는 조금 특수해서, 국가에 의해 장식이 되어 있고, 전문 업자들이 정기적으로 청소하고 있을 뿐만 아니라, 치안도 안정적이라는 것을 세일즈 포인트로 삼고 있었다.

그 말끔한 입구를 들어갈 때, 내 어깨에 달린 기사의 견장을 본 경비원의 표정이 긴장감에 굳어졌다. 서로 가볍게 묵례를 주고받고, 나는 미궁 안으로 들어갔다.

그리고 그리운 광경이 시야에 펼쳐졌다.

어둠침침한 석조 회랑에 어렴풋이 빛나는 『정도』.

아직 입구 부근이라 그렇게까지 캄캄하지는 않았지만, 미궁 특유의 곰팡이 냄새가 코끝을 찔렀다.

1주일 전까지, 티티 등에 의해 갇혀 있었던 곳이다.

그것이 가벼운 트라우마로 남아있었기에 미궁행은 썩 내키지 않았지만, 막상 들어와 보니 알 수 없는 안도감이 느껴졌다.

　──그건 결국, 언제 죽을지 모르는 이 세계가 내 자리라는 거겠지.

　자연스럽게 떠오른 그 해답에, 나는 스스로 납득했다.

　"다시 돌아왔군. 오랜만에 하는 미궁 탐색이지만, 빨리 끝나고 나가야겠어. ──≪와인드 · 스카이러너(풍질주, 風疾走)≫."

　바람바법을 구축했다. 그러나 실제로 발동된 것은 ≪와인드·스카이러너≫라는 정체불명의 마법이 아닌, 기초마법 ≪와인드≫.

　하지만 평범한 ≪와인드≫는 아니었다. 『나무의 이치를 훔치는 자』 아이드에게서 배운 기초적 마법 훈련을 응용하고, 『바람의 이치를 훔치는 자』 티티에게서 배운 마력 제어를 교묘하게 조종하고, 주인 지크에게 배운 대로 마음을 담아 기술명을 외치는 방법을 실행했다.

　앨트라류 학원 학생 시절에 배운 "새로운 마법의 창조는 불가능"이라는 상식은 무시하고, 나만의 독자적인 신마법 ≪와인드·스카이러너≫를 제어해 나갔다.

　"──질주하라!"

　기초마법을 보행보조마법으로 승화시켜서, 내달렸다.

　안 그래도 레벨 상승에 따라 초인적인 수준으로 강해진 나의 각력이, 바람의 힘에 의해 증폭되어 갔다.

　달리면 달릴수록, 그 보폭은 점점 넓어져 갔다.

　2배, 4배, 8배, 이 정도면 달린다기보다는 활공이라는 표

현이 더 적절하다고 해도 과언이 아닌 수준의 질주였다.

나는 보통 탐색가들보다 몇 배 빠른 속도로 『정도』를 나아갔고, 그 도중에 몇 명의 탐색가들을 포착했다. 보행에 방해가 되었기에, 하는 수 없이 나는 벽을 타고 달리기로 했다. 바람의 보조가 있는 한, 벽이 아니라 천장을 타고 달려도 떨어지는 일은 없을 것이다.

지금 나의 바람마법은 그 정도로 진화해 있었다.

물론, 이건 나 혼자만의 힘은 아니다.

형님. 와이스 씨. 로웬 씨. 티티. 아이드. 그 모두의 덕분이다.

……다만, 티티와 아이드, 이 둘은 지금쯤 이 세계에서 사라진 상태일 것이다.

지크가 연합국을 떠난 지도 1주일이 지났다.

일이 순조롭게 진행되었다면, 『본토』에서 승부가 판가름 났을 것이다.

…….

왜일까. 내게 많은 은혜를 베풀어준 사람들만 사라져 가는 것 같은 느낌이다.

그 사실에 쓸쓸함을 느끼며, 나는 또 하나의 마법을 구축했다.

"──《와인드》."

이번에도 기초마법이지만, 용도는 달랐다.

미궁 안에 바람을 둘러쳐서 제6의 감각이라 할 수 있는 마법의 감각을 펼쳐 나갔다.

그것은 마법의 스승이 아닌, 검의 스승인 로웬 씨의 가르침을 응용한 것이었다.

지크라는 견본이 항상 곁에 있었던 덕분일까. 비록 로웬 씨의 스킬『감응』을 완전히 익히지는 못했지만, 그 편린 정도는 파악할 수 있었다.

움직이는 물체를 바람으로 감지하고, 그 물체에 대한 자세한 정보를『감』으로 추측해 나갔다.

지금 내가 찾고 있는 것은, 소년과 소녀로 구성된 2인조.

그와 유사해 보이는 차림을 한 자들을 발견하면 멀리서 얼굴을 확인해 보고, 아니다 싶으면 그냥 통과하는 식으로 미궁 깊숙이 들어갔다.

그렇게 몇 시간 정도를 들여서 미궁 20층 근처까지 다다랐을 때, 나는 내가 찾던 두 사람을 발견했다.

"——겨, 겨우 찾았네……! 외모가 정보 내용과 일치하고,『피』의 느낌도 들어!"

19층의『정도』로부터 한참 떨어진 곳에서, 나보다 어려 보이는 탐색가 2인조가 보스몬스터와 싸우고 있었다.

두 사람 모두 20층에 다다른 탐색가라고는 믿기 힘들 만큼 초라한 차림을 하고 있었다.

전투와 직접적으로 관련된 무기류는 훌륭했지만, 외투나 구두 같은 일용품류는 싸구려였다. 두 사람 모두 병원에 다녀야 하는 몸이라, 막대한 치료비 때문에 항상 돈에 쪼들리는 신세라는 정보는 사실이었던 모양이다.

『정도』에서 멀리 떨어진 위험지역에서 몬스터와 싸우고 있는 건, 경험치보다는 레어 마석을 통한 돈벌이가 목적이기 때문이리라. 사전에 파악한 정보와 일치하는 부분이 많은 걸 보고, 나는 안도했다.

돈에 쪼들리는 젊은 탐색가라면, 교섭은 용이해 보였기 때문이다.

그도 그럴 것이, 내 쪽의 자금원은 대성당인 것이다. 라스티아라 개인이 운용할 수 있는 금액만 해도 상당하다고 들은 바 있었다. 나는 두 사람의 전투 모습을 멀리서 지켜보면서, 교섭의 수순을 미리 구상해 나갔다.

하지만, 한참을 지켜보아도 전투는 좀처럼 끝날 줄을 몰랐다.

전투가 끝나기는 고사하고, 점점 형세가 불리해져 갔다.

상대인 보스몬스터는, 아마 고르곤 언데드.

엘트라류 학원에서서 배우던 시절에 들어 본 적이 있는 몬스터였다. 부식된 인간형 몬스터로, 몸속에 수없이 많은 뱀을 기르고 있다. 특징적인 특성은 괴이할 정도의 재생력……, 이었던 걸로 기억한다.

무한 체력의 좀비계 몬스터를 상대로 장기전을 벌이면 불리할 수밖에 없다.

무엇보다, 지금 싸우고 있는 두 사람은 아직 어려서, 몸이 완전히 성장하지 않은 상태다. 지병이 있다는 사전 정보가 사실이라면, 성인 탐색가보다 몇 배는 더 힘들 것이다.

"하는 수 없지……."

개입을 강행하기로 마음먹었다.

상대가 불평하더라도, 임무라는 말로 얼버무리면 된다.

나는 주저 없이 회랑을 내달려서, 두 사람 앞으로 나섰다.

놀라는 두 사람을 내버려두고, 고르곤 언데드를 향해 마법을 내쏘았다.

"──≪타우즈슈스 와인드≫!!"

공중에 거대한 바람 말뚝을 여러 개 생성해서, 고르곤 언데드를 향해 퍼부었다.

좀비계 몬스터는 최대 화력으로 일소하는 게 최선이다. 티티가 가르쳐준 마법은 마력 소모가 심하지만, 이런 상황에서는 유용하게 활용할 수 있었다.

그 마법을 퍼부은 결과, 적은 바람 말뚝에 압살당해 빛의 입자로 변하고, 마석이 떨어졌다.

그것을 주워서 2인조 중 소년을 향해 던져 준 다음, 말을 걸었다.

"끼어들어서 죄송합니다. 두 분께 급히 드릴 얘기가 있어서……. 물론 마석은 두 분 거니까 걱정 마시길."

일단은 업무 중이기에 어린 소년소녀를 상대로도 경어로 얘기했다.

소년은 마석을 받아 들고, 경계를 풀지 않은 채 이쪽을 빤히 응시하며 대답했다.

"······아뇨. 고전하던 참에 도와주셔서 감사합니다. 당신은······, 기사님인가요??"

"이래봬도 후즈야즈의 상위계급 기사예요. 자, 이 견장과 검을 보시면 아시겠죠."

기사라는 직위를 갖고 있으면, 이런 상황에서 일정한 수준의 신뢰를 얻을 수 있어서 편리했다. 물론, 연합국에도 기사를 사칭하는 자들이 없는 건 아니다. 하지만 기사 사칭은 중범죄로 처벌받기에 그리 많지는 않다.

소년은 내 모습을 꼼꼼하게 확인했다.

어깨에는 견장, 오른손에는 후즈야즈로부터 지급받은 검.

특히 내 허리에 차고 있는 다른 세 자루의 검을 중점적으로 관찰하고 있었다.

지금 나는 총 네 자루의 검을 갖고 있다.

후즈야즈에서 지급받은『기사의 검』. 그리고 주인 지크에게서 받은『헤르빌샤인가문의 성쌍검』과『실프 루프 브링어』.

그것들이 하나같이 고가의 검이라는 것을 확인하고, 내가 높은 신분의 인물이라는 판단을 얻은 것이리라. 소년은 경계를 살짝 풀었다.

그 모습을 보고, 나는 자기소개를 했다.

"제 이름은 라이너 헤르빌샤인. 이래봬도 대성당의 신의 화신인 라스티아라 님의 직속기사예요. 두 분은 알 씨와 에밀리 씨, 맞요?"

소년소녀, 노예 출신인 알과『주얼 크루스』인 에밀리가 대답했다.

"네, 맞아요."

"에밀리에요. 그런데 저희 이름을 어떻게……?"

내가 자신들의 이름을 알고 있다는 사실에 놀란 건지, 두 사람은 조금 뒷걸음질을 쳤다.

"우리는 전에 만났던 적이 있다고 하던데, 기억하시나요? 제가 정신을 잃고 있었을 때 일어난 일이라, 저는 전혀 기억이 안 나는데……."

정보에 따르면, 나와 두 사람은 이미 접촉한 적이 있었다.

하지만 그 당시에 나는 의식을 잃을 정도로 굶주린 상태였기에, 그 정보가 사실인지 확신할 수 없었다.

"……아! 그때 그분?! 거의 죽어 가던 그분 맞죠? 선배의 파티 멤버였던 분!"

나는 기억하지 못했지만, 알은 기억이 난 듯 환한 얼굴로 말했다.

"으음, 네. 아마 그 사람이 맞을 거예요. 기억하고 계셨다니 다행이네요."

그렇다면 길게 얘기할 것도 없으리라. 게다가 주인인 지크를 선배라고 부르면서 따르는 걸 보니, 교섭은 더더욱 수월할 것이다.

"당신이, **바로 그**……, **정말로**……!"

소녀 에밀리도, 소년 알과 마찬가지로 놀란 기색이었다.

다만, 그녀는 곁에 있는 소년보다 더 크게 놀란 것 같았다.

이유는 모르겠지만……, 알 수 없는 위화감이 느껴졌다. 때문에 나는 살짝 당황했다.

"네, 바로 그……, 아마 맞을 거예요. 그런데 왜 그렇게 놀라시는 거죠?"

"……아, 아뇨, 생각보다 훨씬 강하신 걸 보고 좀 놀라서……."

"미궁에서 그 둘의 힘을 보셨지 않나요? 그에 비하면 저는 강한 축에도 못 드는데 말이죠."

"저기…… 저희들이 기억하기로, 라이너 씨는 선배 등에 업혀 있던 사람이라는 이미지밖에 없어서……."

별 볼 일 없는 이미지였던 내가 보스몬스터를 처치한 것 때문에 놀랐다는 것이, 에밀리의 변명이었다.

……위화감은 여전히 가시지 않았다.

하지만 교섭 상대를 상대로 꼬치꼬치 캐물을 수는 없는 노릇이니, 대충 넘기기로 했다.

"아, 그랬군요. 놀라게 해 드려서 죄송합니다. 다음에는 좀 조용한 마법으로 개입하도록 하죠."

"아, 아뇨! 불만이 있다는 얘기는 아니에요! 정말 덕분에 살았어요! 감사합니다……!"

에밀리는 황급히 고개를 숙였다. 내가 손을 저으며 "괜찮아요"라고 대답하자, 알이 본론으로 돌아가서 말했다.

"그런데, 아까 저희에게 급히 할 얘기가 있다고 하셨는데, 무슨 용건으로 그러시죠……?"

"두 분께 안 좋은 제안은 아닐 거예요. 다만 두 분 모두에게 드리려는 말씀이 아니라, 거기, 그쪽 분께 『거래』를 제안하려는 겁니다."

나는 알이 아닌 에밀리 쪽을 돌아보며 말했다.

"네? 저에게 말인가요……?"

그 말을 들은 에밀리는 놀라서, 가슴에 손을 얹은 채 휘둥그레진 눈으로 나를 쳐다보았다.

"네, 당신 안에 있는 『티아라 님의 피』를 사러 온 거예요."

솔직하게 얘기했다. 하지만 알과 에밀리는 지나치게 솔직한 나의 교섭 방식을 이해하지 못한 듯, 고개를 갸우뚱거리며 다음 말을 기다렸다.

하는 수 없다. 나머지 설명은 대성당으로 데려가서 하는 게 좋겠다.

"여기서 얘기하기는 좀 건 좀 그러니까, 자세한 가격 교섭은 밖에서 할까요? 후즈야즈 대성당은 여러분을 환영하니까요."

나는 두 사람을 대성당으로 초대하고, 『정도』를 따라 귀로에 올랐다.

두 사람은 약간 어리둥절해 하면서도, 그런 나를 따라왔다.

아아, 기사라는 직업은 참 편한 일이구나…….

이렇게 허술한 납치극도 손쉽게 성공하다니…….

──이렇게 해서, 나는 목표물인 소년소녀를 미궁에서 포획하는 데 성공했다.

일단 대성당의 경비로 맛있는 음식을 먹이고 나서, 차근차근 교섭을 시작해야겠다. 그렇게 계획을 세우고, 나는 득의 양양한 미소를 머금은 채 두 사람을 데리고 미궁을 나섰다.

◆ ◆ ◆ ◆ ◆

왼쪽을 보아도 오른쪽을 보아도, 값비싼 인테리어 소품들이 가득한 복도.

미궁에서 확보한 알과 에밀리를 데리고, 나는 호화로운 후즈야즈 대성당 내부를 걷고 있었다.

목적지는 라스티아라가 기다리고 있는 방이었다.

그리고 그렇게 걸으면서, 두 사람의 질문에 대답해 주었다.

"──그럼 『티아라 님의 피』를 뽑는 건 아무런 위험성도 없다는 말씀이죠? 아니, 도리어 위험이 사라진다고 생각하면 되는 거죠?"

"네, 그렇습니다. 알은 이해력이 참 뛰어나신 분이네요. 물론 돈만 드리는 게 아니라, 여러분의 질병 치료도 최대한 지원해 드릴 겁니다. 제 상사는 여러분 같은 아이들을 그냥 내버려두지 못하는 성격이라……. 아니, 따지고 보면 이번 일은 여러분 같은 사람들을 도우려고 구실을 만든 거라고 해도 과언이 아니에요."

알은 그 무엇보다 먼저 파트너인 에밀리의 안전을 확인하려 들었다.

그 질문에 대해서는 조금의 거짓도 없이 설명했다. 『티아라 님의 피』를 갖고 있으면 못된 자들의 공격을 받을 가능성이 높으니, 피를 뽑는 게 훨씬 안전하다.

물론 피를 뽑으면 어느 정도의 재능이 사라지는 건 사실이지만, 그 점에 대해서는 라스티아라 녀석이 필요 이상의 보상을 해 줄 것이다. 나는 그 점을 최대한 꼼꼼하게 설명했지만, 알 뒤에서 따라 걷는 에밀리는 여전히 썩 내키지 않는 기색이었다.

"에밀리 씨, 왜 그러시죠?"

"어, 네……? 저기, 이걸 뭐라고 해야 할지……. 너무 유리하기만 한 제안인 것 같아서……."

갑작스러운 질문에, 에밀리는 허둥대며 대답했다.

어쩌면 일방적으로 이득밖에 없는 제안에 경계심을 품은 건지도 모른다.

"그 심정도 이해합니다. 두 분께 이득만 있는 제안이니 의심스러우실 수도 있겠죠. 하지만, 세상을 살다 보면 그런 일도 있는 법이에요. 세상에는 말도 안 되는 불행도 수없이 많지만, 이렇게 말도 안 되는 행운도 분명히 있으니까요. 제 입장세서는, 두 말 없이 받아들여 주셨으면 하는 심정입니다만……."

말도 안 되는 행운의 대표격으로는, 내 주인인 지크가 각지에서 행하는 선행을 들 수 있겠지만……, 사실 내가 이런 제안을 받았더라도 안 믿었을 것이다.

에밀리가 경계를 풀지 않는 것도 이해가 갔다.

하는 수 없이, 나는 표면적인 얘기는 접어두고 어두운 얘기를 언급했다.

"성가신 일에 휘말리는 게 싫으시다면, 아예 금전관계만으로 모든 걸 끝낼 수도 있습니다. 연줄이나 빚 같은 걸로 저희와 얽히기 않도록 조치해 드릴 수도 있어요. 그래도 정 불안하시거든, 그냥 아예 돈을 안 받으시겠어요?"

가능한 한 많은 선택지를 제시하면서, 이번 일의 가장 부조리한 부분을 일부러 가장 먼저 얘기했다.

"다만, 거래를 거부하는 건 절대 안 됩니다. 후즈야즈의 지시사항이니까, 연합국의 국민인──소위 평민인 여러분에게는, 그 명령을 거절할 권리가 없습니다. 최악의 경우에는 제가 두 분을 기절시켜서 주인께 데려가게 돼 있습니다. 죄송합니다."

자신이 동원할 수 있는 권력과 폭력을 솔직하게 자백했다. 그 말을 들은 알의 얼굴은 파랗게 질렸고, 에밀리는 반대로 안도한 기색이었다.

밸런스 좋은 2인조였다.

오늘까지 둘이서 서로를 지탱하며 함께해 왔다는 것이 잘 드러나는 반응이었다.

이 두 사람을 응원하고 싶다는 마음이 드는 건, 내가 조금 어른이 되었기 때문일까──.

아까부터 든 생각이지만, 내가 생각해도 지금 내가 하는 짓은 하인 형님 흉내다.

"물론, 방금 얘기한 건 어디까지나 최후의 수단일 뿐입니다. 그런 결론에 다다르기 전에, 제 쪽에서는 최대한의 성의를 보일 생각이에요. 제가 자세한 설명을 드릴 수도 있고, 이미 작업을 끝낸 『주얼 크루스』동료의 체험담을 들어 보셔도 됩니다. 『티아라 님의 피』를 뽑힌 『주얼 크루스』가 어떻게 됐는지, 두 눈으로 확인해 보세요. 교섭 시간은 넉넉하게 잡아 두고 있으니까요."

그렇게 말하고, 문득 시선을 회랑 창밖으로 돌렸다.

마침 창밖의 정원에서 앳된 여자아이가 일하고 있는 모습이 보였다.

피 모으기 작업에 협조해 준 『주얼 크루스』들 중 한 명이었다. 그녀는 그동안 입에 담기에도 끔찍한 곳에서 강제로 일하고 있었는데, 라스티아라가 구입해서 시녀 일을 시키고 있었다.

그 운 좋은 소녀를 두 사람에게도 보여주었다.

솔직히 자랑할 만한 일은 아니다. 까놓고 말하자면 인신매매다. 하지만 이렇게 약간 어두운 부분을 살짝 엿본 덕분에, 에밀리는 냉정을 되찾은 것 같았다. 알보다 먼저 자신의 요구를 제시했다.

"그렇다면, 아까 제시하신 돈에 금액을 조금 더 얹어서——."

"자, 잠깐! 에밀리! 지금 무슨 소리를 하는 거야?!"

몸값을 끌어올리려 드는 파트너를, 알이 말리려 들었다.

"하지만……, 역시 제일 중요한 건 돈이니까……."

"그건 그렇지만! 아무리 그래도 그렇지, 너 말야!"

이대로 가면 돈으로 해결될 수 있는 문제건만, 알이 저지하고 들었다.

나는 두 사람 사이로 끼어들어서 고개를 가로저었다.

"알, 가격 교섭은 당연한 권리예요. 다만 돈 얘기는 제 담당이 아니니까, 윗사람들과 얘기해 보시는 게 좋을 것 같아요."

나도 명색이 귀족이라 최소한의 교양은 배워 익혔지만, 돈 문제에 대해서는 문외한이다.

함부로 맡겠다고 나설 수는 없었기에, 다음에 소개할 인물에게 떠넘겼다.

"라이너 씨의 윗분이요……?"

"네. 라스티아라 후즈야즈가 여러분들을 직접 만나서 일대일로 교섭할 겁니다."

이미 라스티아라의 방에 거의 다 도착했기에, 의뢰인의 이름을 밝혔다.

현재 연합국에서 가장 높은 인기를 자랑하는 인물이며, 동시에 세계 제일의 신성함과 고귀함을 겸비했다고 알려진 소녀의 이름을.

으음……. 도저히 수긍이 가지 않는 소문이다…….

"뭐, 뭐라고요?! 라스티아라 님이 여기 계시다고요……?!"

"라스티아라 님이라면 혹시……, 신의 화신이신 분? 대성당에서 제일 높은 분 아니에요?"

"네, 그 라스티아라예요."

두 사람의 눈이 휘둥그레졌다.

그렇게 반응하는 것도 이상할 게 없었다. 라스티아라는 연합국 최고의 유명인사인 것이다.

역사적으로 따져도, 버금가는 사람을 찾기 힘든 수준의 존재였다.

두 사람의 표정을 살짝 재미있어 하면서, 나는 농담을 던졌다.

"아니면 아예……, 그 자리에서 라스티아라 님이 직접 두 분의 병을 고쳐줄지도 모르겠네요. 우리 아가씨는 살아있는 마법도서관 같은 존재니까요."

아예 불가능한 얘기도 아니었다.

내 주인 중 바보 주인 쪽은, 전 세계의 『주얼 크루스』를 구하려 하고 있다.

세계의 『주얼 크루스』를 한 명이라도 더 구하기 위해, 적인 『북연맹』의 아이드와 비밀리에 교섭까지 벌였다는 얘기도 들은 적이 있었다.

최근에 알게 된 사실인데, 『티아라 님의 피』를 1년 만에 모은 배경에는, 아이드가 『주얼 크루스』의 피 뽑기에 협조해서 이쪽으로 흘려 준 영향도 있었다는 모양이었다.

그 얘기를 들었을 때, 적이 된 아이드에게도 내가 알던 선생님다운 부분이 남아있었다는 사실에 쓴웃음이 나왔다.

"하, 하지만 말이죠! 대체 왜 라스티아라 님이 군이 저희들을……?”

“만나 보면 알 겁니다. ……아니, 이제 곧 나오겠네요.”

우리는 대성당에 있는 라스티아라의 방 앞에 도착했다.

우리의 방문을 알아챈 라스티아라가 방에서 나오려 하고 있다는 것을, 나는 바람으로 감지했다. 내가 말을 마치기가 무섭게, 가장 가까운 방의 문이 덜컥 열렸다. 그리고 이 나라에서 가장 고귀하다고 알려진 소녀가 나타났다.

“어서 와, 대성당에~! 정말 잘 왔어, 내 동생아~!”

신의 화신이 평소와 같은 가벼운 복장으로 긴 금발을 나부끼며, 환한 웃음으로 환대하고 나섰다. 그 모습에 알과 에밀리는 아연실색한 표정이었다.

그나마 입이라도 열 수 있었던 건 에밀리 쪽이었다.

“도, 동생이요?”

“응, 동생. 나도 『주얼 크루스』니까. 가족이나 마찬가지잖니?”

“어, 네에? 으으음……?”

밑도 끝도 없는 가족 취급에, 에밀리의 혼란은 극에 달했다.

“자, 이리 와, 이리 와. 내 방에서 얘기하자. 과자도 잔뜩 준비해 뒀어.”

그리고, 라스티아라는 같이 방으로 들어가자고 손짓으로 재촉했다.

하지만 두 사람은 좀처럼 몸이 움직이지 않는 모양이었다.

에밀리는 내 쪽을 돌아보며, 눈앞의 소녀가 하는 말이 사

실인지를 확인하듯 물었다.

"라스티아라 님도, 저와 같은 『주얼 크루스』?"

"그렇습니다. 아까 얘기했던 행운이라는 얘기, 이제 좀 납득이 가시나요?"

이렇게 출신의 공통점이 있으니 그 행운도 부자연스러운 게 아니라고 주장해 보았다.

그럼에도 에밀리의 표정은 여전히 떨떠름해 보였다. 하지만 라스티아라는 개의치 않고 에밀리의 손을 잡아끌고, 막무가내로 방에 데려가려 했다. 그러면서 알 쪽을 돌아보며 말하는 것도 잊지 않았다.

"뭐 하고 있어, 거기 남자친구도 빨리 와."

알도 에밀리 못지않게 혼란에 빠져 있었다. 지위에 걸맞지 않은 경박한 환대에 응해도 되는 건지 확신이 안 서는 듯, 시선으로 내게 도움을 청했다.

"알도 가세요. 같이 얘기를 들어 보세요."

가식적으로 빙긋 웃어 보이고, 나는 손을 흔들었다.

그 모습에 안심한 건지, 알은 고개를 숙였다.

이유는 모르겠지만, 아까부터 그는 이상하리만치 나를 신뢰하고 있었다.

"라이너 씨! 여러모로, 정말 감사합니다······!!"

"저는 그냥 일을 한 것뿐이지만······. 그리도 감사는 잘 받아 둘게요."

방으로 끌려 들어가면 무슨 일을 당할지 알 수 없는 상황이건만, 알은 호들갑스러울 정도로 감사 인사를 건넸다. 그 인사에 사교적인 수사로 대답하면서, 나는 두 사람이 라스티아라의 방 안으로 사라지는 모습을 지켜보았다.

전도유망한 젊은이 두 명이 후즈야즈에 포섭당하고 말았다.

아마 이 두 사람은 라스티아라가 제시할 파격적인 조건에 바로 동의할 것이다. 하는 짓은 저 모양이어도, 저 바보 주인은 사람을 속이는 데에는 탁월한 능력을 갖고 있었다. 그 묘한 설득력으로 순진한 두 사람을 홀려 버릴 게 틀림없다.

그렇게 불경죄에 걸려도 이상할 게 없는 생각을 하면서, 나는 라스티아라의 방 근처를 떠나려 했다. 그 때, 약간 멀리 떨어진 곳에 낯익은 얼굴이 보였다.

복도 안쪽에서 두 명의 기사가 나타났다.

선배 기사인 세라 씨와 라그네 씨였다.

"지켜보고 있었어. 수고했다. 너에게 맡기기를 잘 했군. 나였다면 저 어린 둘을 위압하려 들었을 텐데 말이지."

"안냐심까! 수고했다―!"

최상위 기사인『셀레스티얼 나이츠』두 사람이 웬일로 대성당에 모여 있었다.

그건 즉, 근시일 안에 중대한 일이 있다는 얘기였다.

그리고 그 중대한 일이라는 건 아마도――.

"수고가 많으시네요. 두 분이 같이 계신 걸 보면, 때가 가까워졌나 보죠?"

"그래, 때가 머지않았어. 아마 방금 그 소녀의 피 뽑기가

마지막 의식이 될 거다. 동시에 라스티아라 님의 피도 뽑고, 지하의 소녀에게 이식하게 되겠지."

의식의 마지막이 코앞에 다가와 있었다. 세라 씨는 그 때에 맞추어 신뢰할 만한 동료를 선정해 준 것 같았다. 라그네 씨도 우리 계획의 일원으로 가담하고 있었다.

"다만, 불안요소가 하나 있어. 페데르트 녀석이 무슨 짓을 저지를지 장담할 수 없다는 거야."

동료를 여럿 모은 이유 중 하나가 바로, 후즈야즈국 전 재상 대리인 페데르트.

최근 들어서 그 남자가 약간 불온한 움직임을 보이기 시작한 것이다.

세라 씨는 그가 아직 『성인 티아라』의 힘을 아직 단념하지 않았을 가능성이 있다고는 의심을 갖고 있었다.

"그렇습다! 그래서 지금 대성당은 경계태세 중입다! 경계대상은 내부의 적입다!"

라그네 씨는 경례를 붙이며 자신의 작업성과를 보고했다. 그녀는 특수한 마법이나 스킬을 갖고 있지 않았기에, 기본적으로 순찰과 정보 수집 역할을 맡고 있었다.

분명히 말하건대, 라스티아라를 섬기는 기사들은 질적으로 뛰어나다.

이렇게 얘기하면 자랑처럼 들릴지도 모르지만, 나와 세라 씨와 라그네 씨, 이 세 기사는 대성당 역사를 통틀어서도 최고 수준일 것이다. 그렇지만 나는 만전을 기해야겠다는 생각에, 앞장서서 제언했다.

"만약 당일에 싸움이 벌어지면, 제가 가장 먼저 나서겠습니다. 두 분은 최대한 주인 곁을 지켜 주십시오."

"……음. 내 몸을 걱정하는 건가?"

"그럴 리가요. 그게 적재적소라고 판단한 것뿐입니다."

세라 씨를 믿지 못하는 건 절대 아니었다.

주인을 위해 희생하는 건, 기사로서는 오히려 영광스러운 일이다.

단지, 세라 씨가 가진 비장의 카드인 『마인화』는 공격보다는 방어에 적합하다고 생각한 것뿐이다. 무엇보다, 어지간한 적은 나 혼자서도 충분히 대처할 수 있었다.

"다수를 상대로 싸우는 건, 바람마법을 쓸 수 있는 제가 적임자일 겁니다. 몸집이 크고 재빠른 세라 씨는, 몸을 바쳐서라도 라스티아라를 지켜 주세요. 만에 하나 라스티아라를 지키지 못하면, 제가 평생 원망할 겁니다."

"훗, 잘도 지껄이는군. 굳이 말하지 않아도, 아가씨는 이 목숨을 바쳐서라도 지켜드릴 거다."

그 말마따나, 세라 씨는 라스티아라를 위해서라면 목숨을 걸 사람이었다.

그 정도의 각오를 가진 사람이기에, 신뢰할 수 있었다. 조금 걱정되는 쪽이 있다면——

"으, 으헤에. 라이너도 참 입이 거칠어졌네요. 1년 전에는 이런 캐릭터인 줄 생각도 못 했는데 말임다."

"이게 제 본모습이에요. 아니, 기사들은 원래 다 이런 식이에요. 조금 강해지거나 지위가 높아지면 금방 거들먹거리죠."

"아아아아, 그 조신하던 라이너가~. 어느새 이렇게 닳아빠지다니~."

"처음부터 이랬다니까요."

나는 이 라그네 카이크오라라는 소녀 기사를 경계하고 있었다.

어디까지나 『직감』일 뿐이지만, 그녀에게서는 정체 모를 무언가가 느껴지는 것이다.

나는 그녀를 세라 씨만큼 신뢰하지는 않았다. 아니, 애초에 나는 라스티아라와 세라 씨조차 신뢰하지 않으니, 라그네 씨를 신뢰하지 않는 건 당연한 일이리라.

지금 나는 『성인 티아라의 부활』에 협조하는 중이기도 하지만, 그 이전에 『라스티아라 후즈야즈를 지켜라』라는 주인 지크의 명령을 수행하는 중이기도 했다.

그 어떤 불의의 사태에도 대처할 수 있도록 항상 경계하고 있어야만 한다.

특히, 이 라그네 카이크오라라는 소녀는 항상 감시해야 할 테고——.

내가 굳은 표정으로 그런 생각에 잠겨 있으려니, 세라 씨가 말을 걸었다.

"그럼, 오늘 데려온 에밀리라는 아이의 보호는 우리에게 맡기도록. 너는 의식 날까지 쉬어 둬. 당일의 호위에서 핵심이 되는 건 너니까."

"알겠습니다."

이래봬도 세라 씨는 부대의 리더 역할에 익숙했다.

그녀는 최근 1주일 동안 쉴 새 없이 일해 온 나의 피로를 염려해서, 주저 없이 휴식을 명령했다.

나의 HP와 MP에는 별다른 문제가 없었다. 하지만 당일에 집중력의 한계에 부딪히는 일을 피하기 위해, 순순히 명령을 따르기로 했다.

"그럼, 헤르빌샤인가문의 별장에서 쉬고 있을게요."

"좋아, 그렇게 하도록. 아마 지금 거기에는 프랑류르도 있을 거다. 그러고 보니 너는 아직 누나를 한 번도 못 만났다고 들었다만……?"

"……누나뿐만이 아닙니다. 다른 가족들도 아직 거의 못 만났어요. 뭐, 기왕 시간이 났으니 인사 정도는 해 두도록 하죠."

"그렇게 하도록. 가족은 소중한 거니까."

"그렇죠……."

될 수 있으면 두 번 다시 마주치고 싶지 않았지만, 세라 씨의 선의를 거부하는 것도 미안했기에, 일단 본가에 가서 인사라도 하기로 마음먹었다.

가족은 소중한 것. 분명히 맞는 말이다. 여동생을 끔찍하게 아끼는 지크와, 남동생을 끔찍이 아끼던 티티를 가까이서 지켜보다 보니, 한층 더 절실하게 실감할 수 있었다.

하지만 세상에는, 가족이 있더라도 『가족』으로서 마주하는 걸 금지당한 사람도 있다.

라이너 헤르빌샤인에게는 『고향』도 『가족』도, 아무것도 없다.

그런 쓰레기가 돌아갈 곳이라고는, 이제 주인 곁밖에 남지 않았으리라.

그 이외의 곳은 알 바 아니다. 진심으로 그렇게 생각하고 있다.

그래도 세상에는 사교적 관계라는 게 있는 법이다.

그것은 귀족 사회에서는 특히 더 중요한 요소로 작용한다. 그 사교적 관계를 위해, 나는 두 명의 선배 기사들에게 작별을 고하고, 일하러 가는 기분으로 본가를 향해 발걸음을 옮겼다.

대략 1년 만에, 헤르빌샤인가문으로 귀환하는 것이었다.

피 모으기 임무를 모두 마친 나는, 가족이 기다리는 별장으로 향했다.

◆ ◆ ◆ ◆ ◆

후즈야즈라는 나라는 국토가 세세하게 나뉘어 있고, 그 번지수에 따라 시민들의 격이 결정되는 구조였다. 번지수가 높은 구획에는 평민들이 거주하고, 낮은 쪽 구획에는 귀족들이 생활하고 있다. 그 번지는 100개에 육박하는 숫자로 구분되어 있으며, 한 자릿수 번지에는 대귀족만이 거주할 수 있게 되어 있었다.

헤르빌샤인가문은 연합국 4대 귀족이라 불릴 만큼 격이 높은 집안이었다.

따라서 별장마저도 한 자릿수의 특별한 구획에 지어져 있었다.

그 쓸데없이 호화스럽고 드넓은 별장으로 돌아온 나는, 우선 집의 주인에게 인사부터 하기로 했다.

썩 내키지는 않았지만, 그게 예의이자 의무였다. 집안의 시녀 한 명을 불러 세워서 내가 돌아왔다는 전언을 전해 달라고 부탁한 다음, 현관홀에서 숨죽여 대답을 기다렸다. 가능하면 엉뚱한 사람과 마주치지 않은 채로 의무를 완수하고 싶었다.

조금 기다렸을 때, 형 중 한 명이 나타났다.

그리고 시궁쥐라도 쳐다보는 것 같은 얼굴로 나를 쳐다보았다.

"······라이너냐?"

하인 형님과 같은 밝은 금색 머리칼을 늘어뜨리고 있는, 헤르빌샤인가문의 차남 루카 헤르빌샤인이었다. 완벽한 사람이던 하인 형님과 사사건건 비교당하느라 성격이 좀 뒤틀린 형으로, 지금은 별장의 주인 대행 역할을 맡고 있었다.

루카 형은 짜증 섞인 얼굴로 가만히 혀를 찬 다음, 그 나름대로 나의 귀환을 반겨 주었다.

"연합국에 와 있었냐? 뻔뻔하게 잘도 기어들어 왔군."

"네. 기사의 임무 때문에 연합국에 머물고 있어요."

"임무 내용은 못 들었지만, 보나 마나 지저분한 임무를 하고 있는 거겠지. 하려거든 본가에 폐가 끼치지 않도록 해."

죽으려거든 집안에 피해를 끼치지 말고 조용히 죽으라는 뜻이리라.

하인 형님 같은 짓은 하지 말라고 은연중에 엄포를 놓고 있는 것이었다. 헤르빌샤인가문을 더없이 사랑하는 차남은, 언젠가 나도 장남이 했던 것 같은 짓을 저지르는 게 아닐까 싶어 전전긍긍하고 있었다.

그리고 그건 완벽하게 정곡을 찌르는 의심이었기에, 나는 그저 고개를 숙이는 수밖에 없었다.

"당연히 그렇게 해야겠죠. 저를 거두어준 헤르빌샤인가문에 대한 은혜에는 반드시 보답하기로 다짐했으니까요."

"과연 그럴까……."

고분고분하게 겸손을 떠는 내 모습에, 루카 형은 황당해하는 얼굴로 대꾸했다. 더 이상 얘기해 봤자 헛수고라는 걸 깨달았는지, 한숨을 한 번 짓고는, 의무적인 환영의 말을 뱉었다.

"더 이상 아무 소리 안 하마. 편히 쉬고 가라."

"감사합니다."

이렇게 해서, 나는 의무적인 인사를 마쳤다.

안도의 한숨을 내쉬며, 떠나가는 루카 형의 뒷모습을 바라보았다.

큰 소란 없이 마쳐서 다행이다.

맞이해 준 사람이 어엿한 기사인 루카 형이라 다행이었다.

만약 맞이해 준 사람이 질투에 미쳐 버린 3남 이하의 형제들이었다면, 인사는 한참 더 길어졌을 것이다.

──아니면, 지금 현관홀 너머의 복도를 걸어가고 있는 아버지처럼, 일언반구 말도 없이 떠나가 버렸을지도 모른다.

나는 바로 복도를 향해 고개를 숙였다.

막내아들이 1년 만에 돌아왔건만, 아버지는 눈길조차 주지 않았다.

만약 내가 형제들에게 공격이라도 받아서 죽는다고 해도, 슬쩍 쳐다보는 정도가 고작이리라.

내 양부모들은, 내가 죽을 때까지 무관심하게 대하기로 작정한 게 틀림없었다.

"후우······. 집에 돌아왔다는 실감이 드네······."

내가 알던 헤르빌샤인가문의 모습 그대로여서 안심했다.

그리고 현관 한쪽에서 허리를 숙이고 있는 시녀에게 말을 걸었다.

"고마워. 인사는 다 끝났어. 이제 나는 별장 정원에서 시간을 때울 테니까, 이제 작업에 복귀해도 돼."

나는 루카 형을 불러다 준 시녀에게 감사를 표하고, 별장 안이 아닌 바깥의 정원에서 시간을 보내려 했다. 말썽을 최대한 피하기 위한 배려였다.

"아뇨, 라이너 님, 그게……."

"……응? 왜 그래?"

시녀의 대답이 어째 신통치 않았다.

내가 밖으로 나가면 그녀에게 뭔가 안 좋은 일이라도 생기는 걸까.

그러고 보니, 아까부터 뭔가 묘한 시선이 느껴졌다. 말썽덩어리 취급을 받던 내가 돌아왔다는 걸 안 시녀들이 호기심 어린 시선으로 쳐다보는 건 줄 알았는데……, 뭔가 좀 달랐다.

훨씬 더 높은 레벨을 가진 사람의 시선이 섞여 있는 것 같은데……? 하지만, 지금 내게 들키지 않고 나를 감시할 수 있으려면 『이치를 훔치는 자』 수준은 돼야 할 텐데…….

시녀의 반응을 바탕으로 이런저런 추측을 하고 있을 때, 뒤에서 커다란 목소리가 들려왔다.

"라~이너!!"

명랑하고 활달한, 그러면서도 곧은 심지가 느껴지는 목소리였다.

그 목소리의 주인을 보는 순간, 목구멍에서 목소리가 흘러나왔다.

"으엑──."

헤르빌샤인가문의 7녀, 프랑류르 헤르빌샤인이, 루카 형이 떠나간 쪽과는 반대 방향에서 달려오고 있었다.

시녀 쪽으로 눈길을 돌리니, 면목 없는 표정으로 고개를 끄덕였다. "프랑 누나에게는 꼭 비밀로 해 달라"는 내 명령을 지키지 못한 미안함 때문이리라.

"……오랜만이에요, 프랑 누나."

나는 귀찮은 기색을 드러내며 인사했다.

누나는 그런 내게 미소 띤 얼굴로 대답했다.

"네, 정말 오랜만이네요. 키가 좀 자랐나요? 얼굴도 조금 변한 것 같네요."

"얼굴이 그렇게 쉽게 변하지는 않을 텐데요."

1년 만에 만났지만, 예전 모습 그대로였다.

조금 전에 루카 형이 보여준 것과는 정반대의 환대였다.

"당신이 너무 오래 안 찾아오니까, 얼굴이 달라진 것처럼 보이는 거예요. 아무리 『본토』의 기사가 됐다고는 해도, 좀 더 자주 집에 들러도 되는 것 아닌가요? 당신도 헤르빌샤인 가문의 일원이니까……."

이 사람은 정말이지……, 집안의 분위기 파악을 못 하고 있다…….

아니, 분위기 파악을 했더라도 신경도 안 썼겠지만…….

그런 그녀가 헤르빌샤인가문에서 가장 뛰어난 딸이니, 우리 가문의 가주도 참 골치가 아플 것이다. 그 자유분방한 모습에 쓴웃음을 지으면서, 나는 감사를 표했다.

"감사합니다. 하지만 저는 그 말씀만 들어도 충분해요."

"으음. 너무 재미없게 나오는걸요."

내 태도가 좀 서먹하게 느껴졌는지, 프랑류르는 불만스러운 표정을 지었고—— 하지만 풀 죽는 기색 따위는 없이, 한 발짝 내디뎌서 내 쪽으로 다가왔다.

"그런데, 요즘 당신은 어디서 뭘 하고 있죠?"

거침없이 핵심 부분을 찌르고 들었다. 그 연속 직구 승부도 예전 그대로였다.

"그건 극비 임무라서 말씀드릴 수 없어요. 아마 앞으로도 누나와는 전혀 다른 곳에서 일하게 될 거예요. 죄송하지만, 이제 더 이상 누나를 지키는 방패로 살아가기는 힘들 것 같네요."

대충 구실을 갖다 붙여서 고개를 가로젓고, 학원생 시절처럼 지켜 줄 수는 없다는 것을 전했다.

한때는 하인 형님과 프랑 누나를 대신해서 죽고 싶다고 생각하던 시절도 있었다. 그러나 이제 나는, 다른 누군가를 대신해서 죽을 수는 없다.

그런 건 자기만족에 지나지 않는다. 진심으로 그렇게 생각한다.

그러고 보면 나는 1년 사이에 참 많이 달라진 것 같기도 했다.

아니, 티티 녀석과의 교류를 통해서, 누나를 보는 내 시선이 달라진 걸까?

하여튼 가디언(수호자)나 주인 지크와의 싸움이 나를 성장시켜 준 것은 틀림없었다.

그러나 프랑 누나는 그런 내 대답에 고개를 가로저으며 대답했다.

"아뇨. 라이너는 영원히, 저를 지키는 방패에요."

하지만 그게 내 의견을 무턱대고 부정하려는 말이 아니라는 건, 그 표정을 보면 알 수 있었다.

"──그리고, 저는 당신의 적을 무찌르는 검이 될 생각이에요. 혹시 힘든 일이 있으면 제게 얘기하세요. 이 몸이 부러지는 한이 있어도, 동생인 당신을 꼭 지켜 주고 싶으니까요."

가슴을 탕 치며, 1년 전에는 볼 수 없었던 미소를 보였다.

내가 달라진 것처럼, 프랑 누님도 달라져 있었다.

10대의 1년이란 참 긴 시간이다. 잠깐만 눈을 떼면 전혀 다른 사람처럼 변해 버린다. 다만, 그런 누나의 성장을 본 내 생각은──.

"저, 누나. 누나는……."

바보세요?

그런 말이 목구멍까지 솟구쳤다. 솔직히, 전보다 더 바보가 된 것 같다는 느낌이 들었다.

방패를 지키기 위해 자기 몸을 방패로 삼는 기사가 세상에 어디 있단 말인가.

"제가 무슨 이상한 말이라도 했나요?"

"당연히 이상하죠. 자기 몸이 부러져도 지키겠다니……. 막무가내로 지키려 들다가 같이 죽는 건 바보나 하는 짓이라고들 하던데요? 그런 신세가 되는 건 망신스러우니까, 적당히 서로 도우면서 지내도록 해요. 우리도 이제 철모르는 어린애가 아니니까……."

"끄으응. 하, 하긴 그래요. 서로가 서로를 믿으면서 적절하게 서로를 돕는 게 제일이라고, 총장님도 말씀하신 적이 있어요. 검이든 방패든, 지나치게 혹사하면 쓸데없이 부서지기만 할 뿐……. 그러고 보니, 검이나 방패를 좀 소중히 다루라고, 총장님께 참 많이도 혼났죠."

누나가 총장이라고 부르는 건, 『셀레스티얼 나이츠』의 페르시오나 퀘이거 씨인가?

아아, 총장님……. 진심으로 감사드립니다…….

지난 1년에 걸친 지도 덕분에, 누나의 조잡하고 단순무식한 성격이 완화돼서, 이런 섬세한 생각과 말을 할 수 있는 여성으로 변모한 거군요.

이 헤르빌샤인가문에는 프랑 누나를 애지중지하는 것 말고는 할 줄 아는 게 없는 바보들밖에 없으니, 당신처럼 꾸중해 주는 존재는 참 귀중하답니다. 솔직히, 누나의 바보 같은 성격은 평생 못 고칠 거라고 체념하고 있었는데 말입니다.

"……어째 좀 무례한 생각을 하고 있는 것 같아 보이는걸요."

"누나께 무례를요? 그거 안 되겠네요. 경애하는 누나에게 무례한 짓을 하는 자는, 제가 용서 못 하죠."

은근히 감이 좋은 누나의 말에, 나는 가만히 중얼거렸다.

혈연관계는 전혀 없지만, 제법 남매다운 관계라는 생각이 드는 순간이었다.

"후훗. 정말이지, 말재주가 많이 늘었네요."

프랑 누나는 황당하다는 듯 가만히 웃고, 어깨를 으쓱한 다음, 갑자기 진지한 표정으로 말했다.

"……그럼, 이제 슬슬 본론으로 들어갈게요. 방금 얘기한 '적절하게 서로를 돕는 일'을 한번 해 볼까요, 라이너?"

"네, 뭐, 제가 할 수 있는 일이라면요."

농담으로 넘기기 힘든 그 분위기에, 나는 살짝 움츠러든 채 다음 말을 기다렸다.

"당신……. 카나미 님에 대해서 뭔가 알고 있죠?"

"……모, 몰라요."

하지만 이어진 말을 듣는 순간, 집에 돌아온 나를 뜀박질까지 해 가면서 불러 세운 이유를 깨닫고, 이번에는 내가 황당한 표정을 지었다.

"그 표정!! 역시 알고 있는 것 맞죠?! 『원로원』에서 라이너에게 내린 명령이 대영웅인 카나미 님과 관련되어 있을 거라는 건 이미 예상하고 있었어요!! 그리고 며칠 전에 카나미 님이 연합국에 나타나셨다는 소문! 그와 같은 시기에 귀환한 라이너!! 이 정도 추리도 못 하면, 헤르빌샤인가문의 딸이 될 자격도 없겠죠! 자, 어서 얘기해 주세요! 지금 카나미 님이 어디 계시는지를!!"

누나는 확신에 찬 목소리로 나를 다그쳤다.

……실수다.

충분히 예상할 수 있었던 질문인데, 모른다고 단호하게

대답하지 못했다.

일단, 나는 누나와 지크를 절대 만나지 못 하게 하는 걸 기본 방침으로 삼고 있었다.

왜냐하면, 만나면 누나가 불행해지기 때문이었다.

주인 지크는 존경할 만한 인격을 가진 사람이지만, 여자 관계에 한해서는 최악 그 자체였다.

본인에게 이상한 의도가 없다는 건 알고 있지만, 파티의 남녀 성비가 그렇게 한쪽으로 치우쳐 있는 건 정상이 아니다. 원래 여자는 여자들끼리 파티를 맺어서 성가신 말썽을 피하려 하는 경향이 있다. 혼성 파티가 있다고 해도, 그건 학원생들끼리 파티를 이룬 경우나, 명확하게 커플이 정해져 있는 경우뿐. 남자 한 명에 여자 다수로 이루어진 파티는 일반적으로 존재하지 않는다.

다시 말해, 자신을 좋아하는 예쁜 여자만으로 이루어진 파티를 구축하는 건, 제정신으로 할 짓이 아니라는 얘기다. 내 지인 가운데 누구에게 물어봐도, 『아이카와카나미 지크 프리트 비지터 발트후즈야즈 폰 워커』는 등에 칼을 맞는 것도 겁내지 않는 영웅다운 영웅이라고, 일종의 경외감 섞인 대답이 돌아올 뿐이었다.

듣기 좋게 표현하자면 영웅은 호색이라고 할 수도 있지만, 까놓고 말해서 쓰레기 같은 난봉꾼이었다.

그렇기에, 그런 형편없는 남자에게 소중한 누나를 소개해 줄 수는 없는 노릇이었다. 덧붙이자면, 주인 주위에 있는 여자들 손에 누나가 암살당하는 꼴도 보고 싶지 않았다.

……그래. 역시, 아무리 생각해도, 둘이 만나는 건 반드시 막아야 한다.

그런 의미에서 정말 치명적인 실수였다.

이런 사태만은 피해야겠다고 마음먹고 있었건만, 누나가 너무 귀여운 나머지 방심했다…….

이렇게 된 이상, 나로서는 시선을 외면한 채 거짓말을 하는 수밖에 없었다.

"……아뇨, 정말 몰라요."

"거짓말 마세요!!"

누나는 거침없이 대꾸하고, 한 발짝 앞으로 나섰다.

"자, 안내하세요. 자, 어서어서어서!"

이대로 가면 예전처럼 누나의 특권에 밀리는 신세가 된다.

"아니, 아까 말씀드렸다시피, 극비 임무에 얽힌 거라 말씀드릴 수 없어요……. 제발 이해 좀 해 주세요…….

"그래도 알고 싶어요! 만나고 싶어요! 지난 1년 동안, 역시 카나미 님보다 나은 남자는 만나지 못했어요! 역시, 저에게는 이제 카나미 님밖에 없어요!"

놀랍게도, 누나는 지난 1년 동안 그 어떤 남자와도 사귀지 않았던 모양이다.

이래 봬도 누나는 헤르빌샤인가문 최고의 재원. 수많은 귀족이 우러러보는 대상이며, 아버지도 최대한 좋은 상대를 찾으려고 열심히 애쓰고 있을 게 틀림없다.

그중에는 4대 귀족뿐만이 아니라, 왕족이나 다름없는 공작가에서 들어온 혼담도 있었으리라.

누나는 그 모든 혼담을 뿌리치고 솔로 신분을 유지해 온 모양이다. 광기의 소행이다.

"누나, 혹시 혼담을 다 끊어 버리신 건가요? 기사로서, 아니 귀족으로서 그건 좀 문제가 있는 것 같은데……."

"저는 귀족이기 이전에 한 사람의 여자예요!!"

바보 같아도 너무 바보 같은 그 대답에, 나는 억지 미소로 대답하는 수밖에 없었다.

귀찮아 죽겠네…….

티티와는 다른 종류의 귀찮음이다.

그래도 지금의 나라면 미소를 잃지 않은 채 이겨낼 수 있을 것이다.

학원생이 된 지 얼마 안 된 시절이었다면, 압박을 이기지 못하고 지크의 위치를 불고 말았을 것이다. 하지만 나는 이제 그 시절의 내가 아니다. 성장한 것이다.

"누나가 그렇게까지 원하신다면, 어쩔 수 없네요……. 누나가 말씀하신 대로, 저는 지난 1년 동안 『아이카와카나미 지크프리트 비지터 발트후즈야즈 폰 워커』님의 호위로 활동해 왔어요. 그리고 최근에, 그분을 연합국으로 무사히 수행하는 중대한 임무를 수행했죠. ──하지만 제 임무는 여기까지. 그 후에 그분이 어디로 가셨는지는 알 수 없어요. 안내 임무를 마친 그날 부로, 저는 대성당의 기사로 발령을 받앓으니까요."

혀가 참 잘도 돌아간다. 성격 고약한 녀석들과 자주 어울려서 그런지, 어느덧 나도 돼먹지 못한 인간들과 닮아 가고 있다는 걸 실감할 수 있었다. 간단하게 말하자면, 팰린크론이나 노스휘 같은 사기꾼들과 비슷한 성격으로 변해 가고 있는 것이다.

"──저, 정말로 몰라요?"

"네. 마지막으로 헤어진 건……, 글리어드의 항구였어요. 그 이후의 소식은 저도 못 들었어요."

"항구……, 으으음……."

글리어드는 이 연합국과 세계를 잇는 항구다.

이렇게 얘기해 두면, 지크가 어디로 갔는지 추적할 길이 없어진다.

"자, 제가 해드릴 수 있는 얘기는 이게 다예요. 오랜만에 누나의 건강한 모습을 보니까 마음이 놓이네요. 그럼 저는 이제 그만 가 봐야겠어요."

나는 가능하면 누나가 나나 주인 지크와 무관한 곳에서, 누나 나름의 행복을 찾기를 바랐다. 일 때문에 바쁜 척, 나는 이만 헤르빌샤인 가문에서 도망치려 했다.

그런데 누나가 그런 나를 불러 세웠다.

"라이너, 마지막으로 하나만 더 물어볼게요. 디아……, 아니, 시스 님에 대해 뭐 좀 아는 것 없나요?"

"시스 님?『북연맹』쪽으로 돌아섰다고 들었는데요."

낯선 이름을 듣고, 나는 솔직하게 대답했다.

그녀는 지크의 동료였다고 알고 있는데, 누나와도 교류가 있었던 건가……?

"아뇨, 자세히 모른다면 됐어요. 그냥 조금 궁금해서 물어본 것뿐이니까."

조금만 궁금해하는 정도는 아닌 것 같아 보였지만, 굳이 깊이 추궁하지는 않았다.

나는 그런 누나를 말없이 바라보다가, 마지막 작별 인사를 나누었다.

"그럼, 라이너. 다시 만날 때까지 건강하세요."

"네, 누나도요. 다시 만날 때까지 건강하시길."

이렇게 나는 현관홀 안으로는 한 발짝도 들어가지 않은 채 헤르빌샤인가문의 별장을 떠났다. 종종걸음으로 별장에서 멀어져 가면서, 후즈야즈 가도의 인파에 섞여들어 한 마디 뇌까렸다.

"겨우 도망쳤네……."

그 집은 껄끄럽다.

누나의 호의에 기대서 오래 머물렀다가는, 막대한 폐를 끼치게 될 것이다. 찬밥 신세인 나와 함께 있으면 누나의 인생에 지장이 생긴다.

……그곳은 이제 더 이상 내가 있을 곳이 아닌 것이다.

가주님이 무슨 생각으로 나를 거두어준 건지는 아직도 모르겠다. 하지만 앞으로는 홀로서기를 할 것이다. 개인적으로 헤르빌샤인 가문에 대한 은혜를 갚을 방법은 얼마든지 있다. 가도를 걸으며, 나는 앞으로 헤르빌샤인 가문 내에서 어떤 식으로 처신해야 할지 재검토해 보았다. 그러고 있을 때였다.

"……뭐지, 이 감각은?"

인파 속에서 위화감이 느껴졌다.

가볍게 바람 마법을 펼쳐 보았지만, 확신은 얻을 수 없었다. 아니, 애초에 위화감의 정체조차 알 수 없었다.

처음 느끼는 감각에 곤혹스러워하면서, 나는 조심스럽게 가설을 세워 보았다.

"누군가가 계속 쳐다보고 있는 건가……?"

왜 그런 생각이 든 건지는 알 수 없었지만, 그것 말고 다른 생각은 들지 않았다.

나는 자연스럽게 인적 드문 곳으로 발걸음을 옮겼다. 후즈야즈의 한 자릿수 번지를 떠나, 활기차게 북적이는 지역을 벗어나서, 연합국 밖으로 나갔다.

연합국의 5개국은 방벽 같은 걸 세우는 대신, 『라인』에 방어를 일임하고 있었다.

방문객을 차단하는 시스템은 하나도 없는, 오는 이는 막지 않는다는 식이었다.

그렇기에, 여기까지 오면 차폐물을 찾아보기 힘들어진다.

눈에 보이는 것은 평원과『라인』과 얼마 되지 않는 사람들 뿐. 몬스터는『마석선』이 막아내고, 탐색가들이 정기적으로

사냥하러 와서 수를 줄이고 있다.

어떻게든 적의 위치라도 밝혀내 보려고, 나는 사방에 정신을 집중했다.

그랬더니, 느닷없이——

"——**제법인걸**. 역시 라이너는 참 예리하다니까."

누군가가 말을 걸었다. 그것도 등 뒤에서.

"어?!"

나는 경악하면서 재빨리 펄쩍 뛰어 물러나며 뒤를 돌아보았다.

그리고 거기 있는 인물을 보고 한층 더 놀랐다.

"대, 대체 왜……, 네가 움직이고 있는 거지……?"

왜 여기 있느냐고 묻는 게 아닌, 왜 움직이는 거냐는 질문이 먼저 나왔다.

그런 질문이 나올 수밖에 없는 상대였다. 거기에 서 있는 것은, 분명히 심장이 멎었다고 알고 있는 소녀였기 때문이었다.

키는 나보다 조금 작고, 옅은 금색 머리칼을 어깨높이로 가지런히 자르고, 창백해도 너무 창백한 하얀 살갗을 감색 천 한 장으로 가리고 있었다. 얼굴은 라스티아라와 닮아서 아름답지만, 미의 구현 그 자체와도 같은 라스티아라에 비하면 약간 미치지 못하는 부분이 많았다. 눈가와 입가에는 점이 있고, 뺨에는 살짝 주근깨가 나 있었다.

틀림없이, 1주일 전에 대성당 지하에 보관되어 있는 모습을 본『주얼 크루스』소녀였다. 1주일 전, 그녀가 숨을 쉬지 않는 걸 내 두 눈으로 똑똑히 확인했었다.

그랬건만, 그 소녀의 시체가 눈앞에서 진자처럼 고개를 까딱거리고 있었다.

"헤헤~엥, 놀랐어~? 근성으로 움직이고 있는 거라구~."

소녀는 내 질문에 대답했다. 하지만 그 성의 없는 대답만 가지고 경계를 풀 수는 없었다.

전투에 대비해 양손을 허리춤의 칼자루로 가져가며, 한 번 더 질문했다.

"너, **누구냐**……?!"

그 질문은, 직감이었다.

눈앞에 있는 이 소녀 안에 들어있는 것은, 일반적인 존재가 아니었다. 훨씬 질척질척한『무언가』였다. 일반적인『주얼 크루스』가 내뿜을 수 있는 존재감은 결코 아니었다.

"**나는 티아라야.** 이 시대에서는 성인님이라고들 부르지. 예~이."

"『성인 티아라』……?!"

소녀는 이름을 댔다. 황당무계한 이름이었지만, 나는 그 말을 믿을 수밖에 없었다.

그것 또한 직감이었다. 물어보기 전부터, 그렇지 않을까 하는 짐작을 하고 있었던 것이다. 그녀의 몸에서 흘러나오는 마력에는, 그런 생각이 들어도 이상할 게 없을 만큼의 광채가 깃들어 있었기 때문이다.

"실은 시스 언니와 마찬가지로, 꽤 오래전부터 밖으로 나올 수 있었답니다~. 좋은 보디를 받은 김에, 이렇게 나온 거지. 놀랐어? 응? 놀랐어?"

『성인』을 자처하는 소녀가 깔깔 웃으며 다가왔다.

"자, 잠깐. 가까이 오지 마……. 너를 안 믿는다는 건 아니지만……. 생각할 시간이 좀 필요해……. 아니, 시간을 좀 주세요."

예상보다 빠른 계획의 발동이라 할 수 있는 이 갑작스런 해후에, 나는 당황하지 않을 수 없었다.

소녀의 말이 사실이라면, 지금 나는 후즈야즈의 염원과 마주하고 있는 셈이 된다. 당연히 경어로 대응해야만 한다――아니, 이런 수준의 일이 아니다. 그녀의 말이 사실이라면, 대화하는 것 자체도 황송해해야 할 수준이리라.

나는 그 자리에 무릎을 꿇어서, 소녀보다 머리를 낮추고 고개를 숙였다.

"저, 죄송합니다……. 『성인 티아라』님, 무례를 용서해 주십시오. 저는 평민 출신이라, 경어를 잘 사용할 줄 몰라서……."

그런 내 말에, 소녀는 고개를 가로젓고는, 내 몸을 양손으로 감싸 안아서 막무가내로 일으켜 세웠다.

"그렇게 딱딱하게 굴 필요 없어~. 여기 있는 나는『성인 티아라』의 조각. 잔류사념 같은 것일 뿐, 본인이 아니니까~."

"자, 잔류사념이라고요?"

"으~음~. 지금 얘기하고 있는 나는 단지『천 년 후에 나타날 아이카와 카나미』에게 사정을 설명하기 위해 만들어진 마법이라고 생각해도 돼. 사실 지금 나는 별다른 힘도 없고, 기억도 띄엄띄엄해. 『성인 티아라』님과 구별하기 쉽도록, 나를 부를 때는 친근하게 『마법 티아라』라고 불러 줘. 경어도 필요 없어!"

당황해 어쩔 줄 몰라 하는 나를 상대로, 그녀는 시종일관 다정하고 꼼꼼하게 대응해 주었다.

지금 눈앞에 있는 소녀의 말이 거짓말이 아니라는 보증은 없다.

하지만 악의가 없다는 점만은 확신할 수 있었다.

그리고 그녀는, 스스로를 마법이라고 소개했다.

그렇다면 지크의 동료 중 하나인 리퍼라는 소녀와 같은 부류라는 얘기일까.

나는 배움이 얕아서 잘 모르지만, 일반적인 인간은 아니라고 생각하기로 했다. 그리고 그녀도 주인 지크나 라스티아라 등과 마찬가지로 딱딱하고 형식적인 인간관계를 껄끄럽게 여기는 타입인 것 같았다. 입을 다물고 있는 내 눈앞에서 손가락으로 V자를 그려 보이는 그녀의 모습을 보면, 그 점은 틀림없었다.

"예~이, 예~이."

상당히 사람의 짜증을 불러일으키는 광경이었다. 하지만 그것이 그녀 나름의 커뮤니케이션 방법이리라. 적어도, 더 이상 경어로 얘기할 생각이 사라진 것만은 틀림없었다.

"알았어, 티아라 씨. 나도 이쪽이 더 편하니까, 마침 잘됐네."

"응, 내 입장에서도 여러모로 편하니까, 그렇게 해 주겠다니 다행이야~."

마음이 좀 진정된 내가 자연스럽게 대답하는 걸 보고, 티아라 씨는 V자를 그리던 손을 내렸다.

표면상으로나마, 이제 서로가 대등한 관계가 됐다는 표시였다.

"……너에 대해 궁금한 게 한두 개가 아냐. 무례하게 들리겠지만, 이것저것 물어봐도 될까?"

"그럼 먼저 물어봐. 나는 그러려고 나온 거니까."

손바닥으로 나를 가리키며, 내가 먼저 질문하도록 여유로운 표정으로 양보해 주었다.

그런 태도에서는, 조금 전까지와는 전혀 다른, 외모상의 연령에 걸맞은 차분함이 느껴졌다. 아니, 그녀가 정말로 『성인 티아라』라면, 그건 당연한 얘기지만.

"우선 제일 먼저, 주인 라스티아라를 위해 물어보고 싶어. 당신이 『누군가에게 옮겨가서 얘기하기 위한 마법』에 불과하다면, 결국 어찌 됐건 『성인 티아라』의 『재탄생』은 실패했다는 건가?"

"그 답은 『재탄생』의 정의에 따라 달라지겠지. 솔직히, 이 불완전한 『마법 티아라』를 전설 속 『성인 티아라』라고 믿는 사람도 많을 거야. 원래 인간의 자아나 의식이라는 건 애매모호한 거니까. 하지만——."

티아라 씨는 예스도 노도 아닌, 두 가지 모두로 해석할 수 있다고 대답했다.

그 어중간한 대답에, 나는 미간을 찌푸렸다.

누나나 티티와는 다른 의미로 귀찮은 상대였다. 마치 지크나 팰린크론과 얘기하고 있는 것처럼, 은근히 이론적이고 얘기를 빙빙 둘러 하는 경향이 있었다.

"──나는 절대로『지금의 나』를 나라고 생각하지 않아. ……예를 들어서 말이야, 너는 그 미인인 와이스 하이리프로페 누나를 진심으로 형처럼 여길 수 있었어?『천 년 전의 시조 카나미』와『지금의 아이카와 카나미』를 정말 동일 인물로 여기고 있어? 성별이 바뀌질 않나, 기억상실로 연속된 의식에 커다란 구멍이 나 있질 않나, 가치관이 통째로 바뀌어 있질 않나……. 그래도 동일 인물이라고 할 수 있어? 정말로 되살아난 거라고 믿을 수 있어?"

어려운 얘기를 연신 던져댔다.

머리가 지끈거렸지만, 무슨 얘기를 하려는 건지는 막연하게나마 이해할 수 있었다.

요컨대, 여기서 얘기하고 있는『마법 티아라』는, 자기 자신을『성인 티아라』와 동인 인물로 여기지 않는다는 얘기를 하고 싶은 것이리라.

다만, 지금 그녀가 예로 든 비유에 대해 대답하자면, 내 대답은 솔직히──

"응. 하지만 그 판단은 각자 다른 법이지. 나도 너와 마찬가지로, 사고방식에 따라 다를 거라고 생각해."

선수를 빼앗기고 말았다. 내가 하려고 했던 말을, 토씨 하나 틀리지 않고 그대로 얘기한 것이다.

"……그, 그래. 나도 그렇게 생각해. 각자 자기 주관대로 결정하면 그만일 테니까."

태연한 척하고는 있지만, 마음속으로는 상당히 놀라고 있었다.

뭐가 어떻게 된 건지는 모르지만, 방금 완전히 생각을 읽혔다.

그런 스킬이나 예지마법을 갖고 있다는 의심이 들 수밖에 없었다.

하지만, 아직 완전히 평정을 잃지는 않았다.

그 정도 능력은 당연히 갖고 있을 거라고 생각했고, 지크와 같은 무대에 선다는 건 그런 거라고 예전부터 각오도 하고 있었다.

"당연한 얘기지만……. 『해답』은 불확실하고, 사람들의 가치관은 저마다 다른 법이야. 다만, 나와 스승님은 천 년 전에 이렇게 생각했어. 자신이 자신이라는 것을 증명하는 건 마음의 힘. 그리고 속세에 매달리는 『미련』의 크기에 달려 있다고."

그녀가 얘기하는 스승님이란, 아마 지크를 가리키는 것이리라.

내가 지크에 대해 자세히 알고 싶다고 생각하면, 티아라 씨는 그런 내 생각을 미리 읽고 얘기해 준다. 그리고 아까부터 나를 바라보고 있는 황금색 눈은 한없이 깊었다. 지금 눈앞에 있는 이 소녀가 전설 속의 위인이라는 사실을 매초 재인식하는 기분이었다.

"스승님은 『아이카와 히타키를 구하지 못했다』는 『미련』이 있었기에, 천 년 후인 지금도 확신을 갖고 아이카와 카나미로 있을 수 있어. 그에 비해서 나는 아~무런 『미련』도 없단 말이지~. 다시 말해, 한 번 더 『성인 티아라』로 살아보고 싶다는 기개 같은 건 티끌만큼도 없어. 그러니까 지금 여기에 있는 건 『마법 티아라』라고 생각하고, 앞으로 잘 지내보자!"

내가 미처 말을 꺼내기도 전에, 우선 자신이 『성인 티아라』가 아니라고 정의를 내려 버렸다.

하지만 나로서는 도무지 믿을 수가 없었다. 지금 눈앞에서 스스로를 마법이라 자처하는 소녀의 존재감이, 그만큼 강렬했던 것이다.

"너는 정말로 아무런 『미련』도 없는 건가?"

"정말이야. 『성인 티아라』는 천 년 전에 죽었어. 아무런 『미련』도 없이 죽었어. 다른 사람들과는 달리, 나는 할 만큼 충분히 해냈거든."

"하지만, 저기……. 라스티아라가 말하길, 너는 시조 카나미와 사랑하는 사이였다고 하던데? 이번에야말로 사랑하는 사람과 행복하게 살고 싶다는 생각은 안 하는 건가?"

"으음……. 아니, 그런 생각은 손톱만큼도 없는데~."

그녀가 『미련』을 가질 법한 것을 얘기해 보았지만, 거침없는 대답이 돌아왔다.

이 문제를 극복하는 게 만만치 않은 일일 거라고 지레짐작하고 있던 나는, 약간 어안이 벙벙해졌다.

"뭔가 착각하고 있는 것 같은데, 나는 스승님을 남자로 생각해 본 적이 없어. 오빠처럼——이렇게 얘기하면 히타키 언니한테 혼나겠네. 그러니까, 나는 스승님을 아버지처럼 생각하고 있었다고나 할까? 믿음직한 스승님으로서, 가족으로서, 정말 좋아했어."

남자도 오빠도 아닌, 스승이자 아버지처럼 여기고 있었다.

——정말인가?

티아라 씨가 한 말은, 지금까지 생각했던 전제를 송두리째 뒤엎는 것이었다.

라스티아라가 얘기했던 『성인 티아라』의 인물상과 너무나도 동떨어져 있었다.

그런 내 표정을 보고 다시 생각을 읽은 건지, 티아라 씨는 내가 물으려던 것을 앞서서 대답했다.

"그 애는……, 라스티는 잘못 알고 있는 거야. 자기 마음을, 마치 내 마음처럼 오해하고 있는 거지."

잘못 알고 있는 건 라스티아라라고 말하고, 미간을 찌푸리고 있는 내 앞에서 속사포처럼 말을 쏟아냈다. 그 몸짓과 외모는, 내가 알고 있는 라스티아라와 쏙 빼닮아 있었다.

"스승님에 대한 애정이 넘쳐흐르는 우리 딸이, 내 인생을 가상 체험한 게 문제였단 말이지~. 몰입감 뛰어난 소설의 주인공을 자기라고 생각하면서 읽은 것 같은 느낌이라고나 할까? ……잠깐 좀 들어 줄래? 으~음, 엣헴엣헴. 아~, 아아~."

헛기침을 하고 나서, 교묘하게 음색을 라스티아라와 비슷하게 바꾸어 갔다.

그렇게 나를 마치 눈앞에 라스티아라가 있는 것 같은 착각에 빠뜨려 놓고, 그 속마음을 대변하기 시작했다.

"『아~, 이 책 정말 재미있다~. 후훗, 여기 나오는『성인 티아라』라는 사람, 카나미를 좋아하는 게 분명해! 그럴 게 틀림없어! 카나미는 이렇게 멋지니까 그럴 수밖에 없어! 아아, 카나미! 완전 멋있어! 그리고 이게 이야기라면 티아라는 당연히 히로인이겠지! 히로인과 주인공은 맺어져야 해! 티아라와 카나미가 행복하게 키스하는 해피엔딩으로 끝나야 해! 그것 말고 다른 엔딩은 인정 못 해!』. ……이런 식으로 생각하고 있는 거야. 아이카와 카나미가 멋있다고 생각하는 건 딸인데, 나도 모르는 사이에 내가 스승님을 멋있다고 생각하는 것처럼 돼 버린 거지. 솔직히 살짝 화도 나. 굳이 표현하자면, 나는 스승님을 못난 철부지 아빠처럼 생각하고 있을 정도인데 말야. 천 년 전의『모험』은 러브스토리가 아니라, 훈훈한 부녀지간의 이야기로 생각하고 있었거든."

내 주인들이 참 못난 사람들이었다는 얘기였다.

지금까지 생각하는 걸 애써 피해 왔지만, 라스티아라도

지크 못지않게 못난 인간이다. 한심한 일이지만, 티아라의 얘기는 충분히 일리 있게 들렸다.

상황 파악을 마친 나는, 가까운 이들의 행동에 대해 민망함을 느끼며 고개를 끄덕였다.

"……아주 이해하기 쉬운 얘기였어. 그렇게 된 거였군. 잘 알겠어."

"그것참 다행이네. 아까 『재탄생』 얘기를 했을 때 라이너의 미간에 주름이 생기는 걸 보고, 살짝 연극 풍으로 설명해 봤어!"

"고맙군. 미안하지만 나는 너처럼 머리 회전이 빠르지 못해. 나고 자란 환경이 안 좋아서 말이지."

"그래도 스승님과는 달리 본질을 제대로 이해하고 있는 것 같아 보이는걸. 이해력도 좋은 것 같고. 쓸데없이 약삭빠른 스승님보다 훨씬 **좋아.**"

어째선지, 덮어놓고 칭찬세례를 퍼부었다.

막연하게나마, 티아라 씨의 성격을 조금이나마 알 것 같은 느낌이었다.

항상 초연하게 보여서, 속내를 읽을 수 없다. 그러면서도 남의 속내는 거침없이 짚어내서, 거침없이 속으로 파고들려 한다. ……극작가나 연출가 같은 사람이다.

"그럼, 당신은 이제 정말 현세에 관심이 없는 건가? 레반교도인 내 입장에서 보면, 뜻밖인데. 어린 시절에는, 세계를 구하기 위해 『재탄생』할 존재라고 배워 왔으니까."

"그 전승들은 다 후세 사람들이 멋대로 윤색(潤色)한 것들 이라, 거의 다 거짓말이야. 『마법 티아라』인 내 유일한 역할 이라고는, 미궁에 소환된 레벨1의 스승님이 죽지 않도록 하 루 정도 돌봐주는 게 전부였는데⋯⋯. 그것도 벌써 딸이 해 치워 버렸으니까 말이지~. 그러니까, 진~짜 할 일이 아무 것도 없단 말이야!"

"그럼, 왜 이제 와서 내 앞에 나타난 거지?"

"응. 그게 본론이야. 역시 라이너는 뭘 좀 안다니까~"

기다렸다는 듯, 티아라 씨는 웃었다.

하지만 그건 내 의지로 본론에 돌아온 게 아니라, 그녀에 게 교묘하게 유도당한 느낌이었다.

이 소녀는 타인을 조종하는 것에 탁월한 재주를 갖고 있 는 것 같았다. 이 화술과 능수능란함으로 『성인』이라 불리 게 됐을지도 모른다는 점을 생각하면, 그 얘기를 곧이곧대 로 믿을 수는 없었다.

"내 딸은, 이 그릇에 『피』를 넣어서 나를 부활시킬 생각인 것 같은데 말이야──."

티아라 씨는 자신의 가슴을 가리키며, 시체를 그릇이라 표현했다.

"나는 싫어. 솔직히, 내 입장에서는 골치만 아플 뿐이야. 부활해 봤자 할 일도 없는걸."

그건 절대로 싫다는 듯 고개를 가로저었다.

이어서, 이번에는 내 가슴을 가리켰다.

"그러니까 말이야, 내 힘은 라이너 헤르빌샤인에게 맡기고 싶어. 『티아라 님의 피』는 전부 네가 받아주었으면 좋겠어."

그리고 생판 남남인 나에게 계승을 요구했다.

어렴풋이 짐작하고 있었던 그녀의 요구를 듣고, 나는 침착하게 질문했다.

"왜 하필 나지? 지크나 라스티아라에게 맡겨야 하는 것 아닌가?"

"으─음, 이유는 여러 가지가 있지만……. 가장 큰 이유는, 히타키 언니에게 이길 수 있는 게 너밖에 없기 때문이랄까?"

그건 나로서는 전혀 예상하지 못했던 대답이었다. 생각지도 않았던 이름의 등장에, 나는 진심으로 어리둥절했다.

"뭐? 히타키……? 지크의 여동생 말야? 아니, 그건 이상하잖아. 왜 내가 지크의 여동생과 싸워야 한다는 거지?"

"싸울 거야. 자칫하면, 너는 아이카와 남매 둘 모두와 동시에 싸우게 될 수도 있어. 까놓고 말해서, 그렇게 되면 그건 세계의 위기지. 그러니까 너를 확 강화해 두려는 거야. 어차피 『미련』이고 뭐고 없으니까, 대충 세계평화에 공헌하러 온 거라고나 할까~."

익살스러운 말로, 내가 지크 남매와 싸울 거라고 호언장담했다.

조금 전에 본인의 입으로 스스로가 마법에 불과하다고 말했지만, 방금 그녀가 한 말은 마치 성인의 예언처럼 들렸다.

다만 그 예언은, 레반교도인 나조차도 좀처럼 받아들이기 힘든 것이었다.

"말도 안 되는 소리. 무슨 일이 있어도, 내가 주인과 싸울 일은 절대 없어. 나는 그 사람의 기사야."

"그래서 더더욱 싸우게 된다는 거야. 스승님의 진정한 기사니까, 너만은 스승님을 위해 스승님과 싸워줄 거야. 『저주』때문도 『계약』때문도 아닌, 너 자신의 의지에 따라."

아무런 근거도 되지 않는 설명이라고 생각했지만, 티아라 씨는 자신만만했다.

내가 이해할 수 없는 이유를 바탕으로 확신하고 있는 거라고 생각하는 수밖에 없었다.

하는 수 없이, 나는 화제를 다른 곳으로 돌렸다.

"하아……. 애초에 너의 『피』를 옮기겠다고 했는데, 그런 건 『주얼 크루스』들만이 할 수 있는 일 아닌가?"

내가 우격다짐으로 화제를 돌렸다는 건 티아라 씨도 알아챘을 것이다.

그래도 질문에는 제대로 대답해 주었다.

"그야, 물론 완전한 복제를 하려면 『주얼 크루스』여야만 해. 하지만 힘만 이동시키는 거라면 그렇게까지 할 필요는 없어. 그 방법은 너라면 알고 있을 텐데? 그리로 옮겨가거든, 『마법 티아라』의 의식은 네 의식으로 알아서 제압해 줘. 그러면 내 힘의 일부는 네 피에 남게 돼. 의식이 진행되는 현장에 있기만 하면, 그 정도는 너 혼자서도 할 수 있을걸~"

와이스 씨의 힘 일부를 물려받은 나이기에, 그 설명을 충분히 이해할 수 있었다.

요컨대, 마력을 작별 선물로 남겨두고 내 안에서 자살하겠다는 얘기다.

"나는 네 생사에는 관심도 없고, 공짜로 힘을 주겠다면 사양 하지 않고 받을 생각이야. 하지만 그런 짓을 했다가는 내가 라스티아라에게 미움을 사게 될 텐데? 이거, 라스티아라 녀석과는 합의가 된 거야?"

"아니, 전혀 안 됐어."

"어이."

가장 중요한 과제를 빼먹었다는 얘기를 농담 섞어서 하는 그 태도에, 나도 모르게 분노 어린 목소리로 대꾸했다.

"도저히 얘기가 통할 것 같지가 않아서, 무리해 가면서까지 이렇게 네 앞에 나타난 거야. 그 애는, 내가『이번에는 꼭 아이카와 카나미와 맺어지고 싶다』는 미련을 갖고 있을 거라는 일방적인 착각을 하고 있어. 몇 번이나 꿈속에 나타나서 얘기해 봤지만 믿어 주지를 않아서 말이지~. 그렇게 꼬인 애를 설득하기에는, 내게 남겨진 시간이 너무 짧단 말씀이야~."

티아라 씨의 말속에는, 흘려들을 수 없는 단어가 섞여 있었다.

"남겨진 시간이라니……. 너, 괜찮은 거야? 설마 벌써……."

"조금만 더 있으면 완전 소멸이야. 우격다짐으로 나온 거라서, 『마법 티아라』의 수명이 지금 이 순간에도 팍팍 깎여 나가고 있는 중이지. 리퍼와 마찬가지로, 마법생명체는 원래 목적과 다른 행동을 하면 무지 고통스럽거든……."

내가 캐묻자, 티아라 씨의 표정이 약간 무너졌다.

극심한 통증을 견디고 있는 것처럼 힘들어 보였다. 그 표정으로 미루어보아, 그녀가 얼마 남지 않은 시간을 들여서 지금 이렇게 얘기하고 있다는 걸 알 수 있었다. 어쩌면 그녀는 이미 조금의 여유도 없이, 오직 나에게 힘을 남기고 싶다는 생각밖에 없는 건지도 모른다.

"받을 수 있는 힘이 있다면 받지."

그래서 나는 타협하기로 하고 고개를 끄덕였다.

티아라 씨의 존재가 워낙 수상쩍어서 망설였던 것뿐, 원래 새로운 힘은 얼마든 환영이다.

이제 와서, 나는 그렇게 생각하고 말았다. **의심 없이.**

"……오~. 듣던 중 반가운 소리네~. 라이너라면 그렇게 말해 줄 줄 알았다니까~"

"그런데, 무슨 수로 옮길 거지? 나는 신성마법에는 별 소질이 없는데."

나는 『주얼 크루스』도 아니고, 특수한 혈통도 아니다.

그런 내게 힘을 옮기려면, 평범한 수단으로는 불가능할 것이다.

"며칠 뒤에 열릴 마지막 『피 옮기기 의식』을 이용할 생각이야. 잘만 되면, 의식은 사고로 실패한 것처럼 보일 테지만……, 실제로는 내 힘이 라이너에게 빼돌려지는 의식이 될 거야. 너에게 폐를 끼치지 않고 실행할 방법은 다 생각해 뒀으니까 걱정 안 해도 돼."

"하긴, 그렇다면 라스티아라의 미움을 살 일은 없겠지."

문제 될 건 없어 보였다.

만약 내가 계속 거부하면, 티아라 씨는 며칠 뒤에 완전히 소멸한다.

라스티아라가 끝까지『성인 티아라』의『재탄생』을 믿는다고 해도, 티아라 씨 본인은 그걸 원치 않는 것이다. 의식은 절대로 성공할 수 없다. 의식 실패가 가장 안전하고도 타당한 마무리 방법이라는 점은 틀림없을 것이다.

──하지만, 솔직히 말해서 나는 성인의 힘에는 관심이 없었다.

당연한 얘기지만, 힘은 필요하다. 언젠가 맞닥뜨리게 될 가디언들과의 싸움에 대비하자면, 힘은 많으면 많을수록 좋을 것이다.

무엇보다, 티아라 씨가 힘의 승계를 원하고 있다.

『바람의 이치를 훔치는 자』티티 때도 느꼈던 거지만, 늙고 살날이 얼마 남지 않은 녀석들은 자신이 살아온 증거를 누군가에게 남기는 걸 좋아하는 경향이 있다. 지금 그녀가 하는 얘기 속에서도 그런 맥락이 느껴졌다. 노인 공경을 실천하는 셈 치고, 외모보다 훨씬 늙은 이 할머니의 마지막 소원 정도는 들어 주는 것도 나쁘지 않겠다 싶었다.

그래서, 바로 얼마 전에 라스티아라에게 맹세했던 것과 같은 말을 읊었다.

"알았어. 기사 라이너 헤르빌샤인은 네 계획에 협조할 것을 맹세하지."

나의 정중한 기사식 경례에, 티아라 씨는 즐거운 표정으로 화답했다.

"고마워. ……라이너 헤르빌샤인을, 나의 기사로 인정한다. 내 목적을 위해, 그대의 힘을 마음껏 발휘하도록."

윗사람다운 행동거지가 제법 잘 어울려서, 나는 쓴웃음을 흘렸다.

고개를 들어 보니, 티아라 씨 역시 나와 같은 표정을 짓고 있었다.

이렇게 해서, 나는 손바닥 뒤집듯 손쉽게 라스티아라에게서 티아라 씨로 주인을 바꾸었다.

이때쯤 되니, 티아라 씨가 얘기했던 "라이너 헤르벨샤인은 지크를 위해 지크와 싸울 수 있다"라는 말의 의미를 조금이나마 알 것 같았다.

지금 나는 주인인 지크와 라스티아라에게 거짓말을 하고, 소중한 티아라 씨의 힘을 두 사람에게서 빼앗으려 하고 있으니, 확실히 배신자의 소양이 있는 셈이었다.

스스로의 새로운 일면을 발견한 나는, 티아라 씨와 악수를 나눈 다음, 『피 옮기기 의식』을 가로챌 계획을 의논하기 시작했다.

사람들의 이목이 드문 인근의 나무 뒤로 이동해서, 남몰래 음모를 꾸몄다.

◆ ◆ ◆ ◆ ◆

공동 범행을 약속한 후, 우리의 작전회의는 오래지 않아 끝났다.

"으음? 시간이 남았잖아~."

시간 여유가 생기자, 나무에 기대어 있던 티아라 씨가 느긋한 목소리로 말했다.

나는 먼저, 티아라 씨에게 어느 정도의 시간이 남아있는지를 알고 싶었다.

"티아라 씨, 앞으로 얼마나 더 살 수 있는 거지?"

"소멸하기까지, 열 몇 시간쯤 남았으려나? 자고 있으면 더 버틸 수 있겠지만."

경쾌하기 그지없는 목소리로, 티아라 씨는 자신에게 남은 수명이 채 하루도 되지 않는다는 사실을 고백했다.

하지만 그렇게 죽음을 눈앞에 둔 상황임에도, 그녀의 표정에는 아무런 변화도 없었다.

"그런 의미에서! 라이너의 훈련을 좀 지도해줄게!"

한층 더 활달한 웃음을 지으며 말하고, 묘한 포즈를 취한 다음, 자신보다 타인을 우선시하는 태도를 보였다. 그런 그녀의 반응에, 나는 곤혹스럽기만 했다.

『미련』은 없다고 해도, 마지막으로 하고 싶은 일 정도는 있을 거라고 생각했었다.

내가 그런 상황이었다면, 마지막으로 누나나 지크를 만나서 얘기하고 싶다고 부탁했으리라.

티아라 씨의 독특한 사고방식은, 의식 실행까지 남은 얼마 되지 않는 시간 안에는 이해하기 힘들 것 같았다.

이런저런 것들을 단념하면서, 나는 묘한 포즈를 취하고 있는 그녀의 몸을 주시했다.

그 몸은 너무나도 작고 가냘팠으며, 마력도 보잘것없고 희미했다.

까놓고 말해서, 싸움에 견딜 수 있는 몸이 아니었다.

"훈련이라니……. 그 몸으로 나를 상대하겠다는 건가?"

그 몸의 주인 역시 레벨은 그리 높지 않다고 들은 바 있었다.

아무리 티아라 씨가 들어있다 해도, 절대적인 스테이스가 부족해도 너무 부족했다.

"으―응? 어라, 라이너, 혹시 스테이터스를 수치로 판단하고 있는 거야? 뒤떨어졌잖아~!"

"뒤, 뒤떨어졌다고……?"

티아라 씨는 내가 레벨과 스테이터스로 상대를 판단하고 있다는 것을 간파하고, 그것이 그릇된 생각이라고 커다란 목소리로 주장했다.

"스테이터스는 스승님이 고안해 낸 초기 규칙일 뿐이니까. 최신 규칙이 탑재된 내 입장에서 보면 시대착오란 얘기야. 대세는『수치로 나타나지 않는 수치』, 이거라니까!"

『수치로 나타나지 않는 수치』······? 어디선가 들어 본 적이 있는 말이었다.

라스티아라와 라그네 씨가 그런 얘기를 했던 것 같다. 하지만 자세한 설명을 들은 적은 한 번도 없다── 그런 나의 생각을 또다시 읽어낸 티아라 씨는, 얘기를 시작했다.

"『수치로 나타나지 않는 수치』란 건 말이지~, 이른바『의지의 힘』이니『운』이니 하는 애매모호한 것들을 가리키는 거야. 그리고『감』이나『사랑의 힘』같은 것도 포함된다고 해야겠지? 신기하게도, 이런 것들이 크면 스테이터스에서 밀리더라도 이길 수 있단 말이지. 이상하다고 생각한 적 없어? 스테이터스 면에서 자기보다 훨씬 못한 상대한테 지는 경우가 가끔씩 생기잖아? 그런 걸 말하는 거야."

아무리 역량에서 앞선다고 해도 승부는 끝까지 모르는 법. 그게 승부의 상식이라고 생각해 왔었는데······.

"그리고『이치를 훔치는 자』들은 하나같이『수치로 나타나지 않는 수치』가 무지하게 낮단 말이지~. 그야말로, 인생의 패배가 결정된 본질적 약자라고나 할까?"

"『이치를 훔치는 자』들이 약자라고······?"

직접 상대해 본 적이 있는 내 입장에서는 도무지 믿기 힘든 얘기였다.

강력함의 대명사라 해도 과언이 아닌 그 괴물들을 약하다고 생각한 적은 한 번도 없었던 것이다.

"그리고 말이야, 나는 영혼 자체의 『수치로 나타나지 않는 수치』부터가 높단 말이야~. 그러니까 스테이터스랑은 상관없이 강하다니까~. 무~지하게 강하다니까~."

티아라 씨는 흥흥 하고 콧김을 내뿜고, 휙휙 허공에 주먹질을 하면서, 자신이 『이치를 훔치는 자』들보다 강하다고 말했다.

미심쩍은 얘기였다. 하지만 그녀는 그런 내 의심까지 간파한 것이리라. 자신의 힘을 증명이라도 하려는 듯, 나에게서 거리를 벌리고 맨손으로 자세를 가다듬더니, 까딱까딱 내게 손짓했다.

"어디 한 번 덤벼 봐. 찜질 좀 해 줄 테니까."

"……방금 한 말, 확인해 주지."

단련은 내 취미고, 연습 상대는 얼마든지 환영이다.

그렇기에, 나는 조금의 망설임도 없이 간이 결투 신청을 받아들였다.

결투장으로 택한 곳, 장해물이 없는 탁 트인 초원.

1대1의 정면승부.

질 것 같은 생각이 들지 않았다.

지금 나는 연합국에서 가장 레벨이 높은 기사이며, 상대의 레벨은 한 자릿수.

천 명에게 물으면 천 명 모두 내 승리에 한 표를 던질 것이다.

하지만, 상대인 티아라 씨에게서 마력 이외의 압력이 느껴지는 것도 사실이었다.

그래서 나는 조금의 방심도 없이 바람마법을 구축해 나갔다.

"──≪와인드·스카이러너≫."

미궁에서 사용했던 주행보조마법을 발동시킨 다음, 나는 달리는 것이 아니라 도약했다.

이동 위치는, 티아라 씨의 머리 위.

공중제비를 돌며 그곳으로 이동해서, 공중에 거꾸로 뜬 상태에서 허공을 박차고, 동시에 머리 위에서 검을 뽑았다. 미궁에서 티티에게 배운 『풍검법』 중 하나였지만──.

"너~무 안이해!"

상당히 변칙적인 공중 궤적이었지만, 티아라 씨는 조금의 동요도 없이 그것을 눈으로 추적해서, 칼등으로 내리친 나의 일격을 종이 한 장 차이로 피했다. 그뿐만이 아니라, 허공을 가른 검의 옆면을 손가락으로 살짝 붙잡았다. 까딱 잘못하면 손가락이 날아가 버릴 수도 있는 엄청난 기술이다. 검을 붙잡은 것은 그야말로 찰나의 순간이었다. 하지만 그 찰나의 순간 만에, 손가락 두 개만으로, 검을 쥐고 있던 나의 자세를 완전히 무너뜨렸다. 그리고 뒤이어서, 공중에서 떨어진 내 이마를 정확히 노리고 가볍게 툭 때렸다.

"──어?!"

공중전에서 가장 중요한 요소인 평형감각이 휘청하고 상실되었다.

레벨 상승 덕분에 몬스터 못지않은 내구성을 갖게 된 내 의식이, 아주 잠깐 날아가 버렸다.

무시무시했다. 순식간에 벌어진 묘기의 향연이었다.

그 이후로는, 무슨 일이 일어난 건지 파악할 수도 없었다. 어느샌가 나는 땅바닥에 큰 대자로 뻗어 있었고, 그 코 위에는 티아라 씨의 주먹이 얹혀 있었다.

만약 그녀가 마음먹고 주먹을 휘둘렀다면, 아무리 레벨 차가 있더라도 대미지를 입었을 것이다. 티아라 씨가 무기를 갖고 있었다면 목숨이 남아나지 않았을 것이다.

"……윽!!"

말문이 턱 막힐 수밖에 없었다.

강할지도 모른다고 생각하긴 했었다. 하지만 이렇게 가볍게 농락당할 줄은 생각도 못 했었다. 내 몸 위에 다리를 얹고 있던 티아라 씨는, 내가 항복했다는 것을 표정으로 알아보고 깔깔대며 웃었다.

"——이힛, 이히히힛! 비겁하잖아! 방금 그 마법명, 스승님이 붙인 거야?! 싸우는 도중에 상대를 웃기다니, 너무 비겁하잖아~!"

지도해주겠다고 해 놓고선, 기술적인 지도는 없고 마법명에 대한 트집부터 들어왔다.

유감스럽기 그지없는 일이었지만, 나는 스스로 붙인 마법명이라는 사실을 고백했다.

"아니, 아까 그건 지크가 아니라 내가 이름을 붙인 마법이야……. 하지만 이건, 외치기 편하고 멋진 이름을 붙이면 더 강해진다는 지크의 가르침 때문에 하는 수 없이 하고 있는 것뿐이고……. 뭐랬더라……, 쓰는 것과 읽는 법을 다르게 하면 위력이 더 강해진다나 뭐라나……."

당연한 일이지만, 나도 좋아서 하는 일은 아니었다.

힘을 얻을 수 있다는 주인의 가르침을 듣고, 기술명을 외치도록 유의하고 있을 뿐이다.

"……. 으~음, 그거 속은 거야, 라이너."

"뭐? 소, 속았다고?"

생각도 못 했던 정보가 날아들었다.

순간적으로 말문이 막혔다가, 아연실색해서 되물었다.

"마음을 담는 건 중요하지만, 이름은 중요하지 않아. 쓰는 법과 읽는 법을 다르게 한다느니 하는 건, 완전히 스승님의 취향이잖아. 스승님도 참, 또 순진한 아이를 속이다니~. 하아~, 못 말린다니까~."

아무래도 단순히 지크의 취향이었던 모양이다.

"기술명을 외치는 건 지크의 취향 아닐까" 하고 항상 의심해 왔었는데, 역시 취향이었던 모양이다.

진실을 알고 나니, 마음속에서 분노가 부글부글 끓어올랐다── 아니, 잠깐. 일단 진정하자. 주인 지크는 남을 속일 만 한 성격이 아니다. 거짓말을 싫어한다고 입버릇처럼 말하는 지크 아니었던가.

"아니, 지크는 진심으로 그렇게 믿고 있는 것 같았어. 악의가 있어서 그렇게 가르친 건 아닐 거야──, 아마도. 아마, 분명."

그렇게 믿고 싶었다. 그렇게 믿게 해 줬으면 싶었다.

안 그러면 다음에 만났을 때 칼부림을 하며 덤벼들 것만
같았다.

"응. 악의가 없었다는 건 알고 있어. 하지만 오히려 그게
더 성가시다니까~. 이히힛. 아아, 정말로 예전이랑 달라진
게 없구나, 스승님은. 나랑 같이 있을 때랑 똑같아."

아련한 눈으로 중얼거리면서, 티아라 씨는 내 배 위에서
물러났다.

그녀의 감회를 방해하는 건 미안했지만, 나는 몸을 일으
키면서, 방금 그 싸움에 대한 평가를 물으려 했다. 내 입장
에서는 옛날 일보다 지금의 지도가 훨씬 중요한 것이다.

"그나저나, 그 몸을 가진 너에게 정말로 질 줄이야······.
이제 나도 그럭저럭 강해진 줄 알았는데, 역시 아직 멀었
군······."

"라이너는 강해. 아마 천 년 전으로 돌아가도 아주 강한
축에 들 거야. 다만, 나는 날아다니는 녀석들과 많이 싸워
본 경험이 있으니까 말이야~. 까놓고 말해서, 완전 날로 먹
는 싸움이었어!"

자신만만하게 택했던 공중에서의 기습 자체가 잘못된 선
택이었다는 평가였다.

마법으로 공중을 날 수 있는 자들은 얼마 되지 않는다. 이
런 건 처음 볼 거라는 확신 하에 날린 공격이었지만, 그녀

입장에서는 오히려 눈에 익은 움직임이었던 것이다.

"그런 거였군. 하긴, 옛날에는 수인의 수와 종류가 지금보다 더 많았다는 얘기를 들은 적이 있었어. 스노우나 티티 같은 녀석들이 수두룩했던 건가."

"옛날에 탐욕스러운 용이 여러 종과 교배하는 바람에, 날개 달린 생물들이 잔뜩 생겨나서 말이지~. 하여튼, 나는 날아다니는 녀석들에 무지하게 강하단 얘기야."

"그렇군. 그렇게 된 거였나.『수치로 나타나지 않는 수치』에 포함돼 있었다는 거지?"

"아니, 경험은 경험이야.『수치로 나타나지 않는 수치』와는 달라."

"다른 거냐!"

그럼 방금 그 얘기는 대체 뭐였던 말이냐…….

나는 아까부터 계속 농락하기만 하는 티아라 씨를 노려보았다.

그런 나를 본 그녀는, 후훗 하고 웃으며 얘기를 본론으로 되돌렸다.

"으~음, 방금 그 싸움은 경험에 의해 결정된 부분이 많았지만,『수치로 나타나지 않는 수치』의 영향도 분명히 있었어. 나는『의지의 힘』이 월등하니까, 전투 중에 공포로 몸이 굳어지거나 망설이거나 하는 일은 절대 없어.『감』이 뛰어나니까, 라이너의 움직임을 눈으로 좇지 못하더라도 공격해 오는 방향을 대~충 알 수 있어. 그리고『운』이 좋으니까,

결과적으로 이길 가능성이 높아."

"……."

웃기는 소리다.

예상보다 훨씬 더 비현실적인 설명이었다. 수치화할 수 없는 거니까 언어화하기도 힘들다는 건 이해하지만, 이 지경이면 믿고 싶어도 믿을 수가 없을 정도였다.

"지금은 믿기 힘들겠지만, 조금씩 실감하게 될 거야. 왜냐하면 라이너는『수치로 나타나지 않는 수치』가 높으니까. 너만이 히타키 언니를 이길 수 있다고 얘기한 것도 그것 때문이야."

"내『수치로 나타나지 않는 수치』가 높다고? 그런 생각은 전혀 안 드는데."

오늘에 이르기까지, 스스로의 운이 좋다고 생각한 적은 한 번도 없었다.

스테이터스의『소질』은 지크 등에 비해 턱없이 낮고, 형님이나 누나들보다도 못하다. 이제 와서 재능이 있다는 소리를 들어 봤자, 그리 쉽게 믿을 수 있을 리가 없었다.

"아, 대놓고 말하자면 네『소질』은 쓰레기 수준이야.『운』도 나쁘고『감』이 특별히 좋다고 하기도 힘들어. 내가 얘기하고 싶은 건, 그런 것들이 아닌 다른 거야. 라이너 헤르빌샤인은,『의지의 힘』이 특출하게 뛰어나."

내가 원하던 재능들은 하나같이 쓸모없다는 평가를 받았지만, 하나만은 칭찬을 받았다.

그것은 『의지의 힘』. 요컨대 정신력 같은 것일까.

"그게 높으면 공포로 몸이 굳어지지 않는다고 했던가……?"

그리고 망설이지 않는다는 말도 했다.

전투에 썩 보탬이 될 것 같지 않은 힘이었기에, 나는 약간 낙담했다. 공포나 망설임 같은 건, 각오만 다져지면 누구나 손쉽게 떨쳐버릴 수 있는 것이다. 특별히 유리할 거라는 생각은 들지 않았다.

"히잇. 엄~청 무례한 생각을 하고 있는 것 같네, 라이너. 너는 마음이 너무 강한 나머지, 남의 공포나 망설임을 이해하지 못하는 성격인 것 같아. 사람들에게 그런 감정이 있다는 건 알고 있지만, 거기에 공감하지는 못하는 거지. 역시 히타키 언니나 레거시랑 닮았다니까."

"잠깐. 방금 팰린크론 레거시 녀석과 동급으로 취급한 건가?"

세계 최악의 모욕을 받은 나는, 한 발짝 앞으로 내디디며 분노를 드러냈다.

"아니, 동급이 아냐. 팰린크론 레거시는 네 가장 큰 장점인 『의지의 힘』 면에서 너를 아득히 능가하는데다가, 『감』과 『운』도 뛰어났으니까. 그리고 히타키 언니는 그런 팰린크론 레거시를 모든 면에서 능가하고 있었어. 닮았기는 하지만, 하늘과 땅만큼 달라."

닮기는 했지만, 턱없이 부족한 수준이라는 냉정한 지적이었다.

팰린크론 녀석이 스테이터스 이외의 면에서 강했다는 건 충분히 납득이 가는 얘기였다.

다만 지크의 여동생이 그 남자를 넘어섰다는 건 좀 믿기 힘든 얘기였다.

만약 그게 사실이라면, 지크의 여동생은 생각보다 훨씬 더 위험한 존재라는 얘기가 된다. 티아라 씨는 그 불안 역시 멋대로 읽어내고, 대답했다.

"적어도 그 정도로는 인식하고 있는 게 좋을 거야. 히타키 언니는 무지하게 위험해. 솔직히, 전성기 때의 나도 이길 자신이 전혀 없었을 정도니까."

"성인인 네가 그렇게 얘기할 정도로 강한 존재인가?"

지금 나는 티아라 씨가 가진 힘의 일부를 엿보았다. 만약 그녀가 원래 몸을 되찾는다면, 지크나 티티에 필적할 게 틀림없다.

그런 그녀조차, 싸우기도 전에 체념할 수준이라는 것이다.

"그런 힘을 가진 데다, 히타키 언니는 성격도 정말 더러워서 말이지~. 방해하는 건 모조리 없애 버리자는 주의라서, 무지하게 냉정한 거 있지? 라이너 주위 사람 중에 죽이 맞는 사람은 아무도 없을걸!"

"그, 그런 사람이었어? 그래서 아까, 내가 지크의 여동생과 싸우게 될 거라고 한 거였군."

"응, 싸우게 돼. 히타키 언니는 틀림없이 『세상 그 누구도 받아들일 수 없는 일』을 하려 들 테니까. 본인 입으로 그렇게 말한 거니까, 틀림없어.”

의미심장한 말투로, 티아라 씨는 지크의 여동생에 대해 얘기했다.

하지만 지크의 여동생에 대한 얘기는 아까부터 추상적인 면이 많게 느껴졌다.

“티아라 씨, 시간 있으면 그런 과거 얘기를 자세히 해 줬으면 좋겠어. 솔직히 무지하게 궁금한데⋯⋯. 지크의 여동생은 대체 무슨 짓을 하려 하고 있는 거지?”

“⋯⋯으~음.”

여기서 티아라 씨의 말문이 막혔다.

어떤 얘기든 가볍게 얘기하던 그녀였기에, 그 고민은 유독 더 특이하게 느껴졌다.

그리고 충분히 고민한 끝에, 결국 고개를 가로저었다.

“아니, 안 되지, 안 돼. 어차피 언젠가 알게 될 얘기보다는, 너를 단련시키는 게 선결과제야. 우선 히타키 언니를 막을 수 있는 힘을 기르지 않으면 결국 아무것도 못 하니까.”

노골적으로 얘기를 얼버무리려 들고 있었다. 얘기하기를 꺼리는 그녀의 심정을 헤아려서 한 발짝 물러서는 게 옳은 상황이겠지만, 지크의 친족에 관한 얘기인 이상 순순히 물러날 수만은 없었다.

“언젠가 알게 될 테니까 얘기 안 하겠다니⋯⋯. 그런 말에 납득하고 넘어갈 수는 없어. 지크의 여동생이 잘못된 길로 들어섰을 때 내가 막을 수 있을지도 모르잖아. 조금만이라도 좋아. 중요한 부분만 간략하게 얘기해 줘."

"중요한 부분만 얘기해 달라고 해도 말이지~. 이건 내 인생 전부를 처음부터 얘기해 주지 않으면 안 믿어 줄 얘기거든~. 하지만 그걸 얘기하자면 하루 가지고는 안 끝날 테고……. 으-음, 역시 안 되겠어! 이건 그냥 포기해! 어차피 안다고 해도 못 막을 테니까! 애초에 내가 못 막은 걸 라이너가 막을 수 있을 리가 없는걸! 지금 가장 큰 문제는, 히타키 언니가 눈을 떴을 때 진심으로 싸울 의지를 갖고 있는 네가 너무 약하다는 점이야!"

내 힘이 쓰레기 같다는 것을 이유로 거부하니, 뭐라고 맞받아칠 수가 없었다.

그녀의 말마따나, 이 라이너 헤르빌샤인의 힘이 턱없이 부족하다는 건 『빛의 이치를 훔치는 자』 노스휘와의 싸움을 통해 통감한 바 있었다.

하는 수 없이, 나는 싸움의 이유보다 싸움이 벌어졌을 때에 대한 대비를 선택하기로 했다.

"……알았어. 네가 얘기하기 싫다면 하는 수 없지. 나도 강해지는 일 쪽에 더 많은 시간을 투자하고 싶으니까. 누구에게 무슨 일이 있건, 내가 온 힘을 다해서 막으면 그만일 테고."

"그래, 맞아맞아! 역시 라이너는 참 마음에 든다니까~! 누구랑은 달리 쓸데없는 고민을 안 해서 얘기 진행이 빠르단 말이야! 자신에게 솔직한 건, 똑똑한 것보다 더 큰 미덕이란 말씀이야!"

은근슬쩍 내 주인을 욕한 것 같은 느낌이 들지만, 대체적으로는 그 의견에 동감이었기에 그냥 칭찬으로 받아들이기로 했다.

이렇게 삼천포로 빠졌던 얘기를 본론으로 되돌리고, 우리는 지도를 재개했다.

"좋~았어. 그럼 훈련을 계속하자. 우선, 상대가 아무리 강적이라도 끈질기게 도전할 수 있을 때까지, 라이너의 장점인『의지의 힘』을 성장시켜 보자. 그리고 덤으로 스킬 같은 것도 조금씩 배우는 거야~"

"스킬……?! 내 입장에서는 스킬을 중점적으로 가르쳐줬으면 좋겠는데."

"그런 건 미궁의 가디언한테 배우면 되잖아. 미궁은 들어가기만 하면 강해지게 돼 있으니까 말야. 나오는 보스몬스터나 가디언 같은 것들이랑 싸우다 보면, 조금만 있으면 알아서 강해지게 돼 있어. 그보다『의지의 힘』이 중요해. 진짜 중요해."

연합국의 모든 사람이 목숨 걸고 공략하고 있는 곳을 짭짤한 사냥터처럼 표현하는 그 설명에, 나는 탐색가의 대표로서 한마디 하지 않을 수 없었다.

"모든 사람이 다 너처럼 강해질 수 있다고 생각하지 마……. 내가 미궁의 보스들이나 가디언들과 싸우면서 몇 번이나 죽을 위기를 넘겼는지 얘기해 줄까?"

"……응? 아~, 그런 얘기였구나. 애초에 너무 약해서 미궁을 헤쳐 나가기도 힘들다는 얘기지? 그럼 하는 수 없네~. 그럼 우선 최소한의 스킬은 가르쳐줘야겠는걸."

"고맙군. 그렇게 해 줘."

새로운 스승은 딱히 고지식하게 굴지 않고, 유연하게 내 요구를 받아들여 주었다. 그리고 전설 속 성인이 가르쳐주는 특별 훈련이 어떤 것일지, 나는 살짝 가슴이 설렜다.

"자, 그럼, 우선 이것부터. ──마법 ≪라이트·커프스≫."

티아라 씨는 손에서 하얀 빛을 내뿜으며, 내 양팔 손목에 마법을 걸었다. 그것은 빛마법이면서도 묵직한 무게감이 있었다. 간단하게 표현하자면, 새하얀 수갑이었다.

"자, 다음은 이거. 머리에 써~."

다음으로 건넨 것은 추억이 담긴 특별 아이템. 검은 손수건이었다.

"수갑에 눈가리개? 서, 설마 또……."

"응? 또?"

"아이드와 로웰 씨에게도 비슷한 훈련을 받은 적이 있거든."

"그 둘이? 네가 『땅의 이치를 훔치는 자』의 스킬 『감응』을 조금이나마 이해하고 있었던 게 그것 때문이었구나. 『나무의 이치를 훔치는 자』 덕분에 마법의 기초도 다져져 있고."

마법의 기초 면에서는, 아이드의 누나인 티티의 힘도 크게 작용했다.

그리고 지크에게서도 여러모로…… 도움을 받고 있는 것 같다는 생각도 들긴 한다.

아니, 아니다. 결국 그 테크닉은 아무 의미도 없었으니까. 괜한 망신만 당했을 뿐이다.

"네 바람 마법은 제법 강력하지만, 일단 스킬 습득 먼저 하자. 마법을 백 개 익히는 것보다, 스킬『감응』하나를 익히는 게 훨씬 더 강해질 수 있으니까."

"스킬『감응』을……? 나도 쓸 수 있게 되는 건가?"

"아니, 아마 평생 안 될 거야. 그건 범재들이 백날 노력해 봤자 근처까지밖에 못 가는 스킬이거든."

"어이."

항상 동경해 왔던 스킬을 빌미로 놀림을 받으니, 이번에는 살짝 살기가 흘러나왔다.

이 정도면 한 대쯤 때려도 무죄일 것 같다는 생각이 든다.

"그렇게 화내지 마~. 놀리려고 한 말이 아니라, 보증은 해 줄 수 없다는 뜻으로 한 말이니까~. 그 스킬만은, 아무리 나라도 확실하게 습득시켜 줄 수 있다고 확답할 수 없단 말이지~. 습득하면 땡잡은 거~, 라는 생각으로 훈련하라는 얘기야!"

단순히 로웬 씨 스킬의 습득 난이도가 문제라는 얘기였다.

내 기대를 저버리기 위해 꺼낸 얘기는 아닌 것 같았기에, 나는 마지못해 고개를 끄덕였다.

"……알았어. 그렇게 간단히 익힐 수 있는 스킬이 아니라는 것쯤은 처음부터 알고 있었으니까. 이 스킬은 인생을 걸고 느긋하게 습득하도록 하지."

"그럼, 가장 중요한 『수치로 나타나지 않는 수치』를 성장시키면서, 그와 병행해서 스킬 『감응』 쪽도 도전하는 식으로 해 보자~. 그럼 훈련 내용은 어떻게 해야 하려나~."

티아라 씨는 턱에 손을 짚고, 잠시 고민에 잠겼다.

하지만 끙끙댄 건 몇 초뿐이고, 이내 해답을 도출해 냈다.

라스티아라와 마찬가지로, 이 사람도 기본적으로 고민이 없는 타입인 모양이었다.

"좋았어! 지금부터 임사체험을 반복해서 경험하는 거야! 아마 이게 가장 빠른 방법일 테니까!"

"그 말을 들으니 당장 돌아가 버리고 싶은데……."

임사체험이라는 말을 태연자약하게 꺼내는 그 태도에, 지금까지 나름 과격한 단연을 해 온 나도 기가 질리지 않을 수 없었다.

"임사체험을 반복해서, 마음과 감성을 단련하는 거야~. 이건 전에 다 함께 검증을 마친 훈련 방법이니까 안심해도 좋아."

티아라 씨의 말을 의심하는 건 아니었다. 그녀의 말마따나, 죽음의 위기에 처함으로서 얻을 수 있는 게 존재하는 건 사실일 것이다.

하지만 아무리 실증을 마친 것이라 해도 시험하고 싶지 않은 건 있는 법이다.

무엇보다, 실전이 아니라 훈련 과정에서 개죽음을 당하는 것은, 내 사명을 생각하면 절대 있어서는 안 될 일이었다.

"죽는 일은 절대 없을 테니까 걱정하지 마. 이 천재 마법 사인 내가 곁에 있잖아!"

내켜 하지 않는 내 표정을 보고, 티아라 씨는 자신이 마법의 시조라는 점을 강조했다.

아마 티아라 씨는 세계에서 회복마법을 가장 잘 쓰는 마법사일 것이다.

다만, 지금 그녀의 몸에는 마력도 적고, 불확정 요소가 너무 많았다.

나는 도무지 자신 있게 고개를 끄덕일 수 없어서, 미간을 찌푸리고 있었다.

"혹시 상황이 위험해지면, 이 몸이 마지막 목숨을 깎아서라도 **온 힘을 다한, 진정한** 『신성마법』을 사용할 테니까 믿어도 돼, 라이너. 무슨 일이 있어도 죽음은 막겠다고 약속할게."

좀처럼 승낙하지 않는 내 태도가 답답했던 건지, 목숨을 깎겠다는 말까지 꺼내들었다.

이쯤 되면 나도 진지하게 대답하지 않을 수 없었다.

"아니, 그렇게까지 할 필요는 없어. 지금 내가 내켜 하지 않는 건, 그것 말고 다른 방법도 있지 않을까 싶어서——."

"하게 해 줘. 라이너를 강하게 만드는 게 나의 마지막 역할이라고 생각하니까. 지금 대충 했다가 후회하는 짓은 하고 싶지 않아."

티아라 씨는 핏기없는 창백한 얼굴로, 나를 위해 모든 것을 바치겠다고 말했다.

아까부터 어쩐지 나에게 집착하는 것 같다고 생각하긴 했지만, 이 정도일 줄은 몰랐었다. 그 집착의 이유를 물어보고 싶었다.

"티아라 씨는 왜 그렇게까지 나를 챙겨주는 거지?"

"……네가 해 주었으면 하는 일들이 많이 있으니까."

"그건 알고 있어. 만약 지크와 지크의 여동생이 잘못된 길로 들어서면, 내가 싸워 달라는 거지? 이 훈련에 대한 보답의 의미로, 그건 약속할게. 애초에 그런 사태가 벌어지면 나는 당연히 주인을 위해 움직여야 하니까, 그건 의심하지 않아도 돼."

"그 점에 대해서는 걱정 안 해. 다만, 사실 내가 기대하는 건 그것뿐만이 아냐."

그것 말고도 내가 해 주길 바라는 일이 있다는 모양이다.

내게 바라는 것이 대체 무엇일지, 나는 눈짓으로 다음 말을 재촉했다.

그녀는 약간 쑥스러운 듯—— 하지만 오늘 본 것 중에서 가장 진지한 눈매로 대답했다.

그것은 내 생애를 결정짓는『예언』과도 같은『저주』였다.

"무엇보다, 나는……. 너 같은 아이가『최심부』에 도달해 주면 좋겠어."

"뭐? 최, 『최심부』?"

"이치를 훔쳐서 강해진 자들이 아닌, 사도인 디프라클라도 시스도 레거시도 아닌, 성인으로 선정된 자들도 아닌, 이세계에서 온 아이카와 남매도 아닌, 뭔가 우수한 혈족에 해당하는 것도 아닌, 이 세계에서 태어난 평범한 인간인, 딱히 강한 존재도 아닌 네가——."

내가 곤혹스러워 하건 말건, 티아라 씨는 술술 말을 이어나갔다.

그 입에서 나온 이름들은, 하나같이 천 년 전의 전설적 존재들.

하지만 그 모두를 뿌리치고, 그녀가 바란 것은——.

"네가 『이세계 미궁』의 『최심부』로 가 주었으면 해."

그것은 터무니없이 거대한 스케일의 얘기였다.

실감도 되지 않았고, 공감할 수도 없었다.

당연히, 나는 깊이 생각할 것도 없이 고개를 가로저었다.

"미안하지만, 티아라 씨. 그건 말도 안 되는 일이야. 나와는 아무 상관도 없는 소원이야. 솔직히 나는 미궁 공략이니 세계평화니 하는 것에는 관심이 없어. 그런 건 다른 사람한테 부탁하도록 해."

만약 지크가 미궁 탐색에 동행하기를 청한다면, 기꺼이 협조할 생각이다.

하지만 그때 『최심부』에 도달하는 건 지크이지 내가 아니다.

내가 원하는 건, 내 손이 닿는 거리에 있는 소중한 사람들을, 그저 몇 명만이라도 지키는 것이다.

아마 나는 평생을 들여서 그 사명을 완수하고, 죽을 것이다.

내가 평가한 나 자신의 그릇은 기껏해야 그 정도였다.

그런 나를 보고 뜬금없이 세계를 구해 달라니, 난감할 뿐이다.

공감 여부를 떠나서, 현실적으로 불가능한 일이다.

"응. 라이너라면 그렇게 얘기할 줄 알았어. 정말 미궁에 대해서는 관심이 없어 보였으니까. 뭐, 강요하는 건 아니니까, 머릿속 한구석에 내 얘기를 담아 두는 정도면 충분해."

티아라는 허무할 정도로 선선히 물러섰다.

내가 거절하리라는 것쯤은 처음부터 알고 있었던 것처럼 보였다. 그리고 거절당하리라는 걸 알고 있으면서도 내게 얘기하고 싶었다는 것도……, 어렴풋이 알 수 있었다.

"머릿속 한구석 정도라면, 뭐……, 안 될 건 없지만."

"고마워! 그럼 이 얘기는 이제 끝! 빨리 훈련을 재개하자. 하지만 조금 이동하는 게 좋겠어. 여기는 도시에서 너무 가까워서, 다른 사람 눈에 들어올 것 같으니까."

하고 싶은 말은 다 한 것이리라. 티아라 씨는 갑자기 빠릿빠릿하게 움직이기 시작했다. 나는 한숨을 내쉬고, 그런 그녀의 행동을 따랐다.

"하긴 네가 사람들 눈에 띄면 여러모로 곤란하니까. 더 먼 곳으로 갈 건가?"

"글쎄. 가능하면 비경 같은 곳이 좋을 것 같아. 어느 정도

몬스터가 출몰하는 위험한 곳이라면 더할 나위 없이 좋겠지."

"몬스터를 상대로 훈련하는 건가? 그럼 딱 좋은 곳이 있어. 저쪽으로 가면 마석을 발굴할 수 있는 숲이 있는데, 거기서 북쪽으로 더 가면 깊은 계곡이 있고——."

"흠흠, 재미있는 곳이 있네——."

티아라 씨와 나는 함께 평원을 이동해서, 개척지의 위험지역으로 들어갔고—— 이렇게, 본격적인 훈련이 시작되었다.

그날의 훈련 내용은 지극히 간단했다. 그리고 지극히 부조리했다.

개척지 중에서 몬스터들이 우글거리는 곳에 이르렀을 때, 티아라 씨가 기습적으로 등 뒤에서 공격해 왔다. 그리고는 생전 처음 보는 마법으로 인정사정없이 내 마력을 고갈시켜 버리고, 정신오염으로 머릿속을 침식하고, 눈가리개와 수갑을 채운 상태로 벼랑에서 떠밀었다.

자칫 잘못하면, 회복마법을 쓸 틈도 없이 즉사할 수도 있는 짓이었다. 떨어지는 중에 재빨리 머리를 팔로 보호하지 않았더라면 정말 죽었을 것이다. 임사체험이라는 말은 결코 과장이 아니었다는 것을, 나는 계곡 아래에서 몬스터 무리에 둘러싸인 채 실감했다.

하지만 그것은 시범적인 훈련에 불과했다. 그날부터 나는, 하루에 한 번 죽을 위기에 빠졌다가 마법과 스킬을 수련하는 말도 안 되는 단련을 해 가며,『피 옮기기 의식』때까지 시간을 보냈다.

◆ ◆ ◆ ◆ ◆

기본적으로 곁에 붙어 있으면서 가르쳐주는 일은 없었다. 전날 헤어질 때 티아라 씨가 내준 과제를 받아서, 그 과제를 다음 날 밤까지 끝내고, 하루가 끝날 때쯤 초죽음이 된다.

그 과정을 매일 되풀이했다. 이렇게 하면 그녀에게 남아 있는 시간을 무의미하게 소비하지 않고 그 가르침을 몸에 익힐 수 있었다.

임사체험은 날이 갈수록 점점 더 흉악해져 갔다.

단련의 일환인 만큼 부담을 점점 늘려 가는 건 당연한 일이겠지만, 솔직히 말해서 제정신으로 하는 짓인지 의심이 드는 내용들이었다.

손가락 하나 까딱 못 할 만큼 녹초가 된 상태에서 미궁에 집어넣지를 않나, 피가 나는 상처를 두 자릿수 이상 만든 채 호수에 빠뜨리지를 않나, 길을 걷고 있는데 예고도 없이 찌르질 않나, 그야말로 갖가지 방법의 고문을 동원해서, 순조롭게 내 마음을 황폐화해 나갔다.

죽음의 위기에 직면하는 경험을 많이 해 본 내가 아니었더라면, 몇 번쯤은 진짜로 죽었을 게 틀림없다.

내 착각이면 좋겠지만, 고통 속에서도 어떻게든 살아 보려고 발버둥 치는 나를 보던 그녀의 얼굴에 환한 미소가 떠올라 있었던 적이 있었다. 지크와 마찬가지로 이것도 그녀의 취향에 불과한 것 아닐까, 하는 의심이 떠오르기 시작했을 때쯤이었다.

"——앗. 스킬에 『표시』됐어."

내가 헤아릴 수도 없을 만큼 많은 임사체험에서 복귀했을 때, 티아라 씨가 아무것도 없는 허공을 바라보며 그렇게 말했다.

그날도, 우리는 처음 만났던 교외의 초원에서 훈련을 하고 있었다.

전설 속의 성인인 티아라 씨는, 전승의 내용대로 초인적인 스킬을 여럿 갖고 있어서, 갖가지 사물의 정보를 뽑아낼 수 있었다. 그것은 신관들이 사용하는 스테이터스 확인의 강화판 같은 것인지, 내 스킬에 새로운 항목이 늘어난 걸 발견한 모양이었다.

나는 회복마법에 의해 아물어 가는 상처를 바라보며 자세한 정보를 물었다.

"드, 드디어 된 건가……. 여기까지 해도 아무런 성장도 안 보였다면, 몸이 제멋대로 반격하기 시작했을 거야……. 그래서, 어떤 스킬이 생긴 거지?"

"……아, 이런."

"어이."

허공을 빤히 바라보고 있던 티아라 씨가 갑자기 고개를 홱 돌렸다.

마치 보아서는 안 될 것을 보기라도 한 것처럼.

"아니, 스킬 수치 1.00 이하에서 성장 중이던 스킬『감응』이 분명히 있었는데 말야. 그게 완벽하게……, 다른 스킬로 변화했답니다!! 역시 궁지에 몰기만 해서 아레이스 가문의 비의에 다다를 수는 없는 건가 보네~. 이건 성인님인 나도 몰랐다니까~. 갑자기 스킬이 바뀌어 버렸으니까. 이건 나도 어떻게 할 수 없겠네!"

"자, 잠깐……! 이 자식, 로웬 씨가 남겨준 스킬을 없애 버린 거냐……?!"

"그렇지만 그렇지만, 그건 말이야! 천재들이나 익힐 수 있는 스킬이니까, 어차피 라이너는 익힐 수 없었을 거야! 맞아맞아, 어차피 안 되는 거였다니까! 신경 쓰지 마, 신경 쓰지 마!"

"어떻게 신경을 안 쓰라는 거냐?! 그건 내 로망이었던 기술이란 말이다!"

가능하면 지크나 로웬 씨와 같은 스킬을 갖고 싶다고, 항상 생각해 왔었다. 하지만 티아라 씨가 한 말로 미루어보아, 내가『감응』스킬을 익힐 수 있는 일은 두 번 다시 없을 것 같았다.

"미, 미안해. 참고로 새로운 스킬은『악감』이라고 표시돼 있어. 으~음, 이건 자기 신변에 닥친 위기를 감지하는 데 특화된 스킬이었지, 아마? 스킬『감응』이랑 비슷한 거니까 그렇게 화내지 마~."

새로운 스킬의 이름은『악감』이라는 모양이다.

그 효과는 막연하게나마 짐작이 갔다.

임사체험을 반복하는 과정에서, 나는 죽음의 순간에 익숙해졌다. 그 경험 덕분에, 왜 죽음의 위기에 빠진 것인지, 죽음의 위기에서 취해야 할 최선의 행동은 무엇인지, 그 해답을 빠르게 찾아낼 수 있게 되었다. 간단하게 표현하자면, 살아남기 위한 최후의 발악 같은 스킬이었다.

"하아……. 아니, 고마워, 티아라 씨. 이것도 충분히 좋은 스킬 같으니까."

냉정하게 생각해 보면, 검술 재능의 결정체와도 같은 두 사람과 같은 스킬을 익히겠다는 것 자체가 주제넘는 생각이었는지도 모른다.

거기에 연연하기보다는, 새로운 힘을 준 티아라 씨에게 감사를 표하는 게 옳을 것이다.

"응. 좋은 스킬이라는 건 틀림없어. 내가 항상 얘기하던 『수치로 나타나지 않는 수치』와도 관련이 있는 스킬이니까."

"그렇군. 이걸 습득한 덕분에 그것도 성장한 건가?"

"내가 더 중요하게 생각하는 건 오히려 그쪽이니까 말이야~. 지금 라이너는 육감과 직감이 극도로 발달해 있어서, 『감』이 아주 예리해져 있을 거야. 이쯤에서 모의전 한 번 더 해 볼까?"

그렇게 말하고, 티아라 씨는 첫날에 그랬던 것처럼 맨손으로 자세를 잡았다. 그런 그녀에게, 나는 기사로서, 그리고 제자로서 깊숙이 고개를 숙였다.

"……잘 부탁드립니다."

"좋아. 어디서든 덤벼 봐."

초원에서 마주 선 채, 나는 내달렸다.

첫날의 대련 대와는 달리, 이번에는 거의 땅에 닿을 정도로 몸을 숙인 채 질주했다. 자세를 한껏 낮춘 채, 칼집에 든 『실프 루프 브링어』로 티아라 씨의 턱을 노렸다.

첫날과는 달리 조금의 방심도 없는 나의 움직임을, 티아라 씨의 눈은 전혀 따라잡지 못하고 있었다.

이번에는 틀림없이 칼날이 그녀의 턱을 때릴 거라 생각했다. 하지만 머리 뒤에 검은 안개 같은 불안감이 느껴졌다. 일상생활에서 느껴지는 『일이 잘 풀리지 않을 때의 불쾌한 묵직함』이 내 몸을 짓눌렀다.

나는 칼집을 휘두르려던 손을 황급히 멈추었다. 그와 동시에, 티아라 씨가 엉뚱한 방향을 쳐다보면서도 완벽한 회피 동작을 취하는 모습이 눈에 들어왔다.

"──오, 제법이네!"

"또 카운터를 얻어맞을 수는 없지!"

여전한 위력을 발휘하는 예측 능력을 부러워하면서, 다음 공격으로 이행했다.

표적은, 티아라 씨의 배. 그곳을 겨냥하고 옆으로 칼날을 휘둘렀다.

──이번에는 아무런 느낌도 없었다.

자신감을 갖고 검을 휘둘렀지만, 티아라씨는 유유자적하

게 그 공격을 회피했다.

그리고 회피하는 동시에 내 팔을 향해 손을 뻗었다. 나도 맨손인 상대에게 밀릴 만큼 만만한 놈은 아니었다. 그러나 티아라 씨도 내 검이 쉽게 닿을 수 있을 만큼 둔한 사람이 아니었다.

둘 중 누구도 상대에게 유효타를 날리지 못한 채, 10분 정도 공격을 주고받았다.

그러던 중에, 처음에 느껴졌던『일이 잘 풀리지 않을 때의 불쾌한 묵직함』이 다시 내 뒤통수에서 등까지 엄습해 왔다. 이번의 예감은, **컸다.**

다만, 감지하는 것까지만 성공했을 뿐, 그 정보를 어떻게 다루어야 할지를 알 수 없었다. 예감대로 티아라 씨는 종이 한 장 차이로 내 공격을 회피해 내고, 그 틈을 찔러서 내 다리를 걸었다.

볼썽사납게 자빠진 채, 나는 또 코앞에 닥친 티아라 씨의 주먹을 마주해야 했다.

"――빌어먹을. 또 졌잖아……. 지기는 했지만, 예전보다는 조금 나아진 건가? 정말 아주 조금이긴 하지만……, 이게 뭐지?"

패배하기는 했지만, 오늘까지 살아오면서 한 번도 느껴본 적 없는『무언가』가 있었다.

그 근거 없는『무언가』가『수치로 나타나지 않는 수치』라면, 지금까지 티아라 씨가 했던 얘기들은 사실이었다는 얘기가 된다.

근거 없는 『감』을 통해 티아라 씨의 회피행동을 파악한 순간이 있었다.

어떤 원리로 그렇게 된 걸까…….

너무나도 신기한 현상이었다. 마력의 소비도 없었건만, 마법 같은 효과가 있었다.

지크와 로웰 씨도 이런 감각을 느꼈던 건가……?

아니, 그 둘과는 다른 것 같은 느낌이 든다. 천재적인 공격 적중 능력을 가진 그 둘과는 달리, 내 공격은 전혀 맞지 않았다. 머릿속에 막연하게 떠오른 건, 자신의 공격이 실패하리라는 예상뿐. 성공의 이미지는 조금도 떠오르지 않았다.

아마, 스킬 『감응』과는 정반대.

이것은 『성공』이 아닌 『실패』를 예측하기 위한 스킬.

내가 그렇게 끙끙대며 고민하고 있으려니, 티아라 씨는 내 표정을 읽고 그녀 나름의 설명을 시작했다. 내 위에서.

"우와아~. 내가 가르친 거지만, 전투 방식이 진짜 괴상……, 아니, 특이하네. 혹시 자신의 『실패』밖에 예상할 수 없는 거야?"

"그, 그래……. '이렇게 하면 안 된다'는 건 막연하게 알 수 있게 됐어. 하지만 '어떻게 하면 되겠다'라는 감각은 전혀 안 떠올라……."

"일종의 성격 같은 거라고밖에 표현할 길이 없겠네. 라이너는 비굴한 면이 있다 보니, 『실패』를 감지하는 데에 특화돼 있는 거야. 그렇게 생각하면 『악감』같은 희귀한 스킬을 습득한 것도 이해가 가. 원래는 나와 같은 스킬……, 『예감』이나 『직감』 같은 걸 가르치려고 한 건데, 일이 정말 이상하게 돌아가는걸."

"아니, 그래도 보탬이 된 건 틀림없어. 그런데, 이건 대체 어떻게 이렇게 된 거지? 솔직히 정체불명의 감각이 갑자기 부풀어 올라서 영 찜찜한데."

"으~음, 임사체험을 통해 자신의 생명을 여러 번 접하는 과정에서, 라이너의 혼이 민감해진 거야. 마력을 생산하는 혼의 감각이 예리해지면, 마력의 흐름을 읽는 감각도 저절로 예리해지는 법이지."

티아라 씨의 독자적인 이론에, 나는 연신 미간을 찌푸릴 뿐이었다.

이 얘기를 엘트라류 학원 교사가 들으면, 말도 안 되는 소리라며 일소에 부칠 것이다. 교회의 신부가 들으면 터무니없는 얘기라며 고개를 가로저을 것이다.

"그렇게 되어 있으니까 그렇게 된 거야. 원래부터 감각이 날카로운 천재들과는 달리, 너는 이 정도가 한계, 같은 영역에는 다다를 수 없는 것이었도다~."

하지만 이 성인님은 그 이론을 믿고 있었다.

"죽음이 혼의 감각을 예리하게 만들어준다는 건가……."

"참고로 이 감각은 임사체험을 그만두면 몇 달 만에 사라질 거야. 내 경험상, 그럴 게 틀림없어."

"뭐야, 정기적으로 죽을 위기에 처하지 않으면 사라져 버리는 스킬이라고?"

"그러니까 항상 전장에 있어야만 하겠지만……. 라이너라면 아마 괜찮을 거야!"

그 점에 대해서는 나도 동감이었다. 지크와 함께 있는 이상, 아마 나는 나보다 강한 자들과 끝없이 싸우고, 수도 없이 죽음의 위기에 직면할 것이다. 그리고 그 어떤 위험한 상황에 처하더라도, 결코 그에게서 떨어지지 않을 것이다. 그것이 나 자신의 소원이었다.

이 스킬『악감』은 지크의 동료들에게는 없는, 나만이 가진 힘이리라.

약간의 우월감을 느끼며, 나는 입 끝을 살짝 끌어 올렸다.

그 모습을 본 티아라 씨는 흡족한 듯 웃고, 다음 훈련을 재촉했다.

"마음에 들었나 보네. 다행이야. ……자, 그럼 그 스킬의 의식한 상태에서 다시 한번 해 볼까. 이번에는 나도 이런저런 스킬을 써 보고 싶으니까 검 좀 빌려줘. 이쯤 해서 네『검술』을 단련시켜 주고 싶기도 하고 말이야."

"『검술』까지 봐주겠다고? 그럼 이 말끔한 검을……."

내가 원하는 스킬에 대한 얘기가 나왔기에, 내가 차고 있는 검 중에 가장 좋은 검인『헤르빌샤인 가문의 성쌍검』을 건네려 했다. 성인에게 걸맞은 걸 줘야 한다는 단순한 생각 때문이었지만, 티아라 씨는 지금 내가 쓰고 있는 마검 쪽을 요구했다.

"아니, 『루프 브링어』쪽이 더 손에 익었으니까 그걸로 줘. 지금 이름은『실프 루프 브링어』인 것 같지만 말야."

거절할 이유가 없었기에,『실프 루프 브링어』를 건네며 말했다.

"손에 익었다고……? 아아, 그리고 보니 이건 성인의 유품이라고 로웬 씨가 얘기했던 것 같긴 하군."

지난번『무투대회』때, 나는『땅의 이치를 훔치는 자』로웬 씨와 함께 행동하던 시기가 있었다. 그 때,『검술』뿐만이 아니라 검 자체에 대해서도 이런저런 가르침을 받았었다.

"이래 봬도 나는 그 누구 못지않은『신철의 대장장이』이기도 하니까. 실은 이건 내가 직접 만든 검이야."

"그런 거였어? 아……, 저기, 미안해. 멋대로 개조해서……."

"신경 쓸 것 없어. 유품이라고 해 봤자, 천 자루가 넘는 작품들 가운데 한 자루일 뿐이니까. 오히려 개조하면서 훨씬 더 좋아졌어. 감탄스러울 정도야. 원래는 소지자와 공명하는 게 전부인 검이었는데, 이제 완전히 라이너를 위한 마검으로 변해 있는걸."

"네가 알고 있는지 어떤지는 모르겠지만……. 천 년 전의 북부 장군 중 한 사람인 레이넌드 월스라는 사람이 개조해 준 거야."

"어, 그 사람이? 그렇다면 미궁에서 만났나 보네. 인생의 인연이란 참 신기하다니까……. 천 년 사이에 일이 그렇게 되다니 말이야~."

티아라 씨는 감회에 젖은 얼굴로 검을 쳐다보았다.

로웬 씨와 같은 눈매였다. 천 년 전을 살았던 자들만이 알수 있는 그리움이 그 검에 깃들어 있는 것이리라. 천 년 후라는 아득한 미래의 세계로 불려 왔는데, 거기에 자신이 살았던 흔적이 남아있다니……, 아마 나로서는 평생 알 수 없는 감각일 것이다.

"됐어! 추억에 잠기는 건 여기까지! 과거보다 지금이 중요하니까! 그럼, 지도를 재개해 보자~! 이제 날이 제법 많이지났으니까. 시간은 소중히 아껴 써야지~!"

내가 빤히 쳐다보고 있다는 것을 알아챈 티아라 씨는, 퍼뜩 정신을 차리고, 곧바로 『실프 루프 브링어』를 뽑아 들어자세를 잡았다.

"그래. 다시 한번 대련을 부탁하지."

그런 티아라 씨의 마음에 부응해서, 나는 레이넌드 씨와의 관계를 묻고 싶은 충동을 꾹 참고 『헤르빌샤인가문의 성쌍검』을 움켜쥔 채 내달렸다.

순식간에 거리가 좁혀지고, 양측의 검이 맞부딪쳤다.

티아라 씨는 힘겨루기를 꺼리는 듯, 맞부딪친 검을 떼었다. 아나나 다를까, 고랭크의 『검술』을 사용할 수 있는 그녀는 근력 대결을 기술로 회피한 것이다.

방금 전의 맨손 대결 때와는 달리, 승부는 쉽게 나지 않았다. 속도와 힘 면에서 앞서는 내가 공세를 펼치고, 티아라 씨는 기술로 그 공격들을 회피해 나가는 형국이 되었다.

티아라 씨가 의도적으로 긴 힘겨루기를 피하고 있는 것 같은 느낌이 들었다.

이 틈에 아까 익힌 스킬을 잘 써 보라는 뜻이리라.

──신경을 맑게 가다듬었다.

아까 티아라 씨는 "죽음이 혼의 감각을 예리하게 만든다"고 표현했었다. 그렇다면, 죽음을 가까이에서 느끼면 몸속 깊은 곳에 있는 혼을 더더욱 깊이 인식하고, 그것을──.

"있잖아, 라이너는 말이야~, 좋아하는 애 있니?"

티아라 싸가 집중을 방해했다.

검을 휘두르며 싱글싱글 웃고 있었다.

"……."

좋아하는 여자가 있는가.

……다만, 굳이 따지자면 그 사람 정도일까.

아아, 빌어먹을. 집중이 끊겼다. 지금은 그런 잡생각보다 혼의 감각에 집중해야 한다.

적의 칼끝에 집중해서, 죽음에 더 가까이 다가가야 한다.

"어, 에에엥……? 순간적으로 떠오른 게 **누나**라니……. 장래가 좀 걱정되는걸. 천 년 전에 그런 사람들을 몇 번 봤는데, 그런 사람치고 행복한 결말을 맞이하는 사람은 본 적이 없는데……?"

"자, 잠깐! 마음을 읽는 그놈의 스킬, 그만 좀 써!!"

나는 검을 난폭하게 휘두르면서, 조금 당황한 채 외쳤다.

처음 만났을 때부터 수상하다고 생각했는데, 이쯤 되면 의심의 여지가 없다.

이 녀석, 남의 마음속을 멋대로 읽고 있다!

"들켰나 보네. 하지만 안 그만둘 거야. 지금부터는 스킬을 써서 싸울 거라고 얘기했잖아."

"그게 아니라! 싸움과 상관없는 스킬은 그만두라는 얘기야!"

"이것도 엄연한 전술의 일종이야. 이 정도 공격에 마음이 흐트러지면, 실전에서 『악감』을 쓰는 건 그냥 꿈같은 얘기일걸~."

전술. 다시 말해 도발이었던 모양이다.

그런 말을 듣고 나니, 더 이상의 반론은 꼴사납게 느껴질 뿐이었다.

하는 수 없이, 나는 마음을 가라앉히고 다시 검에 집중했다.

"그래, 그래. 이건 도발이야. 아무리 좋은 스킬을 갖고 있더라도, 동요해서 그 스킬을 쓸 수 없다면 돼지 목에 진주 목걸이니까. 우선 언어 공격에 대한 대응 훈련부터 시켜 줄게. 이~히힛."

팰린크론을 연상케 하는 표정을 지어 보이며, 티아라 씨는 철저하게 말로 싸우려 들었다. 내 예상일 뿐이지만, 아마 이건 그녀의 본래 전투 방식은 아닐 것이다.

천 년 전의 전설 속에서 그런 얘기는 들어 본 적이 없었다. 싸우기 전에 "지도해 주겠다"고 했던 건, 다시 말해——앞으로 내가 싸우게 될 적들의 즐겨 쓰는 전법을 예습시켜 주고 있는 것이다. 그렇다면 지금 내가 해야 할 일은, 적의 말에 현혹되지 않고 스스로의 리듬을 유지하는 것이리라.

"요 며칠 동안 사생활을 좀 살펴봤는데 말이야~. 라이너는 정말 누나에 푹 빠져 있는 것 같더라니까~."

그 어떤 중상모략을 받더라도, 동요하지 말고 검을 휘둘러라.

오히려 여유를 갖고, 적의 도발을 비웃어 줘라.

"누나 말고도 예쁜 여자애들이 잔뜩 있는데 말이야~. 아, 내 딸은 어때?"

검을 휘둘러 가면서, 나는 코웃음을 치며 대꾸했다. 역으로 도발해 주었다.

"헛! 라스티아라? 그럴 일은 없어. 절대 없어."

"으, 으음. 우리 딸이 뭐가 문제라는 건데?!"

"솔직히, 전부."

"저, 전부⋯⋯? 아니, 그럴 리가 없어. 좋은 점도 있잖아! 어, 얼굴도 예쁘고⋯⋯."

"오히려 그 여자는 얼굴 말고는 좋은 구석이 없잖아."

이 말에 조금이라도 빈틈이 생긴다면, 칼부림에도 빈틈이 생길 테지만⋯⋯.

"큭, 부정할 수 없는 게 분해⋯⋯."

어째선지 진심으로 납득하고, 진심으로 풀이 죽었다.

그러면서도 칼부림은 조금도 느슨해짐이 없었다. 회복이 빠른 점도 닮았는지, 티아라 씨는 이내 다시 밝은 표정으로 대화와 전투를 다시 진행했다.

"그럼, 다른 가까운 여자아이……, 라그네나 세라 같은 애들은 어때? 라이너한테 마음이 있기는 하려나~?"

"……그 얘기, 더 할 거야?"

"더 할 거예요."

존댓말로 딱 잘라 대답했다.

그 화제에 내가 동요할 일은 없다는 건 이미 증명됐을 텐데도, 은근히 끈질기게 물고 늘어졌다.

그러고 보니 하인 형님에게 얘기를 들은 적이 있었다. 라스티아라 녀석은 수다를 좋아하고, 그중에서도 특히 연애 얘기를 좋아한다는 것을.

어쩌면 티아라 씨도 단순히 수다를 떨고 싶은 것뿐인지도 모른다. 수명이 얼마 남지 않은 그녀가, 시간을 아끼기 위해 훈련 중에 얘기하고 있는 것뿐일 가능성이 부상하기 시작했다.

"……."

정신단련이라고 생각하자. 앞으로 싸우게 될지도 모를 『이치를 훔치는 자』들이 수다스러운 경향이 있는 건 사실이었다. 티아라 씨나 지크처럼 싸우면서 다른 일도 할 수 있도록 달련하지 않으면 앞으로의 싸움을 이겨낼 수 없을 거라고, 억지로 스스로를 설득했다.

"둘 다 『셀레스티얼 나이츠』의 동료라는 이미지밖에 없어. 애초에 내 인생에는 그런 생각이나 하고 있을 여유도 없어."

"……흐응. 진심으로 그렇게 생각하나 보네. 재미없게. 그나저나, 『셀레스티얼 나이츠』라. 그러고 보니 그런 것도 있었지. 『예언』이 왜곡돼서 전해져서 그런지, 본래의 역할 과는 동떨어져 있는 것 같지만."

"호오, 그런가? 신도 입장에서 좀 궁금하군. 『셀레스티얼 나이츠』의 본래 역할이라는 게 뭐지?"

"그건, 스승님이 『최심부』에 도달하는 걸 도와줄 호위 담당을 몇 명 마련해 달라고 해서 조직했던 건데……. 어느 틈엔가 나를 위한 기사로 변해 있었어. 깜짝 놀랐다니까."

"아아, 그런 의미가 있었군. 아주 귀중한 역할이었잖아."

"중요한지 어떤지는 모르겠지만 말이야. 천 년 전의 『이치를 훔치는 자』 일곱 명에 맞서서 대충 만든 거니까."

"하지만 그 대충이라는 게 바로 『감』인 셈 아닌가?"

오늘까지 해 온 훈련 속에서 조금씩 깨달은 게 있었다.

티아라 씨가 얘기하는 "대충"이란, 우리의 "대충"과는 전혀 다르다. 얼핏 보면 무의미해 보이는 훈련에도 반드시 이유가 있었으며, 내뱉는 말에도 깊은 의미가 있다.

그녀의 "대충"이라는 『감』은 백발백중에 가까웠다.

말하자면, 『예언』. 그녀가 천 년 전에 성인으로 불릴 수 있었던 건, 시조였던 지크의 『예지』에 필적하는 힘을 갖고 있었기 때문이었으리라.

"오? 라이너도 이제 좀 이해가 가나 보네. 맞아, 나는 스승님 혼자서는 반드시 중간에 꺾일 거라고 『감』을 통해 확신하고, 믿음직한 동료들이 7명쯤 필요하다고 판단한 거야. 뭐, 내가 굳이 동료들을 마련해 줄 것도 없이, 스승님은 자기 힘으로 동료들을 모았지만 말이야~."

"7명……."

티아라 씨는 명확하게 인원을 얘기했다.

그게 누구였는지는 모르지만, 나는 그 안에 들어가고 싶다고 생각했다.

1년 전의『무투대회』때 함께했던 사람들을 헤아려 보면, 남은 자리는 얼마 되지 않을 것 같았다.

나는 진정한『셀레스티얼 나이츠』가 될 수 있도록 반드시 강해지고 말겠다고 다짐하며, 움켜쥔 쌍검을 힘껏 휘둘렀다. 티아라 씨는 예기치 못한 강타에 놀라서, 굳이 버티지 않고 후방으로 펄쩍 뛰어 물러섰다.

"오옷."

수다를 떨면서도 줄곧 내 공격을 피해 내고 있던 티아라 씨가 후퇴했다.

내『검술』과 스킬이 적의 움직임을 따라잡기 시작한 것이다.

나는 쌍검의 칼끝을 응시하며, 고작 여기서 멈춰 설 수 없다고 선언했다.

"최대한 빨리, 뒤통수에 달라붙는 이 감각을……,『수치로 나타나지 않는 수치』라는 녀석을 이해해 주겠어. 네가 사라지기 전에 말이야."

"……응, 기대할게."

내 거만한 말을, 티아라씨는 기쁜 표정으로 받아들였다.

그리고 그 선언을 실현하기 위해, 지도의 강도를 한층 더 끌어올리려 들었다.

"그럼, 더 비겁한 스킬을 써서 너를 몰아붙여 줘야겠는걸. 나는 할머니라서 스킬이 풍부하니까 말이야. 생각을 유도하는 데에는 일가견이 있다니까~. 이~히히힛."

검을 움켜쥐고 있는 티아라 씨의 분위기가 달라졌다. 지금까지는 미소를 띤 채 뻔질거리며 싸우고 있던 그녀가, 약간이나마 진지한 표정을 보였다.

그 날카로운 눈매로 한 발짝 앞으로 내딛으려 했다.

하지만 그 발걸음은 더 이상 이어지지 않고, 갑자기 허둥대기 시작했다.

"——어?! 에엥?! 이런! 라스티가 다가오고 있잖아!!"

티아라 씨는 갑자기 고개를 홱 돌려서 연합국 시가지 쪽을 쳐다보았다.

드넓게 펼쳐진 평원에 라스티아라의 모습은 보이지 않았다. 하지만 방금 본인이 얘기한 '풍부한 스킬'로 멀리서 접근하는 라스티아라의 기척을 알아챈 모양이었다. 티아라 씨는 내 대답을 기다리지 않고 근처 풀숲을 향해 발걸음을 옮겼다.

"어라라……?! 의식 준비가 벌써 다 끝난 건가?! 나는 숨을 죽이고, 심장을 멈춘 채로 숨어있을게! 뒷일을 부탁해!"

상당히 살벌한 한 마디를 남기고, 티아라 씨는 풀숲에 숨었다. 이것도 모종의 스킬인 건지, 분명히 숨는 모습을 봤는데도, 어디에 있는지 전혀 알 수 없었다.

우두커니 혼자 남은 나는, 그녀의 말대로 시가지 방향을 쳐다보았다.

그랬더니, 아직 쌀알만 한 크기로 보일 만큼 멀리 있는데도, 다른 사람과는 전혀 다른 광채를 내뿜는 인물이 다가오고 있는 모습이 눈에 들어왔다.

이내 나는 혼자서 검술 훈련을 하는 시늉을 하기 시작했다. 티아라 씨의 흔적을 들키지 않도록, 다가오는 라스티아라를 신중하게 맞이했다. 그리고 가까이 다가온 라스티아라는――.

"……어라? 방금 누구 있었어?"

나무 그늘에서 검을 휘두르는 나를 보고, 입을 열자마자 물었다.

"누가? 나는 계속 혼자 있었어. 한가하던 참이라 검술 단련을 하고 있었지."

방금 전에 티아라 씨와 함께한 훈련 덕분인지, 태연한 얼굴로 대답할 수 있었다.

라스티아라는 약간 어리둥절한 표정을 보였지만, 이내 평소 표정으로 돌아와서, 검을 휘두르는 내 가까이에 앉았다. 묵묵히 검을 휘두르는 나를 바라보면서, 얘기했다.

"흐으응……. 라이너는 정말 모범생이라니까. 기사로서도, 학원생으로서도."

고지식한 면을 칭찬받았지만, 나보다 더 모범적인 사람은 수두룩하게 많다.

"기사의 모범이라면, 퀘이거 전 총장이나 하인 형님이 더 어울릴 텐데."

"으~음. 그 두 사람은 단순한 직업인이라는 이미지가 있어서 말이지. 직업으로서 기사로 활동하는 느낌이랄까? 내가 진심으로 기사라고 여기는 건 라이너뿐이야."

"그건……, 고맙군."

이유를 설명하는 라스티아라의 말에, 나는 그 칭찬을 순순히 받아들였다.

나도 참 많이 성장했다고, 나 자신에게 감탄했다.

라스티아라와 형님에 대한 얘기를 하다니, 『무투대회』 때는 생각조차 할 수 없던 일이었다. "하인 형님은 직업인"이라는 평가를 듣고도 격앙되지 않고 납득할 수 있었다. 결국, 형님은 모든 것을 평등하게 지키는 완벽한 기사가 아니라, 어디에나 있는 흔한 남자였다. 어린 시절의 내가 형님을 완벽한 기사로 여겼던 것은, 그저 최선을 다해 일하는 형님의 뒷모습을 보고 착각했던 것뿐. 그 사실을, 이제 진심으로 받아들일 수 있었다.

"자, 그 훌륭한 기사 라이너에게 반가운 소식이 있어."

상념에 잠겨 있는 내 모습을 충분히 지켜본 후에, 라스티아라는 웃으며 자신의 용건을 꺼냈다.

"지난번에 데려온 알 군과 에밀리 말인데, 피를 뽑을 수 있도록 허가를 받았어. 의식 준비도 거의 끝났고. 이르면 오늘 밤 안에 준비를 마치고, 내일 아침이면 의식을 시작할 수 있을 것 같아."

"그걸 얘기해 주려고 이렇게 일부러 나를 찾은 건가?"

오늘 아침에 헤르빌샤인가를 나서면서, 나는 그 누구에게도 행선지를 얘기하지 않았었다.

어디 있는지 알 수도 없는 나에게 연락하기 위해, 대성당에서 제일 높은 사람인 라스티아라가 여기저기 돌아다녔다고 생각하니……, 약간 미안한 기분이 드는 것도 사실이었다.

"응, 그런 셈이지. 그래 봤자, 어차피 라이너가 여기 있다는 건 **대충** 알고 있었으니까, 금방 찾을 수 있었어. 나는 예전부터 『감』이 뛰어나서 말야."

"그, 그래. 그런 모양이군."

순간, 나도 모르게 눈길이 수풀 쪽으로 향할 뻔했다.

라스티아라가 가진 뛰어난 『감』의 기원이 된 것은, 틀림없이 티아라 씨일 것이다. 하지만 지금 『감』이 좋다고 자처하는 소녀의 눈앞에서, 그 수풀 쪽으로 시선을 돌릴 수는 없는 노릇이었다. 나는 애써 눈앞의 라스티아라에게만 집중했다.

"그럼, 라이너도 바로 대성당에 집합해 줘. 아, 하지만 오기 전에 먼저 집부터 들르도록 해. 지금 세라가 알 군과 에밀리를 데리고 네 집에서 기다리고 있으니까. 그 둘이 라이너에게 감사 인사를 하고 싶다나 봐."

그 말투로 미루어보아, 처음에는 넷이서 같이 내 집을 찾아갔다는 것을 알 수 있었다.

그런데 헤르빌샤인 가문의 저택에 내가 없었기에, 하는 수 없이 라스티아라가 단숨에 달려서 나를 찾아오게 된 것이리라.

그런 상황에서 제일 높은 사람인 라스티아라가 뛰어다녔다는 게, 바로 그녀다운 점이었다.

"알 일행이 집에 있단 말이군. 하지만 감사 인사는 첫날에 질리도록 들었는데."

"그래도 또 감사를 표하고 싶은 거겠지. 아아, 역시 내 자매들이라니까.『주얼 크루스』들은 하나같이 착하단 말이야."

"그런가? 에밀리 녀석은 널 닮아서 귀찮은 성격 같던데."

"아니아니, 여자애들은 원래 다들 그런 법이야."

그 라스티아라가 얘기하는 '다들'이라는 건, 지크의 파티에 속해 있는 여자들을 가리키는 걸까. 하긴 그 여자들에 비하면 어지간한 여자들은 귀찮은 축에도 끼지 못할 것이다.

내가 납득 안 가는 얼굴로 반론을 포기하자, 라스티아라는 서둘러 원래 온 길을 되짚어 돌아가려 했다.

"그럼, 라이너는 빨리 집으로 돌아가도록 해. 나도 먼저 대성당에 돌아가 있을게. 준비할 게 조금 남아있어서 말이야."

1년 전의 성탄제 의식에는 후즈야즈 신관들의 협조가 있었다. 하지만 지금은 우리의 힘만으로 해야 하는 상황인 만큼, 그를 위한 준비가 더 필요한 모양이었다.

라스티아라는 바쁘게── 하지만 축제를 앞둔 어린아이처럼 초롱초롱 빛나는 눈으로, 대성당에 돌아가려 했다. 나는 그 모습을 주의 깊게 바라보았다.

오랜만에 단둘이서 얘기했지만, 지극히 평범했다.

아니, 평범한 정도가 아니라, 말귀를 잘 알아듣는 유능한 상사라 해도 좋을 정도였다. 농담을 던져서 부하의 긴장을 풀어주었다. 끊임없이 미소를 유지해서, 이 사람을 따르면 아무런 문제도 없을 거라는 믿음을 주었다. 여유 있고 어른스러운 누님 같은 느낌이었다.

그 모습을 보고, 나는 조금이나마 희망을 품었다.

아까는 라스티아라는 절대 안 된다고 했지만, 얘기를 나눠 보면 혹시──.

"라스티아라, 잠깐."

"응? 왜 그래?"

"마지막으로 딱 하나 물어보고 싶은 게 있어. 만약에……, 어디까지나 만약의 얘기야. 성인 티아라가 내일의 의식을……,『재탄생』을 원하지 않는다면 어떻게 할 거지?"

그런 나의 질문을 들은 이상적인 상사 라스티아라는, 이쪽을 돌아보며 주저 없이 대답했다.

"그럴 일은 절대 없어. 갑자기 그건 왜 물어?"

그와 동시에 덮쳐드는, 허리가 짓눌려 버릴 것만 같은 압력.

지금까지의 가벼운 분위기를 찢어발기는 것처럼, 라스티아라의 온몸에서 살을 에는 듯한 마력이 뿜어져 나와서, 나

는 자칫하면 꼴사납게 뒤로 나자빠질 뻔했다.

"……윽?!"

검을 쥐고 있고, 마음을 굳게 다잡고 있는, 임전 태세라 해도 과언이 아닌 상태였음에도 불구하고, 그 한마디 말에 고꾸라질 뻔했다.

물론 그 압력은 전의나 살의 같은 건 아니었다. 라스티아라는 단순히, 살짝 마음에 안 드는 발언에 대해 강경한 대답을 한 것뿐이었다.

그럼에도, 압도당할 지경이 되었다.

여신을 방불케 하는 외모에서는 상상도 할 수 없는, 파충류의 것과도 같은 두 눈.

그 눈은 모든 것을 불살라 버리는 태양처럼, 황금색으로 빛나고 있었다.

가벼운 마음으로 쳐다봤다가는, 눈동자 속으로 빨려 들어가고 만다. 비록 그녀 자신은 악의가 없다고 해도, 본인의 의지와는 무관하게 불타 버린다.

그 무시무시함이 바로 라스티아라 후즈야즈의 힘이자, 본질.

내 힘 따위는 빈껍데기에 불과하다는 걸 새삼 실감하지 않을 수 없었다.

하지만 빈껍데기이기에 더더욱, 물러설 수는 없었다. 내 훈련을 도와준 스승들을 위해서라도, 공포를 뿌리치고 의연하게 대꾸했다.

"왜 그럴 일은 절대 없다고 장담할 수 있는 거지? 너는 성인 티아라와 만나 본 적도, 얘기해 본 적도 없잖아?"

"하긴, 만나 본 적은 없지. 하지만 티아라 님의 인생은 봤으니까. 그러니까 나는 알 수 있어."

라스티아라의 마음속에서, 이 질문에 대한 답은 처음부터 정해져 있었던 모양이다.

여전히 한 발짝도 물러서지 않는 나를 보고, 그녀는 자신의 생각에 대한 증거를 중얼중얼 얘기했다.

"티아라 님은 말이지……, 어린 시절에는 병약해서 방에서 한 발짝도 나가지 못하는 생활을 했었어. 시녀 한 명과 가득 쌓인 책들만 있던 방. 존귀한 혈통이면서도, 계속 그 방에서만 자라야 했지. 선천적으로 『마의 독』에 몸을 침식당해서, 밤마다 고통에 시달리는 괴로운 생활. 죽음의 고비를 수도 없이 맞이하고……. 그렇게 죽음과 이웃하는 나날 속에서, 라스티아라 님은 절망하고 있었어. 나는 이대로 다른 누구와도 어울리지 못하고, 태어난 의미도 없이, 고통만 받다가 죽고 마는 걸까 하고, 인생을 단념하고 있었어."

어린 시절의 티아라 씨에 대한 얘기였다.

라스티아라는 그것을 마치 자기 일처럼 얘기했다.

"그런데 그런 티아라 님 앞에 카나미가 나타난 거야. '나라면 너를 고쳐줄 수 있을지도 몰라'라면서……. 그렇게, 평생 열리지 않을 줄 알았던 문이 열렸어. 마치 어두운 심해에 다다른 천상의 빛과도 같이……. 조개처럼 굳게 닫혀 있던 티아라 님의 마음이 조금씩 열려 가고……. ——그 이야기가 시작된 거야.”

라스티아라는 마치 음유시인이라도 된 양 거창하게 카나미의 등장을 얘기했다.

흥분에 뺨이 붉어지고, 마력에 금색 머리칼이 춤추고, 두 눈에 깃든 태양의 열기가 한층 뜨거워졌다.

“그 뒤로 카나미는, 병상에 누운 티아라 님의 상태를 보기 위해 매일같이 찾아오게 됐어. 본인은 여동생의 치료법을 찾기 위한 실험이라고 했지만, 카나미가 진심으로 티아라 님을 걱정했다는 건 의심의 여지가 없어. 왜냐면 카나미니까! 그리고 원래는 부모에게서 느껴야 할 사람의 온기를, 티아라 님은 카나미 님을 통해 처음으로 느끼게 되지⋯⋯.”

신이 나서 물 흐르듯 얘기하는 티아라의 모습에, 나는 뭐라 형언할 수 없는 공포를 느꼈다.

흥분한 상태인 걸 알 수 있었다. 하지만 지나치게 감정 이입한 듯한 그 모습에서는, 약간의 광기가 묻어나고 있었다.

“알고 있다시피, 티아라 님의 몸은 카나미 덕분에 회복돼. 절망 속에서 구원을 받은 거야. 여기서 죽었다면 후즈야즈의 역사 자체가 지워지고 없었을 테니까 당연한 일이겠지. ⋯⋯그 이후로 티아라 님의 회복은 『기적』으로 불리게 되고, 티아라 님은 본래 지위인 공주님다운 삶으로 돌아가게 돼. 부왕은 감격했고, 훗날 왕위를 이어 여왕이 되지 않을까 하는 소문도 돌았어. 하지만 티아라 님은, 이제 와서 왕위 계승권 같은 건 바라지 않았어. 그런 것에서는 아무런 매력도 느끼지 못했으니까. 관심도 없었어. 당연한 일이었지."

그렇게 얘기하는 라스티아라의 표정은 정말로 신나 보였다. 티아라 씨의 말마따나, 라스티아라는 천 년 전의 이야기를 자신의 일로 받아들이고 있는 것 같았다.

"왜냐하면, 티아라 님에게는 그런 시시한 것보다 훨씬 매력적인 게 있었으니까! 그건 바로, 세계를 구하기 위해 후즈야즈에 나타난 다섯 명의 영웅들! 『사도』세 명과 그들을 따르는 두 명의 『이방인』! 티아라 님은 특히 생명의 은인인 카나미와 함께하고 싶었어! 함께 걸으면서, 평생을 함께하기를 원했어! 공주님이라는 지위보다 그게 훨씬 더 매력적인 인생이었으니까!!"

그렇게 호언장담하고, 티아라는 크게 숨을 내쉬었다.

자신의 취향을 토로할 수 있었다는 것에 크게 만족한 것이리라.

하인 형님도 비슷한 버릇이 있었기에, 나는 그런 라스티아라의 태도를 냉철하게 분석할 수 있었다.

그리고 몸속에 있는 뜨거운 것을 일시적으로 토해낸 탓인지, 라스티아라는 급격히 이성을 되찾았다. 자신이 오랫동안 얘기를 늘어놓았다는 것을 깨닫고, 그것을 약간 부끄러워하는 기색이었다.

"……하, 하여튼! 티아라 님은 카나미와 이어져야만 해! 천 년이 지난 지금, 반드시 재회해야만 한다는 얘기야!"

위압감은 어느새 사라지고 없었다.

여신 뺨치는 미모의 소녀가 뾰로통하게 입을 내밀고 있을 뿐이었다.

"왜냐면, 나와는 달리 티아라 님은 『진짜』 공주님이니까. 『가짜』와는 전혀 달라. 응, 맞아. 그건 **내가 아냐**. ……내가 아니란 말이야."

그렇게 말을 마쳐 가는 라스티아라의 표정은, 지금까지 본 적 없는 것이었다.

눈을 지그시 감고, 미간을 찌푸리고, 하지만 입가에는 웃음을 머금고 있었다. 그것은 슬퍼하는 것 같기도 하고, 기뻐하는 것 같기도 하고, 기대하고 있는 것 같기도 했다.

"너는……, 티아라 씨가 부러운 건가?"

"부러워해? 응? 내가 티아라 님을?"

보아하니 완전 빗나간 예측이었던 모양이다. 하지만 사람 좋은 라스티아라는 내 착각을 덮어놓고 부정하지는 않고, 일단 생각은 해 주었다.

"……그럴지도 모르지. 나는 질투가 많은 면이 있으니까. 하지만 말이야, 나는 그 이상으로 티아라 님을 좋아해. 티아라 님 이야기의 광팬이고, 진심으로 그 행복을 응원하고 있어. 응, 역시 나는 티아라 님을 응원하고 있는 거야."

부정적인 감정은 찾아볼 수 없는, 단아한 미소였다.

나는 티아라 씨만큼 예리한 『감』은 갖고 있지 못했지만, 라스티아라의 말이 진심이라는 걸 직감적으로 느낄 수 있었다. 그렇기에 여러모로 납득이 가지 않는 점이 많았다.

"하지만 너도 지크를 좋아하잖아? 왜 그렇게 쉽게 물러서 는 거지?"

두 사람이 서로 사랑하는 사이라는 건 예전에 확인했다.

방금, 라스티아라의 질투 많은 성격도 확인했다.

그런데도, 눈앞에 있는 이 소녀는 사랑하는 이를 남에게 양보하려 하고 있다.

그 모순에 대해, 라스티아라는 망설임 없이 대답했다.

"으~음, 아마……, 순서 때문 아닐까?"

"순서……?"

"『좋아하는 마음』의 크기순서. 내『좋아하는 마음』은 말이 야, 아마 마리아나 스노우에 비하면 10분의 1 정도밖에 안 될 거야. 역시 러브스토리라는 건『좋아하는 마음』이 가장 큰 아이가 우선시되는 게 옳다고 생각해. 기본이잖아, 기본."

러브스토리의 기본……?

황당해서 대꾸할 말을 잃을 지경이었다.

예전부터 예측은 하고 있었지만, 역시 이 여자는 이상하다.

라스티아라는 독자적인 규칙을 전개하고, 그것을 준수하 고 있다. 그 규칙은 연극이나 소설 속에 흔히 있는 정석적 인 구도. 즉 이 녀석은,『좋아하는 마음』이 그리 크지도 않 은 조연인 자신이 주인공과 해피엔딩을 맞이하는 건 수긍할 수 없다는 얘기를 하고 있는 것이리라.

그렇기에 티아라 씨에게 기회를 양보하는 것에 대해 아무 런 거부감도 갖지 않는다. 아마 전직 노예 소녀나 드래고뉴트에게 사랑하는 카나미를 빼앗긴다고 해도, 웃으며 축복해 줄 것이다.

무엇이든 다 즐길 수 있고 언제든 진심으로 웃을 수 있는 것이야말로, 라스티아라 후즈야즈의 강점 중 하나라는 생각이 들었다.

그녀는 미궁 탐색도 세계 모험도, 싸움도 일상도, 위험도 안전도, 적도 아군도, 그 모든 것을 즐기고 있는 것 같아 보이는 구석이 있었다. 유일하게 슬퍼하는 모습을 본 적이 있던 건, 오직 무대에 올라가지도 못했을 때뿐. 오히려『좋아하는 마음』이라는 감정이 일반인보다 진하고 만능이다 보니 이렇게 뒤틀린 독점욕을 갖게 됐고……. 이런 녀석을 어떻게 설득하란 말인가.

나는 그렇게 결론을 지었다. 나 같은 평범한 사람의 사고 방식으로는, 라스티아라의 가치관을 절대 따라갈 수가 없다. 그 가치관을 이해하고 설득할 수 있는 건, 아마 지크나 그 동료 여자들뿐일 것이다.

이 녀석에 대한 처리는 그냥 주인 지크에게 맡기자. 그게 가장 좋은 방법이다. 아니, 솔직히 괜히 건드리기 싫다. 건드렸다가는 무사하지 못할 것이다.

"……그렇군. 알았어. 그렇게 결심했다면 마음대로 해. 나는 아무 참견 안 할 테니까."

"오오. 역시 하인의 동생이라니까~! 내 마음을 이해해 주는 거야~?!"

솔직히 형님이라는 전례가 없었더라면, 방금 그 얘기의 절반도 이해하지 못했을 것이다.

그 정도로, 이 녀석이 하는 얘기는 정상이 아니었다.

"아니, 이해는 했지만 공감은 못 하겠어. 솔직히 말해서 도대체 왜 그러는 건지 도통 모르겠다고."

"에엥~? 칫, 뭐, 그런 소리 들을 건 예상하고 있었지만 말이야. 그나저나, 네 얘기는 벌써 끝난 거야?"

"그래, 다 했어. 네가 성인 티아라의 『재탄생』을 그 누구보다 원하고 있다는 건, 똑똑히 잘 알았어."

이 정도면 내일의 의식 때 아무 고민 없이 배신할 수 있다.

라스티아라에게는 미안하지만, 티아라 씨 쪽이 더 정상적이었다.

그러니까 나는 티아라 씨 쪽에 붙을 것이다.

조잡한 논리처럼 들릴지도 모르지만, 정상적인가 아닌가하는 것은 내 신뢰의 판단 기준 가운데 하나인 것이다.

"오케이. 그럼 나는 빨리 대성당으로 돌아가서 준비할게. 너도 집에 들렀다가 바로 내 쪽으로 와야 해~. 일이 착착 진행되면, 아마 오늘 밤부터 의식을 시작할 수 있을 테니까~"

내가 마음속으로 배신을 다짐한 가운데, 라스티아라는 종종걸음으로 시내를 향해 걸어갔다.

나는 그 뒷모습에 작별 인사를 건네고, 손을 흔들었다.

"그래, 먼저 가 있어. 나는 세라 씨 일행과 만나고 나서 그쪽으로 갈 테니까."

"바이바~이!"

그 인사에, 라스티아라는 이쪽에서 등을 돌린 채 손을 흔들어 화답했다.

종종걸음이라고는 해도, 기본적인 신체능력이 뛰어난 라스티아라인 만큼, 그 모습이 시야에서 사라지기까지는 그리 오랜 시간이 걸리지 않았다. 나는 그 순간까지 충성스러운 기사의 모습으로 손을 흔들고, 그녀의 모습이 완전히 사라진 것을 확인하고 나서야 근처의 풀숲을 향해 말했다.

"왜 저 지경이 되도록 내버려 둔 거지?"

일단 먼저, 라스티아라의 어머니를 자처하는 옛 성인님에게, 이 시대 성인의 비정상적 사고방식에 대해 따졌다.

"에에엥? 내 잘못이야?"

비척비척 풀숲에서 나온 티아라 씨는 억울하다는 듯 고개를 가로저었다.

"내 잘못이 아니라니까. 내 의식이 밖으로 나오기 전부터 이미 저런 상태였는걸. 오히려 저런 애를 이 정도까지 키워낸 후즈야즈에게 기가 질릴 지경이었다니까."

"그럼 우리 교육 담당 잘못인가? 하인 형님과 팰린크론이 담당이었던 걸로 기억하는데…….

"헤르빌샤인의 후예와 레거시 군의 환생자가? 그 둘이었다면……, 아마 레거시 군 탓이었겠지! 레거시 군은 기본적으로 좀 그런 면이 있으니까!"

"역시 그랬군. 성인님 말이라면 틀림없겠지! 빌어먹을,

팰린크론 그 망할 자식……!"

군이 따지자면 이번 일은 형님이 원인일 가능성이 더 큰 것 같다는 느낌도 살짝 들기는 했다. 하지만 팰린크론 탓으로 해 두었다. 그 녀석 탓으로 해 두면 돌고 돌아 결국 정답이 되는 경우가 많으니 그럴 수밖에 없다.

그리고 나와 티아라 씨는 한바탕 팰린크론 레거시에 대한 욕을 퍼부은 다음, 냉정하게 현재 상황을 정리하기 시작했다.

"농담은 이쯤 해 두고……, 네가 카나미를 가장 좋아한다는 건 사실인가? 적어도 라스티아라는 그런 생각에 따라 순서를 양보하려 하고 있어."

"아니, 물론 어느 정도 좋아하긴 하지만 말이야, 가장 좋아하는 건 아닌 것 같은데? 딸의 몸속에서 디아, 마리아, 스노우를 지켜봤는데, 솔직히 이길 자신이 없어."

"하긴 그렇겠지. 그 녀석들을 이긴다면, 그건 아주 갈 데까지 갔다는 뜻이 될 테니까."

티아라 씨는 힘이나 기술 면에서는 무지막지하지만, 비교적 정상적인 성격을 갖고 있다.

지크 주위에 있는 녀석들과 어깨를 나란히 하기에는 여러모로 부족한 면이 많다.

"왜 우리 딸이 그렇게까지 단호하게 내 마음을 단정 짓는 건지……, 도무지 이해가 안 간단 말이지~. 확실한 점은, 딸과의 『친화』는 이제 불가능하다는 거야. 내 목소리는 더 이상 딸에게 전해지지 않으니까……."

『친화』라는 단어는, 팰린크론과 싸울 때도 들은 적이 있었다.

나는 그것을, 『이치를 훔치는 자』의 힘을 제대로 사용하기 위해 필요한 요소 정도로만 인식하고 있었다. 더 자세한 설명을 들어 보고 싶다고 내가 생각하자, 항상 그랬듯 티아라 씨가 먼저 내 생각을 읽어냈다.

"어라, 모르고 있었어? 그럼 가는 길에 『친화』에 대해 가르쳐줄게. 이건 내일의 의식과도 관계가 있는 거니까. 마법의 진수 가운데 하나이기도 하고 말이야!"

"고마워."

이렇게 해서, 우리 둘은 먼저 떠난 라스티아라와 마주치지 않도록 경로를 선택해서, 천천히 저택으로 돌아갔다.

그 귀로에서, 우리는 작별 인사와도 같은 대화를 나누었다.

"의식 준비가 다 끝났단 말이지~. 아마 아까 그게 마지막 수업이 될 것 같네."

"그래. 내일이면 작별인 것 같군."

이제 지도도 끝이라고 생각하니, 나도 모르게 걸음이 약간 느려졌다.

죽음의 위기를 수도 없이 겪었다. 하지만 끝난 뒤에 돌이켜보면 나름 즐거운 나날이었던 것 같다는 생각도 들었다. 그래도 뒤돌아보지는 않았다. 우리에게는 그 쓸쓸함이라는 감정보다 중요한 게 있었다. 두어 걸음 더 걸었을 때, 우리의 걸음걸이에서 망설임은 사라진 상태이었다.

◆ ◆ ◆ ◆ ◆

『친화』란 인생이 겹쳐진 정도.

서로의 혼이 닮아있는 정도를 가리킨다고 한다.

동질의 혼을 맞대서, 더 고차원적인 혼으로 승화시키는 것이 바로『친화』.

원래 죽은 혼은 세계에 녹아들게 되어 있다. 하지만 동질의 혼이 가까이에 있으면, 죽기 전에 일부를 흡수시킬 수 있게 된다. 티아라 씨가 천 년 전의 마법 개발 과정에서 발견한 규칙 가운데 하나라는 모양인데, 솔직히 나는 그 얘기의 절반도 이해할 수 없었다.

간신히 이해한 거라고는, 지금 라스티아라와 티아라 씨는 혼의 형태가 너무 많이 달라졌다는 것. 만약 하나의 몸에 두 개의 혼이 들어가면, 사로 충돌해서 어느 한쪽이 소멸하게 된다.

반대로 지크의 동료인 노예 출신 소녀와『불의 이치를 훔치는 자』의 혼은 서로 빼닮았다고 한다. 덕분에 하나의 몸에서 두 개의 혼이 완벽한 친화를 이루고 있는 것이다.

헤르빌샤인 가문의 저택으로 가는 길에『친화』에 대한 설명을 다 듣고, 나는 저택 정문 앞에서 일단 티아라 씨와 작별했다.

"그럼, 나는 정원 쪽으로 몰래 들어갈게."

"어, 너도 집에 들어가려고?"

"응. 나도 그 두 사람의 얘기를 들어 보고 싶으니까. 이번에도 그늘에 숨어서 몰래 들을게."

대성당에 돌아갈 줄 알았던 티아라 씨는, 그런 말을 남기고 저택 정원으로 숨어들었다.

고용인들이 정기적으로 정원을 순찰하고 있지만, 티아라 씨라면 들킬 일은 없을 것이다. 스승에 대한 걱정 따위는 하지 않고, 나는 저택 안으로 들어갔다.

그러자 이내 시녀 한 명이 내게로 달려와서 손님의 방문을 알렸다. 라스티아라가 얘기한 대로, 세라 씨와 두 사람이 객실에서 기다리고 있다는 모양이었다.

선배를 기다리게 할 수는 없었기에, 나는 서둘러 저택 내의 고급스러운 객실로 이동해서 힘차게 문을 열고 들어갔다.

객실 안에서는 기사인 세라 씨와 탐색가인 알과 에밀리가 기다리고 있었다.

우선 일행을 대표해서 세라 씨가 말을 걸었다.

"돌아왔나? 신세 좀 지고 있었어. 보아하니 아가씨에게 얘기는 듣고 온 것 같군."

"늦어서 죄송합니다. 시간이 좀 나서, 오늘은 교외에서 검을 휘두르고 있었습니다."

"호오. 바람직한 휴일 활용법이군. 우리 젊은 기사들은 안 이해져서 탈인데 말이지."

우리는 가볍게 손을 들어서 인사를 주고받았다.

그 뒤에서 탐색가 둘이 깊숙이 고개를 숙였기에, 나는 그럴 필요 없다고 웃으며 대답했다.

"그나저나, 네 누나는 여전히 참 대단한 사람이더군. 기다리는 동안 계속 질문 공세에 시달렸어⋯⋯."

"누나가⋯⋯? 아, 지크 때문에 말이죠?"

"그래. 『무투대회』때 그렇게 무시당했으면서도, 여전히 푹 빠져 있는 모양이더군. 얼버무리느라 혼났어."

"누나는 한 번 무시당한 정도로 그만둘 사람이 아니니까요."

세라 씨는 얼굴을 찌푸리며, 내 누나와의 교류를 보고해 주었다. 그 표정으로 보아, 세라 씨도 나와 같은 고난을 겪었다는 걸 알 수 있었다. 자세히 보니 뒤에 있는 두 사람 역시 비슷한 표정이었다. 누나는 상대를 가리지 않고 정보 수집에 나서고 있는 모양이었다.

언젠가 혼자 힘으로 지크에게 도달할 것 같아서 무서웠다.

"자, 네 누나 얘기는 이쯤 해 두고, 본론으로 들어가지. 네가 데려와 준 두 사람과의 교섭은 끝났고, 의식 준비도 이제 곧 끝날 거다. 아가씨께서는 당장 내일 아침에 의식을 시작하겠다고 하셨는데, 넌 참여할 수 있겠나?"

"네. 물론 언제든지 참여할 수 있습니다."

"대답이 시원시원해서 좋군. 네가 있어서 정말 다행이야."

나는 그저 당연한 대답을 한 것뿐이었는데, 세라 씨는 내가 참가한다는 얘기를 듣고 진심으로 안도한 기색이었다.

얘기가 본론으로 들어간 것을 보고, 뒤에서 기다리고 있던 두 사람이 앞으로 나섰다.

알이 다시 깊숙이 고개를 숙이며 감사 인사를 건넸다.

"라이너 씨, 정말 감사합니다. 라이너 씨 덕분에 병을 고칠 수 있게 될 것 같아요."

"아아, 라스티아라가 고쳐주겠다고 한 모양이군. 잘된 일이야. 하지만 감사 인사는 필요 없다고 항상 얘기했잖아? 나는 임무를 수행하고 있는 것뿐이니까."

"그래도 오늘까지 해 오신 수고를 생각하면, 감사하지 않을 수가 없는걸요."

알에 이어서 에밀리도 고개를 숙였다. 정말 예의 바른 두 사람이었다.

"참고로 의식이 치러지는 동안, 저는 대성당 밖에 있을 거예요. 만에 하나 문제가 생겼을 때, 제가 있으면 걸림돌이 될 테니까요……. 에밀리가 적의 인질이 되거나 하는 사태가 벌어지면, 아마 저는 여러분보다 에밀리를 우선시할 거예요."

그리고 의식 예정 시간에 자신이 있을 곳을 가르쳐주었다.

불안해 할 에밀리 곁에 있어도 될 것 같았지만, 그렇게 할 수는 없는 모양이었다.

당사자인 에밀리도 강력하게 동의했다.

"응. **혹시라도 인질이 되면** 정말 큰일이니까……. 밖에 숨어있어. 불안 요소는 최대한 제거하는 게 좋아. 나는 혼자서도 괜찮으니까 걱정하지 마, 알 군."

"걱정 같은 거 안 해. 라이너 씨가 있으니까."

두 사람은 약간 흉흉한 예측을 하고 있었다.

마치 의식 도중에 누군가의 습격이 있을 게 틀림없다는 것처럼.

"세라 씨, 혹시……."

"확실하게 말해 두지. 의식 날, 페데르트 녀석이 뭔가 일을 저지를 거다."

"아주 호언장담을 하시네요. 이유를 여쭤봐도 될까요?"

세라 씨는 분개하면서도, 진지하기 그지없는 얼굴로 대답했다.

"노골적으로 뒤에서 손을 써서, 나를 대성당에서 떼어놓으려고 수를 쓰더군. 그 탓에, 나는 지금 당장 여기를 떠나야만 해. 저택 밖에는 『본토』에서 나를 데리러 온 자들이 잔뜩 숨어있어. 내가 지금 여기에 있을 수 있는 건, 기사인 너에게 업무를 인수인계한다는 명목으로 시간을 벌고 있기 때문이지."

세라 씨가, 라스티아라의 중대사를 눈앞에 두고 떠난다고……?

페데르트가 어떤 수를 쓴 건지는 모르지만, 참 대단한 수완이었다.

"『본토』에 가 있는 퀘이거 전 총장이 사고를 당해서 말이지. 그 대체를 위해 내가 가게 됐어."

"퀘이거 씨가 사고를요?"

"그 사고가 페데르트의 소행인지 어떤지는 나도 몰라. 하지만 녀석이 교묘하게 『원로원』과 거래해서 나를 대체 기사로 선정했다는 건 틀림없어. 나를 멀리 떨어뜨려 놓아서 의식의 경비를 허술하게 만든 이상, 녀석이 움직인다는 건 의심의 여지가 없어."

"그렇게 잘 알고 계신다면, 그런 명령은 무시해 버리면 되는 것 아닌가요?"

"무시했다가는, 내가 아니라 아가씨의 입장이 악화할 거야. 싸움은 오늘로 끝나는 게 아냐. 틈을 보이지 않도록 행동해야만 해. 무엇보다, 아가씨 본인이 다녀오라고 명령하셨고 말이지."

세라 씨도 여기서 빠지는 건 원치 않는 것이리라. 입술을 악물고, 자신이 내일의 의식에 불참하게 되었음을 알렸다. 그러면서도, 아무런 걱정도 하지 않는다는 듯 내 눈을 응시했다.

"나와 아가씨는 너를 신뢰하고 있다. 네 힘은 형인 하인을 넘어, 몸도 마음도 후즈야즈 최고 기사의 자리에 다다르려 하고 있어. 그런 너를 비장의 카드로 갖고 있는 이상, 우리에게 패배는 없다고 믿는다."

내 눈을 똑바로 마주치며, 비장의 카드는 세라 씨가 아닌 나라고 말했다.

시선을 외면하고 싶은 충동을 꾹 억눌렀다.

마음이 너무나도 아팠다…….

나는 아무런 양심의 가책도 없이 배신을 저지르는, 쓰레기보다도 못한 기사인 것이다…….

"그런 표정 짓지 마. 물론 나도 어느 정도 손은 써 놨으니까. 의식 당일에는, 나를 대신해서 믿음직한 녀석에게 호위를 맡길 생각이야."

양심의 가책 때문에 일그러진 내 얼굴을, 세라 씨는 긍정적인 의미로 해석해 준 모양이었다.

어린 부하인 나의 불안을 떨쳐주려는 듯, 증원을 약속해 주었다. 그게 누구인지는 대충 짐작이 갔다.

"라그네 씨죠?"

"그래, 한 명은 라그네야. 일단 한 명 더 불러 두기는 했지만……. 아무래도 그쪽은 제때 도착하기 힘들 거야. 내일은 둘이서 분담해서 잘 호위해 주었으면 좋겠어."

한 명이 더 있는 모양이지만, 아직 확실하지 않아서 가르쳐주기 찜찜한 모양이었다.

그 말인즉슨, 1년 전에는 천 명 이상의 경비 인원을 동원해서 치렀던 의식을, 내일은 단둘이서 성공시켜야 한다는 것이다. 세라 씨는 나를 격려하는 동시에, 부탁을 건넸다.

"너희 둘이 있으면, 대성당의 기사들 전원을 상대하게 되더라도 밀리지 않을 거라 믿는다."

기사들 전원을 상대해야 하는 건가.

하긴, **라그네 씨를 포함한 전원이 상대라 하더라도,** 나 혼자 힘으로도 충분할 것이다.

바람 마법은 다수의 적을 상대하는 것에 특화되어 있다.

최악의 경우, 바람으로 고치를 만들어서 라스티아라의 신전을 감싸 버리면 된다. 오늘까지 해 온 훈련을 통해, 그 마법을 몇 시간 동안 유지할 수 있을 만큼의 힘을 손에 넣었다.

가디언 수준의 적이 나타나지만 않는다면, 얼마든지 상대해 낼 수 있다.

그 정도 수준의 적은 흔치 않다. 문제가 생길 가능성은 없다고 봐도 좋을 것이다.

"저만 믿으십시오. 라스티아라는 반드시 제가 지켜내겠습니다. 이 검에 맹세하겠습니다."

기사의 맹세를 읊어서, 나는 세라 씨의 불안을 떨쳐내 주었다.

솔직히, 내가 라스티아라의 뜻에 따를지 어떨지는 아직 확신할 수 없다.

하지만 라스티아라의 목숨만은 기필코 지켜낼 것이다. 이 목숨을 바쳐서라도.

그런 내 말에 만족한 건지, 세라 씨는 더 이상 지체할 시간이 없다는 듯 방을 떠나려 했다.

"그래, 너만 믿으마."

세라 씨는 생애 최후의 작별이라도 되는 양, 힘주어 말했다.

이 길로 연합국을 떠나려는 것이리라. 더 이상은 아무 말도 하지 않은 채, 세라 씨는 방을 떠났다. 이어서 알과 에밀리도 내게 재차 감사 인사를 건네고 떠나갔다.

객실에 나 혼자 남게 되자, 나는 곧바로 아무도 없는 방을 향해 말했다.

"들었나?"

"응. 내일은 조심해야 해. 막연한 예감이지만, 습격은 분명히 있을 거야."

티아라 씨가 밖에서 창문을 열고, 고양이처럼 날렵한 움직임으로 방에 들어왔다.

계속 바깥의 벽에 매달려서 방 안의 얘기를 듣고 있었던 것이리라.

그리고 조금 모순되게 들리는 "막연한"과 "분명히"라는 『예언』을 했다.

세라 씨가 염려하고 있는 사태는 반드시 일어난다는 걸 염두에 두고 행동하는 게 좋을 것 같다.

"그럼 당장이라도 대성당으로 가서 라스티아라를 호위해야겠군."

"나도 지하실로 돌아가야겠어. 의식 준비의 마지막에는 이 시체를 신전으로 옮길 테니까."

우리 둘은 대성당으로 돌아가기 위한 준비를 시작했다.

그러면서, 티아라 씨는 약간 들뜬 목소리로 말했다.

"드디어 결전의 날이 다가왔네. 오늘까지 해 온 훈련의 성과를 내일 평가 받는 거야!"

"그렇겠지. 하지만 솔직히 강해졌다는 실감은 별로 안 나지만……."

어차피 허세를 부릴 상황도 아니었기에, 나는 솔직하게

대답했다.

"응. 솔직히 나도 제대로 가르쳤다는 실감이 안 들어."

"어이."

스승인 티아라 씨도 솔직하게 대답했다.

"이히힛. 뭐, 완벽하다고 하기는 힘들겠지만, 그래도 그럭저럭 가르치기는 한 것 같아."

"나머지는 내가 혼자서 단련하면 돼. 그동안 가르쳐준 것에 대해서는 고맙게 생각해."

항상 그래 왔었다.

기본적으로, 천 년 전의 위인들은 시간이 그다지 없었다.

그렇기에 로웬 씨 때도, 아이드 때도, 티티 때도, 그 주특기 스킬의 기본적인 골자만 가르쳐주고, 완성은 나 자신의 힘으로 이루도록 하는 식이었다.

이제 와서 그 방침에 불평할 생각은 없었다. 내 마음속에 있는 건 감사의 마음뿐이었다.

우리는 농담을 주고받으며 헤르빌샤인 가문의 저택을 나서서, 후즈야즈의 넓은 시가지를 걸어, 내가 자주 시간을 보내던 11번 십자로를 지나, 대성당에 도착했다.

늘 그렇듯, 성채와도 같은 대성당은 담장과 강으로 둘러싸여 있었다.

정문과 이어진 큰 다리에는, 경비 기사들이 늘어서 있었다.

나는 당당하게 정문으로 들어갈 수 있지만, 티아라 씨는 사정이 달랐다.

"그럼, 나는 이번에도 정원 쪽으로 들어갈 테니까, 여기서 일단 헤어져야겠네."

당연하다는 듯, 티아라 씨는 뒤쪽으로 몰래 숨어 들어갈 생각인 모양이었다. 나올 때도 울타리와 강을 넘어서 나왔으리라. 저택에 숨어 들어갈 때 그랬던 것처럼, 나는 조금의 걱정도 하지 않고 배웅했다.

"그럼 내일 보자."

"응, 내일 봐."

내일 있을 인생 최후의 작별을 앞두고, 오늘의 작별 인사를 마쳤다.

그리고 나는 경비 기사들에게 인사하며 정문을 지났다. 티아라 씨는 대성당 뒤쪽을 향해 내달렸다.

드넓은 성당 부지를 걷는다.

그 길에는 쓸데없이 큰 화단이며 계단들이 있어서, 건물까지 도달하는 것만도 한 고생이었다.

대성당 문 앞에 도착한 나는, 주위의 분위기가 평소와 다르다는 것을 감지했다.

마주치는 기사들에게서 위화감이 느껴졌다.

그것은 정말 사소한 위화감. 이 시간에는 보기 힘든 기사가 돌아다니고 있다거나, 기사들의 표정이 살짝 굳어 있다거나, 정원에서 들려오는 잡음이 평소보다 좀 크다거나 하는 정도의 위화감이었다.

하지만 이 며칠 사이에 날카롭게 단련된 감각이, 일종의 확신을 가져다주었다.

내일은 동료 기사들을 상대해야 한다. 엘트라류 학원의 옛 동급생들과 맞서게 되는 상황도 생길 것이다. 그래도 조금의 주저 없이 베겠다고, 마음속으로 다짐했다.

나는 발걸음을 옮겼다. 상시 발동되어 있는 대성당의 마법 결계가 몸을 어루만졌다. 그 감촉을 무시하고, 건물 가장 안쪽에 있는 신전으로 향했다.

의식이 이루어질 곳은 1년 전과 같았다.

거기에 주인 라스티아라가 있을 거라 예상하고, 거침없이 그리로 향했다.

신전 앞의 커다란 문까지 다다르니, 대화를 나누는 여자들의 목소리가 들려왔다. 굳이 귀를 기울여 듣지 않아도, 그 목소리의 주인과 대화 내용을 알 수 있었다.

"──아아, 드디어 만날 수 있어……! 그 전설 속의 티아라 님을……!! 라그네, 그 티아라 님을 만날 수 있단 말이야!!"

"네, 아가씨! 그 티아라 님이지 말입다! 이야~, 대체 어떤 분일지 궁금함다~. 이 나라, 아니 세계 역사상 제일 높은 분이라고들 하니까, 진짜로 정말『제일』대단한 분 아니겠슴까~. 무지 기대됨다~!"

"나도 기대돼. 만나면 무슨 얘기를 해야 하나~. 역시 이야기 속에서 소실된 부분을 꼼꼼하게 물어보는 게 먼저겠지? 아~, 진짜 기대돼."

끼이익 하는 둔중한 소리와 함께, 신전 문이 열렸다.

얼핏 보았을 때는 텅 비어 있는 줄 알았다.

지나칠 정도로 넓은 방 안에 있던 것은, 단 두 사람.

라스티아라 후즈야즈와 라그네 카이크오라.

내가 지난번에 신전을 찾아왔을 때는, 화려한 인테리어 소품들이 가득하고, 고급스러운 의자들이 즐비하게 늘어서 있었다. 그런데 지금은 그 모든 것이 철거돼서, 정말 아무것도 없었다.

눈에 들어오는 거라고는, 말끔한 대리석 바닥과 단상 상단의 스테인드글라스뿐이었다.

그 단상 바닥에, 라그네와 라스티아라가 힘을 모아서 마법진을 그려 넣고 있었다.

낡은 양피지를 한 손에 든 채, 정답게 수다를 나누며 작업 중이었다.

사전에 들은 정보에 따르면, 그 마법진이 완성되면, 의식 전날 밤부터 라스티아라가 거기에 앉아서 정신통일을 할 예정이라고 했다. 아마 지속적으로 마력을 주입해서 대규모 술식을 발동시키는 것이리라. 의식의 구체적인 내용은 모르지만, 대략적인 예측 정도는 할 수 있었다.

나는 호위를 위해 신전의 내부 구조를 머릿속에 집어넣으며, 단상 위의 두 사람에게 다가갔다.

"라스티아라, 세라 씨와 얘기하고 왔어. 혹시 이쪽에서 내가 도울 일 있나?"

"응, 어서 와~. 하지만 딱히 도울 일은 없어. 마법진 그리는 작업도 다 끝나 가고, 내가 경계가 필요할 만큼 피곤한 상태인 것도 아니고…….”

라스티아라는 고개를 갸웃거리며, 내가 할 만한 일을 찾으려 애썼다.

하지만 내가 필요한 건 내일뿐인 모양이었다.

라스티아라가 의식에 전념하느라 움직일 수 없게 되고, 기진맥진해서 적을 요격할 수도 없게 되면, 그때가 내 임무의 시작점이다. 적이 습격한다면, 그 타이밍을 찌를 게 틀림없다. 1년 전의 의식 때 지크가 찔렸던 것도 그 타이밍이었다.

“알았어. 그럼 나는 구석에서 잠깐 눈을 붙이도록 하지. 그쪽은 둘이서 즐겁게 준비 작업을 계속하도록 해.”

“그렇게 할게. 오늘 밤은 라그네가, 내일 아침부터는 라이너가 경계를 맡는 식으로 할까?”

나는 그 즉시 신전 벽 쪽으로 이동해서, 벽에 몸을 기댄 채 휴식을 취하기 시작했다.

약간 서늘하긴 했지만, 잠들지 못할 정도는 아니었다.

나는 대담하게 숙면을 취하기로 마음먹고, 눈을 감았다.

눈꺼풀 속의 어둠 속에서, 라그네 씨의 목소리가 들려왔다.

“오늘은 저한테 맡기십쇼. 오히려 내일이 더 힘들 테니까, 저는 그때 자겠습니다~.”

솔직히 말해서, 지금처럼 라스티아라가 충분히 움직일 수 있는 상태라면 호위 같은 건 전혀 필요 없다. 지크 앞에서는 가디언 앞에서 속수무책으로 당했다고 했지만, 그렇다고 해서 그녀가 약한 건 결코 아니다. 여전히 폭력의 결정체이며, 기사들이 다발로 덤벼도 당해낼 수 없는 신의 화신인 것이다.

그러니까, 내가 경계하는 건 내일 새벽부터.

그때까지는 푹 쉬어야겠다.

지나친 긴장이나 지나친 조바심은『실패』와 직결된다. 지금은 최상의 컨디션을 유지하는 것에 집중해야 한다. 어디까지나『감』일 뿐이지만, 나는 그게 최선이라고 생각했다.

멀리서 라스티아라와 라그네 씨의 천진난만한 얘기 소리가 들려왔다. 티아라 씨의 지도를 받느라 피로에 찌든 몸을 쉬기 위해, 억지로 의식을 어둠속에 침전시키고, 외부의 빛과 소리를 차단했다.

——이렇게 나는 의식을 앞둔 마지막 밤을 맞이했고, 시간은 점점 흘러갔다.

잠든 상태였지만 시간 감각은 있었다.

드디어 예정일에 접어들었다. 오늘 태양이 완전히 떠오를 때쯤이면 티아라 씨는 완전히 소멸하고, 그 힘은 승계될 것이다.

라스티아라도, 페데르트도, 후즈야즈의 다른 그 누구도 아닌—— 바로 내가, 후즈야즈에 전해져 오는 전설의 후계자가 된다.

2. 피 옮기기 의식

아침 안개의 냄새가 났다.

단순히 신선하기만 한 것이 아닌, 초목이며 흙 향기와 어우러진 냄새가 비강 속을 채워 나갔다. 하지만 귀를 기울여 보아도 빗소리는 들리지 않았다. 잠들어 있는 사이에 한바탕 쏟아진 걸까.

나는 얇은 베일 같은 졸음을 떨쳐내고, 눈꺼풀을 열었다.

눈에 들어온 것은, 어둠침침한 신전 내부.

벽에 늘어서 있는 창문들 쪽으로 눈길을 돌리니, 짙은 감색 하늘이 보였다. 그 하늘 한쪽 구석에, 당장이라도 사라져 버릴 듯 가느다란 달 하나가 덩그러니 떠 있었다.

창문으로 비쳐든 희미한 달빛이 허공에 떠도는 먼지들을 하얗게 비추었다.

아직 해는 뜨지 않았지만, 그렇다고 밤은 아니었다. 밤이라고 하기도 힘들고 아침이라고 보기도 힘든, 애매한 시간대였다.

신전 안에서 눈을 떴다는 상황 때문인지, 어쩐지 신비로운 기분이었다.

눈을 찡그리고, 불빛 하나 없는 신전 안을 둘러보았다.

어제와 다른 점이 몇 가지 있었다.

우선 라그네 씨가 나와 같이 신전 벽에 등을 기대고 있었다. 내 맞은편 벽에 기대어 앉아서, 그림이라도 보는 것 같은 눈매로 단상 쪽을 응시하고 있었다. 단상에는 완벽하게 완성된 마법진이 그려져 있고, 그 중심에서 라스티아라가 양손을 모은 채 기도를 올리고 있었다.

신전의 스테인드글라스를 통해 비쳐드는 아련한 달빛을 받으며, 천천히 자신의 마력을 마법진에 불어넣는 중이었다.

그 마력의 농도가 너무 짙어서인지, 기도에 맞추어 그녀의 하얀 옷과 금빛 머리칼이, 마치 생명을 가진 것처럼 일렁거렸다.

결코 화려하다고는 할 수 없었다. 하지만 그 모습에는 라그네 씨의 시선을 앗아가기에 충분한 아름다움이 있었다. 마력에 대한 내성이 없는 일반인이 보면, 신성한 신의 화신으로 오인할 것이다. 이 엄숙한 광경을 방해해서는 안 된다는 생각에 몸이 굳어 버려서, 미세한 안구의 움직임조차 모독이 될 것 같다는 생각에 눈치를 보게 되리라.

오직 그 몸이 가진 매력만으로, 남녀노소를 불문한 모두를 사로잡는다.

라스티아라 후즈야즈란 그런 존재였다.

하지만 나와는 별 상관없는 매력이었기에, 나는 기상 인사와 함께 정적을 살짝 깨뜨렸다.

"저 일어났어요. 라그네 씨, 상황은 좀 어때요?"

멀찌감치 있던 라그네 씨가 흠칫 놀랐다.

그리고 머리를 긁적거리며 내 물음에 대답했다. 넋 놓고 라스티아라를 쳐다보느라 경비가 허술해져 있던 것을 민망해하는 기색이었다.

"아, 그게……, 혹시 아침이 다 된 겁까? 아~, 아침이네요. 일단 준비는 이제 다 끝나고, 지금은 마법진에 아가씨의 마력을 불어 넣고 있는 중임다."

"그런 것 같네요. 예정으로는, 날이 밝으면 티아라 님의 몸과 에밀리를 신전 안으로 들여오게 돼 있는 걸로 아는데……."

"그렇슴다. 그것도 다 끝났슴다! 혹시라도 사고가 일어나서 마력이 섞이지 않도록, 저쪽에 대기시켜 뒀슴다!"

단상 반대편. 신전 입구 근처의 긴 의자에 두 소녀의 모습이 보였다.

"안녕히 주무셨어요, 라이너 씨."

의자에 앉아있던 에밀리가, 내가 깨어난 것을 먼저 확인하고 예의 바르게 고개를 숙였다. 그런 그녀의 무릎을 베개 삼아, 또 한 명의 소녀가 잠들어 있었다.

아니, 잠들어 있는 것과는 조금 달랐다. 그도 그럴 것이, 그 몸의 심장은 멎어 있는 상태이니, 에밀리의 무릎을 베개 삼아서 죽어 있다고 표현하는 게 옳으리라.

어제까지 티아라 씨의 몸이 되어 활발하게 움직이고 있던 『마석인형』의 시체가 누워있었다.

두 사람의 모습을 보고, 나는 모든 준비가 다 끝났음을 확인했다.

그리고 그때, 예상치 못했던 세 번째 아침 인사가 날아들었다.

"좋은 아침, 라이너."

단상의 라스티아라가, 기도를 올리는 자세 그대로, 이쪽을 쳐다보지도 않은 채 말했다.

기도하는 동안에는 말도 할 수 없는 줄 알았는데, 꼭 그렇지만도 않은 모양이었다. 가볍기 그지없는 목소리로, 등 뒤에 있는 우리에게 지시를 내렸다.

"그럼, 이제 다 모였으니 슬슬 본격적으로 의식을 시작해 볼까~. 마력 비축 작업이 예정보다 일찍 끝나서 말이야. 에밀리, 이쪽으로 와."

"네, 라스티아라 님."

호명 받은 에밀리는, 티아라 씨를 안은 채 이동하려 했다.

그 직전, 나는 단숨에 그녀 옆으로 이동해서 대행을 제안했다.

"거기 그『주얼 크루스』는 내가 옮기지. 너는 자기 임무에 집중해."

"네……. 감사합니다."

아무리 재능 있는 탐색가라고는 해도, 에밀리는 아담한 몸집의, 마법사에 가까운 스테이터스를 가진 소녀였다.

티아라 씨의 몸을 안고 가기는 힘들어 보였기에, 그 작업은 내가 넘겨받기로 했다. 그리고 품에 안은『주얼 크루스』의 얼굴을 쳐다보며, 단상까지 깔린 융단 위를 걷는 에밀리 뒤를 따라 걸었다.

티아라 씨는 조금도 숨을 쉬지 않았다.

어제까지 보았던 풍부한 표정의 얼굴이 거짓말처럼 느껴졌다.

만약 우리의 의도대로 이 의식이 실패하면, 은근히 사람의 짜증을 돋우던 티아라 씨의 얼굴을 두 번 다시 볼 수 없을 거라 생각하니, 살짝 쓸쓸하게 느껴졌다.

하지만 그 표정을 겉으로 드러내면 라스티아라와 라그네 씨의 의심을 살 것이다.

나는 무표정을 유지한 태 티아라 씨를 단상으로 옮겼다. 이어서 라그네 씨도 단상으로 올라와서 주위를 경계하기 시작했다. 라스티아라도 약간 긴장하기 시작했다. 지금부터가 본격적인 시작이라는 것을 모두가 알고 있는 것이다.

의식이, 시작된다.

"그럼⋯⋯. 지금부터는 정말로 꼼짝도 못 하게 될 테니까⋯⋯. 모두들, 잘 부탁할게."

라스티아라가 나와 라그나 씨에게로 눈길을 돌리며 부탁했다.

그 말에 우리 두 기사는 힘주어 고개를 끄덕였다.

"우리만 믿으면 돼. 쉴 만큼은 일할 테니까."

"조금 졸리지만, 열심히 해 보겠습다⋯⋯!"

나와는 달리, 라그네 씨는 어제부터 계속 신전 경호를 맡고 있었다. 본인의 말마따나, 졸음이 온 듯 눈꺼풀이 처져 있었다. 철야 근무에 익숙하지는 않은 모양이었다.

그 모습을 보고, 라스티아라는 쓴웃음을 지었다.

"밤에는 라그네가 애써 줬으니까, 졸린 건 어쩔 수 없어. 지금부터는 라이너가 활약할 때야. 그럼 라이너, 마법진 중앙에 그 몸을 내려놓아 줘."

"알았어."

나는 티아라 씨의 몸을 마법진으로 가져갔고, 에밀리도 그런 내 뒤를 따랐다.

"에밀리는 그냥 거기 앉아있기만 하면 돼. 아마 중간에 마력이 빨려 나가는 느낌이 들 건데, 놀라지는 마."

"네. 절차는 똑똑히 외워 뒀으니까 괜찮을 거예요."

"착하기도 해라."

이렇게 해서, 마법진 안에 세 명의 『주얼 크루스』가 모였다.

에밀리는 바닥에 철푸덕 주저앉았다. 그 옆에는 티아라 씨의 몸이 뉘어져 있고, 라스티아라가 그 몸에 손을 대고 마법 구축을 시작했다.

"『주얼 크루스』가 아닌 두 사람은 좀 떨어져 있어……. 마법 효과 범위 안에 들어왔다가 마력 같은 게 섞이기라도 하면 큰일이니까……."

라스티아라의 지시에 따라, 나와 라그네 씨는 마법진 밖으로 나갔다. 그리고 만에 하나라도 사고가 발생하지 않도록, 충분히 여유를 두고 물러났다.

"응, 그 정도 거리면 괜찮아~. 자, 그럼 만반의 준비는 끝났어. 오늘은 기념비적인 날이 될 거야~. 모두들 놓치지 않도록 똑똑히 잘 봐야 해!"

가벼운 농담을 섞어 말하고, 라스티아라는 의식용 마법을 본격적으로 발동시키기 시작했다.

단상에 그려진 마법진이 빛을 내뿜고, 그에 따라 세 사람의 마력이 뒤섞였다.

"마법진 기동. 상기용 의식의 수렴 개시. 의식 개시.
──신성마법 ≪리바이브(재탄생)≫."

라스티아라가 마법명을 읊자, 대성당이 심장처럼 맥동했다.

동시에 세『주얼 크루스』에게서 마력의 안개가 흘러나왔다. 그 빨간 안개가 뒤섞이고, 서로 녹아들었다.

피가 공기 속에서 순환하며 하얀 빛을 내뿜었다.

드디어 ≪리바이브≫의 의식이 진정한 의미로 시작되었음을 확신할 수 있었다.

이제부터 라스티아라는 움직일 수 없다.

물론 티아라 씨도 움직일 수 없다.

어제 들은 바로는, 이 ≪리바이브≫라는 마법은 티아라 씨 쪽에서 발동시키는 공명마법이라고 한다.

그리고 그 마법은 온 신경과 온 마력뿐만이 아니라, 온몸의 피까지 전부 동원해서 발동시키는 거라고 했다. 마법에 있어서 가장 중요한 요소인 피를 동원한다는 것은 곧, 의식을 진행하는 동안 다른 마법은 사용할 수 없다는 얘기이기도 하다.

즉 기진맥진해서 적에게 반격할 수 없게 되는 건, 라스티아라뿐만 아니라 티아라 씨도 마찬가지인 것이다. 덧붙이자면, 이건 역사상 유례가 없는 대마법이기도 했다.

전설 속 천 년 전의 성인인 티아라 씨가 모든 것을 바치고, 더불어 오늘 이 순간을 위해 태어난 현대의 성인 라스티아라도 모든 것을 바쳐서야 간신히 발동시킬 수 있는, 『친화』마법의 극치. 티아라 씨는 그렇게 얘기했었다.

전 엘트라류 학원생이자 전 레반교의 기사로서, 이 대마법을 직접 볼 수 있다는 건 기뻐해야 할 일이리라.

다만, 나는 이 대마법이 반드시 실패한다는 걸 알고 있었다.

최후의 순간에, 이 의식의 대상이 라이너 헤르빌샤인으로 바뀌는 것이다.

의식을 주도하는 티아라 씨가 그렇게 결정했으니, 그 점은 틀림없다.

그 마지막 타이밍을 놓치지 않도록, 나는 정신을 바짝 긴장시켰다.

의식이 끝났는데도 티아라 씨가 깨어나지 않는 걸 본 라스티아라는 당황할 것이고, 나는 그 틈을 찔러서 티아라 씨와 접촉할 계획이다.

그렇게만 하면 티아라 씨가 마법을 발동시켜서, 모든 힘을 나에게 보내 줄 거라고 했다. 간단히 말해서 신성마법 ≪레벨업≫ 같은 거니까 간단하다고 했지만, 아무래도 처음 해 보는 작업이니만큼, 나도 긴장감이 고조되지 않을 수 없었다.

아련한 빛을 내뿜는 세 사람을, 두 명의 기사가 지켜본다.

마법진 우측에 내가 서고, 좌측에 라그네 씨가 서서 경비를 맡고 있었다. 언제 어떤 기습이 날아들더라도 대처할 수 있도록, 눈을 번뜩이며 감시하고 있다.

라그네 씨는 조금 전만 해도 "졸리다"고 했었지만, 작업이 본격적으로 시작되니 마치 다른 사람처럼 집중하고 있었다. 졸음을 핑계로 일을 허술하게 할 생각 따위는 없어 보였다.

그리고 그 날카로운 표정을 통해, 그녀가 결코 방심할 수 없는 강적이라는 것도 알 수 없었다.

얼핏 보면 재미있어 보이는 사람이지만, 사실 그녀는 절대 만만한 사람이 아니었다. 어떤 상황에서나 냉정해서, 자신의 손이 닿는 범위 안에서 택할 수 있는 최선의 길을 선택한다. 자만하거나 방심하는 일 없이, 무난하게 임무를 처리해 나간다.

그것이 라그네 카이크오라.

그런 성격이 드러난 대표적인 사례가 바로 『무투대회』 결승전 후에 발생한 사건일 것이다.

지금도 그 광경은 뇌리에 선명하게 남아있었다. 그날, 나는 로웬 씨의 검을 훔치는 데 성공했다. 내가 생각해도 스스로를 칭찬해 주고 싶을 만큼 훌륭한 수완이었다. 인생 최대의 강적인 지크를 상대로, 조금의 방심도 하지 않았다. 그럼에도, 옆에서 개입한 라그네 씨에게 허무하게 검을 빼앗기고 말았다.

아마 내게서 검을 빼앗을 수 있는 건 그 타이밍밖에 없었
으리라.

그때의 나는, 『최강』으로 이름을 떨치고 있던 글렌 씨건,
지크의 파티 멤버들 중 누군가이건, 그 누가 상대였더라도
밀리지 않았을 것이다.

오직 라그네 씨만이, 그 철두철미한 경계를 뚫어낸 것이다.

엄청난 끈기를 가진 데다, 최적의 타이밍에 의표를 뚫는
데 엄청난 재주를 가진 사람인 것이다. 그것은 티아라 씨가
얘기했던, 『수치로 나타나지 않는 수치』를 통해 승리를 가
져오는 재능이라 할 수 있으리라.

그리고 그 재능을 가진 라그네 씨는, 로웬 씨의 검을 바라
보며 지금껏 한 번도 보인 적 없는 표정을 짓고 있었다. 평
소에는 새끼 동물처럼 깜찍한 모습만 보이던 그녀였기에,
그 표정은 유독 더 눈에 띄었다.

검이라는 흉기를 보며, 라그네 씨는 얼굴을 일그러뜨린
채 웃었다.

활달한 웃음도, 기쁨의 웃음도 아니었다.

그 순간에 가장 가까이 있었던 나였기에 확신할 수 있다.
틀림없이, 라그네 씨는 살기를 내뿜고 있었다. 검에 홀려
서, 자기도 모르게 살의를 내뿜으며 입매를 끌어올린 채 웃
고 있었다.

당장이라도 주특기인 『마력물질화』를 통해 로웬 씨의 검

을 한계치까지 늘려서, 관객석을 쓸어버리는 게 아닐까 싶은 위태로움이 느껴졌었다. 직후에 엘미라드 싯다르크가 검을 빼앗지 않았더라면 무슨 일이 일어났을지 장담할 수 없다고, 지금도 생각하고 있다.

요컨대, 나는 라그네 씨를 믿지 않았다.

그랬기에, 나는 단상에서 외부의 기습을 경계하는 척하면서도, 실은 가장 가까운 곳에서 중얼거리고 있는 라그네 씨에게 가장 주의를 기울이고 있었다.

"아~, 으~. 졸~립~습~다~. 배도 고픔다~."

"라그네 씨, 졸린 건 알겠지만 주무시면 안 돼요. 낮이 될 때까지는 참아야 하니까요."

"알고 있습다. 점심 먹고 나면 늘어지게 자기로 했습다. ……으으, 그때까지만 참아야지."

어제까지 티아라 씨에게 배웠던 수업을 떠올리고, 육감을 맑게 갈고닦아서, 마법진을 사이에 두고 서 있는 그녀와 담소를 나누며, 감시했다.

"그러고 보니, 의식이 끝나면 축하도 할 겸 다 함께 맛있는 걸 먹자고 라스티아라가 얘기했었죠?"

"그랬죠. 아가씨가 직접 요리해 주겠다고 하셨습다. 아가씨는 뭐든 다 일류니까 참 기대된다니까요."

"티아라 님 환영회 같은 걸까요……."

"그런 거 아니겠습까?"

동료답게 라그네 씨와 시답지 않은 잡담을 나누는 가운

데, 시간은 흘러갔다.

당연히 눈앞에서 펼쳐지는 마법도 점점 더 힘을 더해 갔다.

의식은 눈에 띄게 진척되어 갔고, 동시에 라스티아라의 마력이 급격하게 감소해 갔다.

그녀 안에 있는 마법 ≪리바이브≫ 술식에 의해 마력이 빠져나가서, 풀가동 상태로 소비되고 있는 것이리라. 나와 라그네 씨는 허리춤의 칼자루를 움켜쥔 채로 그 모습을 지켜보았다.

점점 날이 밝아 오고, 신전 안에 빛이 비쳐들기 시작했다.

해맑은 아침 햇살이 어둠을 지워나갔다.

햇빛이 세 명의『주얼 크루스』들을 비추었지만, 그들은 눈썹 하나 까딱하지 않았다.

의식에 주력하고 있는 것이리라.

세 사람만 시간이 멎어 있는 것처럼 보일 정도였다.

그 고요함이, 의식이 순조롭게 진행되고 있음을 증명하고 있었다.

그리고 창문으로 비쳐드는 햇빛의 각도가 서서히 변해 갔다.

시간의 경과와 더불어, 태양이 중천으로 떠오르려 하고 있었다.

그때.

해가 떠오르고 있을 때.

한 가지 변화가 발생했다.

"──윽, 으으으."

갑자기 마법진 안의 에밀리가 신음하기 시작했다.

자세히 보니, 이마에서는 땀이 흐르고, 호흡이 거칠어져 있었다.

옆에서 마법을 구축하고 있는 라스티아라 역시 심상치 않은 양의 땀을 흘리고 있었다. 그러나 이쪽은 사전에 알고 있었던 증상이다.

하지만 그저 가만히 앉아서 협조하는 게 전부인 에밀리의 컨디션이 악화하는 건 예정에 없던 일이었다.

가장 가까이에 있던 라그네 씨가 먼저 에밀리에게 달려갔다.

예상치 못했던 사태를 맞이해서, 황급히 마법진 안으로 들어갔다. 나는 그 모습을 지켜보았다. 허리춤에 찬 검에서 손을 떼지 않은 채, 라그네 씨가 무슨 짓을 저지르지 않을지 주시했다.

"에밀리, 괜찮습까? 땀이 엄청나게——."

"네……, 괜찮아요. 아무 문제도 없어요. 모든 게 예정대로 흘러가고 있어요."

라그네 씨는 에밀리의 어깨에 손을 얹고 걱정했지만, 에밀리는 고개를 젓고 미소를 지으며 말했다.

"그렇다면 다행이지만……."

"걱정마세요. 모든 게 다 예정대로 돌아가고 있으니까——."

그리고, 에밀리는 자신의 어깨에 얹혀 있던 라그네 씨의 손을 잡고,

"——마법 《슬립 미스트》."

의식과 무관한 마법을 발동시켰다.

에밀리의 손에서 보라색 연기가 뿜어져 나와서, 라그네 씨의 가슴을 통해 몸속으로 침입해 들어갔다.

"어······?"

라그네 씨는 짤막한 목소리만 남기고, 무릎이 꺾여 주저앉았다.

거기까지 확인하고서야, 나는 내달렸다.

라그네 씨와 마찬가지로 나도 반응이 뒤처지고 말았다. 라그네 씨에 대한 경계에만 몰두하느라 에밀리의 첫 움직임을 간파하지 못한 것이다.

라그네 씨에게 마법을 건 에밀리도 움직였다.

나와 에밀리 모두, 목표는 라스티아라였다.

나와 라스티아라의 거리는 수치로 표현하자면 10미터 정도였지만, 에밀리와 라스티아라 사이의 거리는 1미터도 되지 않았다. 바로 코앞이었다.

그 거리의 차가 명암을 갈랐다.

에밀리는 라그네 씨에 이어, 기도에 몰두하고 있는 라스티아라의 목에 손을 가져다 댔다.

그 손에 마력을 가득 채우고, 쏘아붙이듯이 외쳤다.

"움직이지 마세요! 저는 라스티아라 님을 죽이고 『피』만 받아 가도 상관없어요!"

"──윽!!"

무방비상태인 라스티아라가 직접 마법을 얻어맞으면 위

161

험하다.

즉흥적인 마법이라도 죽을 위험이 있다.

그건 절대 안 된다. 왜냐하면, 라스티아라의 목숨은 내 목숨보다 소중한 생명이기 때문이다.

──멈춰 설 수밖에 없었다.

반사신경과 사고 능력이 지나치게 빠른 게 오히려 악영향을 발휘했다. 순간적인 생각 속에서, 나는 지크에게서 받은 『라스티아라를 지켜라』라는 사명을 떠올리고 만 것이다.

내가 정지했을 때, 약간 떨어진 곳에서 라그네 씨의 목소리가 들려왔다.

"으, 으으응……."

단상에 고꾸라져서, 눈을 감고 잠들어 있었다.

방금 에밀리가 건 수면 촉진 마법이, 철야를 마친 몸에 꽂혀 든 것이리라.

한심하다기보다는, 어쩔 수 없는 일이라는 생각이 들었다.

원래부터 라그네 씨는 마력이 약한 기사였다. 마법 내성은 최저 수준이었고, 상대는 『셀레스티얼 나이츠』이 필적할 만큼 마법에 특화된 탐색가였다. 그 졸음을 떨쳐내는 건 불가능했을 것이다.

다만, 그 불가능해 보이는 것도 어떻게든 해결할 수 있는 게 라그네 씨── 그런 생각에 경계했었던 거였지만, 이 의식의 자리를 제패한 것은 에밀리였다.

그리고 나를 무시한 채, 마법진 안에서 두 사람이 소곤소

곤 얘기를 나누기 시작했다.

"죄송해요, 라스티아라 님. 당신이 구축하신 마법은 제가 쓰도록 하겠습니다."

"에, 에밀리……, 대체 왜……?"

"정말 죄송합니다. 의식 때문에 몸이 이어져 있는 지금이라면, 저에게도 승산이 있어요. 당신의 마법을 빼앗아서, 역으로 방해 술식을 주입하겠습니다……."

무슨 수를 쓴 건지는 모르지만, 에밀리가 의식의 주도권을 빼앗은 상태였다.

라스티아라와 에밀리의 마력이 티아라 씨의 몸으로 흘러들어가고 있는 줄 알았는데, 지금은 에밀리가 모조리 빨아들이고 있었다.

도저히 그냥 보고 넘길 수가 없었기에, 입을 열었다.

"잠깐. 멋대로 무슨 짓을——."

"라이너 씨!!"

하지만 날카로운 목소리로 제지당했다.

"움직이면 라스티아라를 죽이겠다"는 의미가 함축되어 있는 그 목소리에, 나는 말문이 턱 막히고 말았다.

내 약점을 정확하게 찌르는 태도였다.

하는 수 없이, 나는 현 상황에서 가장 안전한 방책을 소리 높여 외쳤다.

"알았어, 에밀리! 나는 안 다가갈게! 그 대신……, 라스티아라! 네가 그 녀석의 목을 졸라서 죽여 버려! 마법은 쓸 수 없더라도, 네 완력이 있으면 충분히 할 수 있어!"

나는 움직일 수 없지만, 라스티아라는 다르다.

기진맥진해서 움직이는 것조차 힘들다 해도, 전혀 움직일 수 없는 건 아니다.

근성으로 목뼈 하나쯤은 부러뜨려 버리라고 부탁했다.

"바보 라이너……! 여동생에게 어떻게 그런 짓을 하라는 거야……!"

하지만 라스티아라는 그 안전한 방책을 채택해 주지 않았다.

"빌어먹을──."

이 방법을 못 쓴다면, 위험부담 없이 현 상황을 타개할 방법은 없었다.

내가 욕지거리를 내뱉는 사이에, 라스티아라는 에밀리에게 말했다.

"얘, 말해 줘……. 에밀리, 대체 왜 이러는 거야……? 얘기해 주면 내가 도움이 되어줄 수 있을지도 모르잖아……?"

최악이다.

라스티아라는 『주얼 크루스』에 대해 죽도록 약했다.

그게 치명적인 약점이라는 게, 지금 이 순간 증명된 것이다.

"라, 라스티아라 님. 죄송해요. 하지만 저는──."

그런데 그 약함이, 에밀리의 표정을 일그러지게 만들었다.

두 사람 사이에 찰나의 침묵이 끼어들었다.

그 짧디짧은 순간에, 라스티아라는 모든 것을 다 알아챈 모양이었다.

모든 것을 납득한 표정으로, 에밀리의 손으로부터 침투해 들어오는 마법을 받아들이고, 힘없이 고개를 늘어뜨렸다.

"아아, 그런 거였구나. 그랬단 말이지…… 그렇다면, 어쩔 수——, 없겠——네——."

라스티아라는 잠드는 것처럼 마법진 위로 고꾸라지고 말았다.

옆에 있는 티아라 씨까지 포함해서, 두 구의 시체가 늘어서 있는 상황이 되었다.

그 두 사람을 수중에 넣은 에밀리는, 이어서 나를 노려보았다.

"라이너 씨, 라스티아라 님은 이제 완전히 제 거예요. 더 멀리 물러나세요."

"……알았어."

나는 그 명령을 따랐다.

여기서 무리를 해 가면서까지 『피』에 집착할 생각은 없었다.

티아라 씨나 의식도 중요하지만, 그보다 더 중요한 건 지크가 신신당부했던 『라스티아라의 안전』이다. 상대가 그것을 방패로 삼은 이상, 나도 강경한 태도는 취할 수 없었다.

내가 멀찍이 물러선 것을 보고, 에밀리는 잠들어 있는 라그네 씨가 허리춤에 차고 있던 검을 빼앗았다.

"우선, 시체는 쓸 수 없게 만들어야 하니까……. 즉사하지 않도록 복부를 찌르면……."

혼잣말을 중얼거리면서, 칼끝을 티아라 씨의 몸에 찔러

넣었다.

복부에서 검붉은 피가 쏟아져 나오는 것을 보고, 나는 스 승의 이름을 뇌까렸다.

"티아라 씨——!"

솔직히 말해서, 별 상관없었다.

매정한 소리일지도 모르지만, 저 몸의 생사는 그렇게까지 우선순위가 높지 않았다.

티아라 씨 본인도 그렇게 생각하고 있을 것이다. 그렇게 오래 알고 지낸 사이는 아니지만, 그 정도는 알 수 있었다.

또 한 번 죽는 티아라 씨의 몸을 지켜보는 동안에도, 에밀 리는 혼잣말을 중얼거리고 있었다.

"이러면 이 자리에 있는 건강한 『주얼 크루스』는 나 하나 뿐……. 이제 『피』와 힘이 나에게 옮겨오기를 기다리기만 하 면 끝……. 이러면 모두 끝……."

마치 자기 자신을 타이르는 것 같은 목소리였다.

라스티아라의 호의를 저버린 것을 후회하고 있는 것 같아 보였다.

"……칫."

나는 혀를 찼다.

까놓고 말해서, 후회하지 않았으면 마음 편히 대처할 수 있었을 것이다.

나처럼 배신을 하나의 수단 정도로만 생각하는 상대라면, 인정사정 봐주지 않고 제압할 수 있었으리라.

일단, 아까 라스티아라가 알아챘던 사정을 나도 물어보려 했다.

"이봐, 에밀리. 하고 싶은 말이 산더미처럼 많은데…….."

"라이너 씨는 일이 다 끝날 때까지 거기서 지켜보고 계세 요. 이제 얼마 안 남았어요. 거기 얌전히 계시면, 라스티아 라 님을 죽이지 않겠다고 약속할게요."

아무래도 내게 사정을 얘기해 줄 생각은 없는 모양이었다. 라스티아라 때와는 달리 냉담한 반응이었다.

다만, 오늘까지 에일리와 나눠 온 교류를 생각하면 타당 한 일이라 할 수 있으리라.

나는 납득하고 혼자서 고민해 보기로 했다.

……솔직히, 나쁜 전개는 아니었다.

방금 그녀는 『피』와 힘을 옮길 거라고 언급했었다.

즉, 단순하게 말하자면 에밀리는 내가 할 일을 대신해 주 고 있는 것뿐.

이대로 방치해 두면, 어제까지 나를 지도해 주었던 『마법 티아라』의 인격은 소멸할 것이다. 에밀리는 몸을 넘겨줄 생 각이 없을 테고, 티아라 씨도 에밀리의 몸을 빼앗을 생각 따 위는 없다. 그 힘이 남는 곳이 나에게서 에밀리로 바뀌는 것 뿐, 나의 최우선 사항인 『라스티아라의 안전』은 확보될 수 있다.

안심할 수 있는 전개라 해도 과언이 아니다.

하지만 감정적으로 약간의 울분을 느끼는 건 부정할 수

없었다.

티아라 씨는 자신의 힘을 이어받을 계승자로 나를 콕 집어 지명했다.

말하자면 내가 힘을 얻는 것은 정식 수속을 밟은 유산 상속 같은 거고, 에밀리가 그 힘을 가로채는 건 강도다.

기사로서, 강도짓을 저지르는 범죄자를 그냥 보아 넘기는 건 영 내키지가 않았다. 그 감정에 이끌려서, 나는 일단 절대적으로 안전을 유지하는 범위 안에서 최대한의 흔들기를 시도했다.

"……이봐, 에밀리. 이유가 뭐지? 혹시 돈이 모자랐던 건가?"

자극하지 않도록 주의하며, 신중하게 동기를 물었다. 내가 원하는 게 대화뿐이라는 걸 이해했는지, 에밀리는 경계를 약간 누그러뜨리고 고개를 가로저었다.

"아니라는 거군. 그럼, 이건 알도 알고 있는 건가?"

에밀리의 파트너 이름을 언급했다. 그러자 그녀는 당황한 얼굴로 변명했다.

"알은 모릅니다. 알았다면 분명 말렸을 거예요. 이건 저 혼자만의 판단이에요."

자신이 모든 죄를 다 뒤집어쓰려는 것처럼.

그 모습을 보니, 조금씩 동기를 짐작할 수 있었다.

요컨대, 에밀리는 알에게 알릴 수 없는 개인적인 이유 때문에 일을 저지른 것이다.

어디선가 들어 본 적이 있는 연애 사정과 비슷한 것일 수도 있다는 생각에, 나는 넌덜머리가 났다.

그 예상이 맞는다면, 설득은 어려울 것이다. 그렇다고 해서 협조하기도 어렵다.

어떻게 얘기를 꺼내야 할지 몰라서 고민하고 있으려니, 끼이익 하고 신전 문 움직이는 소리가 들려왔다. 그 제삼자의 목소리가 신전 안에 울려 퍼졌다.

"후후후, 돈 때문은 아닙니다. 참 발전이 없는 분이군요, 기사 라이너."

목소리가 들려온 방향을 돌아보니, 거기에는 고위 신관복 차림을 한 베데르트가 서 있었다.

그 뒤에는 호위병으로 보이는 기사와 바이저를 쓴 『주얼 크루스』가 각각 몇 명씩.

신전 안의 상황이 진척된 걸 보고, 대성당 안에 대기하고 있던 자기 수하들을 데려온 모양이었다. 예상했던 개입이었다. 나는 차분하게 그를 가리키며 말했다.

"에밀리, 저기 저 녀석에게 협박당해서 배신한 거야?"

페데르트가 아닌 에밀리와 얘기를 이어 나갔다.

그런 내 물음에, 그녀는 시선을 외면했다. 이 정도면 정답이라 봐도 될 것이다.

그리고 에밀리가 아닌 페데르트가 내 물음에 대답했다.

"하하핫. 협박이라니, 제가 그런 야만스러운 짓을 할 리가 없지 않습니까? 애초에 그녀는 배신 같은 건 한 적 없습니다. 처음부터 저와 협력관계에 있었으니까요."

하는 수 없이, 나는 얘기 진행이 빨라 보이는 옛 상사 쪽을 돌아보는 수밖에 없었다.

"처음부터였다고? 그게 무슨 소리지?"

"말 그대로입니다. 당신들이 『티아라 님의 피』를 긁어모으고 있다는 건 한참 전부터 알고 있었습니다. 저희들이 그걸 방치했던 건, 마지막 한 명인 그녀를 우리 측에 끌어들인 상태였기 때문이었죠. 그것도 모르고 오늘까지 참 고생이 많으셨습니다. 덕분에 우리는 수고를 덜었지 뭡니까."

이해하기 쉽게 얘기해 줘서 고마울 정도였다.

우리가 피를 모으기 위해 분주하게 뛰어다니는 동안, 페데르트는 결실을 가로채서 따먹을 생각만 하며 움직이고 있었던 모양이다. 어쩐지 미궁에서 만났을 때부터 에밀리의 분위기가 좀 이상하다 싶었었다. 나무랄 생각은 없었지만, 슬쩍 에밀리 쪽을 쳐다보았다.

"라이너 씨, 죄송해요. 하지만 당신이 저희의 몸을 고치겠다고 하는 바람에……."

페데르트가 속사정을 나불나불 얘기하기 시작한 마당에, 더 이상 숨길 수는 없다고 판단한 것이리라.

에밀리는 사죄와 함께, 이 일을 벌인 동기를 털어놓았다.

"이 병든 몸은 알 군과 이어지기 위해 필요한 소중한 몸……. 절대로 고쳐서는 안 돼요……. 그래요, 저와 알 군 모두 계속 질병에 시달리는 게 나아요……! 계속 질병에 시달리는 게 낫다고, 저는 항상 생각해 왔어요! 그런데 라이너 씨가 그 질병을 고쳐주겠다고 나서시니까! 라스티아라 님이 쓸데없는 참견을 하고 드니까! 저도 어쩔 수 없이 이렇게 움직인 거예요! 하다못해 알 군 앞이 아니라, 저 혼자 있을 때 제안했으면 나았을 텐데!!"

질병을 고치고 싶지 않아서.

그 떳떳하지 못한 생각을 알에게 들키고 싶지 않아서.

그것이 동기였던 모양이다.

일단 알고 나니, 단순한 얘기였다.

빨리 차지하는 자가 이기는 대결에서, 우리가 패배한 것이다.

경위와 동기를 알고 나니, 후련한 기분이었다.

하지만 딱 한 가지 마음에 걸리는 게 있었다.

——이어지기 위해, 질병에 걸려 있어야 한다고……?

지금 마주하고 있는 에밀리와 페데르트가 아닌, 다른 곳에서 비슷한 얘기를 들었던 것 같다는 생각이 들었다.

그 얘기의 출처를 떠올리려 했지만, 그 생각은 중간에 끊기고 말았다.

앞쪽에 서 있는 에밀리가, 손에 들고 있던 검을 내게 겨눈 것이다.

"그러니까, 죄송해요. 저는 라이너 씨 일행을 배신해야겠어요."

그 말에, 나는 한숨을 지으며 대응했다.

"하아, 꼭 누구처럼 귀찮은 소리를 하는군. ……그런 비밀을 숨긴 채, 계속 알과 함께하겠다고? 바보 같은 소리. 그런 게 가능할 것 같아? 안 해도 너무 안이한 생각이군. 잔말 말고 둘이 같이 치료를 받고, 다음 단계로 넘어가."

"그, 그런 건 필요 없어요! 저는 그런 부탁 따위 한 적 없어요! 쓸데없이 참견하지 말라고 했잖아요?!"

"너는 부탁하지 않았지만, 알은 그러기를 원한다고, 이 멍청아. 그래도 좀 똑똑한 녀석인 줄 알았는데, 그건 다 페데르트가 가르쳐준 잔꾀였다는 거군. 그 말인즉슨, 지금 내가 상대해야 할 적은——."

히스테리를 일으키고 있는 에밀리가 아닌, 신전 입구에 서 있는 남자를 쏘아보았다.

자신의 책략이 뜻대로 이루어져서인지, 페데르트는 득의양양하게 히죽 웃고 있었다.

아아, 좋다……. 마음 편히 싸울 수 있다…….

스스로의 행동을 후회하고, 고민하면서 싸우는 소녀.

한편, 순진한 젊은이들을 속이는 비열한 성인 남성.

어느 한쪽을 두들겨 패야 한다면, 누구나 페데르트 쪽을 택해서 날려 버릴 것이다.

무엇보다, 자칫 잘못해서 죽여도 상관없는 상대라는 건, 아주 커다란 이점이라 할 수 있다——. 내가 그런 생각을 하고 있는 것도 모른 채, 페데르트는 신이 나서 떠들어댔다.

"후훗. 그래요, 에밀리 씨. 당신이 어떤 심정인지, 저는 아주 잘 압니다. 혹시 두 분의 질병이 치료되면, 살아가는 세계가 송두리째 뒤바뀔 겁니다. 이를테면, 지금까지는 질병 때문에 다가갈 수 없었던 사람들과의 교류가 늘어나겠죠. 사생활에서 단둘이 지낼 수 있는 시간은 줄어들 게 불 보듯 뻔합니다. 아예 더 이상 단둘이서만 파티를 맺는 게 아닌, 대규모 파티를 이루게 될 수도 있겠죠. 돈에 여유가 생기면 당연히 행동 범위도 달라지고──."

"싫어!!"

더 이상의 얘기는 차마 들을 수 없다는 듯, 에밀리가 참다 못해 말을 끊었다.

그럼에도 페데르트의 입은 멈추지 않았다. 이 방황하는 소녀를, 이대로 폭주시키려는 꿍꿍이이리라.

"싫다고요? 알겠습니다! 그 소원, 이 페데르트가 도와드리겠습니다! 그럼 우선, 이 의식을 완벽하게 실패시키는 겁니다! 의식이 실패한 상태에서 신의 화신이 의식불명 상태에 빠지면, 당연히 두 분께 돌아가기로 되어 있던 보상도 사라지게 되겠지요! 그럼 알 퀸터스에게 돌아가서 그 안타까운 소식을 전하기만 하면 됩니다! 그리고 역시 일이 그렇게 순탄하게 풀릴 수는 없는 모양이라고 둘이서 한탄한 다음, 다시 단둘이서 살아가면 되는 겁니다! 네, 마음껏! 단둘이서 살아가면 된단 말입니다!! 대성당의 신관인 저는, 후즈야즈의 백성인 두 분의 행복을 진심으로 응원하고 있습니다!!"

변함없이, 남의 약점을 찌르는 데 일가견이 있는 녀석이다.

형의 죽음 때문에 나약해져 있었던 시절의 나를 꼬드길 때도 비슷한 짓을 했었다.

그리고 나를 이용했을 때와 마찬가지로, 자기 손이 아닌 남의 손을 더럽히려 하고 있다.

똑같은 일을 되풀이하는 모습을 눈앞에서 보는 게 이렇게 울화가 치미는 일일 줄은 몰랐다.

조금 전까지만 해도 고요했던 마음속에 흉흉한 독소가 생성되고 있음을 알 수 있었다.

살의라는 독을 담아서, 나는 페데르트의 말을 맞받아쳤다.

"그런 거였군. 에밀리 혼자서 저지른 일이라면 손대지 않을 생각이었는데……. 네가 상대라면 얘기가 달라지겠지. 인정사정없이 짓밟아 주마. 사고로 죽어도 원망하지는 마."

"그건 제가 할 말입니다. ……후후, 오늘은 사고를 당하는 기사가 많이 생길 것 같군요?"

그 말을 끝으로, 페데르트는 한쪽 손을 들어서 뒤에서 대기하고 있던 수하들을 앞으로 내보냈다.

당연하다는 듯, 그 중에는 나와 안면이 있는 기사들도 있었다. 나의 동요를 일으키기 위한 인선이리라. 하지만 나는 업무상으로 만났을 때는 당연히 목숨 걸고 싸워야 한다고 생각하는 인간이다. 문제 될 것 없다.

문제 될 게 있다면, 『주얼 크루스』일 것이다. 지난번에 대성당에서 지크와 싸웠던 자객들처럼 흉악한 공격마법을 동원해서 공격하려 들 게 분명했다.

"미리 말해 두지만, 그 녀석들의 마법이 발동하기 전에 내 마법이 먼저 발동할 거야. 주인과는 달리, 『영창』의 한 구절도 읊지 못하게 해 줄 테니."

"네, 당신 실력은 잘 알고 있습니다. 그래서 꼼꼼하게 대책을 세 워 뒀죠."

페데르트는 들었던 손을 내리 휘둘렀다. 그와 동시에, 앞으로 나서 있던 『주얼 크루스』들이 영창 없이 마법을 발동시켰다. 그 수는 셋.

"――≪디바인 애로우≫."

"――≪디바인 애로우≫."

"――≪디바인 애로우≫."

똑바로 날아오는 것 하나. 좌우에서 곡선을 그리며 날아드는 것 두 개.

빛의 화살들이, 정확히 나만을 겨냥하고 날아들었다.

나는 굳이 위로 도약해서 그 화살들을 피했다.

내가 공중으로 도망친 것을 확인한 페데르트가 다음 지시를 내렸다.

"계속 쏘세요."

『주얼 크루스』 옆의 기사들이 등에 매고 있던 활을 꺼내서, 화살을 활시위에 걸었다.

나는 그 즉시 마법을 구축했다.

"――≪와인드≫."

바람을 몸에 휘감은 순간, 또 다른 마법의 화살과 진짜 화살들이 뒤섞인 채 덮쳐들었다.

그 수는, 아까의 두 배 이상.

하지만 일단 마법을 발동시킨 나에게는 그런 공격은 아무런 의미도 없었다. 공중에서 자유자재로 자세를 바꾸어 가며, 여유롭게 화살을 회피했다.

그러면서, 슬쩍 에밀리 쪽으로 눈길을 돌렸다.

전투가 시작되었지만, 그녀는 움직일 기색이 없었다.

긴장을 풀지 않은 채, 라스티아라의 목덜미에 검을 들이대고 나의 접근을 견제하고 있을 뿐이었다.

내가 방어에만 전념해도 라스티아라가 죽을 수도 있는 상황이었다면, 모 아니면 도 식으로 신전을 붕괴시키는 수밖에 없었을 텐데, 그런 건 아닌 것 같아서 다행이었다.

그녀의 역할은 라스티아라를 제압하고 『피』를 빼앗는 것뿐인 모양이었다.

그리고 반대편의 기사들과 『주얼 크루스』들의 역할은, 훼방꾼인 나를 제거하는 것.

에밀리 쪽을 향하던 시선을 옮겨서, 기사들에게로 눈길을 돌렸다.

그들은 하나같이 활과 창을 주력 무기로 장비하고 있었다.

검으로 나와 정면승부를 벌일 생각은 없다는 걸, 그 무장만 봐도 알 수 있었다.

상황 확인을 마친 나는, 단상에 착지해서 검을 뽑지도 않은 채 내뱉었다.

"얕잡아보면 큰 코 다칠걸. 100배 더 많은 전력이 덤비더라도 나한테는 흠집 하나 못 낼 테니까."

맨손으로 싸워도 충분하다고 위협하듯 얘기하고, 강력한 마법을 구축하기 시작했다.

당연한 일이지만, 상대방도 강력한 마법을 내쏘았다.

머릿수 차이는 있지만, 같은 시간을 들인 유사한 마법이 동시에 완성되었다.

"""——공명마법 ≪인비러블 아이스룸≫."""""

"——≪와인드 월≫!"

지난번에 그랬던 것처럼, 적은 공간을 굳히는 마법을 내쏘았다.

이에 맞서서, 나는 공간을 바람으로 채우는 식으로 대항했다.

지난번에는 호되게 당했었지만, 일단 수법만 알면 대처는 어렵지 않다고 생각했다.

우선 가장 큰 약점은, 예비동작이 지나치게 크다는 점이었다. 마법이 온다는 걸 알아채면, 대상이 된 공간에서 도망치면 그만이다. 그만한 여유는 충분했다. 만에 하나 붙잡히더라도 우격다짐으로 돌파할 자신이 있었다. 이번에는 적을 걱정하느라 강행 동파를 나무라는 다정한 주인도 없으니, 수단은 얼마든지 있을 것이다.

그럼에도 나는 바람 마법으로 대항하는 방법을 택했다.

적의 주력 분야에서 압도해서, 의욕을 꺾어 버릴 작정이었다.

"안됐지만 아무 소용도 없는 공격이었어. 그 정도 마법으로는, 평생을 들여도 나를 붙잡을 수 없을 걸."

여유만만하게 코웃음을 쳐 주었다.

그리고 바람의 힘으로 적의 마법을 밀쳐내서, 마법을 내쏜 당사자인 『주얼 크루스』 소녀 네 명이 엉덩방아를 찧게 만들었다.

그렇게 절대적인 힘의 차를 연출해 보이자, 소녀들의 표정은 공포로 물들었다. 기왕 그러는 김에 페데르트도 동요했더라면 편했겠지만, 일이 그렇게 간단히 풀리지는 않는 모양이었다.

"……흐음. 역시 강하군요. 1년 전부터 급성장하기 시작한 당신의 힘은, 이제 연합국 제일이라 해도 과언이 아니죠. 정말 많이 강해졌어요. 1년 전에는 예상조차 못 했던 일입니다. 솔직히, 정공법으로 당신을 물리치는 건 정말 어려운 일입니다. 후후, 이걸 어쩐다?"

지크에게 한 번 격파당한 적이 있는 『주얼 크루스』들의 공명마법은, 그의 비장의 카드는 아니었던 모양이다.

얘기하는 말투로 미루어보아, 아직 여유가 있다는 걸 알 수 있었다.

"그런데 연합국에서 제일가는 기사인 당신의 대성당 내 생활은 차마 눈 뜨고 볼 수가 없을 지경이더군요. 친구라고 할 만한 기사가 한 명도 없어서, 항상 혼자 식사를 하곤 했죠. 기사 세라 레이디언트와 기사 라그네 카이크오라도 딱히 친해 보이지는 않았고, 임무는 항상 혼자서 수행하더군요. 듣자하니, 직장에서만 그런 게 아니라 헤르빌샤인 가문 내에서도 비슷한 처지라죠? 설마 양아버지나 양어머니와도 적대하는 사이라니……. 참 가엾은 성장환경이지 뭡니까."

나에 대한 모든 걸 알고 있다는 듯, 나의 사생활을 술술 읊었다.

그리고 오늘 본 표정 중에 가장 음험한 미소를 지어 보였다.

"그런 당신이 유일하게 마음을 열고 대하던 건……, 의붓누나인 프랑류르 헤르빌샤인."

"──윽!"

그 미소 끝에 꺼내든 이름은, 내 동요를 불러일으키기에 충분한 것이었다.

페데르트가 웃는 동시에, 입구에 늘어서 있던 기사들 사이에서 눈에 익은 얼굴 하나가 나타났다. 다른 기사들과 마찬가지로 무장한 상태였다. 하지만 특징적으로 묶은 그 금발은 흔히 볼 수 없는 것이었다. 새로 등장한 기사는, 프랑누나였다.

누나는 대열 가장 앞으로 떠밀려 나와서, 신전 안의 상황을 보며 곤혹스러워하고 있었다.

"……페데르트 님, 이게 대체 어떻게 된 일이죠?"

"조금만 참으십시오. 그냥 여기 서 계시만 하면 됩니다."

누나의 질문에, 페데르트는 아무런 설명도 해 주지 않았다.

아마 프랑 누나는 대성당 내의 위험인물을 포박하라는 의뢰를 받았을 뿐, 『재탄생』 의식에 대해서는 아무 얘기도 듣지 못했을 것이다.

아무것도 모르는 프랑 누나를 가장 앞에 세워 두고, 페데르트는 한층 더 흡족한 웃음을 지었다.

나는 그 즉시 적의 꿍꿍이와 요구를 알아채고, 떨떠름한 얼굴로 캐물었다.

"……왜 데려온 거냐?"

"대응책을 마련해 뒀다고 하지 않았습니까?"

"나는 헤르빌샤인 가문과 아무런 혈연관계가 없지만, 누나는 달라. 여자임에도 차기 문주 후보의 물망에 오르기까지 할 정도야. 그런 누나에게 함부로 손을 댔다가는 어떻게 될지, 알고는 있는 건가?"

"지금 그녀가 여기에 있는 이유도 좀 생각해 줬으면 좋겠군요. 설마 헤르빌샤인 가문 내에 그녀를 달갑지 않게 여기는 사람이 한 명도 없다고 생각하시는 겁니까?"

은연중에, 헤르빌샤인 가문 안에 협력자가 있다는 정보를 내비쳤다.

그 말마따나, 누나가 집에서 귀여움을 받고 있다고 해도, 가족 모두가 그녀에 대해 호의적인 건 아니었다. 특히 차남과 삼남은, 나를 후대하는 누나를 고깝게 여기는 구석이 있었다. 그들과 관련이 있는 건가……?

"물론 헤르빌샤인 가문에 손을 대는 게 위험부담이 큰일이라는 건 알고 있습니다. 하지만 지금은 그 정도 위험부담은 감수해야 할 때라고 생각합니다. 이 기회에 대성당과 성인 티아라의 힘만 손에 넣으면, 보고서 조작은 나중에 얼마든지 할 수 있으니까요. 라스티아라 님이 독단적으로 티아라 님을『재탄생』시키려다가 실패해서 혼절. 워낙 큰 대미지를 입으셔서, 언제 다시 눈을 뜰 수 있을지 장담할 수 없다……이 정도로 보고해 두면 되겠군요.『본토』의『원로원』이 그 보고서를 읽으면, 저를 라스티아라 님의 후임으로 앉힐 수밖에 없을 겁니다. 원래부터『본토』에서는 라스티아라 님을 껄끄럽게 여기고 있었으니, 그렇게 어려운 일도 아닙니다."

보아하니, 여기서 라스티아라 관계자를 모두 제압하고 자신이 마음대로 주무르던 대성당을 되찾을 작정인 모양이었다.

수장의 자리를 되찾으면, 이 습격을 무마하는 것도 가능할 것이다. 티아라 씨의 힘과 대성당의 권력이 있으면, 개인의 힘만 가지고도 헤르빌샤인 가문에 대항할 수 있으리라.

최악의 경우, 목표 달성을 위해 이 자리에 있는 전원을 죽여 버리더라도 이득이다.

다소『본토』측의 의심을 사더라도, 페데르트가 이득을 낼 수 있는 인재라면 크게 문제 될 일은 없을 것이다.『본토』입장에서는, 이 대성당의 수장이라는 자위는 이익만 내면 그만인 자리일 테니까.

"이, 이 자식……!"

페데르트의 꿍꿍이를 알아채고, 나는 그 시도를 막기 위해 움직이려 했다.

하지만 페데르트는 누나의 허리 뒤에 검을 들이대서 내 움직임을 틀어막았다.

"굳이 말 안 해도 알아주셨으면 좋겠군요."

그 한마디 말에, 내 몸은 얼음처럼 얼어붙었다.

앞쪽도 뒤쪽도 인질로 막혀 있는 상황이라, 떨떠름한 얼굴로 멈춰 있을 수밖에 없었다.

결국, 상대는 처음부터 전투다운 전투 따위는 할 생각이 없었던 것이다.

적이 강하다면, 세라 씨의 경우처럼 멀리 떼어놓는다. 라그네 씨의 경우처럼 기습을 가한다. 그것조차 어렵다면, 적과 가까운 사람을 인질로 삼는다. 단지 그것뿐이다.

"자, 여러분. 라이너 헤르빌샤인과 라그네 카이크오라를 포박하세요."

페데르트는 의기양양한 얼굴로 기사들에게 지시를 내렸다.

이대로 움직이지 않고 있으면, 나는 붙잡히고 말 것이다.

그럼에도 나는 아직 움직이지 못하고 있었다. 움직일 이유를 아직 찾지 못했기 때문이다.

그 정도가 아니라, 아예 "그냥 단념하고 페데르트의 승리를 인정해도 되는 것 아닐까?" 하는 생각까지 하고 있었다. 나 자신이 아닌 다른 사람의 목숨이 걸린 상황에, 나는 너무나도 약했다.

나의 죽음으로 두 사람을 구할 수 있다면 기꺼이 죽음을 택하겠지만, 지금은 그런 상황도 아니었다.

페데르트는 그 약점을 나보다 더 정확히 이해하고, 교묘하게 찔렀다.

지금은 순순히 항복하되, 그 대신 라스티아라와 누나의 안전 확보를 조건으로 내세우는 게 최선일 것이다. 여기서 패배하더라도, 잃는 것은 라스티아라의 지위와 티아라 씨의 힘뿐이다. 그런 것들보다는 목숨이 더 중요하다는 게, 나의 이성적인 판단이었다. 아직은 모 아니면 도 식의 도박을 할 때가 아니다. 그렇게 마음속으로 타협하려 했을 때——.

"——라이너!"

내 이름을 부르는 목소리가 들렸다.

그것은 학원생 시절에 수도 없이 들었던 것과 똑같은 목소리. 단지 이름만 부른 것뿐이었지만, 동생인 나는 그 목소리에 질책이 담겨 있다는 것을 단번에 알 수 있었다.

자세를 가다듬고, 꼿꼿이 서서, 인질로 잡혀 있는 누나를 쳐다보았다.

거기에는 진심으로 분노한 누나가 있었다.

남동생의 타협을 용인하지 않고, 늘 그렇듯 까다로운 난제를 던지려 하는 누나가 있었다.

"한심하네요! 고작 이 정도 일에 고개를 숙이는 건가요?!"

"어, 네? 하지만 말이죠……, 누나……."

인질로 잡힌 몸이니 좀 잠자코 있어 줬으면 좋겠다고 생각했다. 주위의 기사들 역시 같은 생각인 듯, 갑자기 언성을 높이는 누나의 행동에 어떻게 대처해야 할지 망설이는 기색이었다.

"뭐가 뭔지 잘 모르겠지만, 싸우세요! 우리 헤르빌샤인 가문의 긍지를 가지고!!"

그리고, 오로지 기세 하나로 터무니없는 말을 내뱉었다.

"뭐, 뭐가 뭔지 모르겠다니……. 아니, 물론 저도 싸우고 싶지만 말이죠. 인질이 있어서 움쭉달싹할 수 없는 상태라서요. 그 인질이 바로 누나라는 거, 알고는 계신 건가요?"

나는 분기탱천한 누나를 상식적인 말로 다독이려 했다.

학원생 시절로 돌아간 것 같아 약간 감회가 밀려오기도 했지만, 지금은 절대 물러설 수 없는 상황이었다.

"무엇보다, 저는 인질 같은 걸 안 좋아해요! 극장에서 보면서 몇 번이나 내가 분노로 주먹을 움켜쥐었는지, 동생인 당신이라면 잘 알고 있을 텐데요!!"

"아니, 좋아하느냐 싫어하느냐 하는 문제가 아니라 말이죠……. 지금 싸우면 누나가 죽는다는 얘기에요!"

누나의 정의감이 용솟음치고 있다는 건 충분히 잘 알 수 있었다.

그 점을 알고 있기에, 식은땀이 주체할 수 없이 솟아 나왔다.

티아라 씨에게 배운 스킬 『악감』은 정작 중요한 상황에서는 아무런 도움도 되지 않다가, 이런 상황에서만 뚜렷한 미래의 이미지를 내게 보여주었다.

그것은 바로, 지금 내가 고안한 작전이『실패』하는 이미지.

그뿐만이 아니라, 페데르트의 작전까지 송두리째『실패』하는 이미지.

……크, 큰일이다.

"저는 라이너의 검이에요! 당신이 아무리 강해진다 해도, 그 어디에 간다고 해도! 당신의 누나라는 걸 자랑으로 여기고 있어요! 그 긍지에 맹세코, 절대 당신의 걸림돌이 되지는 않겠어요!!"

누나는 포효했다.

그리고 조금의 주저도 없이 **한 발짝 물러섰다.**

뒤에는, 검의 칼끝을 누나의 등에 들이댄 페데르트가 있었다.

푸슉 하고, 누나의 부드러운 등이 꿰뚫렸다.

누나의 오른쪽 복부에서 빨갛게 물든 강철제 검이 튀어나오고, 검붉은 피가 분출되기 시작했다.

중상 정도가 아닌, 치명상.

누가 봐도 그렇게 보일 정도의 상처를, 누나는 스스로 자처한 것이다.

"──어?!"

"아얏!!"

페데르트는 어리둥절해서 넋이 나갔고, 나는 "이럴 줄 알았어!" 하고 절규했다.

반면에 상처를 입은 누나는 흡족한 듯 웃고, 중얼거리면서 무릎을 꺾고 주저앉았다.

"극장에서 보면서……, 항상 생각해 왔어요……. 붙잡힌 히로인들은, 대체 왜, 이렇게, 하지 않는 걸까……, 하고……."

왜냐고?

그건 간단하지 않은가!

그러면 인질을 구하려는 사람이 엄청나게! 아주 엄청나게 난처해지기 때문이다!!

——그렇게 외치고 싶었다. 하지만 지금은 그럴 때가 아니었다.

우선 나는, 동요해 어쩔 줄을 모르는 페데르트에게 책임을 물었다.

"아아, 빌어먹을!! 이, 이 자식! 페데르트!!"

"아뇨, 이, 이건 말이죠……! 설마 이렇게까지 할 줄은 저도 몰랐습니다!!"

검을 움켜쥔 페데르트의 손은 떨리고 있었다.

예상조차 하지 못했던 전개에 놀라서, 다음 행동에 들어가지 못하고 있었다.

사람을 죽음으로 내몬 적은 있어도, 직접 찌른 건 처음이었는지도 모른다.

하지만 그런 우는소리를 들어줄 생각은 없었다.

"우리 누나는 이 정도로 바보란 말이다! 그러니까, 대체왜 데려온 거냐고 따지고 있는 거다! 아아, 누나는 이게 문제라니까!!"

나는 누나를 치료하기 위해 황급히 내달리려 했다.

하지만, 그런 내 시도는 미처 단상에서 내려가기도 전에 제지당했다.

"이, 이쪽이 아니에요! 라이너! 당신은, 당신이 해야 할 일을 하세요!!"

꾸중을 들었다. 다른 누구도 아닌 누나 자신이, 피를 토하면서 치료를 거부했다.

지독하게 고집스러운 의지가 담긴 그 노성에 압도당해서, 나는 발걸음을 멈출 수밖에 없었다.

"……지, 지혈과 회복마법을! 이런 곳에서 돌아가시면 안 돼요! 이렇게 어이없게……!!"

그리고 내가 멈춰 서 있는 동안에, 페데르트도 냉정을 되찾은 모양이었다.

신속하게 지시를 내려서, 호위 기사들에게 신성마법을 사용하도록 재촉했다.

살펴보니, 회복을 전문으로 하는 기사가 있었다. 나와 싸우기 위해 필요한 멤버들을 갖춰서 온 것이리라. 누나가 이상적인 치료를 받게 하려면, 내가 치료하러 가는 것보다 오히려 그냥 가만히 내버려 두는 게 낫다는 것을 짐작할 수 있었다. 적이 냉정함을 되찾아 감에 따라, 나도 이성을 되찾았다.

그리고 지금까지 주고받은 대화를 돌이켜본 결과, 페데르트가 지금까지 "누나를 인질로 잡았다"는 말은 한 번도 한 적이 없다는 것을 깨달았다. 은연중에 암시해서, 내 억측을 유발하려 들 뿐이었다.

요컨대, 신중하고 겁 많은 페데르트는 이런 마당에도 변명의 여지를 남겨 두고 있었다는 얘기였다. 인질은 미숙한 나를 속이기 위한 허세일 뿐, 대귀족의 영애를 죽일 배짱 따위는 처음부터 없었을 가능성이 높았다.

차분하게 곰곰이 생각해 보면 당연한 일이었다.

페데르트는 후즈야즈 내에서의 지위에 집착하고 있으니, 그 지위를 뒤흔들 수 있는 짓을 본격적으로 할 수 있을 리가 없다. 한다고 해도, 어디까지나 시늉일 뿐이다.

페데르트는 누나를 죽일 생각이 없었다.

나를 상대하기 위해 준비한 보험들 가운데 하나일 뿐이었다.

나는 그 보험에 완벽하게 걸려들었지만……, 이제 그 보험이 갑자기 모두의 공멸을 불러올 수 있는 폭탄으로 변하고 말했다. 다행히 그 폭탄 처리는 페데르트 본인이 앞장서서 하고 있었다. 그렇다면 지금 내가 해야 할 일은——.

"라이너어어어어어어어어어어어어어어어———!!!!"

내 등 뒤에서, 고막을 찢어발기는 포효가 울려 퍼졌다.

에밀리의 다급한 목소리가 그 뒤를 이었다.

"라, 라스티아라 님?! 그러시면 안 돼요!!"

목소리에 이끌려서, 나도 뒤를 돌아보았다.

거기에는, 목에서 조금 피를 흘리면서 에밀리의 양 팔을 붙들고 있는 라스티아라의 모습이 있었다.

"라이너, 지금밖에 없어! 프랑은 괜찮은 것 같으니까, 이쪽으로 와!"

언제부터 움직일 수 있게 된 건지는 모르지만, 계속 틈을 엿보고 있었던 모양이었다.

누나가 인질 구실을 할 수 없다는 것을 확인하고 우격다짐으로 행동에 나섰다는 걸 알 수 있었다.

그리고 이 여자도 누나와 마찬가지였다. 에밀리가 목에 들이대고 있던 검에 스스로 찔리는 식으로, 결박으로부터 벗어난 것이다.

에밀리는 버티다 못해 검을 거두었을 것이다.

목의 상처로 미루어보아, 검은 피부를 얇게 벤 정도에 불과한 것 같았다.

"아, 아아! 아아악, 이러면 안 되는데!!"

내가 미처 보지 못한 곳에서 엄청난 짓을 저질러 준 라스티아라의 행동력에, 전율이 일었다.

"죽이겠다"던 에밀리의 협박이 문외한이 보기에도 거짓말 티가 풀풀 났던 건 사실이었다. 그래도 만에 하나 상황이 잘못될 위험이 있기에, 나는 신중하게 상황을 지켜보고 있었던 것이다.

그랬다.

나도 페데르트도, 신중에 신중을 가해 가며 거래를 하고 있었던 것이다.

그랬는데, 여자들은 아까부터 너무 막무가내로 일을 진행시키고 있었다!

좀 더 시간을 들여서 대화를 통해 거래를 하게 해 줘!

대체 왜! 더 안전하게! 신중하게! 해 주지 않는 거냐?!

그렇게 절규하고 싶은 건, 페데르트 쪽이리라.

나는 절규하고 싶은 충동을 억누르고, 정신없이 라스티아라 쪽으로 내달렸다. 그 움직임에 맞춰서, 라스티아라는 동요하는 에밀리의 배를 향해 돌려차기를 날렸다.

"에밀리! 잠깐 실례 좀 할게!"

"──어?! 어, 흑!!"

에밀리는 허파 안의 숨을 모조리 토해내고, 가벼운 공처럼 허공을 날았다.

그녀가 단상 구석까지 나가떨어지는 모습을 확인하고 나서, 나는 라스티아라와 합류했다.

"라스티아라! 무리하지 마! 자기 목숨을 가장 우선시해 주지 않으면 내가 곤란해!"

"나도 알아. 하지만 확신이 있었어. 그보다, 티아라 님을 치료하고 도망쳐야 해!"

라스티아라는 마법진 중앙에 쓰러져 있는 티아라 씨에게 달려갔다. 그리고 그 복부의 상처를 치료하기 위해 마법을 구축하기 시작했다. 하지만 그 움직임이 너무나도 둔했다. 의식 때문에 마법을 제대로 쓰지 못하는 상태인 게 분명했다.

"그건 그냥 두고 가! 지금은 네가 도망치는 게 먼저야!"

두 바보녀의 기세에 낚여서 충동적으로 움직이긴 했지만,

여전히 티아라 씨의 신병은 우선순위기 낮았기에, 굳이 확보해야겠다는 생각은 들지 않았다.

지금 우선시해야 하는 것은 라스티아라의 안전뿐.

오히려, 티아라 씨를 여기 두고 가면 시간 벌이에 도움이 된다.

하지만『티아라 님의 피』를 버리기로 작정한 나와는 달리, 라스티아라는 애원했다.

"라이너, 부탁이야……! 티아라 님의 몸도 같이……!"

"내버려 둬! 티아라 씨보다 네가 더 중요해!!"

딱 잘라 거절하고, 라스티아라의 팔을 잡아끌어 도망치려 했다.

하지만 꽉 붙든 팔에서 돌아온 것은, 절대로 물러설 수 없다는 결연한 의지.

라스티아라는 또다시 애원했다.

"——부탁이야."

"제, 제정신으로 하는 소리냐……?!"

라스티아라의 눈은 진지했다.

만약 지금 내가 고개를 끄덕이지 않는다면, 혼자 남아서라도 티아라 씨를 지키며 싸울 것이다.

그렇게 확신한 나는, 하는 수 없이 티아라 씨의 몸을 양손으로 안아 들었다.

"젠장, 하면 될 거 아냐, 하면! 티아라 씨는 내가 옮길 테니까, 너는 있는 힘껏 뛰기나 해!"

"고마워!"

내가 뜻을 굽힌 걸 보고, 라스티아라는 내달렸다.

페데르트 패거리가 막아선 출입구 쪽이 아닌, 측면의 창문을 향한 전력질주였다.

하지만 그런 라스티아라의 전력질주가 너무나도 느렸다. 티아라 씨를 안은 채 뒤에서 출발한 내가 순식간이 앞질러 버릴 정도의 속도였다.

"여기서 놓치면 절대 안 됩니다! 밖으로 나가면 쓸 수 있는 방법이 제한됩니다!!"

당연한 일이지만, 가까스로 누나의 목숨을 건져내는 데 성공한 듯한 페데르트는, 도망치려 하는 우리를 보고 추격 명령을 내렸다. 나는 즉시 티아라 씨를 등에 업고, 달리는 라스티아라를 보호하듯 뒤를 막아서서 바람마법을 구축했다.

"모두 다리를 겨냥하세요! 상황이 상황이니만큼, 몸통에 맞아도 상관없습니다! 저 신의 화신은 그리 쉽게 돌아가실 분이 아닙니다!!"

그 지시에 맞추어, 기사들과 『주얼 크루스』들이 화살을 내쏘았다.

공기를 찢어발기고 빗발처럼 쏟아지는 화살들.

"──≪와인드≫!!"

티아라 씨를 안고 있느라 양손을 쓸 수 없는 상황인 만큼, 검에 의지하지 않고 마법에만 집중했다.

바람의 막이 펼쳐졌다. 잇따라 날아드는 화살들을 쳐내

며, 라스티아라가 도망칠 시간을 벌었다.

"크윽──!!"

하지만 그 양이 너무나도 많고, 종류도 각양각색이었다.

직선으로 날아드는 화살은 쉽게 격추할 수 있지만, 곡선을 그리며 덮쳐드는 마법 화살은 처리하기가 까다로웠다. 마법 화살은 저마다 개성이 다르다 보니, 그에 따라 쳐내는 방법도 달라져야 했다. 아무리 바람 마법이 장기라 해도, 즉흥적인 기초마법만 가지고 전부 다 막아낼 수는 없었다.

"빠, 빨리 가!! 라스티아라!!"

등 뒤의 라스티아라를 재촉해 보았지만, 들려온 것은 썩 반갑지 않은 대답이었다.

"라이너, 결계 때문에 못 나가!!"

아마 신전 창문에 결계 마법이 쳐져 있었던 모양이다. 약화된 라스티아라의 힘으로는, 도망치려 하는 적을 막는 결계를 뚫을 수가 없었다.

하는 수 없이, 나는 방어가 허술해지는 것을 감수하고 바람의 일부를 라스티아라 쪽으로 보냈다.

"자유의 바람이여! ──《와인드》! 결계를 풀어라!!"

라스티아라 쪽으로 《와인드》를 날리고, 그 마법에 의식을 할애해서 조작, 결계를 해제했다.

지금 필요한 것은 상위 바람마법 《지테르트 와인드》와 같은 작용. 나는 그것을 기초마법으로 재현했다. 티티에게서 배운 응용법을 통해 우격다짐으로 해야 했다.

추가로 마력을 쏟아 붓고, 고함을 쳐 가며, 가까스로 결계 해제에 성공했다.

하지만 결계 해제에 성공하는 순간, 화살 하나가 내 허벅지를 꿰뚫었다. 결계 해제에 지나치게 의식을 할애하는 바람에 방어가 허술해졌던 것이다. 상처에서 솟구치는 열기와 고통을 무시하고, 나는 라스티아라에게 외쳤다.

"──윽! 좋아, 열렸어! 뛰어, 라스티아라!!"

먼저 라스티아라가 창문을 깨부수고 뛰쳐나갔고, 나 역시 그 후방을 지키면서 창밖으로 뛰쳐나갔다. 성공적으로 대성당 뒤뜰로 빠져나올 수 있었다. 하지만 그런 우리 앞에는, 당연하다는 듯 기사들이 도사리고 있었다.

"꺼져! ──《시어 와인드》!!"

나는 인정사정없이 마법을 내쏘았다.

마법을 연속으로 사용하는 바람에 머리가 지끈거렸지만, 지금은 약한 소리를 할 때가 아니었다. 압도적인 마력량으로 몰아붙여서 일방적으로 기사들을 날려 버렸다. 그리고 포위망에 뚫린 구멍을 향해 내달렸다. 그 와중에도 뒤에서 마법이며 화살 등등이 날아들었다. 그 중에 몇몇이 명중하긴 했지만, 나는 바람을 조종해서 라스티아라와 티아라 씨를 보호해 가며 달렸다.

뒤뜰에서, 대성당을 둘러싼 담장를 향해 이동했다.

페데르트의 기사들이 대량으로 도사리고 있을 정문보다, 담장을 넘는 게 안전하고 빠를 거라 판단했기 때문이다. 전속력으로 대성당의 숲을 가로질렀다. 숲길은 포장까지는 되어 있지 않지만, 말끔하게 정비되어 있어서 달리기 편했다. 길을 막은 나뭇가지들에 뺨이 찢어지면서도, 우리는 대성당 부지 가장자리로 향해서. 이윽고 사람들을 막아서는 높이의 담장이 보이는 곳까지 다다랐다.

대충 봐도 내 키보다 다섯 배는 더 되는 높이였지만, 나는 발걸음을 멈추지 않았다.

"라스티아라, 마법으로 보조해 줄 테니까 뛰어! ──≪와인드·스카이러너≫!!"

"⋯⋯알았어!"

라스티아라는 잠깐 걱정하긴 했지만, 이내 내 마법을 믿고 고개를 끄덕였다.

의식을 거행하던 라스티아라뿐만 아니라, 나에게도 피로한 기색이 엿보이기 시작했음을 깨달은 것이리라. 그래도 여기서 멈춰 설 수는 없었다.

달리던 속도를 그대로 유지한 채, 우리는 도약했다.

그리고 그 타이밍에 맞추어 마법의 바람을 뿜어냈다.

바람의 보조를 교묘하게 이용해서 울타리를 뛰어넘은 우리는, 울타리 밖에 있는 강물까지 뛰어넘었다.

마지막으로, 초고도 도약의 착지에 의한 충격까지 바람으로 완화시켰다.

"──허억! 허억, 허억, 허억⋯⋯!"

마법 해제와 동시에, 커다란 숨을 토해냈다.

무리한 전력질주 때문에 이런저런 것들이 고갈되어 버렸다.

숨을 쉴 때마다, 목구멍에서 코 쪽으로 피 냄새가 역류했다.

고통과 피로가 뒤섞여서, 머릿속의 열기가 점점 부풀어 오르는 게 느껴졌다.

단순히 적을 공격하기 위한 마법과는 달리, 섬세한 마법 조작은 몸과 마음 모두를 지치게 만들었다. 이런 걸 당연하다는 듯 해내던 티티가 얼마나 범상치 않은 존재인지, 새삼 실감할 수 있었다. 그리고 엘트라류 학원에서 마법 응용을 전혀 가르치지 않았던 이유도 알 것 같았다.

항상 폭주의 위험이 뒤따르는데다가, 효율성이 너무나도 떨어지는 것이다.

강을 건넌 우리는, 주변 시민들의 호기심 어린 시선을 뿌리치고 후즈야즈 거리를 달렸다. 달리고 또 달린 끝에, 이윽고 인적 드문 뒷골목으로 들어가서, 도망치는 속도를 늦추었다.

추적자를 뿌리쳤다는 안도감도 있었지만, 근본적으로 휴식이 절실했다.

거칠게 숨을 몰아쉬며, 찬찬히 자신의 상태를 확인해 나갔다.

"허억, 허억……! 여기 정도면, 아무도, 없겠지……?!"

"라이너, 다리가……!"

옆에서 걷던 라스티아라가 내 다리를 가리켰다.

박혀 있는 화살 하나, 살점에 파인 곳이 두 곳.

명중한 화살은 세 발. 그 중 두 개가 마법 화살이었던 모양이다.

옷자락 밑으로 변색된 피부가 엿보였다. 그냥 내버려뒀다가는 큰 문제가 될 수도 있는 상처였다.

"신경 쓰지 마. 썩어도 상관없어. 나는 이미 이 다리, 아니 온몸을 주인에게 바쳤으니까."

하지만 그건 별 문제가 아니었다. 지금은 그보다 중요한 게 있는 것이다.

"달리기가 힘들군……. 빌어먹을, 남은 마력으로 회복마법을 거는 수밖에 없나……."

손으로 목제 화살을 난잡하게 뽑아내고, 스스로에게 회복마법을 걸었다.

몸 상태가 좋지 않은 라스티아라도 옆에서 회복마법을 구축해서, 나와 내 등에 업힌 티아라 씨를 회복시키려 했다. 하지만 의식의 영향인지, 불완전한 회복마법밖에 구축할 수 없었다.

"그, 그래……. 이참에 회복시키는 게 좋겠어. 그런데 티아라 씨의 몸이, 이미……! 피는 멎었는데, 몸이 계속 싸늘해……! 너무 싸늘해……!"

불완전한 마법이었지만, 그래도 티아라 씨의 복부에 난 상처는 그럭저럭 아물었다. 하지만 그건 어디까지나 응급처치일 뿐이니, 이내 다시 벌어질 게 불 보듯 뻔했다. 가장 큰 문제는, 오늘의 난폭한 취급 때문에, 미약하게나마 남아

있던 생명의 온기가 사라져 가고 있다는 점이었다.

하지만, 그건 별문제가 아니었다.

라스티아라만 무사하다면, 나는 그걸로 충분하다.

다리의 상처에 응급처치를 한 나는, 지금 가장 중요한 문제인『티아라 님의 피』가 어디 있는지를 묻기로 했다.

의식이 어떤 식으로 틀어졌는지 파악하지 않으면, 도주든 반격이든 작전을 세울 수가 없다.

"그나저나, 완전히 당했군……. 라스티아라,『피』는 지금 어떻게 됐지? 이제『리바이브』는 포기하는 수밖에 없는 건가?"

"……아마, 지금『티아라 님의 피』는 에밀리와 나와 티아라 님이 3등분해서 갖고 있는 정도일 거야.『재탄생』를 계속하려면 못 할 건 없어. 하지만 이 정도 양일 때는 결과가 어떻게 될지 장담할 수 없어. 실패할 수도 있고, 아니면 기억이나 힘에 결함이 생길 수도 있고……."

그 정도만 알면 충분했다.

라스티아라에게 들리지 않도록, 가만히 혼잣말을 뇌까렸다.

"3분의 2는 이쪽에 있는 셈이군. 그럼, 상대방과 교섭도 해 볼 수 있겠지——."

경우에 따라서는,『피』를 어느 정도 넘겨주는 조건으로 정전 협상을 제안할 수도 있다.

사태 수습 방안을 냉정하게 고민하는 내 옆에서, 라스티아라는 의식을 재개시킬 방법이 없을지 살펴보려는 듯 티아라 씨의 몸을 재확인해 나갔다.

"아아아……. 역시 안 되겠어. 이제 이 몸을 고치려면『소생』수준의 마법을 동원해야 할 정도야. 혹시 이 몸으로『재탄생』의식에 성공한다 해도, 티아라 님은 금방 죽고 말 거야!"

기껏 가져온『주얼 크루스』시체지만, 라스티아라는 고치기를 단념하고 있었다.

원래부터 시체였는데 검까지 꽂힌 것이다.

상식적으로 생각하면, 이제 돌이킬 방법이 없으리라.

하지만, 나는 달랐다.

예감이 있었다. 티아라 씨가 얘기했던『감』이라 해도 좋다.

나는 라스티아라가 포기한 그 몸을 어루만졌다.

그리고 온 힘을 다해 회복마법을 불어넣으며, 마력으로 그녀와의 접촉을 시도했다.

미세하게나마 눈꺼풀이 떨린 것 같다는 느낌이 들었다.

"이렇게 된 이상……, 지금 이 자리에서 티아라 님을 내 몸에『재탄생』시키는 수밖에 없으려나……? 이렇게 된 마당에, 힘은 포기하고 인격만이라도『재탄생』할 수 있도록 술식을 수정해서——."

그러는 동안에도 라스티아라는 혼자 고민하고, 혼자 해답을 이끌어 내려 하고 있었다.

그리고 그 해답은, 나와 티아라 씨가 염려하던 최악의 결말이었다.

라스티아라의 몸에『재탄생』시키겠다고? 그것만은 절대로 용납할 수 없다. 나는 티아라 씨의 몸을 회복시키면서 시간을 벌기로 했다.

"그건 안 돼. 네 몸을 사용하는 건 내가 용납 못 해. 티아라 씨는 이제 그만 단념해."

"단념하라고……? 어떻게 그렇게 쉽게 단념하라는 거야! 나는 이날을 위해 1년 동안 최선을 다해 노력해 왔어……! 그날, 마리아가 아닌 티아라 님에게 기댄 순간부터, 모든 건 더 이상 돌이킬 수 없게 된 거야!"

"진정해. 내 말은, 현실적으로 힘들다는 거야. 이런 상황에서는 누구나 다 무모한 짓이라고 할 거야. 아마 티아라 님이 살아있더라도 그렇게 말할 거야——."

"저, 저기 말이야."

라스티아라가 내 말을 끊었다.

"왜 아까부터 회복마법을……, 자기 다리가 아닌 그쪽에……?"

내가 대화보다 마법에 집중하고 있다는 걸 들켰다.

라스티아라는 어리둥절한 표정으로, 내 행동의 이유를 물었다.

하지만 이미 시간은 충분히 번 상태였다.

두근, 하고 티아라 씨 몸속의 피가 움직이기 시작한 것을 확인했다.

심장은 움직이지 않았지만, 피가 스스로의 힘으로 몸속을 내달리기 시작한 것이다.

시체가 호흡을 시작하고, 팔다리가 경련하고, 생명의 불이 들어왔다.

회복마법을 받아서, 티아라 씨가 움직였다.

내 품속을 벗어나서, 비틀거리면서도 혼자 힘으로 땅을 딛고 섰다. 그리고 그 핏기 없는 얼굴로 이쪽을 쳐다보았다. 나는 곧바로, 방금 전까지 하던 말에 이어지는 질문을 그녀에게 던졌다.

"그렇지, 티아라 씨?"

"그래. 라이너 말이 맞아."

숨을 헐떡이면서도, 티아라 씨는 대답했다.

자기 몸의 상태를 확인하며 얼굴을 찌푸리고 있었지만, 그래도 대답할 기운 정도는 있었던 모양이다. 한손으로 머리를 부여잡으면서도, 똑똑히 대답했다.

"──어?"

시체가 움직이는 걸 보고, 라스티아라는 아연실색했다.

그런 그녀를 방치해 두고, 우리 둘은 상황을 확인해 나가기 시작했다.

"하아아아~. 정말 고마워, 라이너. 덕분에 그럭저럭 움직일 수 있을 만큼 회복됐어~."

"왜 이렇게 늦게 나와? 그보다, 아까 그 에밀리의 검, 네가 알아서 피할 수는 없었던 거야? 그것만 없었더라면 어떻게든 해결할 수 있었을 텐데."

"말도 안 되는 소리 마. 그 때 나는 대마법의 9할을 짊어지느라 집중하고 있었단 말야. 정신을 차리고 보니까 어느

새 배가 새빨개졌지 뭐야. 무리무리무리 완전 무리~."

"그건 그렇고, 용케도 안 죽네. 외부는 아물었지만, 몸속은 아직 구멍이 난 상태잖아?"

"라이너가 포기하지 않고 계속 회복마법을 걸어 준 덕분에, 안 죽고 간신히 버틴 거야. 하지만 몸 상태는 최악이야. 솔직히, 몸속의 구멍보다 정신의 구멍이 훨씬 더 위험해. 여기저기서 쪼아대는 바람에, 넝마 꼴이 됐지 뭐야."

가능하면 의식 중에 습격을 받았을 때 도와주지 그랬느냐고 따졌지만, 티아라 씨는 그럴 수 없는 상황이었다고 가볍게 대꾸했다. 그리고 나는 그 대화를 통해 티아라 씨의 병세를 짐작했다.

목소리는 밝지만, 표정은 여전히 찌푸린 상태였다. 포커페이스에 일가견이 있는 그녀가 표정을 컨트롤하지 못하고 있다는 건……, 뭐, 그만큼 몸 상태가 심각하다는 뜻이리라.

티아라 씨가 전력에 보탬이 안 된다는 걸 확인하는 동안, 라스티아라도 상황을 이해했다.

"어? 어? 혹시……, 인격이 달라진 건가? 티아라 님……, 이세요?"

그 물음에, 티아라 씨가 대답했다.

"그래, 딸아. 내가 바로 너희 『주얼 크루스』들의 어머니, 티아라 님이란다~. 시간이 얼마 없으니까, 이 어머니의 말을 명심하렴. ──나는 딸들을 희생시켜서 되살아나고 싶은 생각 따위 절대 없어! 나를 위해 스스로를 희생시키는 건 헛수고니까, 앞으로는 절대 하지 말 것. 자~, 이 어머니에게 약속하렴~."

고통에 식은땀을 흘리면서도, 티아라 씨는 가벼운 태도를 유지하며 라스티아라를 타일렀다.

우리에게 걱정과 부담을 끼치지 않으려고 허세를 부리고 있다는 걸 알 수 있었다.

라스티아라는 상황을 정리해 봐야겠다고 생각했는지, 티아라 씨가 아닌 나에게 물었다.

"라이너……. 티아라 님과 아는 사이였어?"

"그래. 실은 만난 지 제법 됐어. 그동안 얘기하지 않고 있었던 건, 너와 지크 때문이었어. 지금은 차분하게 티아라 씨의 얘기를 들어 줬으면 좋겠어."

상황이 이렇게 된 이상, 내 쪽의 사정과 의도를 숨길 수는 없었다. 다만 내가 상황을 설명하기보다는, 라스티아라가 동경하는 대상인 티아라 씨에게 맡기는 게 좋을 것이다.

"딸아, 알겠니? 나는 살아남을 수 없어. 이건 틀림없어. 만약 앞으로 모든 『피』를 이 몸에 모으더라도, 『재탄생』은 불가능해. 애초에 내가 『재탄생』을 원하지 않으니까."

"어, 네?"

자신이 전제로 두고 있던 모든 것을 송두리째 뒤집어엎는 그 발언에, 라스티아라는 혼란에 빠졌다.

"그래서 나는, 지금부터 여기 있는 만큼이라도 라이너에게 이동시키기로 마음먹었어. 그냥 버리기는 아까우니까~."

서둘러 우리의 계획을 추진시키려 했지만, 라스티아라는 휩쓸리지 않고 대꾸했다.

"라이너에게요? 아뇨, 그럼 제 쪽으로 옮겨 주시는 게——."

"싫어. 내가 그쪽으로 들어가면, 보나 마나 몸을 나한테 넘겨주려고 들 거 아냐? 라스티는 자아를 죽여서라도 나를 살리려고 들겠지. 이 어머니도 그 정도는 다 안답니다. 그런 짓은, 이 어머니가 용납 못한다고요!"

"그건, 그러니까……, 그게 제 원래 역할이고, 그걸 위해 태어난 게 저니까……. 티아라 님은 그런 걱정 안 하셔도 돼요……."

티아라 씨는 얘기를 우격다짐으로 밀어붙이려 했지만, 라스티아라는 절대 받아들일 수 없다며 고개를 가로저었다. 티아라 씨도 고개를 가로저어 대답하고, 강경하게 타일렀다.

"그딴 역할, 나는 인정 못해. 그런 웃기지도 않은 역할 따위, 따를 필요 없어."

꾸중을 들은 라스티아라는 순간적으로 움츠러들었다.

하지만 이내 마음을 다잡고, 정면으로 맞서서 주장을 펼쳤다.

"……말씀대로, 웃기지도 않는 역할인 건 맞아요. 저도 그렇게 생각해요. 죄송해요. 방금 그 말은 제가 잘못했어요. ……하지만 역할과는 상관없이, 저는 저 자신의 의지로 티아라 님을 되살리고 싶어요. 티아라 님의 이야기는 아직 끝나서는 안 된다고 생각하니까……. 그래서 저는, 티아라 님에게 몸을 넘겨드려도 된다고 생각하는 거예요."

라스티아라는 자기 가슴을 두드리며, 티아라 씨를 똑바로 응시하며, 모든 것을 다 바치겠다고 선언했다.

그 표정에서는, 기세만 가지고 꺾을 수 없는 강인한 의지가 느껴졌다. 하지만 티아라 씨는 아직 단념하지 않았다. 여전히 가벼운 말투로, 어떻게든 라스티아라를 설득해 보려 했다.

"안 돼, 안 돼~. 라이너랑은 이미 얘기가 끝났어. 이제부터 라이너는 내 『피』를 물려받고, 내 의식을 짓이겨 버릴 거야. 그러면 천 년 동안이나 남아있던 망령은 소실되겠지. 라스티아라는 라스티아라의 인생을 살 수 있을 테고 말이야. 그렇게 되면 모든 게 다 해결되는 거야!"

티아라 씨는 식은땀을 흘리면서도 웃음을 짓고, 갓난아이처럼 바들바들 흔들리는 두 다리를 움직여서 라스티아라에게 다가갔다.

"그럼, 나는 이제 마법을 제대로 구축할 수 없으니까, 셋이서 손을 맞잡고 공명마법으로 의식을 마무리 짓자. 장소가 장소이니만큼 완전하게 되기는 힘들겠지만, 그건 어쩔 수 없겠지. 이제 이 방법밖에 없으니까. 아니, 오히려 이 방법만 남아서 다행이지 뭐야. 이러면 모두가 납득할 수 있을 테니까~. 자, 빨리하자, 빨리~!"

셋이서 둥글게 서서 손을 맞잡으려고, 티아라 씨는 나와 라스티아라를 손짓해 불렀다.

하지만 둘 중에 누구도 그리로 가지 않았다.

──더 이상은 무리다.

라스티아라는 티아라 씨의 떨리는 다리를 보며 뭔가를 결의한 듯한 표정을 짓고 있었다. 그것을 본 나 역시, 검을 뽑아들 결의를 하고 있었다.

그리고 라스티아라의 입에서, 협상의 결렬을 결정짓는 한마디가 흘러나왔다.

"안 돼."

라스티아라는 유령처럼 천천히 움직이며, 손에 마력을 모았다. 하지만 아무리 마력을 끌어모아도, 그녀의 지금 상태로는 제대로 된 마법을 쓸 수 없다. 그녀는 지금, 『재탄생』의식을 위해 몸속에 있는 모든 피를 하나의 마법에만 특화한 상태이기 때문이다.

그렇기에, 그녀가 읊조려서 구축한 것은, 그 특화된 마법이었다.

"──선혈마법 ≪티아라 후즈야즈≫."

자기 자신을 성인 티아라와 동화시키기 위한 마법.

그 마법이 담긴 오른손으로, 티아라 씨의 어깨를 붙들었다.

"으윽──?! 아, 아악──!!"

티아라 씨의 입에서 신음이 흘러나왔다.

마법에 대한 상세한 정보까지는 알 수 없었지만, 나는 이대로 두면 위험하다는 것을 직감하고, 주저 없이 내달렸다.

티아라 씨의 아담한 몸을 끌어안아서 우격다짐으로 라스

티아라에게서 빼앗고, 펄쩍 뛰어 거리를 벌렸다.

"티아라 씨! 괜찮아?!"

"조, 조금 빨려 나갔어……. 아~, 역시 실패했네……."

방금 그 마법을 통해서, 『피』가 어느 정도 이동한 것이리라. 안 그래도 창백했던 티아라 씨의 얼굴에서, 조금이나마 남아있던 생기마저 사라져 버렸다.

"당연하지! 그런 우격다짐이 통할 리가 있나! 상대는 라스티아라라고!!"

"아니, 성공하면……, 횡재하는 셈이라고 생각했는데……. 허억, 허억……."

나는 티아라 씨가 방금 시도했던 막무가내식 설득을 나무랐다.

티아라 씨는 그런 나의 타박에 가볍게 대꾸하려 했지만, 이미 그녀는 대화조차 버거운 상태였다. 고통 때문에 판단력이 무뎌져서, 해결을 서둘렀던 건지도 모른다.

나는 이제 내가 정신을 똑바로 차려야겠다고 생각하며, 티아라 씨의 몸을 안아 들고, 당장이라도 내달릴 수 있도록 온몸에 힘을 불어넣었다.

그런 나에 비해, 눈앞의 티아라의 움직임은 느릿느릿했다.

대성당에서 그랬던 것처럼, 느렸다.

느리지만……, 그 모습이 너무나도 무시무시했다.

휘청거리는 걸음걸이에, 기진맥진한 기색이 역력한 눈 밑의 다크써클. 찬란한 금발은 헝클어져 있고, 숨결은 거칠었다. 신비로운 아름다움을 지닌 라스티아라가, 귀기 어린 표정으로, 손에는 붉은 안개 같은 마력을 휘감은 채, 한 발짝 한 발짝 다가오고 있었다.

"티아라 님, 우선 그 몸부터 제 몸으로 옮기도록 해요……. 걱정하실 건 아무것도 없어요. 아마 제 몸이 세상에서 제일 편안할 테니까……."

다정한 말투가, 지금은 악마의 속삭임처럼 들렸다.

동반자살을 권하는 망령처럼 보이기도 했다.

티아라 씨도 같은 공포를 느낀 것이리라.

양팔을 내 목에 두르며, 약간 움츠러든 표정으로 대답했다.

"음, 으~음……. 그쪽보다는 라이너 몸이 더 좋을 것 같아서 말이야."

티아라 씨가 내 몸에 매달려 준 덕분에, 나는 한쪽 팔을 자유롭게 쓸 수 있게 되었다.

나는 그것을 허가의 의미로 해석했다.

이제 검을 휘두를 수 있다.

"라이너가 더 좋다구요……?! 그렇게 맞지 않는 몸으로 이동했다가는, 정말로 모든 게 끝나 버리잖아요?! 그건 안 돼요! 그런 짓을 했다가는, 오늘까지 해 온 모든 일들이 헛수고가 돼요. 한가득 쌓여 있는 카나미에 대한 마음이, 모두 물거품이 돼요. 이런 뒷골목에서, 고작 셋만 있는 자리에서 끝난단 말이에요……! 그 탑에서 시작된 『별빛 하늘의 이야기』가, 이런 지저분한 어둠 속에서 아무도 모르게 끝난

다니……. 그런 결말은 안 돼요……, 절대 안 돼요!! 그런 건 꿈과 희망이 없어도 너무 없잖아요!!"

라스티아라는 집착을 버리지 않았다.

성가시게도, 타인의 인생 마무리 방식에 끈질기게 집착하고 있었다. 그리고 그 집착이 바로——.

"티아라 님, 괜찮아요. 아무 걱정 안 하셔도 돼요. 이제 다 제게 맡기세요. 티아라 님의 마음은 제가 꼭 카나미에게 전해줄게요. 반드시, 『별빛 하늘의 이야기』를 해피엔딩으로 마무리 지을게요. 티아라 님과 카나미도 기필코 행복하게 해드릴게요. 이건 모두의 행복을 위한 일이에요! 그게 바로, 이 라스티아라 후즈야즈가 찾아낸 진정한 역할이니까!!"

자신의 사명이라는 듯 외쳤다.

이 모든 건, 모두의 행복을 위한 것.

해피엔딩을 위해, 결사의 표정으로 내달렸다.

"어림없어!"

나는 검을 옆으로 휘둘러서, 그 질주의 첫걸음을 제지했다.

라스티아라는 후퇴해서 검을 피하고는, 매서운 눈매로 나를 쏘아보았다.

"라이너, 지금 자신이 무슨 짓을 하고 있는지 알기나 해?"

홍기를 뽑아든 나를 보고, 날카롭게 쏘아붙였다.

하지만 나는 당연한 일을 하는 것뿐이라는 말로, 그 적의를 태연하게 흘려 넘겼다.

"나는 티아라 씨를 구하려는 것뿐이야."

"아니, 티아라 님을 구하려 하고 있는 건 나야."

둘 다 같은 말을 하고 있지만, 두 주장은 결코 공존할 수 없었다.

서로에 대한 서로의 적의가 증명되었다.

"네가 그렇게 믿는다면, 그렇게 해. 나는 너와 지크를 위해, 내가 믿는 대로 행동할 뿐이니까. 너의 기사로서 말이지."

"내 기사를 자처하려면, 내 말을 들어 주면 아주 고맙겠는데 말이야."

"그럴 수는 없어. 내 주인들은……, 너와 지크는 툭 하면 터무니없는 짓을 저지르는 주인들이니까. 시키는 대로 고분고분 따라서는 안 된다는 걸, 최근 들어 배웠지."

더 이상 화해는 불가능하다는 걸 알았기에, 숨기지 않고 솔직하게 말했다.

대놓고, 너는 바보니까 맡겨둘 수 없다고 선언했다.

당연히 라스티아라는 그런 내 말에 격앙돼서, 양다리에 힘을 꽉 주었다.

"어딜 감히──! 그딴 소리를 하는 기사가, 어디 있어──!!"

그리고, 이번에는 눈앞의 흉기를 두려워하지 않고 내달렸다.

"꽉 잡아, 티아라 씨!"

동시에, 나도 땅을 박차고 후퇴했다.

물러서면서, 달려드는 라스티아라를 향해 검을 휘둘렀다.

방금 전에 했던 것처럼 가로로 휘두른 일격에 맞서, 라스티아라는 몸을 숙여 공격을 회피하고 한 발짝 더 앞으로 내

딛었다.

라스티아라가 공격을 피하리라는 건 예상하고 있었다. 곧
바로 검을 되돌려서, 아래쪽에 있는 그녀를 비스듬하게 베
려 했지만, 그 일격은 튕겨 나오고 말았다.

"어?!"

라스티아라에게는 검이 없다.

검뿐만이 아니라 무기 자체가 없고, 몸에 걸친 거라고는
의식용 옷 한 장이 전부였다.

해답은 간단했다.

찰나의 순간에, 맨손으로 내 검에 대응한 것이다.

손등으로 검의 중간 부분을 쳐낸 것이다.

나는 동요하면서도 다시 후퇴해서 검을 휘둘렀다.

하지만 라스티아라는 내 모든 공격을 주먹만 가지고 처리
했다.

최소한의 움직임으로 검을 회피하고, 때로는 손등으로 쳐
내면서, 점점 더 앞으로 나가들었다.

전율과 함께, 열등감과 분노가 부풀어 올랐다.

"마, 말도 안 돼……!!"

무시무시한 센스다……!

의식 때문에 마법도 못 쓰는 주제에. 기진맥진해서 비틀
거리는 주제에.

맨손으로 내 검에 대처하고 있다.

내 칼부림은 전혀 무디지 않았다.

211

이런저런 핸디캡을 갖고 있긴 하지만, 어지간한 기사들보다 몇 배는 더 빠르다.

레벨30에 걸맞은 기량으로 싸우고 있었다.

그런데도 라스티아라를 베기는커녕, 오히려 밀리고 있다.

문득 예전에 지크와 라스티아라가 나누던 얘기가 떠올랐다. 고백 전의 얘기다.

그때, 라스티아라는 "싸움을 따라갈 수 없다"라는 이유로 일선에서 물러났다고 얘기했었다. 하지만 이 광경을 보면, 그 말은 도무지 믿을 수가 없었다.

따라가지 못하기는커녕, 노스휘나 아이드 정도는 가볍게 압도할 수 있지 않을까.

검격에 맞추어 맨손을 내뻗어서 막는다는 발상부터가 보통이 아니다.

이게 바로 타고난 센스. 레벨이 모자라더라도, 『소질』로 그 열세를 커버했다. 기량이 뒤처지더라도, 뛰어난 『감』이 그녀를 승리로 이끈다. 이대로 가면, 도무지 이해할 수 없는 그 힘에 밀려 접근을 허용하고 말 것이다.

"빌어먹을!"

최근 한동안 느끼지 않았던 열등감에 머릿속이 어질어질했다. 동시에, 눈앞의 소녀는 신의 사랑을 받는 보물이며, 자신은 쓰레기라는 사실을 절감했다.

하지만, 그 덕분에 평소의 나로 돌아올 수 있었다.

내가 감당할 수 없다면, 다른 이에게 기대면 된다. 자폭이 아닌 협력. 혼자가 아닌 모두. 그것이 쓰레기인 나에게 남은 전투 방식이니까——.

"티, 티아라 씨! 어떻게 좀 해 봐!!"

"나도 이제 한계인데 말야……!"

내가 열세에 빠진 걸 알고 있는 티아라 씨는, 이름을 부르는 목소리만 듣고도 내 요구를 알아챘다.

하지만 그녀 역시 라스티아라와 마찬가지로 마법 구축이 힘든 상태였다.

그렇기에, 그녀가 해 줄 수 있는 지원은 남은 마력을 공급해 주는 것뿐이었다.

나에게 매달린 양팔에서, 성인 티아라의 순수한 마력이 내 몸으로 흘러 들어왔다.

차츰 줄어들고 있던 마력이 다시 온몸에 차올랐다.

그뿐만이 아니었다. 흘러들어온 마력은 평범한 마력이 아닌, 성인 티아라의 마력인 것이다.

당연히, 그 마력은 범상치 않은 것이었다.

그 순수한 마력은 순식간에 내 마력과 뒤섞여서 핏속으로 침투했다. 그리고 몸속을 활개치고 다니는 마력들이 나에게 지시를 내렸다. 내 몸에 주입된 마력 그 자체가, 증가한 마력을 어떻게 써야 하는지를 가르쳐주었다. 그것은 미궁에서 싸웠던 『빛의 이치를 훔치는 자』 노스휘의 『대화』 마법과 유사한 감각이었다.

티아라 씨의 마력이 내리는 지시 덕분에, 나는 최선의 마력 사용법을 이해할 수 있었다.

이 상황에서 정상적으로 마법을 구축할 여유는 없다. 받은 마력의 사용법은 단 하나.

"나가떨어져, 버려어어어어어어어——!!"

오른발에 온 마력을 담아서, 대지를 힘껏 디뎠다.

그리고 티아라 씨가 불어 넣어준 마력이 마법 ≪와인드≫를 실패로 내몰았다.

평소에 즐겨 사용하던 마력의 폭발이었다. 다만 예전에 지크에게 썼을 때와는 수준이 달랐다. 규모가 달랐다. 예전에는 사람 한 명을 날려 보내는 정도의 돌풍이 고작이었지만, 지금은 집 한 채쯤은 가볍게 집어삼키는 폭풍인 것이다.

갈 곳을 잃은 막대한 마력이 발밑에서 폭발했다.

마법 구축에 실패하는 바람에, 지향성을 잃은 바람이 몰아쳤다. 아니, 그건 이미 바람이라고 부를 수도 없었다. 폭발이라는 현상을 포함한 파동에 가까웠다.

바람이 부풀어 오른 순간, 뒷골목이 붕괴했다.

『라인』이 지나는 튼튼한 길이 폭발에 휘말려서 맥없이 뜯겨 나가고, 길 양옆에 있던 돌벽이 박살 나고, 주위의 집들이 붕괴의 위기에 내몰렸다.

그 중심부에 있던 나와 라스티아라는 그대로 나가떨어졌다.

다행히, 나는 폭발을 일으킨 장본인이다 보니 낙법을 준비할 여유가 있었다. 다리의 대미지는 피할 수 없었지만, 공중에서 자세를 가다듬어서 멀찌감치 착지하는 데 성공했다.

여기서 중요한 건, 내가 날아간 방향이 라스티아라가 날아간 방향과 반대쪽이라는 점. 그리고 이 폭발에 의해서 주위가 어마어마한 양의 모래먼지로 뒤덮였다는 점.

이 두 가지 결과에 의해, 라스티아라가 우리를 시야에서 놓치게 만드는 데 성공했다.

나는 재빨리 일어서면서 품에 있던 티아라 씨를 등으로 이동시키고, 라스티아라에게서 먼 방향으로 흙먼지 속을 걸어갔다.

그런 가운데, 귓가에서 티아라 씨가 속닥속닥 말했다.

"라, 라이너, 더 빨리 걸어, 더 빨리. 우리 딸이 쫓아와!"

"네 지시 때문에……, 발이 아프다고, 젠장……."

나도 조그만 목소리로 대꾸했다.

오른발에서 느껴지는 통증 때문에 목소리도 제대로 나오지 않을 지경이었다.

흙먼지에서 벗어난 뒤, 나는 발을 쳐다보았다.

발톱이 모조리 떨어져 나가고, 오른발의 발가락 몇 개가 부러져 있었다. 피투성이 열상으로 뒤범벅이 되어 있어서, 고통 이외의 감각은 없었다. 하지만 뼈와 힘줄이 무사한 덕분에, 그럭저럭 움직일 수는 있었다.

회복마법을 걸 시간 따위는 없었다.

나는 뒷골목을 벗어나서, 후즈야즈의 가도로 걸어 나왔다. 당연한 얘기지만, 처참한 상처가 드러나 있는 나를 보고, 지나가던 사람들이 비명을 질러댔다.

하지만, 걱정하는 사람은 있을지언정, 끼어들려는 사람은 없었다.

말썽에 얽히기를 꺼리는 것도 있겠지만, 그 이전에 이곳은 연합국이다. 대부분의 사람은 우리를 보고 "미궁 탐색을 갔다가 험한 꼴을 당하고, 숙소나 교회로 도망치려 하는 탐색가 두 명" 정도로 생각하고 있는 것이리라.

호기심 어린 눈길을 받으면서도, 나는 티아라 씨를 업은 채 묵묵히 걸었다.

그리 드물지 않은 광경이라고는 해도, 너무 많은 이목을 오랫동안 받는 건 곤란하다. 라스티아라뿐만이 아니라, 추격자인 기사들의 눈도 피해야 했기에, 다시 가도를 벗어나 또 다른 뒷골목으로 들어갔다. 그러면서 몇 번씩 뒤를 돌아보았다.

나가떨어진 라스티아라는 우리를 완전히 놓쳐 버린 건지, 추적해 오는 자는 찾아볼 수 없었다.

라스티아라에게는 감지계 마법이 없었다.

나처럼 티티에게서 마력 조작법을 배운 것도 아니니, 마법을 응용해서 추적마법을 만들어낼 수는 없을 것이다. 문제는 은근히 『감』이 좋다는 점이지만, 지금 여기에는 라스티아라보다 뛰어난 『감』을 지닌 성인님이 있다.

"라이너, 저쪽으로 가자. 저쪽이 인적이 적어서 도망치기 편할 것 같아."

"……알았어."

성인님의 지시에 따라, 나는 가도와 뒷골목을 오가며 얼기설기 뒤엉킨 후즈야즈의 시가지를 쉴 새 없이 걸었다..

대성당과 라스티아라로부터 충분히 거리를 벌려서 어느 정도 안전을 확보한 뒤에야, 우리는 얘기를 시작했다. 이대로 타국까지 도망칠 수도 있겠지만, 나는 그럴 생각이 없었다.

"티아라 씨, 움직일 수 있겠어? 솔직히 업고 걷기가 너무 힘든데……."

"미안, 안 될 것 같아. 지금 움직일 수 있는 건 입이랑 마력밖에 없어. 아마 『주얼 크루스』 셋 중에 제일 약화된 게 나일 거야. 육체도 자아도, 이제 몇 시간이면 끝장이야. 으~음, 무지 힘들어."

"그렇군. 그렇다면 이대로 앞으로의 계획에 대해 얘기하는 수밖에."

"오케이~"

내 등에 업힌 채 축 늘어져 있던 티아라 씨가 대답했다. 최대한 가벼운 분위기로 얘기하려 애쓰고 있지만, 얼굴에서는 남은 시간이 얼마 남지 않았다는 것이 역력하게 드러났다.

생기가 사라진 것뿐만이 아니라, 죽음의 기운이 짙에 풍기고 있었다.

"우리 둘만 있는 상태에서 네 힘을 나에게 옮길 수 있나?"

"그건 안 돼. 한나절을 들여서 마법을 몸속에 구축한 라스티아라가 필요해. 에밀리도 있으면 더 좋고 말이야. 나 혼자 힘으로는 불가능해. 내가 하는 일은, 결국 남의 피와 『대화』를 해서 술식을 빌리는 거니까."

의식을 마무리 지으려면, 최소한 라스티아라도 있어야 하는 모양이다. 하지만 이제 에밀리뿐만 아니라 라스티아라까지 적이 된 상황이다.

"그럼 힘을 물려받는 건 단념하고, 지금 이 자리에서 네 『피』를 모조리 소각하는 게 최선인가……? 지금은 그 몸과 네 인격이 하나가 된 상태잖아? 그게 없어지면, 적어도 라스티아라의 꿍꿍이대로 되는 건 막을 수 있어."

"우리 딸을 생각하면 그게 제일 안전할지도 모르지. ……나는 그래도 상관없어."

지금 당장 죽여도 되겠느냐는 질문에, 티아라 씨는 주저 없이 괜찮다고 대답했다.

아마 처음부터 각오하고 있었던 것이리라.

여차하면 라스티아라를 위해 사라질 각오를.

아까 라스티아라가 보였던 것과 같은 각오였다.

──솔직히, 짜증 난다.

예전의 내가 떠올랐기 때문이다.

내가 싫어하는 나를 보는 것 같아서, 절대로 받아들이고 싶지 않았다.

그리고 그 짜증과 함께, 지크에게서 배운 것이 떠올랐다.

──자기희생이란 편한 길이지만, 그것만으로 문제가 해결되지는 않는다.

자기 혼자만의 행복을 위하는 게 아닌, 자기 혼자서만 희생하는 것도 아닌, 다 함께 힘을 모아서, 모두가 행복해질 수 있는 길을 찾는 것. 어떤 때라도, 어떤 일이 있더라도, 아무리 고되더라도, 그 길을 끝까지 포기해서는 안 된다고, 주인은 내게 얘기했었다.

그래서, 나는 티아라 씨에게 물었다.

원래는 묻지 않고 작별하려고 했던 것을, 굳이 지금 물었다.

"하지만, 너도 뭔가 남기고 싶을 거 아냐? 꼭 해 두고 싶은 일이 있을 거 아냐? 그러니까 내 앞에 나타난 거겠지. 성인 티아라의 진실을 그 누구에게도 알리지 않은 채, 그냥 남몰래 사라질 수도 있었을 텐데, 굳이 내 앞에 나타난 걸 보면 말이지."

"……맞아. 내 힘을 세계에 남겨 두고 싶어. ……『그녀』와 약속했거든."

내 말을 들은 티아라 씨는 잠시 생각에 잠겼다가, 솔직하게 대답해 주었다.

"그래. 너도 그랬었군……."

누구와 약속한 건지는 묻지 않았다.

지금 중요한 건, 티아라 씨도 가디언들과 똑같다는 점이었다.

『이치를 훔치는 자』들과 똑같고, 세상을 떠난 하인 형님과도 똑같다.

마지막 순간이 머지않았다는 걸 알고 있기에, 끝난 뒤에 남겨질 것을 소중히 여기고 있다.

　나는 그렇게 남겨질 마음을 희생시키지 않을 것이다. 그러고 싶지 않았다.

　무엇보다, 기사로서, 주인에게서 받은 말을 허투루 하기 싫었다.

　"그럼, 하자. 여기 있는 네 『피』도, 라스티아라의 『피』도, 에밀리 녀석의 『피』도, 내가 모조리 차지해 주지."

　단념하지 않기로 했다. 다시 발걸음을 내디디며, 싸움은 아직 끝나지 않았다고 등 뒤의 소녀에게 얘기했다.

　"……진심으로 하는 얘기야?"

　그 말에 놀랐는지, 라스티아라는 확인하듯이 물었다.

　"라스티아라 녀석이 강한 건 사실이야. 하지만 빈틈도 많아. 페데르트와 에밀리 녀석도 마찬가지야. 인질을 죽일 배짱도 없는 놈들이라는 걸 안 이상, 이제 패배할 이유가 없어."

　자신 있게 대답하는 내 목소리에서 결의를 읽은 건지, 티아라 씨는 더 이상 말리려 하지 않았다. 대신 냉정하게 자신의 상황을 보고해 주었다.

　"우리 둘 다 완전 넝마 신세가 다 됐네. 남은 시간……, 아니, 남은 수명은 고작 몇 시간 정도밖에 안 되는데, 정말로 할 수 있겠어?"

　"할 수 있을지 어떨지는 알 바 아냐. 하는 거야."

　지금 중요한 건, 아직 포기할 단계가 아니라는 것이다.

　할 수 있는 걸 해 두지 않으면 나중에 후회하게 된다.

그러니까, 하는 거다. 나는 그런 어린애 같은 고집을 밀어붙였다.

그런 나를 보고, 티아라 씨는 웃었다. 진심 어린 웃음이었다.

표정을 감추기 위해 짓는 웃음이 아니었다. 단순히 기쁘고 재미있고 즐거워서 웃은 것뿐. 이제야 처음으로, 그녀의 솔직한 감정을 본 것 같은 기분이었다.

"이히힛, 그럼, 둘이서 작전을 짜 볼까."

"그래. 이제 슬슬 반격의 때가 왔어. 지금까지 일방적으로 당했으니까. 이제부터는 우리가 일방적으로 밀어붙일 차례야. 무슨 일이 있어도 갚아주겠어."

"좋았어! 이제 좀 불타오르는걸. 역시 마지막은 이래야 제맛이지!"

내 기세에 이끌린 건지, 티아라 씨는 목소리를 높였다.

등에 전해지는 힘은 나약했지만, 명확한 전의가 깃들어 있었다.

이렇게 해서, 우리는 발걸음을 멈추지 않은 채 함께 반격 작전을 구상해 나갔다.

우리의 승리 조건은, 라스티아라와 에밀리의 몸을 확보해서, 우리의 주도로 의식을 재개시키는 것. 그것을 달성하기 위한 최선의 작전을 엄밀하게——가 아니라, 시간이 없는 만큼 『감』에 따라 즉흥적으로 결정해 나갔다.

걸어가면서 의논하기를 몇 분.

우리는 목적지를 향해 움직였다.

"——좋았어, 목적지는 11번 십자로. 후즈야즈의 중심지다. 거기서 전원을 요격하는 거야."

"훈련의 성과를 발휘하기 딱 좋은 상황이네~. 잘해 봐, 제자야."

"말 안 해도 알아서 잘할 거야. 죽을 각오로 싸워 주지."

등에 업힌 스승의 기대와 격려에, 나는 힘차게 대답했다.

그 때, 막연하게나마……, **흐름**이 보인 것 같은 느낌이 들었다.

그것은 티아라 씨의 오랜 지도 덕분에 볼 수 있게 된 것.

적이 된 라스티아라, 페데르트, 에밀리, 그들 중 누구의 뜻에도 따르지 않는 결말로 향하는 흐름이, 단순한 착각일지도 모르지만, 어렴풋이 보인 것 같은 느낌이었다.

3. 결말

11번 교차로.

후즈야즈에서 통행량이 가장 많고, 전국의 『라인』이 집결하는 곳.

그 중심에 있는 대광장은, 마법을 써서 싸우기에 충분할 만큼의 면적이었다. 장해물이 될 만한 것은 분수와 석상 정도밖에 없으니, 주위를 경계하기에도 적합했다.

──그래 봤자, 그건 오가는 일반인들을 고려하지 않는다는 전제 하의 얘기지만.

지금 나는 1주일 전에 혼자서 점심을 먹었던 벤치에, 티아라 씨와 둘이서 정답게 앉아있다. 그때는 많은 사람의 의문 어린 시선에 시달렸지만, 이번에는 동반자가 함께 있기에, 이 거리 특유의 달달한 분위기 속에서도 딱히 튀어 보이지 않았다. 하지만 티아라 씨의 복장이 워낙 소박한 탓에, 완전하게 녹아들어 있다고 하기는 힘들었다.

오른쪽을 보아도 왼쪽을 보아도, 화사한 옷으로 치장한 귀족 커플들만 가득했다.

사람들의 무리에 속이 뒤집힐 것 같았지만, 나는 애써 꾹 참고 주위에 대한 경계에 애썼다.

그러고 보니, 오늘은 뭔가 공휴일이었던 기억이 난다.

1주일 전보다도 달달한 분위기가 한층 강하게 느껴지는

건, 날짜 때문인지도 모른다.

아침부터 데이트라니 참 부러운 인생이다.

우리는 피비린내 나는 싸움을 준비하고 있는데 말이다.

투덜거리고 싶은 충동에 휩싸였을 때, 옆에서 목소리가 들려왔다.

"준비 오케이. ……대신, 이제부터 나는 정말로 꼼짝도 못해. 혼자 힘으로 제대로 지킬 수 있겠어?"

사전 준비를 일찌감치 마친 티아라 씨가 걱정 어린 눈길로 나를 쳐다보았다.

다른 세력의 습격을 받기 전에 준비를 무사히 마치는 데 성공한 모양이다.

적들도 설마 우리가 국내 최대의 교차로에서 대놓고 휴식을 취할 줄은 예상치 못한 건지도 모른다. 도주 중인 적을 찾아야 하는 상황이라면, 누구나 아까 우리가 있던 곳 같은 뒷골목부터 뒤질 것이다.

"그래, 얼마든지. 원래부터 나는 후즈야즈의 전원을 상대할 생각이었으니까, 이 정도는 끄떡없어."

"대답이 시원시원해서 좋네. 그럼 요격태세로 이행! 철푸덕 하고 말이야."

사전에 계획한 대로, 모든 준비를 마친 티아라 씨는 의자에서 내려왔다. 그리고 몸을 일으키고 있는 것조차 버거운 그녀는, 옷에 먼지가 묻는 것도 개의치 않고 땅바닥에 주저앉았다.

이제 그녀에게 남은 시간은 정말 얼마 되지 않는 것이리라.

몸에 힘이 들어가지 않는 것뿐만이 아니라, 표정에서 생기를 찾아볼 수 없었다.

나는 벤치에서 일어서서, 무방비하게 주저앉아 있는 그녀 옆에서 주위 경계에 온 힘을 기울였다. 양손은 허리춤의 쌍검 칼자루를 쥐고, 언제든지 마법을 쏠 수 있도록 몸속에 있는 마력의 내압을 끌어올렸다.

다만, 당연하게도 그런 자세로 있으면 눈에 띨 수밖에 없었다.

벤치에 앉아있는 커플인 줄 알았는데, 한 명은 땅바닥에 주저앉고, 다른 한 명은 일어서서 그녀를 지켜보고 있는 것이다. 대체 뭘 하는 건지 어리둥절하게 여기는 게 당연했다.

오가는 커플들이 우리를 빤히 쳐다보고 있었다.

어떤 커플은 수상쩍게 여긴 듯 멀찍이 피해 가고, 어떤 커플은 무심하게 걸어가고, 어떤 커플은 말을 한 번 걸어볼까 하고 멀찍이서 의논하기 시작했다.

우리가 요격태세에 들어간 지 수십 초 후.

어떤 신사적인 금발의 남성 귀족이 말을 걸었다.

"괜찮은가? 혹시 도움이 필요한가?"

그 남자 뒤에서는, 연인인 듯한 여인이 걱정 어린 눈길로 이쪽을 쳐다보고 있었다.

솔직히 말해서, 그건 우리의 계획에 없던 일이었다.

후즈야즈의 시민의식이 예상 이상으로 높다는 점에 살짝

감동하면서도, 나는 고개를 가로저었다.

"호의는 고맙습니다. 하지만 저희는 괜찮아요. 일행은 조금만 쉬면 나아질 거예요."

"아니, 그 아가씨도 그렇지만……, 자네도 안색이 안 좋아. 좀 더 조용한 곳으로 이동하는 게 좋지 않겠나? 괜찮다면 우리가 돕겠네."

티아라 씨는 동성인 그녀가 부축할 테니 걱정하지 말라는 듯, 스윽 하고 뒤에 있는 여인을 턱짓으로 가리켰다. 자상할 뿐만 아니라, 세심한 배려심까지 갖춘 사람 같았다.

하지만, 나는 쓴웃음을 지으며 다시 고개를 가로저었다.

"죄송해요. 여기가 좋다고 해서 말이요. 여기가 아니면 안될 것 같아요."

"여기가 좋다고……?"

"네. 그러니까 굳이 도와주시지 않으셔도 돼요."

지금부터 일어날 참극을 머릿속에 떠올리며, 나는 매정한 거절로 상냥한 커플을 떼어냈다.

"알았네. 내가 괜한 참견을 했군. 잘 보살펴주게. 자네도 무리하지 말고."

더 이상 선의를 강요하지 않고, 귀족 남성은 순순히 물러났다.

그 눈은, 내 어깨에 있는 기사의 견장을 응시하고 있었다. 내가 대성당의 기사라는 것을 알아채고, 안 좋은 상황이 발생하지는 않을 거라 판단한 모양이다. 주의력과 판단력을 겸비한 사람이라 다행이었다.

"고맙습니다."

그렇게 감사를 표하고, 떠나가는 다정한 커플의 뒷모습을 바라보았다.

비슷한 타이밍에, 멀리서 우리를 지켜보고 있던 커플들도 멀어져 갔다. 걱정하면서도 말을 걸지는 못하던 사람들이, 방금 전의 내 반응을 보고 단념한 모양이었다.

내 견장을 보고 안심한 자도 있겠지만, 수상하게 여기고 혹시나 싶은 생각에 인근의 헌병에게 보고하러 간 자도 있을 것이다.

그리 머지않은 시간 안에, 우리를 추적하던 기사들의 귀에도 이 소식이 들어가서, 페데르트 패거리가 여기로 올 것이다. 그 습격의 순간이 찾아오기까지, 나는 긴장의 날을 곤두세운 채 기다렸다.

──태양이 점점 높이 떠오른다.

어느덧 아침보다는 점심때에 가까운 시간이 되어 있었다.

예정대로 진행되었다면, 이미 의식을 마치고, 대성당에서 호화로운 식사를 맛보고 있어야 할 시간이었다.

하지만 그건 이제 이루어질 수 없는 계획이다.

그 평화로운 미래를 거절하게 만든 가장 큰 요인이, 지금 다가오고 있다.

모습은 보이지 않지만, 너무나도 특징적인 그 존재감 덕분에 방문의 징조를 충분히 감지할 수 있었다.

"──왔어. 예상대로 우리 딸이 먼저야. 타이밍은 절대 틀리면 안 돼."

"그래, 나도 알아. 너나 실수하지 마."

쾌청한 하늘 아래, 11번 십자로는 오가는 사람들로 북적이고 있었다.

그 인파가 갑자기 쫙 갈라졌다.

부자연스럽게 갈라진 그 인파 속에서, 한 소녀가 모습을 드러냈다.

금빛 머리칼을 반짝이고, 마력으로 주위를 위압하며, 날카로운 눈매로 전방을 주시하는 소녀.

모든 이들이 그 소녀의 시선 앞에 서는 것을 두려워하고 있었다. 그 결과, 마치 함부로 밟기 힘든 고가의 융단이라도 깔린 것처럼, 소녀 앞에 길이 생겨났다.

홀로 걸어온 소녀, 라스티아라 후즈야즈의 등장에 의해, 11번 십자로에 있던 모든 이들의 이목이 그녀에게 집중되었다. 지금 후즈야즈에서 가장 유명하고, 가장 존귀하고, 가장 아름다운 존재로 널리 알려진 그녀이니, 당연한 일이리라. 남녀를 불문하고, 사람들은 하나같이 라스티아라의 걷는 모습에 홀려 있었다. 평소의 라스티아라 같으면 온화한 미소를 지으며 국민들에게 애교를 흩뿌렸겠지만, 지금의 그녀에게는 그럴 여유가 없었다.

진심이다.

그 표정은 엄숙했다. 항상 억누르고 있었던 마력이 용틀

임하며, 위인 특유의 존재감을 내뿜고 있었다. 보고 있는 모든 이들의 이목을 강제적으로 잡아끄는 마성을 지닌 마력이 뿜어져 나오고 있다.

주위가 한층 더 소란스러워졌다.

여기저기서 "아름다워라"라는 목소리가 흘러나왔다. 진짜 본인이 틀림없다는 수군거림이 들려왔다. 하지만 아무도 말을 걸지는 못했다. 말을 걸 빈틈이 없었다.

이것 또한 라스티아라라는 소녀의 힘. 그녀는 너무나도 고귀한 존재이기에, 다가가는 것도, 손대는 것도, 말을 거는 것조차도 주저할 수밖에 없었다.

라스티아라는 인파가 갈라져서 생긴 길을 느긋하게 걸어서, 우리 눈앞까지 다가왔다.

그리고 아까 귀족 남성이 했던 것과 같은 말을 건넸다.

"……티아라 님, 힘드신 것 같네요. 괜찮으세요? 제가 도와드릴게요. 필요하시다면 몸도 빌려드리겠습니다."

비슷한 표정으로 비슷한 말을 건넸다. 하지만 거기에는 아까 그 남자와는 비교도 할 수 없는 각오가 있었다. 괜한 참견이라고 거절해 봤자, 결코 단념하지 않을 것이다. 그야말로 목숨을 건 각오.

하지만, 그건 이쪽 역시 마찬가지였다.

나와 티아라 씨도 목숨을 걸고 승부에 나선 것이다.

결코 물러설 수 없다는 각오를 새삼 다잡고, 나는 라스티아라 앞에 서서 쏘아붙였다.

"티아라 씨를 갖고 싶으면, 먼저 나를 쓰러뜨려."

"라이너, 비켜."

"그건 내가 할 소리야."

적대할 뜻을 드러내는 동시에, 여기서 싸울 것을 주장하기 위해『실프 루프 브링어』와『기사의 검』을 뽑아 땅바닥에 꽂았다. 그 상태에서『헤르빌샤인 가문의 성쌍검』을 뽑아 들고 칼끝을 겨누었다.

그 노골적인 적의 앞에서, 라스티아라는 눈웃음을 지으며 주위를 둘러보았다.

"혹시 기다리고 있었던 거야? 주위의 시선이 있으면 내가 무모한 짓을 안 할 거라고 생각했어?"

11번 십자로의 커플 중 반쯤이 발걸음을 멈추고 우리의 거동에 주목하고 있었다. 동경해 마지않던 신의 화신이 나타나서 심상치 않은 분위기를 풍기고 있는 것이다. 호기심에 이끌려 구경하는 것도 무리가 아니었다.

"안이한 생각이야, 라이너. 나는 관객이 있으면 한층 더 의욕이 샘솟는 타입이니까."

"괜찮겠나? 여기서 함부로 날뛰었다가는, 대성당 관리자인 네 입장이 어떻게 될지……."

전의를 드러내는 나에 맞서, 라스티아라는 한층 더 큰 전의를 내보이며 웃었다.

그것은 대성당을 관리하던 신의 현신의 웃음이 아니라, 일개 탐색가로서 보이는 웃음이었다. 커다란 대가를 눈앞에 두고, 어떤 위험부담이든 기필코 넘어서 보이겠다며 흥분하고 있었다. 스릴을 즐기는 자의 웃음이었다.

"입장 같은 건 중요하지 않아. 어차피 일단 티아라 님을 부활시키고 나면, 페데르트에게 모든 걸 맡길 생각이었으니까. 그리고 무엇보다, 여기에는 그런 것보다 훨씬 중요한 게 있어. 지금 나에게는, 후즈야즈의 모든 것을 버려서라도 손에 넣고 싶은 게 있으니까."

"페데르트 녀석에게 넘길 생각이었다는 거냐."

"이상이 아닌 현실을 생각하면, 페데르트야말로 후즈야즈를 지배하기에 적합한 인물이야. 그 짜증 나는 『원로원』 사람들에 비하면 훨씬 더……. 아니, 쓸데없는 얘기는 그만하자. 시간이 얼마 없으니까."

될 수 있으면 얘기를 오래 이어가서 시간을 끌고 싶었지만, 일은 뜻대로 풀리지 않았다.

라스티아라는 죽어 가고 있는 티아라 씨가 무모한 행동에 나서기 전에 승부를 판가름 짓고 싶을 것이다. 대화가 끝나기도 전에 발걸음을 내디뎌서, 이쪽으로 걸어오며 우렁찬 목소리로 선언했다.

"──주위에 있는 모두들, 미안! 지금부터 싸움을 좀 해야겠어! 조금 물러서 있어!!"

그 말을 마치기가 무섭게, 라스티아라는 탓하고 지면을 박찼다.

쌍검을 움켜쥔 나를 향해, 아무런 주저도 없이 맨손으로

231

돌진해 온 것이다.

나는 그 거침없이 검을 휘둘렀다──하지만 상대를 죽일 수는 없는 노릇이었기에, 팔을 잘라내는 게 목적이었다── 라스티아라는 그런 내 목적을 완전히 예측하고 있었다.

라스티아라는 몸을 틀어서, 두 자루의 검을 최소한의 움직임만으로 멋지게 회피했다.

검의 사정거리라는 이점이 순식간에 사라지고, 적의 주먹이 시야를 가득 메운 채 육박해 들었다.

나 역시 몸을 틀어서 그 주먹을 피했다.

동시에, 부상을 입은 다리에 측면으로부터 충격이 몰아닥쳤다.

몸이 옆으로 뒤흔들렸고, 나는 라스티아라가 주먹을 휘두르는 동시에 내 다리를 걸었다는 사실을 이해했다.

무릎이 조금 꺾여서 자세가 낮아진 나를 향해, 라스티아라의 주먹이 다시 덮쳐들었다. 이번에는 오른쪽 주먹으로 머리 위에서 내리찍듯이 날아든 공격이었다.

"──≪와인드≫."

미리 준비해 두었던 바람마법이 발동했다.

바람의 기사에게 있어서, 자세가 무너지는 건 딱히 빈틈이라 할 수도 없었다.

바람을 발판 삼아 뛸 수 있는 내 입장에서는, 모든 자세가 만반의 자세다. 나는 라스티아라가 내리 휘두른 오른 주먹을 허리를 젖혀 피하면서, 라스티아라의 머리를 노리고 하이킥을 날렸다. 검과는 달리, 『체술』이라면 인정사정 안 보고 쓸 수 있다. 다리의 고통을 무시하고, 전력 중의 전력을 다해 날린 발차기였다.

보통 인간이라면 절대로 불가능한 자세와 각도에서 날아드는 그 발차기는, 라스티아라의 옆머리에 정통으로 적중했다. 동시에 그녀가 내리 휘둘렀던 오른쪽 주먹도 땅바닥을 제대로 후려쳤다.

동시에 울려 퍼지는 크고 작은 파열음.

땅바닥은 지진이라도 난 듯 뒤흔들리고, 사람의 손으로 일으킨 거라고는 믿고 힘들 만큼 커다란 균열이 11번 십자로를 찢어발겼다.

나는 하이킥의 반동을 이용해서 재빨리 물러섰다.

거미줄처럼 금이 간 땅바닥을 사이에 두고, 다시 양측 간의 거리가 벌어졌다.

그제야, 주위에서 비단을 찢는 것 같은 비명소리가 다수 터져 나왔다.

사소한 싸움인 줄 알았는데, 사람이 픽픽 죽어 나가도 이상할 게 없을 만큼의 폭력이 충돌한 것이다. 주위에서 관찰하던 사람들이, 마치 거미 새끼 흩어지듯 정신없이 자리를 뜨려 했다. 하지만 땅바닥이 뒤흔들리는 바람에 엉덩방아를 찧고, 동요해서 일어나지 못하는 여인도 있었다. 반쯤 착란상태에 빠진 자도 있었다.

주먹에 의한 단 한 번의 충격만으로, 11번 십자로는 혼란에 휩싸였다.

하지만 그런 주위 상황 따위는 안중에도 없이, 나와 라스
티아라는 서로에 대해 전의를 퍼부어댔다.

"……제법인걸. 그럼 우선은 라이너가 먼저겠네. 미안하
지만 실신해 줘야겠어."

"할 수 있으면 어디 해 보시지……! 쓰레기년이!"

나답지 않게 천박한 도발의 말을 던져서, 적의 주의를 나
에게 집중시켰다.

노스휘와의 전투에서 얻은 교훈을 살려서, 무시당하지 않
고 싸우는 방법을 배우는 중이었다.

티아라 씨가 공격당하는 상황을 피하기 위한 목적도 있었
지만, 방금 전처럼 충격파에 의해 지면이 파괴되면 곤란하
기 때문이기도 했다. 이곳은 앞으로 펼칠 작전에 있어서 아
주 중요한 위치인 것이다.

"라이너어어어어!!"

라스티아라는 고함을 내지르며, 곡선을 그리듯 내달렸다.

이에 맞서, 나는 티아라 씨 앞을 막아서서 쌍검을 고쳐 쥐
었다. 적이 빈틈을 노려서 티아라 씨를 데려가려 하고 있다
는 건 잘 알고 있었다. 적의 접근을 기필코 차단하겠다는 각
오로 방어 자세를 취했다.

달려든 라스티아라는 내 칼끝을 코앞에서 피하고, 다시
후퇴했다. 하지만 이내 자세를 가다듬고, 다른 각도로부터
다시 한번 거리를 좁히려 들었다.

정신없는 치고 빠지기였다.

사정거리 면에서 자신이 불리하다는 걸 이해하고 있었다. 절대 무리하지 않고, 내가 티아라 씨 곁을 떠날 수 없다는 상황을 이용해서 다양한 공략법을 시도하고 있는 것 같았다. 냉정을 잃은 것처럼 보이는 라스티아라였지만, 전투에 관해서는 여전히 일류였다.

"쳇, 이대로는 힘들겠네. 그럼 나도 무기를——!!"

라스티아라는 공격을 단념하고, 근처의 건조물로 이동했다. 11번 십자로의 중심에 있는 건조물. 분수와 석상이었다. 그리고 석상을 끌어안더니, 난폭하게 뿌리부터 **뽑아냈다.**

"뭐야——?!"

주위 일반인들의 비명이 한층 더 커졌다.

무기를 찾던 라스티아라가, 장식되어 있던 석상을 선택한 것이다. 비명이 점점 더 부풀어 오르는 것도 충분히 이해가 가는 상황이었다. 맨손으로 검을 상대하질 않나, 흉기보다 질량을 우선시한 무기를 동원하질 않나. 까놓고 말해서, 인간이 아닌 몬스터에 가까운 사고방식이었다.

마치 도시 한복판에 몬스터가 나타난 것과도 같은 혼란 속에서, 라스티아라는 석상을 머리 위로 치켜들고, 도약했다.

기진맥진한 상태인 주제에, 참 잘도 움직인다.

스테이터스 중 근력과 체력을 활용한 압도적인 폭력이었다. 바로 얼마 전에 배운 『수치로 나타나지 않는 수치』라는 게 아무런 의미도 없는 것처럼 느껴질 만큼, 라스티아라의 신체능력은 압도적이었다. 작전이며 예측, 운이며 타이밍 같은 사소한 요소들을 분쇄해 버리는, 능력으로 찍어 누르는 전법이었다.

"받아라아아아아아——!!"

"——와, ≪와인드≫!"

라스티아라는 내 정수리 위까지 도약해서, 손에 들고 있던 석상을 내던지려 했다.

요격밖에 선택할 수 있는 나를 상대하기에 더없이 유효한 수단이었다.

석상을 검으로 베더라도, 파편이 튀는 것까지는 막을 수 없다. 그 파편 중에 하나라도 티아라 씨에게 맞으면 큰일이다. 그녀가 죽는 건 상관없지만, 지금 그녀가 하고 있는 작업이 중단되는 건 곤란했다.

하는 수 없이 재빨리 마법을 선택, 떨어져 내리는 돌덩어리를 옆으로 쳐내려 했다.

하지만 그 석상 뒤에서 라스티아라가 나타나서, 숨 돌릴 겨를도, 마법을 재구축할 겨를도 주지 않고 육박해 들었다. 나는 검을 휘둘러서 그녀를 떼어놓으려 했다. 그러나 팔을 휘두르기도 전에 그녀의 손이 내 팔을 붙잡으려 뻗어 왔고—— 나는 재빨리 다른 쪽 손의 칼자루로 라스티아라의 옆머리를 후려치려 했다. 그러나 라스티아라는 그 공격마저 피하고 한층 더 깊숙이 파고들었다.

검의 사정거리에 의한 이점은 완전히 사라졌다. 어떻게든 후퇴해서 거리를 벌리려 해도, 그런 내 의도를 예측하고 있는 라스티아라는 집요하게 앞으로 돌진하며 밀어붙였다.

나는 임시방편으로 무릎으로 찍어 올리려 했다.

그러나 적은 군더기 없는 동작으로, 내가 미처 움직이기도 전에 무릎을 찍어 눌렀다.

"크윽!"

검의 이점을 상쇄당하고, 체술의 이점마저 봉쇄당했다.

이 거리에서 검은 오히려 방해만 될 뿐이라는 걸 깨닫고, 나는 검을 팽개치려 했다.

하지만 한발 늦은 판단이었다. 검을 놓는 순간, 라스티아라의 오른쪽 팔꿈치가 명치에 적중해서, 허파의 공기가 모조리 빠져나갔다.

"──커헉!"

그 팔꿈치가 명치에 박힌 상태에서, 다시 라스티아라의 오른쪽 손등이 안면으로 덮쳐들었다. 가까스로 목을 오른쪽으로 틀어서 직격을 면하긴 했지만, 채찍과도 같은 라스티아라의 왼팔이 내 얼굴 정면을 후려쳤다.

그 공격의 목적은, 인정사정없는 눈 공격. 손가락으로 눈을 찌르거나 한 건 아니었지만, 얼굴의 광범위한 면을 후려쳐서 내 시력을 일시적으로 앗아갔다.

──안 되겠다.

『체술』이 초일류 수준이었다. 나는 엘트라류 학원에서 배운 『체술』 정도밖에 쓰지 못하지만, 상대는 난생처음 보는 움직임을 구사하고 있는 것이다.

시력을 상실한 순간, 나는 승부를 단념했다.

동시에 턱과 허벅지에 충격과 통증이 몰아치고, 내 두 발이 땅바닥에서 떨어졌다.

쓰라린 두 눈을 떴을 때, 라스티아라는 내 등 뒤로 이동해서 뒤에서 양팔을 겨드랑이에 집어넣어 꽉 조이고 있었다.

"하악, 하악——! 좋아, 붙잡았어! 이제부터는……."

라스티아라는 내 귓전에서 거친 숨을 몰아쉬면서, 승리를 확신하고 다음 행동으로 이행하려 하고 있었다. 그때, 나는 시선이 닿는 범위 안에서 주위를 둘러보았다.

그리고 시야 한쪽에서, 내가 찾던 존재를 확인했다.

타이밍을 맞추기 위해, 욕지거리를 내뱉어서 시간을 벌었다.

"제기랄, 이거 놔……! 이 괴력녀가……!"

"미리 말해 두지만, 마법을 폭발시켜 봤자 나는 절대 안 떨어질 거야. 실신시켜 버리면 그만이니까."

라스티아라 말마따나, 밀착한 상태에서 마법을 폭발시켜 봤자 아무 소용도 없을 것이다. 『무투대회』때 지크를 상대로 그 전법을 썼을 때도, 붙잡힌 채 손도 못 쓰고 승부가 끝나 버렸던 기억이 있었다.

하지만, 그렇게 되더라도 상관없다. 라스티아라와의 1대 1 대결은 내 패배로 끝나도 좋다.

"그럼, 힘으로 뿌리쳐 버리는 수밖에……!"

"소용없어. 이미 완벽하게 걸려들었으니까."

완벽하게 걸려들었다는 건 나도 알고 있다. 지금 내 목표는 결박에서 탈출하는 게 아니다.

내 목적은 여전히 라스티아라의 무력화. 오직 그것뿐이다.

까놓고 말해서, 라스티아라는 지나치게 나에게 집중하고 있다.

몸 상태가 안 좋다 보니 사고력도 떨어진 것이리라. 다른 사람들과 마찬가지로, 라스티아라도 조바심 때문에 승리를 서두르고 있다.

반면에, 나는 결박당한 상태에서도 냉정하게 주위를 확인했다.

그리고 또 다른 적들의 습격이 순조롭게 진행되고 있는 것을 보고 안도했다.

"""""──공명마법 《인비러블 아이스룸》!!"""""

똑같은 외침이 사방에서 울려 퍼졌다.

파르스름한 마력이 시야를 가득 채워 나가고, 그와 동시에 내 목을 조르던 라스티아라의 팔에서 힘이 풀렸다. 정확히 말하면, 새로운 적들이 발동한 마법에 의해, 라스티아라와 나의 몸이 강제적으로 정지당한 것이다.

이건 분명, 몇 주 전에 지크와 티티가 둘이 같이 당했던 것과 같은 결계마법이다.

주위를 둘러싼 일반인들 사이에 『주얼 크루스』들이 섞여 있다가, 적절한 타이밍에 마법을 발동시킨 것이리라. 우리는 완전히 움직임을 봉쇄당했고, 때가 무르익자 군중 속에서 한 남자가 나타났다.

"핫, 하하하하핫! 같은 편끼리 내분이라니 우습군요!"

호위 기사들을 양옆에 거느린 채 안전한 곳에서 소리 높여 웃는 그 인물은, 바로 페데르트.

그러나 그는 이내 웃음을 거두고 업무용 얼굴로 돌아가서, 주위의 관객들에게 정의는 자신들 쪽에 있음을 역설했다.

"여러분, 우리 기사단이 왔으니 안심하십시오. 이 후즈야즈에서 난동을 피우는 자들은 반드시 제압하겠습니다. 상대가 어떤 분이든, 시민들에게 피해를 주는 자들에게 예외는 없습니다."

그 발언과 동시에, 더 많은 기사가 모습을 드러냈다.

대충 보아하니, 인원은 약 50여 명. 그중에는 『주얼 크루스』도 몇 명 섞여 있으리라.

아마 페데르트의 기사들은 라스티아라가 오기 전부터 우리를 포위하고 있었을 것이다. 그리고 전력을 정비하면서, 상황에 진전이 생길 때까지 지켜보고 있었을 것이다. 덕분에 이런 최적의 타이밍에 어부지리를 챙길 수 있었던 셈이다.

"이런, 자세히 보니 말썽을 일으킨 악당은 우리 신의 화신님 같군요. ……후후, 하지만 이건 하루 이틀 일도 아니죠. 우리 공주님이 얼마나 말썽꾸러기신지는 여러분도 잘 알고 계시겠지요! 상황이 이렇게 되었으니, 신의 화신님을 모시는 충신으로서, 이 페데르트도 마음을 독하게 먹고 임무에 임하겠습니다!"

득의양양하게 뇌까리고, 페데르트는 손가락을 딱 튕겼다.

그러자 11번 십자로에 둘러쳐져 있던 『라인』들이 전부 어렴풋한 빛을 내뿜기 시작했다.

『라인』의 마석을 이용해서 또 다른 마법을 발동시킨 모양이었다.

그 즉시 라스티아라는 얼굴을 찌푸리면서, 히죽거리는 페데르트를 쏘아보았다.

"으윽……, 이 나른한 느낌은……!"

"후후, 행운은 제 편인 것 같군요! 여러분이 싸움을 벌이기 시작한 곳이, 설마 11번 십자로일 줄이야!"

그렇다.

이 『11번 십자로』는 세계에서 가장 많은 『라인』이 밀집되어 있는 곳.

연합국은 전 세계를 통틀어 마석 생산량이 가장 많은 지역이고, 그중에서도 후즈야즈는 가장 돈이 많은 국가이고, 거기에 11번 십자로는 귀족 커플들이 모여드는 교차로.

『라인』뿐만이 아니라, 방범 면에서도 세계 최고 수준인 것이다.

"지금, 『라인』의 결계가 발동했습니다. 당신이 가진 마력의 파장은 제가 그 누구보다도 잘 알고 있죠. 당신의 몸을 제압하는 결계의 발동 정도는 식은 죽 먹기라는 거죠."

몬스터의 접근을 막기 위해 설정된 『라인』의 결계를, 라스티아라라는 개인을 억누르기 위한 것으로 변경한 것이리

라. 페데르트가 가진 권한과 기술이 있으면 그런 설정 변경도 가능하다. 마력을 흘려보내기만 해도 발동하는 『라인』은, 페데르트와의 상성이 좋은 것이다.

예상대로, 대성당에서 우리를 놓친 페데르트는 『라인』을 이용한 추적과 포박을 선택했던 모양이었다.

오랜만에 본래 용도대로 사용되고 있는 『라인』 위에 있음에도, 라스티아라는 한계를 넘어 움직이려 했다. 하지만 ≪인비저블 아이스룸≫과 결계가 이중으로 전개된 마당이다 보니, 천하의 라스티아라도 표정이 일그러질 수밖에 없었다.

"이것들이——!"

라스티아라는 나를 풀어주고, 페데르트 곁으로 가려고 들었다.

한 발짝 한 발짝, 힘차게 나아간다. 하지만 끝까지 가지 못하고 중간에 힘이 다해서 무릎을 꿇고 말았다. 이러다 피라도 토하는 게 아닐까 싶을 만큼 고통스럽게 숨을 헐떡거리고 있었다.

휘청거리는 몸으로 이 정도까지 싸운 게 용할 정도였다.

라스티아라가 움직일 수 없게 된 것을 보고, 나도 움직였다.

하지만 당연하게도, 그것 역시 용납되지 않기는 마찬가지였다.

"이런. 라이너 헤르빌샤인도 마찬가지입니다. 신의 화신님만큼은 아니지만, 당신의 마력 역시 무시할 수 없다는 건 저도 잘 압니다. 하지만 지금처럼 상처를 입은 몸이라면——."

페데르트의 말마따나, 내 몸 역시 쇳덩이라도 짊어진 것처럼 무거웠다.

게다가 몸속의 마력 순환도 심각하게 흐트러져 있었다. 지금 바람마법 구축을 시도해 봤자, 『라인』으로부터 작용하는 결계에 의해 실패할 것이다.

나는 라스티아라와 마찬가지로 발걸음을 멈추고, 무릎을 꿇었다.

싸우자면 못 싸울 건 없지만, 지금은 무리할 때가 아니었다.

그 모습을 본 페데르트는 약간 미심쩍어하면서도 주위에 지시를 내렸다.

"흐음. 보아하니 라이너도 정말 못 움직이는 것 같군요. 그럼 경계 태세를 유지한 채로, 우선 『피』부터 확보하십시오. 『주얼 크루스』 여러분은 마법을 약간 완화하세요."

군중 속에서 에밀리를 포함한 『주얼 크루스』들이 나타났다.

공간을 딱딱하게 굳히는 ≪인비러블 아이스룸≫이 있는 상황에서는 에밀리나 기사들이 접근할 수 없는 만큼, 마법이 약간 완화되었다. 하지만 『라인』의 결계는 여전히 건재했다.

결계의 영향을 나보다 더 강하게 받는 라스티아라는, 제대로 일어서지도 못하는 상태인 것 같았다. 에밀리는 움직이지 못하는 라스티아라에게 다가가서, 결박하는 척하면서 아까 그 마법을 재개하려 들었다.

"실례합니다. 라스티아라 님."

"내, 내 안에 있는 『티아라 님의 피』가——."

대성당의 신전에서 진행되다 중단되었던 의식이 재개되었다.

그러는 동안, 페데르트는 주위에 있는 이들에게 떠들어댔다. 자신들의 정당성을 확보하기에 여념이 없었다.

"여러분, 안심하십시오. 후즈야즈의 우수한 『라인』 덕분에, 국가 내부의 싸움은 마무리된 것 같습니다. 우리 기사들과 『라인』이 있는 한, 후즈야즈의 절대적인 안전은 흔들림이 없을 것입니다!"

오래지 않아서, 기사들이 라스티아라의 팔에 마력을 억제하는 족쇄를 채웠다. 그녀는 움직이지 않는 몸을 꼬아 가며 저항했지만, 5중의 족쇄로 팔다리를 결박당하고 나니, 끝끝내 전혀 움직이지 못하게 되었다.

그와 동시에, 피 옮기기 의식도 끝난 것 같았다.

에밀리는 온몸에 힘이 충만한 채, 땅바닥에 쓰러져 있는 라스티아라를 내려다보며 중얼거렸다.

"이제 라스티아라 님은 끝. ……라이너 씨만 남았어."

그리고 나와 티아라 씨 쪽을 노려보았다.

됐다. 이제 이 도시에서 가장 까다로운 상대인 라스티아라가 정지했다.

계획대로다.

정말 고맙다, 페데르트와 에밀리.

훌륭한 무력화였지만, 이제 너희들에게는 볼일이 없다.

나는 비어져 나오려는 웃음을 애써 꾹 참고, 씁쓸한 표정을 유지했다.

페데르트는 경계를 풀지 않은 채 결박을 지시했다.

"다음은 라이너와『그릇』을 제압하도록 합시다. 다만, 혹시 모르니 포위 작업에는 정예들만 나서세요."

에밀리를 선두로 해서, 고레벨인 듯한 기사들 열 명가량이 신중하게 움직였다.

내 눈앞에는『티아라 님의 피』를 통해 강화된 에밀리. 그리고 기사들이 퇴로를 차단하듯 주위를 둘러싸고 있었다.

나는 천천히 일어서서, 에밀리를 똑바로 노려보았다.

"그 몸으로 지금의 저와 싸우실 생각인가요?"

에밀리는 진심으로 걱정하고 있었다.

힘의 차가 압도적으로 벌어졌다고 자부하고 있는 것이리라.

내 주인들과는 달리, 나는 타인의 스테이터스를 확인할 방법이 없다. 하지만『티아라 님의 피』를 최대한 모은 에밀리의 스테이터스가 어제보다 훨씬 높아졌을 거라는 점쯤은 짐작할 수 있었다. 어제까지는 중견 탐색가 중 하나 정도의 수준이었지만, 이제는 전설에 한 발을 담글 수 있을 정도의 힘을 얻었을 것이다. 눈에 보이는 마력의 농도도 범상치 않았다.

"그래, 물론이지."

그럼에도 나는 고개를 끄덕였다. 마력은 바닥을 보이고 있고, 몸은 넝마가 된 상태. 특히 두 다리의 부상이 심각했다.

화살에 관통상을 입은 데다, 마력의 폭발 때문에 몸까지 엉망이 됐다. 게다가 마법 ≪인비러블 아이스룸≫과 『라인』의 결계에 짓눌려서, 팔다리를 제대로 움직일 수도 없었다.

그래도 승부는 포기할 수 없었기에, 나는 검을 고쳐 쥐었다.

고작 에밀리 정도의 적에게 질 리가 없었기에 당당하게 나선 것이다.

"그럼, 봐드리지 않겠습니다. ──≪그로우스≫."

그런 내 태도를 본 에밀리는, 짤막하게 말하고 앞으로 나섰다.

지금의 내 상태로 미루어보아 접근전으로 붙어도 승산이 충분할 거라 판단하고, 그 넘쳐흐르는 마력을 강화마법으로 변환한 다음, 라스티아라처럼 맨손으로 거리를 좁히고 들었다.

반가운 일이었다. 나는 지금 다리를 움직이기 힘든 상태였기 때문이다.

그리고 나는, 무작정 달려드는 그녀를 향해 검을 휘둘렀다.

아까 라스티아라를 상대로 싸웠을 때 그랬던 것처럼, 팔을 노린 일격이었다.

그러나 노림수는 같을지언정, 상황이 전혀 달랐다. 상처를 입은 다리가 앞으로 움직여 주지 않았기에, 『검술』에서 가장 중요한 스텝을 밟을 수 없게 된 것이다.

에밀리는 강화된 몸으로 유유자적하게 내 검을 피하고, 거리를 좁혀서 팔을 뻗었다.

나는 거부하려고 몸을 틀었지만, 후퇴조차 할 수 없는 제대로 도망칠 수 없었다.

몇 차례 검과 맨손이 교차한 후, 나는 손목을 강타당해서 맥없이 쌍검을 놓치고 말았다. 이어서 옷깃을 상대에게 붙잡히고, 몸이 들려 올라갔다.

어린 소녀에게 몸이 들리는 처참한 몰골이었다.

거기서 그치지 않고, 에밀리는 양팔을 교차시켜서 옷깃으로 내 목을 힘껏 졸랐다.

"끄윽, 으윽——!"

"이제 의식은 끝났어요. 수고하셨어요, 라이너 씨. 이제 잠드세요."

승리를 확신한 건지, 에밀리는 내 코앞에서 선언했다.

그 말에, 나는 호흡보다 대답을 선택했다.

"에, 에밀리……. 네 심정은 어느 정도 이해해……."

목을 졸린 상태이다 보니, 짓눌린 목소리밖에 나오지 않았다.

그럼에도, 다는 또박또박 얘기했다.

반격할 방법이 검이나 마법밖에 없는 건 아니었다. 말도 엄연한 전술의 일부라는 걸 나는 잘 알고 있었다. 도발이며 협박까지 모조리 동원해서 싸워야 한다는 걸, 바로 얼마 전에, 지금 내 뒤에 있는 스승에게서 배운 바 있었다.

"하지만, 괜찮겠어? ……보고 있다고."

그 짤막한 말을, 그녀의 귀에 속삭였다.

"보고 있다고요?"

이어서, 나는 시선을 움직였다.

팔도 다리도 아닌 안구를 움직여서, 시선을 군중 속의 한 곳으로 향했다.

덩달아서 에밀리도 시선을 그리도 옮겼다. 그 시선이 향하는 곳에 있던 건, 한 명의 소년——.

"에밀리! 이게 대체 어떻게 된 일이야?! 대체 왜 라이너 씨를?!"

에밀리의 파트너인 알이 있었다.

인파를 헤치고, 거친 숨을 몰아쉬며 이 전장으로 달려오고 있었다.

그것도, 마침 에밀리가 내 목을 조르고 있는 타이밍에.

그런 최악의 타이밍에 나타난 알의 모습에, 에밀리의 얼굴이 파랗게 질렸다.

"알 군?! 여기에는 대체 왜……?!"

왜냐고……? 그야 당연히 불렀으니까 온 거지.

대성당 근처에서 끈기 있게 기다리고 있던 그를, 티아라 씨가 불러온 것이다.

방법은 단순했다.

티아라 씨의 몸은 움직이지 않는다. 마법도 쓸 수 없다. 하지만, 마력은 움직인다.

그렇기에, 페데르트가 그랬던 것처럼 『라인』을 이용한 것이다.

마법을 쓸 줄 모르는 비전투원인 페데르트도 다룰 수 있는 것을, 성인이었던 티아라 씨가 다루지 못할 리가 없었다. 아니, 티아라 씨의 말에 따르면, 애초에『라인』을 개발하고 후즈야즈에 보급한 게 다름 아닌 그녀였다고 했다. 하여튼 그녀의 힘을 활용하면, 마력을 흘려보내서 목소리를 전달하는 것쯤은 식은 죽 먹기였다.

여기는『라인』밀집지대인 만큼, 대성당까지 이어지는 선도 당연히 있기 마련이었다.

이상할 건 아무것도 없었다. 하지만 에밀리는 혼란에 빠졌다. 예상치 못한 사태에 동요해서, 붙잡고 있던 내 옷깃에서 손을 떼었다.

"이, 이건……, 알 군, 오해야……."

양손을 벌려서, 목을 조르고 있는 것처럼 보였던 건 오해였다는 의사를 표현했다.

나는 웃으며 그 말에 대꾸했다.

"하하, 멍청하긴. 내가 안 까발렸을 거라고 생각하는 거냐?"

대성당에서 그녀가 우리를 배반했다는 사실은, 이미 알에게 얘기해 둔 상태였다.

그 말을 듣고, 에밀리는 격앙된 표정으로 언성을 높였다.

"이, 이런 짓을 하다니!! 라이너 헤르빌샤인!!"

하지만 격앙된 건 나도 마찬가지였다.

다시 이쪽을 돌아보는 에밀리에 맞서서, 나는 웃으며 마법을 구축했다.

마법을 쓸 수 없는 상태라는 건 딱히 나에게 불리한 조건은 아니었다.

그도 그럴 것이, 마법 실패에 의한 폭발은 내가 가장 즐겨 쓰는 공격수단인 것이다.

에밀리는 이제 내게서 손을 떼었지만, 나는 역으로 그녀의 몸을 붙잡았다.

이 근접 상태가, 나의 승산.

"다리는 못 쓰게 됐지만, 팔은 남아있어. 이 정도 거리면 실패마법도 통하겠지."

오른손으로 에밀리를 붙들고, 왼팔은 적의 배에 갖다 댔다.

그리고 혼신의 힘을 다해 최고 위력의 마법을 구축해 나갔다.

물론 마법은 성공하지 못했다. 몸 상태가 엉망인 데다, 『라인』의 결계 때문에 마력이 형편없이 헝클어져 있다. 그런 마법의 『실패』는 불 보듯 뻔했다.

그러나 그 『실패』가 『실패해도 좋은 실패』라는 것 역시, 불 보듯 뻔했다.

"──마법 ≪타우즈슈스 와인드≫!!"

대형 마법이 발동해서, 대형 실패로 끝났다.

쏟아부을 대로 쏟아부은 마력이, 봇물 터진 듯 폭발했다.

거대한 북을 친 것 같은 쿠웅 하는 소리와 함께, 막대한 양의 바람속성 마력이 에밀리의 복부에서 터져 나갔다. 덤으로 내 왼팔도 터져 나갔다.

솔직히, 에밀리보다 내 팔이 입은 피해가 더 컸다. 적에게 들어간 대미지는 본래 대미지의 10분의1 이하이리라. 하지만 근접 상태에서 일어난 폭발에는 그녀를 실신시키기에 충분한 충격이 있었다.

"──꺅!!"

에밀리의 명치에 폭발이 직격하고, 그녀는 흰자위를 까뒤집으며 온몸을 힘없이 늘어뜨렸다.

정신이 아득해져 가고 있을 그녀를 향해, 이번에는 내가 승리 선언을 퍼부었다.

"고작 이 정도로 멈추는 녀석에게 내가 질 리가 있나. 후회가 있으니까 그렇게 되는 거다. 자신감을 가지고 나서 다시 덤비시지."

그리고 이어서 에밀리를 붙잡은 오른팔에 힘을 주어서, 군중들 속 한 곳으로 그 몸을 집어 던졌다.

"받아, 알! 잠깐 동안 그 녀석을 좀 지켜줘!!"

『피』가 들어있는 에밀리를, 일부러 멀리 떨어뜨려 놓았다. 지금 내가 티아라 씨 한 명을 지킬 정도의 여유밖에 없기 때문이기도 했지만, 적을 분산시키려는 의도가 더 컸다. 무엇보다, 기껏 불러온 알을 이용하지 않을 이유가 없었다.

나는 적을 도발하기 위해, 남은 기사들을 향해 웃어 보였다.

"다음은 너희들 차례다. 내 마법을 얻어맞고 싶은 녀석부터 줄 서 보시지──."

쓸모없게 된 왼손으로 삿대질하며 내뱉었다.

에밀리를 무찌르느라 희생된 왼팔은, 정말로 처참한 몰골이었다. 발과 마찬가지로, 손가락이 몇 개 부러지고, 손톱은 떨어져 나가고, 헤아릴 수 없이 많은 열상에서 새빨간 피가 뚝뚝 떨어지고 있었다.

그 손가락으로 삿대질을 하니, 나를 포위하고 있던 기사들은 마른침을 삼켰다.

두 다리와 왼팔을 희생하고, 피투성이가 된 상태에서도 전의는 부풀어 오르기만 하는 내 모습에 공포를 느낀 것이리라.

개중에는 한 발짝 뒷걸음질 치는 기사까지 있었다.

동료로서 한심한 꼬락서니였다.

뭘 두려워하는 거냐. 이게 기사 아니더냐.

피를 흘리고, 살점이 깎여나가고, 혼이 떨어져 나가더라도, 주인을 위해 싸우는 것. 그게 기사 아니더냐.

지금 나는 기사로서 일하고 있는 거니까, 너희들도 그렇게 일해 달란 말이다.

그보다, 고작 이 정도로 쫄지 마라.

발이 아프니까, 네놈들이 이쪽으로 와 줘——!

그런 내 바람도 공허하게, 멀리서 페데르트가 기사들을 제지했다.

"여러분, 잠시 기다리십시오."

"……쳇."

이대로 나를 포획하려 드는 적들을 하나하나 실신시켰더

라면 편했을 것이다.

하지만 그렇게 수월하게 풀리지는 않을 것 같다. 내가 혀를 차자, 페데르트는 웃었다.

"훗, 도발 따위에는 안 걸려듭니다. 조바심 내지도 않아요. 보험용 카드 하나를 빼앗은 것 가지고 의기양양해 하면 곤란합니다. 이 11번 십자로를 전장으로 삼은 한, 우리가 우세하다는 점은 변하지 않습니다. 우리는 천천히 시간을 들여서 당신을 제압하면 그만이니까요."

"그래서, 또 인질을 잡아서 협박이라도 하려는 거냐?"

"아뇨, 제가 라스티아라 님이나 프랑류르 님을 죽일 수 없다는 게 이미 들통 난 상태니까요. 그 보험은 포기하겠습니다."

페데르트는 냉정했다. 얘기해 가면서 주변 상황을 정리해 나갔다. 그 내용을 기사들에게 들려줌으로써, 그 냉정함을 전체에 침투시켜 나갔다.

"하지만, 비록 보험은 뜻대로 되지 않았어도 당신의 힘은 충분히 깎아냈습니다. 지금 당신은 온몸에 부상을 입고, 주력 무기인 쌍검도 쓸 수 없죠. 달리기는커녕 걷는 것도 힘든 상태입니다. 『라인』 밀집지대에서 결계에 노출된 상황이니 마법도 제대로 구축할 수 없습니다. 그런 상태인 데다, 등 뒤에 보호해야 할 대상이 있고, 이 많은 수를 상대해야 하는 겁니다. ——정말 충분하고도 남을 정도 아닙니까?"

약간 자랑스러워하는 것 같아 보이기도 했다.

자신이 나를 얼마나 위급한 궁지로 내몰았는지, 신이 나서 묘사했다.

이런 부류의 적들은, 승리를 확신하면 말이 많아진다.

이것도 예상 범위 안이었다. 시간 벌기에 안성맞춤이다.

나는 어깨를 으쓱하면서, 페데르트의 얘기에 동의했다.

"하긴, 이 상황에서 당신들을 혼자서 상대하는 건, 나도 좀 자신이 없군."

"좀……? 후후, 괜한 허세를 부리시는군요. 제 눈에는 다 보입니다! 당신의 스테이터스가! 신관직에 있었던 자들은 적의 상태를 찬찬히 확인해 보십시오! 이 남자는 더 이상 아무런 위협도 안 됩니다!"

페데르트는 그런 내 말을 허세라고 받아들였다.

그리고 신관들만이 갖고 있는 특권을 통해서 내 스테이터스를 속속들이 확인시키려 했다. 기사들 중에는 신관 경험을 가진 자들도 적지 않았다. 나의 보잘것없는 전력에 대한 지식이, 이내 기사들 사이에 퍼져나갔다.

"아아, 그러고 보니 너는 신관이었지. 내 스테이터스가 훤히 들여다보이겠군."

"물론 당신의 남은 마력량도 훤히 다 들여다보입니다! 후후, 이미 0에 가깝지 않습니까! 쓸 수 있는 마법이라고는, 『대가』를 동반한 무모한 마법 정도밖에 없지 않습니까?! 하지만 이런 상황에서 느긋하게 『영창』을 할 시간을 줄 생각은 없습니다! 이제 정말 끝장입니다! 자, 여러분, 검이 닿지 않는 범위에서 마법을 구축하고, 있는 힘껏 퍼부으십시오! 쉴 틈을 쥐서는 안 됩니다! 물론『주얼 크루스』들은 경계를 풀지 말고 마법을 계속 발동시키셔야 합니다!"

페데르트는 신중하게 현 상황에서 최적의 해답을 지시해 나갔다.

주위의 기사들은 지시에 따라 거리를 유지한 채 마법 구축을 시작했다. 개중에는『영창』을 읊조리는 자도 있었다. 그 마법의 질과 양은, 아무리 나라 해도 정통으로 얻어맞으면 목숨이 위태로울 정도였다.

하지만 이런 상황임에도 스킬『악감』은 아직 발동하지 않았다.

끈적끈적한 불쾌감 같은 건 전혀 없어서, 이 상황이『성공』임을 알려주었다.

나는 자신감을 갖고, 이게 마지막임을 선언했다.

"그래, 이제 정말 끝이군. 너희들은 나에게만 너무 집중했어. 안됐지만, 우리는 두 명이야. ──애초에, 내 뒤에 있는 게 누군지는 알고 그러는 거냐?"

나는 고개를 움직여서, 땅바닥에 앉아있는 티아라 씨 쪽으로 눈길을 돌렸다.

"나~이스, 라이너⋯⋯. 시간 벌어줘서 고마워."

히죽 웃고, 지금까지 꼼짝도 하지 않고 앉아있던 티아라 씨가 고개를 들었다.

그 얼굴을 보며, 나는 주위에 있는 모든 이들에게 그녀를 소개했다.

"여기 계신 분이 바로, 천 년 전의 전설이자 레반교의 성인! 본래 우리 후즈야즈 모든 기사가 섬기고, 목숨을 바쳐서 수호해야 할 분── 티아라 후즈야즈 님이시다! ……딱히 물러설 필요는 없지만, 그분의 힘을 마음껏 맛보기나 해."

이 상황을 타개하는 건 내가 아니라 그녀임을 알렸다.

그러나 페데르트는 코웃음을 치면서 전투를 속행할 뜻을 소리 높여 외쳤다.

"티, 티아라 후즈야즈……? 하핫, 헛소리도 잘하시는군요! 저건 의식을 위해 마련된 흔해 빠진 『주얼 크루스』입니다! 문제 될 건 아무것도 없습니다!!"

그 말에 이어서, 주위의 기사들이 마법을 발동했다.

대성당에서 그랬던 것처럼, 각양각색의 마법 화살이 내게로 덮쳐들었다.

등 뒤에 티아라 씨가 있기 때문인지, 화살의 수는 적었다. 하지만 그만큼 정밀도가 뛰어나서, 나만 정확하게 해치우려는 듯 정확하게 날아들었다.

틀림없이, 지금의 내 힘으로는 막아낼 수 없는 밀도의 공격이었다.

하지만 내 뒤에는 티아라 씨가 있다. 나는 조금의 걱정도 하지 않았다.

"페데르트 구~~~~운! 천 년 전과 거의 달라진 게 없는 『라인』을 써먹은 게 실수였어. 개발자인 내 손에 걸리면, 이 정도는 완전 식은 죽 먹기! ──주술 《라인 리액트》!!"

내 뒤에서 땅에 손을 짚고 있던 티아라 씨가 외쳤다.

그리고 그 양손에서 빛나는 마력이 흘러나와서, 땅에 깔린『라인』에 침입했다.

침입한 건 미량의 마력이었지만, 그 움직임을 교란하기에는 충분한 양이었다.

『라인』전부를 장악한 건 아니었다.

──단지, 페데르트가 친 결계의 대상을 바꾼 것뿐.

그저 그것뿐이었건만, 상황이 송두리째 뒤집혔다.

티아라 씨가『라인』을 혼란시킨 탓에, 주위 기사들의 마력이 흐트러지기 시작했다. 폭발하는 정도는 아니었지만, 마력의 위력은 눈에 띄게 감소했다.

그 감소는 별로 중요한 문제가 아니었다. 그보다 중요한 건, 내 마법이 해금되었다는 점이었다.

"──이제 끝났다."

승리를 선언했다.

나는 순식간에 마력의 한계를 넘어, 목숨을 깎아 가며 마법을 구축했다.

혼을 나이프로 잘라서 연료로 바꾸는 것 같은 감각.

생리적으로 발광할 것만 같은 감각이었지만, 주저 없이 해냈다.

이번 대형 마법은『실패』가 아니다. 진짜 바람마법이다.

"이제 모조리 쏟아내겠다! 모조리 집어삼켜 주마!! ──마법 ≪와인드 매드니스≫!!"

별안간, 11번 십자로에 바람이 일었다.

나를 중심으로 발생한 소형 폭풍은, 사방에서 날아드는 마법들을 모조리 가볍게 쓸어냈다.

더불어 정확한 마력 컨트롤을 통해, 일반 시민에게 피해를 입히지 않은 채 적만을 정확하게 휘감았다. 적의 몸을 공중에 띄우고, 근처의 다른 적과 충돌시키고, 때로는 바람으로 머리를 난폭하게 뒤흔들어서 차례차례 혼절시켜 나갔다.

11번 십자로에서 소형 폭풍이 휘몰아치고—— 몇 초 뒤에는 전원이 땅바닥에 널브러져 있었다.

단 한 번의 마법으로, 적의 주력 대부분을 무력화한 것이다.

눈 깜짝할 사이에 벌어진 그 상황에, 페데르트는 넋이 나가 버렸다.

나는 아픈 다리를 움직여서 근처에 떨어진 검을 주워 들고, 천천히 그에게 다가갔다.

"자, 이제야 좀 상황이 명쾌해졌군. 성인님께서 보고 계신 좋은 기회다. 긍지 높은 레반교도로서, 마지막에는 정정당당하게 1대1로 붙어 볼까, 페데르트?"

"히, 히익!"

페데르트는 결투를 요구하는 나에게서 도망치려 했다.

나는 몸 곳곳에서 내지르는 비명을 무시하고, 다시 한번 마법을 읊조렸다.

"——《와인드·스카이러너》."

바람으로 다리를 보조해서, 나는 도약했다.

물론 남아있던 페데르트의 직속 기사들이 앞을 막아섰다. 하지만 나만 일방적으로 마법을 쓸 수 있는 이 결계 안에서, 그 수호는 종잇장이나 다름없었다.

서로 교차하는 순간에 검의 옆면으로 적들을 후려쳐서 잇따라 거꾸러뜨려 나갔다. 그리고 그런 끝에 일그러진 얼굴의 페데르트 앞까지 도달해서, 그 옆얼굴을 후려쳤다.

"이제 끝이다!!"

"──끄, 끄어억!!"

조금 전까지만 해도 히죽거리고 있던 얼굴이 일그러지고, 짓이겨졌다.

만족감에 휩싸인 와중에도 꼼꼼하게 칼자루로 배를 후려쳐서 기절시킨 다음, 그 목에 칼끝을 들이대고 주위를 둘러보았다.

대장이 제압당하는 바람에 움직일 수 없게 된 기사 몇 명이 남아있었다.

방금 전의 돌진과 폭풍 마법에도 쓰러지지 않고 남은 기사들이었다.

······하지만, 이미 전의는 옅어진 상태였다.

『라인』의 영향으로 마력이 교란된 것이리라. 게다가 상대는 기사단을 반파시킨 나다. 내 입으로 이런 말 하긴 좀 그렇지만, 나는 남들 눈에는 정신 나간 놈으로 보이기 딱 좋은 인간인 것이다. 천하의 스노우조차 질리게 만들었던 나를 상대로, 후즈야즈의 기사들이 기가 질려 하는 것은 당연

259

한 일이었다.

"더 싸워 보겠다면 상대해 주겠다만……, 정말 해 볼 테냐?"

상대의 전의를 확인하면서, 나는 피투성이가 된 왼팔을 움직여 페데르트를 가리켰다.

이 녀석을 위해 목숨을 걸겠느냐고 물은 것이다.

지금까지의 싸움을 통해서, 그들도 페데르트의 성격을 똑똑히 알았을 것이다. 납득 안 가는 부분이 한 군데쯤은 있었을 것이다. 앞으로도 이해관계가 일치할 수 있을지 의구심을 갖게 만드는 구석도 있었을 것이다.

나는 언어를 이용해서 그 불만을 자극한 것이다. 오늘 배운 거지만, 말하는 건 공짜다.

"지금 나는 문제의 씨앗인 성인『티아라 님의 피』를 없애기 위해 움직이고 있을 뿐이다. 그것만 없어지면, 더 이상 싸울 이유도 없어져. ……그 이전에, 이 상황을 좀 봐. 선불리 손을 댔다가 초죽음이 되는 것보다, 잠자코 지켜보고 있는 게 더 현명한 행동인 것 같은데."

어차피 주인인 페데르트를 지키는 데 실패했으니, 패배를 인정하라는 얘기였다.

그 권고를 받은 기사들은 주위 상황을 확인해 보았다.

정예들이 땅바닥에 쓰러진 채 신음하고 있었다. 어느 정도 힘 조절은 했지만, 개중에는 뼈가 부러진 자도 있고, 후유증에 시달리게 될 자도 있을 것이다. 어쩌면 실수로 사망자가 발생했을 가능성도 있다.

그들 진영의 8할이 붕괴했다.

기사의 원칙을 따르자면, 무모한 싸움은 피하고 철수와 보고를 우선시해야 할 것이다.

이렇게 해서, 기사들은 이해득실을 충분히 검토한 끝에, 움켜쥐고 있던 검을 칼집에 집어넣기 시작했다. 일단 한 명이 전의를 잃고 나니, 나머지도 오래 지나지 않아 단념했다.

"고맙다."

개중에는 학원생 시절의 동료도 있었다.

의리와 이해타산이 뒤섞여 있을 그 판단에 감사를 표하고, 나는 페데르트를 풀어주었다. 전의를 상실한 기사들 측에서도 라스티아라를 풀어주어서, 우리는 신속하게 인질 교환을 마쳤다.

기사들은 주인인 페데르트를 깨우려 하지도 않았다.

만약 다시 전투가 재개되더라도, 이 『라인』 위에서는 승산이 없다는 점을 이해한 것이리라. 나는 라스티아라를 둘러업으면서 그 모습을 관찰하고, 이제 상황이 안전해졌다는 걸 확인했다.

"끝났군……."

승리를 음미하면서, 나는 라스티아라를 티아라 씨 쪽으로 데려갔다.

등 뒤에서 "라이너, 결박을 풀어줘……"라는 목소리가 들려왔지만, 무시했다. 이대로 결박과 『라인』을 통해서 계속 그녀의 움직임을 봉쇄할 예정이다.

나는 축 늘어져 있는 티아라 씨 곁에 도착했고, 우리는 함께 승리를 자축했다.

"후우……. 아주 순조로웠어. 수명도 아직 남아있고 말이야~. 예~이, 완전 승리!"

"그래, 네 말대로 완전 승리야. 슬쩍슬쩍 보이던『실패』의 광경을 피해 가다 보니, 의외로 순조롭게 풀리더군. 이 정도로 완벽한 승리는 예상 못 했지만…….."

"라이너가 성장한 덕분이야. 아니, 그것도 다 잘 가르치는 스승 덕분이지만 말야~"

"그래. 감사하게 생각해."

승리의 여운을 좀 더 음미하고 싶었지만, 한가롭게 농담이나 주고받을 시간은 없었다.

티아라 씨에게 남겨진 시간이 얼마 되지 않는 것이다.

그녀 역시 그 점을 알고 있기에, 평소보다 짤막하게 본론을 진행했다.

"자, 자, 자, 그럼 빨리 에밀리 안에 있는 걸 전부 이동시키자."

"그러지. ──알! 에밀리를 이리로 데려다줘! 도둑맞은『피』를 돌려받아서 한곳에 모아야겠어! 그러면 복잡한 말썽은 모두 끝이야!!"

에밀리를 안은 채 지켜보고 있던 알을 이쪽으로 불렀다.

"네! 바로 갈게요!"

어째선지 은근히 나를 신뢰하고 있는 알은, 고분고분 내

지시를 따랐다.

티아라 씨가 사전에 세세하게 설명해 주었다고는 해도, 어느 정도는 더 의심해야 하는 것 아닌가 하는 생각까지 들 정도였다. 나도 나름 설명할 말을 생각해 두고 있었는데, 다 헛수고가 되고 말았다.

——이렇게 해서, 11번 십자로 중앙에, 의식에 필요한『주얼 크루스』셋이 모두 모였다.

티아라 씨는 라스티아라와 에밀리의 손을 잡고, 신음을 흘리며 마력을 흘려 넣었다. 두 사람의『피』속에 있는 술식을 이용해서 의식을 재개시키고 있는 것이리라.

——그리고 몇 분 뒤.

대량의 땀을 흘리면서, 티아라 씨는 웃는 얼굴로 의식을 완수했다.

또 누군가 훼방을 놓을 걸 각오하고 있었지만, 주위의 기사들은 움직이지 않았다. 일의 진행상황을 끝까지 지켜보고 나중에 자세히 보고하는 것을 우선시한 것이리라. 주위의 군중들도 비슷한 상태였다. 난동을 피운 나는 무섭지만, 호기심에 이끌려 상황의 결말을 지켜보고 싶어 하는 분위기였다.

"——됐어! 내『피』수집 완료! 중간에 좀 흘려서 그런지 좀 모자란 것 같은 느낌도 들지만, 그 정도는 오차 범위 안이야! 적어도 이 두 사람 안에 들어있던 건 전부 회수했어! 내 독점이다~!!"

몸은 꿈쩍도 못하는 주제에 목소리는 참 활기차다. 하지만 마지막 순간을 웃으며 마무리 짓고 싶다는 심정은 충분히 이해가 갔다. 나도 어두운 표정이 아닌, 미소로 성공을 기뻐했다.

"해냈군. 무모한 짓을 한 보람이 있었어."

"이제 이걸 전부 라이너에게 물려주기만 하면 끝이야. 이미 대성당에서 대충 작업을 마쳐 둔 상태니까, 금방 끝날 거야. 그럼, 라스티 안에 완성돼 있는 술식을 좀 빌릴게~."

힘의 계승은 금방 끝난다는 모양이었다.

에밀리는 의식이 끝나는 마지막 순간을 노리고 있었기에, 대부분의 의식이 완성돼 있었던 것 같았다.

다만, 그것은 티아라 씨와의 작별이 코앞에 다가왔다는 뜻이기도 했다.

"그럼 잘 있어, 라이너. 뒷일을 부탁할게."

작별의 말은 이미 충분히 남겼다고 생각한 것이리라.

이 1주일 동안 지도해 준 모든 것이 유언이니, 더 이상의 말은 필요 없다는 듯한 분위기였다.

"그래, 말 안 해도 알아. 받은 만큼의 보답은 반드시 해 주지."

나도 같은 심정이었다. 티아라 씨와는 이미 충분히 얘기했고, 많은 소중한 것들을 받았다.

마무리 짓는 것에 대해 조금의 주저도 없었다.

──하지만, 그것을 받아들이지 못하는 사람이 한 명 있었다.

아까부터 계속 움직이지 못하는 채로 신음하고 있던 라스티아라였다.

"아, 안 돼……. 그건 안 돼……. 절대, 안 돼……!!"

티아라 씨의 소실이 눈앞에 다가온 것을 알아채고, 라스티아라는 힘을 쥐어짜서 결박을 벗어나려 버둥거렸다. 수갑은 부술 수 없어서, 애벌레처럼 온몸을 꿈틀거리고 있었다.

"버둥거리지 마. 이제 틀렸어, 라스티아라. 포기해."

"우와, 아앗, 라이너. 라스티를 좀 제압해 줘. 가능하면 목덜미 같은 곳을 찍어 눌러 주면 여러모로 편할 것 같아."

"알았어. 빨리 마무리하도록 하지."

일을 오래 끌면 라스티아라의 체력이 회복될지도 모른다. 나는 신속하게 티아라 씨의 지시에 따라, 몸을 틀며 저항하는 라스티아라의 목덜미를 오른손으로 붙잡아서 땅바닥에 찍어 눌렀다.

왼손은 힘을 물려받기 위해 티아라 씨와 손을 잡은 상태였다.

이내 티아라 씨는 눈을 감고, 힘의 승계 작업을 시작했다.

신성한 빛이 쏟아져 나와서, 11번 십자로를 감싸 나갔다. 주위의 관객들은 그 장엄한 광경을 지켜보았다. 라스티아라가 괴로워하는 것을 보고 술렁거리긴 했지만, 바로 조금 전에 폭력의 폭풍을 목격한 마당이니만큼, 한 발짝도 앞으로 나서지 못했다. 구하고 싶은 마음은 있지만, 남들에게 떠넘기듯 눈짓만 할 뿐, 아무도 움직이려 하지 않았다.

그러는 동안에도, 라스티아라는 힘을 쥐어짜서 움직이려 들었다.

하지만 목덜미를 짓누르고 있는 오른손을 밀어내는 힘은 미약했다.

이제 탈출은 절대 불가능할 것이다.

티아라 씨는, 이대로 사라지리라.

그 힘은 나에게 계승되고, 라스티아라는 몸을 비워줄 수 없게 된다.

아무리 사기적으로 강한 라스티아라라 해도, 이 결말을 뒤집을 수는 없다.

무슨 일이 있어도 역전은 불가능.

하지만, 그럼에도 라스티아라는 단념하지 않았다.

"나는 포기 못 해……! 절대 안 돼! 이런 식의 마무리는 절대로 인정 못 해……!!"

꿈틀거리고, 중얼거리며, 마지막 순간까지 저항을 계속했다.

나는 그런 라스티아라를 있는 힘껏 찍어 눌러서, 일말의 가능성마저 짓부수었다.

탈출은 이제 불가능하다는 것을 깨달은 라스티아라는, 주위 사람들에게로 시선을 돌렸다.

"이건 절대 안 돼……. 이러면 티아라 님을 구할 수 없어. 이건 행복한 결말이 아냐……! 그건 안 돼, 모두들……!!"

도움을 청하며 주위의 기사들을 쳐다보았다.

하지만 지금 이 자리에 있는 것은 라스티아라가 아닌 페데르트를 선택한 기사들이었다. 강적인 나를 격파해 가면서까지 라스티아라의 소망을 들어주려 하는 자는 없었다.

"누가 좀……. 누가 좀 도와줘……. 알 군……!"

알은 고개를 가로저었다.

그 말을 따르면 라스티아라가 죽는다는 걸 알고 있는 것이다. 티아라 씨가 단단히 엄포를 놓은 덕분이었다. 라스티아라에게 많은 은혜를 입은 그였기에, 그 요구에 고개를 끄덕일 수는 없었다.

자기편이 없다는 걸 통감한 라스티아라는, 눈을 질끈 감았다.

땅바닥에 이마를 비비며, 훌쩍이듯이 도움을 애원했다.

──그런 끝에, 한 마디.

그 이름을.

여기서 언급해 봤자 소용없는 그 이름을, 힘없이, 뇌까렸다.

"누가 좀……. 제발, 티아라 님을 구해줘……. 부탁이니까, 제발……. ──**카나미**."

이 자리에는 없는 이름.

절대 나타날 리 없는 이름.

분명 그럴 터였다.

그런데도, 오싹하게.

오늘 느낀 것 중 가장 큰 불쾌함이 등줄기를 엄습했다.

스킬『악감』이, 나에게 최대급의『실패』를 알렸다.

그리고, 그 목소리가 11번 십자로에 울려 퍼졌다.

"――차원마법 ≪디폴트≫."

막대한 마력이었다. 조금 전까지 나와 티아라 씨가 뽐내던 마력이 보잘것없게 느껴질 만큼 강대한 마력이 11번 십자로를 가득 채웠다.

동시에, 세계가 일그러졌다.

그것을 인식한 순간, 내 시야에 비친 풍경이 **멀어졌다**.

바로 옆에 있었던 라스티아라의 몸과 옆에 앉아있던 티아라 씨가 멀어지고, 손에 느껴지던 라스티아라의 미약한 힘이 사라졌다.

어느 틈엔가, 내가 앉아있던 위치가 옮겨가 버린 것이다.

옆에 티아라 씨가 없었다. 곁에 라스티아라도 없었다.

혼자서, 아무도 없는 엉뚱한 곳에서 무릎을 꿇고 있었다.

"――엉?"

나가떨어진 게 아니었다.

물론, 내 의지로 이동한 것도 아니었다.

그저 위치가 바뀌었다는 말 말고는 표현이 불가능한 현상이었다.

이 현상에 휘말린 것은 나뿐만이 아니라, 티아라 씨도 마찬가지였던 모양이다.

나와 같은 상황에서, 약간 멀리 떨어진 곳에서 멍하니 넋이 나가 있었다.

그리고, 이어지는 목소리.

"늦지 않았어."

조금 전까지 나와 티아라 씨가 있던 곳에, 한 남자가 서 있었다.

귓속을 간질이듯 다정한 목소리와 함께, 남자는 찰나의 순간에 검을 뽑아서, 라스티아라의 몸을 결박하고 있던 수갑을 베어냈다.

그리고 비틀거리는 그녀의 몸을 안아서 보호했다.

남자의 품속에서, 라스티아라는 속삭였다.

아까 불렀던 이름을, 다시 한번.

"카, 카나미……?"

"그래, 다행히 제때 도착했어."

남자는 윤기 나는 검은 머리칼과, 짙은 검정색 두 눈을 갖고 있었다.

대륙에서는 보기 드문 흑발 흑안이었다. 분위기는 부드럽고, 표정은 온화했다. 첫인상은, 누가 봐도 자상해 보인다고 느낄 것이다. 몸에 걸치고 있는 길드 제복이 어색하게 느껴질 만큼, 거친 일과는 어울리지 않아 보이는 호감 가는 청년이었다.

하지만, 그 평가가 틀렸다는 건 금방 알 수 있었다.

우선, 마력이 눈에 보일 만큼 짙었다. 그리고 지니고 있는 모든 것들이 일급 장비들.

제복에 새겨져 있는, 마력이 깃든 의장. 척 보기에도 값비싸 보이는 전투용 장갑과 구두.

그리고, 무엇보다 검. 시선을 앗아갈 만큼 근사한 보검을 허리에 차고 있었다.

두말할 나위 없는 영웅의 풍모.

이 자리에 있는 모든 이들에게 그런 확신을 줄 만큼의 풍격이 있었다.

틀림없다.

다름 아닌 『아이카와카나미 지크프리트 비지터 발트후즈 야즈 폰 워커』. 즉 나의 주인 지크다.

이 상황에서 지크가 나타나고 만 것이다.

그 사실을 깨닫고, 내 얼굴에서는 핏기가 싹 가셨다.

반대로 라스티아라는 대흥분해서, 지크의 몸을 힘껏 끌어안으며 기뻐했다.

"카나미……! 아아, 카나미, 카나미, 카나미! 와 주었구나!!"

"편지를 받고 비아이시아에서 헐레벌떡 돌아온 거야. 그보다, 몸은 괜찮아? 어디 아픈 곳은 없고?"

"응, 괜찮아. 고마워……. 카나미, 정말 고마워……!"

"이제 안심해도 돼. 내가 온 이상, 아무 걱정도 할 필요 없어."

라스티아라는 감격에 겨워서, 바로 얼마 전에 매정하게 차 버렸던 사람의 품에 얼굴을 묻었다.

지크는 쑥스러움에 얼굴을 붉혔다—— 하지만 이내 마음을 다잡고, 자신이 사랑하는 이를 괴롭힌 이를 찾아내기 위해, 그녀를 품에 안은 채 주위를 둘러보았다.

"언제나, 나는 라스티아라 편이니까."

허리춤의 보검을 뽑아 들고, 폼을 잡았다.

좋아하는 사람 앞에서 최대한 멋진 모습을 보여주려 하는 지크의 모습에, 나는 열불이 났다.

하지만 아무리 울분이 솟구쳐도, 나는 한 마디 목소리도 흘리지 못했다.

그만큼, 적의가 깃든 지크의 마력은 압도적이었다.

공간 전체를 지배하고 있기라도 한 것처럼, 차원속성의 마력을 빈틈없이 채워 넣고 있었다. 그 안에 서 있기만 해도 숨 쉬는 것조차 힘들어질 지경이었다. 압도적인 마력의 차이에 무릎이 꺾일 것만 같았다. 굳이 스테이터스를 보지 않아도, 그가 전보다 한층 더 강해졌다는 걸 알 수 있었다.

여기를 떠나던 당시에 비해 마력이 세련되어 있었다.

분명 『본토』의 비아이시아에서 아이드, 지크의 여동생, 사도 시스, 이 셋에게 승리를 거두고 돌아온 것이리라. 그 경험이, 안 그래도 탄탄한 기량을 갖고 있던 지크를 한층 더 높은 경지로 끌어올려 준 게 틀림없었다.

웃음이 나왔다. 내가 1주일을 들여 단련한 『수치로 나타나지 않는 수치』를 비웃는 것 같은, 압도적인 수치의 성장이었다.

하지만 이것이 지크. 나의 주인 지크다.

내가 알고 있는 한, 『차원의 이치를 훔치는 자』는 차원을 비틀고, 미래를 내다보고, 최선의 세계를 끌어당기는 위력을 갖고 있다.

그런 지크가 라스티아라를 지켜주고 있다.

그런 지크를 돌파하고, 라스티아라를 확보한다고?

어림도 없는 소리다.

만에 하나라도 있을 수 없는 일이다.

가능성은 0.

불가능.

아까부터 머릿속에서 스킬 『악감』이 쉴 새 없이 발동하고 있었다.

『실패』밖에 보이지 않는다.

눈앞에 있는 저자와 싸우지 말라고 귀가 따갑도록 경보를 울리는, 스킬 『악감』의 비명.

저자가 저 자리에 선 순간, 이미 내 『실패』는 확정된 것이리라.

지금 나는 너무나도 커다란 『실패』의 한가운데에 있다.

그것을 본능적으로 알 수 있었다.

그렇게 넋이 나가 있는 나를 향해, 눈앞에 있는 자가 고함쳤다.

"그나저나, 라이너! 방금 왜 라스티아라를 결박하려고 했던 거지?!"

평소의 지크답지 않게, 그 목소리에는 약간의 노기가 서려 있었다.

그렇게 되는 게 당연했다.

직전의 상황을 돌이켜보면, 내가 라스티아라를 공격하는

것으로 보일 수밖에 없었을 것이다.

라스티아라를 사랑해 마지않는 지크가 보기에, 나에 대한 인상은 최악이리라.

상황이 완전히 뒤집힌 것을 깨닫고, 나는 이를 갈았다.

"하, 하필 이런 성가신 때 나타나다니……! 최악의 타이밍이잖아……!!"

조금만 더 있으면 모든 게 해결됐을 텐데, 하필이면 세상에서 제일 귀찮은 자가 나타났다.

중요한 상황에서는 늦던 주제에, 전혀 필요하지 않은 상황에서는 빨리 왔다.

저주라도 받은 것 같은 그 타이밍은 이번에도 그대로였다.

물론, 지금부터 차분하게 사정을 설명할 수도 있다. 하지만 티아라 씨에게는 그럴 만한 시간이 남아있지 않았다. 그럼 지크가 가진 ≪디스턴스 뮤트≫라는 마법으로 사정을 알려주는 게 나을까? 아니, 안 된다. 지크 옆에서 나를 노려보고 있는 라스티아라가, 그것만은 무슨 수를 써서라도 막으려고 훼방을 놓을 게 뻔하다.

지크는 라스티아라를 좋아한다.

그러니까 당연히 나보다 라스티아라 편을 들 것이다. 불보듯 뻔한 일이다.

인간관계가 사정 설명을 힘들게 만들고 있다.

하여간에, 오늘 이 순간, 이 자리에서는 지크가 너무나도 큰 방해물이다.

나는 분풀이라도 하듯, 아군 중 한 명에게 외쳤다.

"티아라 씨! 모르고 있었어?! 지크가 오고 있다는 걸!"

후즈야즈의 『라인』을 장악하고 있는 그녀라면, 지크의 등장을 알아챌 수 있었을 것이다.

사전에 한마디만 해 줬더라면, 어떻게든 대처할 방법이 있었을 것이다.

그것을 따지려 했는데, 약간 떨어져 있는 티아라 씨의 분위기가 좀 이상했다.

"스승님……."

우두커니 뇌까리며, 열기가 깃든 눈으로 지크를 바라보고 있었다.

마치 사별했던 사랑하는 반려자와 재회라도 한 것 같은……, 심상치 않은 눈이었다.

그렇게 빈틈투성이가 된 스승의 모습을 보고 있자니, 『실패』의 감각은 점점 더 강렬해졌다.

방금 전까지만 해도 이 자리의 지배자였던 나지만, 이제 더 이상 손써 볼 도리가 없다는 걸 통감했다.

11번 십자로에 레반교의 배역들이 모두 모이고 말았다.

천 년 전의 전설인 시조 카나미와 성인 티아라 씨.

그리고 현대의 『그릇』인 신의 화신 라스티아라.

이 지경이 된 이상, 부상자가 발생할 위험은 없다고 해도 좋을 것이다.

압도적인 전력차 때문에 전투 자체가 성립되지 않는 상황이니, 사람이 다칠 일도 없다. 수명이 다 된 티아라 씨를 제외하면, 이 자리에 있는 전원의 안전이 확보된 거라 해도 과언이 아니었다.

　싸움은 끝났다.

　끝났지만……, 이제 시작이다.

　진짜 싸움은 지금부터라고, 적잖이 성장한 나의『감』이 호소하고 있었다.

　성인 티아라의 최후를 장식할 싸움이 시작된다.

4. 사랑의 『고백』

싸움이 끝나기 직전.

갑작스러운 난입자의 등장에, 전장은 소란스러워졌다.

승리를 빼앗긴 나와 궁지를 벗어난 라스티아라가 놀라는 건 당연했지만, 주위의 술렁거림은 그 이상으로 더 거세어졌다.

멀찍이서 싸움을 지켜보고 있던 관객들이, 지크의 모습을 발견하고는 환호성을 내지르기 시작한 것이다.

손가락으로 가리키거나, 양손을 입에 대고, 그 이름을 소리 높여 불렀다.

그것은 최근 1년 사이에 전설이 되어 버린 이름. 『대영웅』 『용 토벌자』 『검성』 『무투대회 우승자』라는 칭호와 함께, 『카나미』 『지크』라는 단어가 전장에 메아리쳤다. 일단 누군가 한 명이 말을 꺼내고 나니, 전체로 전파되는 건 순식간이었다.

신의 화신 라스티아라를 위기에서 구해낸 장본인이 우리 연합국의 영웅이라는 것을 안 사람들의 눈동자와 목소리에, 밝은 희망의 빛이 깃들었다.

지크가 나타난 것을 보고, 모두가 절대적인 안도감을 느끼고 있었다.

그가 영웅이라는 건, 모두가 들어서 알고 있었다. 『무투대회』에서 우승했다는 것도 알고 있었다. 그렇기에 엄청나게 강할 거라 추측하고 있었다. 하지만 그 남자가 가진 존재감은, 그런 사정 정보조차 희미하게 느껴질 정도였다.

그 남자의 존재감에, 모든 이들이 도취되어 있었다.

동시에, 마치 연극이라도 보러 온 것 같은 안도감이 전쟁을 감싸기 시작했다.

지금부터 시작되는 것은, 영웅담. 대영웅『아이카와카나미 지크프리트 비지터 발트후즈야즈 폰 워커』의 힘에 의한 권선징악이 이루어질 게 틀림없다는 확신이, 이성을 초월해서 모두의 머릿속에 자리 잡았다.

나도 마찬가지였다. 승산이라고는 티끌만큼도 찾을 수 없었다.

주위의 관객들이 나를 가리키며 "끝났다"고 웃더라도 "그래, 맞아. 끝났어"라는 대답밖에 할 수 없는 상황이다 보니, 일말의 분노도 느껴지지 않았다.

공간의 색이 완전히 뒤바뀌었다.

불안에서 안심으로.

전장에서 극장으로.

미지에서 주지로.

불확정에서 확정으로.

진검승부에서 대중오락으로.

"──쿨럭, 쿨럭!"

연극으로 전락한 것처럼 느껴지던 무대에, 절박한 기침 소리가 커다랗게 울려 퍼졌다.

그 소리를 듣고, 나는 정신을 차렸다. 얼굴을 찌푸린 채 거세게 기침하는 티아라 씨를 보고, 자신이 적의 강대함에 현혹되어 있었다는 것을 깨달았다.

아무리 분위기가 뒤집혔다 해도, 티아라 씨의 상태는 달라진 게 없었다.

깎이고 또 깎인 수명은, 이제 몇 분밖에 남지 않았다.

이곳이 목숨을 건 전장이라는 사실은 변하지 않았다고 스스로를 타이른 후, 나는 언성을 높였다.

"지크! 잔말 말고 거기서 비켜! 설명할 시간이 없어! 나를 믿고, 일단 라스티아라를 이쪽으로 넘겨줘!!"

싸워서 우격다짐으로 빼앗는다는 선택지는 없었다.

모질지 못한 내 주인이라면 대화에 응해 줄 거라는 확신이 있었기 때문이다.

예상대로, 지크는 곤혹스러운 표정을 보이면서도 진지하게 응대해 주었다.

"아니, 아무리 그래도 설명도 없는 건 좀……. 라이너를 못 믿는 건 아냐. 하지만 하다못해 라스티아라를 결박하고 있었던 이유 정도는 알려줬으면 좋겠는데……."

다만, 얘기가 길어질 거라는 확신이 들었다.

내 주인은 모질지 못할 뿐만 아니라, 우유부단하고 깐깐하기까지 해서, 좀처럼 즉단을 내려 주지 않았다.

"그래도 부탁할게! 정말로 시간이 없어! 지금 당장 해야만 하는 일이 있어! 정말이야!!"

나는 걸어서 거리를 좁혀 가면서 혼신을 다해 호소했다.

지크도 아무렇게나 내 쪽으로 다가왔다. 아까는 마법을 써서 순간적으로 나를 떼어놓았지만, 아직 나를 본격적인 적으로 인식하지는 않는 것이리라.

하지만, 그 지크 곁에 있는 라스티아라는 달랐다.

걸어서 다가가는 우리를 내버려 두고, 혼자 내달리며 외쳤다.

"──빈틈 발견!!"

비틀거리는 몸으로 힘을 쥐어짜서, 있는 힘껏 나를 후려치려 들었다.

"이 자식!"

대화할 생각으로 무방비하게 걸어가던 나는, 그 공격을 피하지 못했다. 가까스로 양팔을 교차시켜서 방어해 보았지만, 충격에 이어 두 발이 바닥에서 떠오르고, 탄환처럼 뒤쪽으로 나가떨어지고 말았다.

"저 여자가! 자기는 지크에게 공격받을 일이 없다 이거지……!!"

오른손으로 땅을 짚어서 속도를 줄이고, 관객과의 충돌을 모면했다.

그것을 본 지크는 황급히 라스티아라를 나무랐지만──.

"자, 잠깐! 라스티아라! 너도 그만해! 아무리 상대가 라이너라고 해도, 그렇게 작정하고 때리면 어쩌자는 거야!"

너무 안이해! 더 강경하게 말려야지……!

방금 그 공격을 일반인이 얻어맞았다면, 골절 정도가 아니라 팔이 산산조각 났을 수준이라고!

"안 돼! 미안! 하지만 들어 줘, 카나미! 라이너 얘기보다 내 얘기를 먼저 들어줘!!"

라스티아라는 바로 고개를 숙이고, 자신도 시간이 없다고 주장했다.

내 설득에 밀리지 않겠다는 듯 목소리를 쥐어짜서, 지크를 자기편으로 끌어들이려 했다.

"저기 있는 건 티아라 님이야! 틀림없는 진짜 성인 티아라 님이란 말이야! 얘기를 나눠 줘! 천 년 전에 미처 하지 못했던 얘기를, 지금 전부 다 해 주는 거야! 시간이 없으니까, 빨리! 티아라 님의 마음을 알고 나면, 카나미도 내 생각을 이해할 수 있을 거야!"

그리고 조금 떨어진 곳에서 웅크리고 있는 티아라 씨를 가리켰다.

그 말을 들은 지크는 놀라서 눈이 휘둥그레졌다.

도무지 믿을 수가 없다는 듯, 라스티아라의 손가락이 가리키고 있는 티아라 씨를 쳐다보았다.

"티, 티아라라고? 저 애가? 아니, 분위기가 옛날과 다른 것 같은데……."

분위기가 다른 건 당연한 일이었다.

몸은 임시용 몸인 데다, 본인의 말에 의하면 자아마저도 『마법 티아라』라는 가짜인 것이다. 천 년 전의 전설에 비해서 모자라 보이는 건 사실일 것이다.

하지만 그 차이는 이내 메워졌다. 웅크린 채 고통스러워하고 있던 티아라 씨가 일어서서, 그 전설이 바로 자신이라는 걸 설명하듯 가슴을 활짝 폈다.

"……오랜만이야, 스승님. 내가 티아라라는 건 사실이야. 이야아, 원래는 스승님이 나타나기 전에 조용히 소멸할 생각이었는데 말이야~."

거친 숨을 몰아쉬고, 대량의 땀을 흘리고, 얼굴이 창백하게 질린 상태임에도, 티아라 씨는 싱긋 웃었다.

지크는 그 모습을 바라보았다.

눈을 부릅뜨고, 꼼꼼하게 주시하면서, 그를 통해 얻은 정보를 곰곰이 살피고 있었다.

잠시의 침묵이 생겼다. 우리가 느끼기에는 찰나의 순간이었다.

하지만, 지크의 사고 속도를 기준으로 하면 얘기가 달라진다.

마치 하룻밤을 꼬박 새워 가며 고찰한 것처럼 차분하게, 이 상황에 걸맞은 말을 자아냈다.

"저기……, 우선은 고마워, 티아라. 천 년 전에, 이런 나를 구해줬잖아. 기억은 거의 사라졌지만, 그래도 네가 나를 여러 번 구해줬다는 것만은 기억하고 있어."

가장 먼저 나온 것은 감사의 말이었다.

그 말에 티아라 씨는 쑥스러운 듯 머리를 긁적이고 고개를 가로저었다.

"아니, 구해준 건 스승님이 먼저였어. 이 힘, 자유, 그밖에 모든 것들도, 다 스승님이 준 거니까……. 내가 스승님에게 보답하는 건 당연한 일이야."

지크와 티아라 씨.

생각하기에 따라서는, 두 사람은 오늘 여기서 처음 만난 사이라 할 수도 있을 것이다.

그럼에도 두 사람은 자기소개도 인사도 없이, 다른 그 누구도 끼어들 수 없는 것들을 공유하고 있었다.

"그래……. 그랬구나……."

곱씹어보듯 거듭 중얼거리고, 두 번 고개를 끄덕이는 지크.

그 모습을 보고, 티아라 씨는 건조한 웃음을 지었다.

"하핫. 스승님, 억지로 천 년 전의 시조 입장에서 표현을 고를 필요는 없어. 스승님은 내가 아는 스승님이 아니니까. 여기 있는 나도 진짜 성인 티아라가 아니라는 건 알고 있잖아?"

"그래, 알아. 너무 무리하고 있다는 것도 알아. 보고 있기가……, 힘들 정도로."

지크는 나와 비슷한 표정을 짓고 있었다.

특유의 차원마법과 혜안을 통해서 티아라 씨의 상황을 알아챈 것이리라.

어쩌면 티아라 씨에게 남아있는 시간을, 우리보다 더 잘 알고 있는 건지도 모른다.

"응……. 혼을 복제하는 과정에서 열화된 데다가, 뿔뿔이 흩어져서 넝마처럼 수많은 결함이 생겨난 상태니까. 이런 걸 본인이라고 하는 건 아무래도 무리가 있겠지. 보기만 해도 구역질이 나지 않아?"

지크는 어금니를 악물고, 미간을 찌푸렸다.

티아라 씨의 말마따나, 지크가 구역질에 시달리고 있다는 걸 알 수 있었다.

하지만 티아라 씨의 상태를 잘 알고 있는 나도 그 정도 혐오감을 느끼지는 않았다. 어쩌면 천 년 전의 전설인 두 사람만이 알고 있는 『오싹한 부분』이 있는 건지도 모른다.

나는 두 사람 사이의 대화에 끼어들지 않았다. 하고 싶은 말은 산더미처럼 쌓여 있지만, 그건 공범인 티아라 씨가 대신 얘기해 줄 거라 믿었다.

"그럴 리가. 그렇게 따지자면 나도 비슷한 신세니까."

"그건 아냐. 스승님은 『성공』해서 스승님 본인으로 남았잖아. ……그에 비해, 여기 있는 나는 천 년 전 성인 티아라의 기억이 조금 남아있는 메신저 마법일 뿐이야. 스승님은 천 년 후로 이동하는 것에 『성공』했지만, 성인 티아라는 『실패』했어. 오래전에 『죽은 자』. 그렇게 생각하면 될 거야."

"그건……, 내가 1년 전의 의식을 방해해서 그렇게 된 거야?"

"맞아. 그 1년 전의 멋진 구출극이 없었더라면, 지금 이 자리에 있는 건 『시조 카나미』 본인과 『성인 티아라』 본인이었을지도 모르지. 하지만 그때 방해하지 않았더라면 라스티아라 후즈야즈가 죽었을 거야. 내 딸은, 절대로 여기에 있을 수 없었어. 그러니까, 나는 이 상황에 충분히 만족해. 이 결말이 베스트 해피엔딩이라고 생각해."

소멸의 냄새를 풍기는 그 말에, 지크의 얼굴에는 한층 더 짙은 그늘이 드리워졌다.

그래도 말을 끊지 않고, 티아라 씨의 얘기에 귀를 기울였다.

"내가 사라지더라도, 내 피를 이어받은 많은 딸이 남아있어. 그런 내 딸들이 살아가면서 스승님을 도와주겠지. 그것만으로도 내 삶은 충분히 보람 있는 삶이었다고, 진심으로 그렇게 생각해. 스승님이 데리고 나와 준 덕분에, 그 비좁은 방에서 일생을 마치지 않고, 온 세계를 뛰어다니며 살 수 있었어. 아주 즐거웠다고, 진심으로 만족하고 있어."

"그랬구나……. 그럼, 아무 불만도 없다는 거지……? 물려받아 줄 사람이 있다면……."

"바로 그거야. 오래된 얘기는 이미 다 끝났어. 스승님은 새로운 세계를 살아가고, 새로운 결말을 찾아내야 해."

"……알았어. 그렇게 할게."

얘기가 허무하리만치 순조롭게 진행되었다.

지크는 티아라 씨의 말에 수긍하고 있었다. 귀찮을 정도로 사람 좋은 성격이던, 그 지크가 말이다.

그 점을 통해, 카나미가 『본토』에서 티티와의 작별을 겪으며 더 큰 성장을 이루어냈다는 걸 알 수 있었다.

"어라, 고분고분하잖아. 많이 달라졌네, 스승님. 더 떼를 쓸 줄 알았는데."

티아라 씨도 나와 같은 감상을 느낀 모양이었다.

"아이드 녀석도 그러더군. 내가 그렇게 달라졌어?"

"응. 천 년 전에는 아침마다 '전부 죽여 버리겠어!'라고 소리치면서 돌아다녔으니까 말이야~. 그때에 비하면 정말이지……, 아주 좋아졌어. 천 년 전에도 이랬으면 좋았을 텐데. ……조금 늦었네."

천 년 전과의 차이를 얘기하며, 두 사람은 쓴웃음을 지었다.

구김살 없이 성장을 기뻐하는 것이 아니라, 둘 다 고요한 미소만 짓고 있을 뿐이었다.

나는 그 둘의 속내를 물어볼 수 없었다.

물어볼 수는 없지만, 티아라 씨가 정에 휩쓸리지 않고, 당초 예정대로 얘기를 진행시켜 주고 있다는 건 알 수 있었다.

얘기가 끝나자, 티아라 씨는 내 쪽으로 돌아섰다.

"그럼, 내 힘은 저기 있는 라이너에게 넘겨줄 예정이니까, 이만 안녕. 이제부터는 스승님의 기사가 돼서 지켜볼게~."

웃으며 작별하려 했다. 내가 알고 있는 미궁의 가디언들이 그랬던 것처럼, 사라지려 하고 있었다. 지크는 그런 작별에 익숙한 듯 대답했다.

"그럼 잘 가, 티아라."

"잘 있어, 스승님."

이렇게 해서, 천 년 전의 시조와 성인은 기나긴 인연을 끝맺었다.

솔직히, 예상보다 훨씬 빠른 전개였다. 물론, 지크와 티아라 씨 모두 시간이 얼마 남지 않았다는 걸 알고 있기에 말을 최대한 줄였다는 건 알고 있다.

그 점을 고려하더라도, 전개가 빨라도 너무 빨랐다. 솔직히 말하자면, 티아라 씨에게 뭔가 꿍꿍이가 있는 건 아닐까 하는 의심도 하고 있었던 마당이라, 약간 맥이 빠질 정도였다. 그렇게 생각한 건 나뿐만이 아닌 듯, 두 사람의 만남을 부채질하던 라스티아라도 아연실색한 기색이었다.

"카나미, 그게 다야……? 티아라 님도……? 조, 조금 더 할 얘기가 있지 않아? 이런저런 얘기들이 말이야!"

두 사람의 눈을 번갈아 쳐다보며, 더 얘기하라고 재촉했다. 하지만 상황은 달라지지 않았다.

제삼자가 봐도 명백했다. 두 사람은 조금의 망설임도 없이, 영원한 작별을 받아들이려 하고 있었다. 몇 분간의 인사만으로 모든 걸 끝마치려 하고 있었다.

그랬기에, 라스티아라는——.

"안 돼. 절대로, 안 돼."

땅바닥을 시선으로 훑다가, 찾던 것을 발견하고는, 똑바로 그리고 걸어가서 주워들었다.

그녀가 집어든 것은 무기. 대화와는 정반대에 해당하는 상징.

아까 내가 처치했던 기사들이 들고 있던 검 중 한 자루를 집어 들었다.

"움직이지 마세요, 티아라 님! 라이너에게 빼앗기느니,

차라리 그 다리를 베어 버릴 거예요!"

그리고 칼끝을 티아라 씨에게 겨누었다.

자기 뜻대로 풀리지 않는 현실을 받아들이지 못하고, 어린아이처럼 떼를 쓰기 시작한 것이다.

"그런 식의 결말은 용납 못 해요! 티아라 님, 왜 거짓말을 하시는 거죠? 티아라 님에게는 자격이 있어요! 그 누구보다 먼저 마음을 전할 자격이! 그러니까, 이 자리에서 『고백』하세요! 많은 사람의 눈앞에서! 당당하게! 전설 속 티아라 님은 세상 그 누구보다도 카나미를 좋아한다고! 안 그러면 티아라 님의 이야기는 끝나지 않아요! 아무리 긴 시간이 지나도 끝나지 않아요!!"

그 추태와 참견을 차마 눈 뜨고 볼 수가 없어서, 나도 잠자코 지켜보기만 하던 태도를 버리고 맞고함쳤다.

"쓸데없는 참견 마, 라스티아라! 티아라 씨는 너만큼 지크를 좋아하지 않는단 말이다! 애초에 거기 있는 티아라 씨는 진짜 티아라 씨와는 달라!"

"라이너! 왜 그런 얼토당토않은 얘기로 대충 넘어가려는 거야?! 뭔가 이상하다는 걸 모르겠어?! 모두들 오늘 정말 이상해!!"

우리가 말다툼을 벌이기 시작하자, 티아라 씨와 지크도 그 뒤를 이었다.

"라스티, 라이너 말은 사실이야!"

"라스티아라, 진정해! 더 이상 무리했다가는, 네가……!"

네 사람이 저마다 발언하고, 그 목소리들이 뒤섞여서, 누가 무슨 말을 하는 건지 알아듣기가 힘들 지경이었다.

　이대로 가면 끝이 안 날 거라고 판단했는지, 라스티아라는 가장 가까이 있는 지크를 제외하려 했다.

　"카나미, 좀 빠져 있어! 먼저 티아라 님과 얘기할 테니까!!"

　"어?!"

　그런 선택지는 생각도 못 했던 것이리라.

　지크는 맥없이 팔을 붙들려서, 그대로 들배지기로 공중에 내던져졌다. 유려한 동작에 의한, 온 힘을 다한 매치기 기술이었다. 지크의 몸은 무시무시한 기세로 관객들의 머리 위를 넘어, 근처 가옥의 집 창문에 처박혔다. 나무 창틀이 부서지고, 말끔하게 집 안으로 들어가 버렸다. 집 안에서 지크의 목소리가——"죄, 죄송합니다! 다치지는 않으셨어요? 안 다치셨죠? 부서진 가구는 나중에 변상할게요! 정말 죄송합니다!!"라고 들려오는 걸 보면 별 탈은 없는 것 같았지만, 이건 묵과할 수 없는 행위였다.

　"이 히스테리녀가! 지크에게 무슨 짓을 하는 거냐!!"

　나는 격앙돼서 진짜로 전의를 뿜어냈다.

　주인인 지크를 다치게 하는 건, 아무리 라스티아라라 해도 용서할 수 없는 일이었다.

　나도 팔다리 하나쯤은 베어 버리는 수밖에 없다는 생각에, 한 발짝 앞으로 나섰다.

　"잠깐, 라이너! 나는 괜찮아! 라스티아라에게 검을 겨누지 마! 그것만은 무슨 일이 있어도 용서 못 해!!"

하지만, 그런 내 시도는 주인 본인의 명령에 저지되었다.

차원마법으로 공간을 비틀어서 집 현관에서 내 바로 옆까지 순식간에 이동하고, 그 칼끝을 나에게 겨누었다.

기묘한 사각형이 형성되었다. 티아라 씨에게 하소연하는 라스티아라, 그런 라스티아라에게 검을 겨누고 있는 나, 그런 나에게 검을 겨누고 있는 지크, 이런 구도였다.

먼저 티아라 씨가 곤혹스러운 표정으로 라스티아라에게서 한 발짝 물러섰다.

이대로 가다가는, 지크의 편애에 힘입어서 라스티아라의 억지가 그대로 통하게 될 가능성도 있었다. 언쟁에서 패배해서 라스티아라의 뜻대로 되는 건 결코 간과할 수 없었다.

그런 사태를 막기 위해, 나는 언쟁에 불을 붙였다.

전의를 갖고 움직였다가는 지크에게 결박당할 테니, 다그치는 수밖에 없었다.

"머릿속에 꽃밭만 가득한 여자, 똑똑히 들어! 티아라 씨는 시조 카나미라는 녀석의 제자였어! 시조 카나미는 티아라 씨를 가족처럼 예뻐했던 것뿐이야! 티아라 씨에게 있어서 스승은 도와주고 싶은 가족이었을 뿐, 사랑하는 남자가 아니었어!! 절대로!!"

"그럴 리가 없어! 라이너는 착각하고 있어! 두 사람은 서로를 이성으로 의식하고 있었어! 그 점은 틀림없어!!"

"착각하고 있는 건 너야! 너는 자기감정을, 티아라 씨가 품고 있던 감정이었다고 착각하고 있어! 착각하고 있는 건 너 혼자뿐이란 말이다!!"

"나, 나 혼자⋯⋯?! 그런 일은 절대 있을 리가 없어⋯⋯!"

라스티아라는 부들부들 떨면서 부정했다.

내 얘기를 믿을 수는 없지만, 조금이나마 찔리는 구석이 있는 모양이었다.

내가 제시한 가능성을 곱씹어보며 혼란에 빠져들고 있었다. 하지만 그 망설임을 지켜보고 있을 시간은 없었다. 나는 오늘 쓴 것 중 가장 큰 마법으로 사태 해결을 시도했다.

"이제 시간이 없어! 이렇게 된 이상, 바람 고치로 감싸서 우격다짐으로──."

"마법은 쓰지 마! ──마법 ≪디멘션·카운팅(천산상쇄)≫!!"

하지만 지크가 쓴 정체불명의 차원마법에 의해, 내 마법은 구축 도중에 흩어지고 말았다.

나는 지크를 노려보며 투덜거렸다.

"아아, 진짜 귀찮아 죽겠네! 왜 막는 거냐?!"

"아니, 당연히 막아야지! 너, 이미 MP가 다 떨어져서 생명력이 깎여나가고 있잖아! 자기 몸을 좀 아끼란 말이야!!"

이렇게 한시가 급한 상황에서 그런 사소한 문제나 따지고 있다니⋯⋯!

내가 그렇게 분노를 드러내고 있으려니, 라스티아라도 그 틈을 타서 움직였다.

바들바들 떨면서, 나와 같은 행동에 나섰다.

"그 마음이 전부 내 거였다고……? 티아라 님은 카나미를 가족으로만 여기고 있었다고……? 그, 그렇게 아무 말이나 지어내다니! 말 함부로 지어내지 마아아아아! 라이너!!"

"멈춰! 라스티아라도 MP가 없잖아?! 무리해 가면서 마법 대결 같은 거 벌이지 마!! ——마법 ≪디멘션·카운팅≫!!"

라스티아라가 분노에 휩싸여 내쏘려 한 마법도, 지크의 막대한 마력에 의한 간섭에 흩어져 버렸다.

너무나도 완벽한 그 마법에, 나와 라스티아라는 혀를 찼다.

반면에 당사자인 지크는 식은땀을 흘리며 우리 두 사람에게 투덜거렸다.

우리와의 온도 차에 진심으로 곤혹스러워하는 분위기였다.

"둘 다 자기 몸을 좀 챙겨! 정말 완전히 넝마가 다 됐잖아!! 그리고 발동 전에『상쇄마법』을 쓴다는 게 쉬운 일이 아니라고! 그 이전에, 주위에 미칠 피해를 좀 생각해! 전투 능력이 없는 일반인들이 이렇게 많이 있잖아!!"

양손을 벌려서, 주위를 둘러싼 관객들의 존재를 강조했다.

아까까지는 긴장되고 싸늘했던 공기가, 어느샌가 가볍게 땀을 흘릴 정도의 따뜻한 공기로 뒤바뀌어 있었다. 단순하게 표현하자면, 시민들은 머뭇거리며 사건 현장을 지켜보는 게 아니라, 신이 나서『사랑싸움』을 지켜보고 있었다.

지크는 그런 관객들을 향해 손을 저어서, 후퇴를 종용하려 했다.

우리를 둘러싼 원이 점점 안쪽으로 좁혀드는 걸 염려하는 것 같았다.

"여, 여러분! 죄송해요! 위험하니까 조금만 더 물러나 주세요! 탐색가분들은 가능하면 여기저기 나뒹굴고 있는 기사들을 안전한 곳으로 옮겨 주세요! 만에 하나라도 위험한 상황이 발생할 수 있으니까요!!"

하지만 그 노력이 무색하게, 관객들의 반응은 가볍기만 했다.

물러나기는커녕, 손을 흔드는 지크의 모습에 환호성이 터져 나왔다.

몇몇 여자들은 신이 나서 꺄꺅거리며 손을 흔들어 화답하기까지 했다.

"어, 어어어?"

그 반응에 지크는 말문이 막히고, 얼굴이 파랗게 질렸다.

아마 소문을 통해 지크를 알고 있던 여성 귀족들이리라. 1년 전의 『무투대회』를 본 자가 있다 해도 이상할 건 없었다.

까놓고 말하자면, 가십거리에 환장하는 한가한 귀족들 입장에서 지크라는 영웅은 가장 좋은 먹잇감이다. 지금 『아이카와카나미 지크프리트 비지터 발트후즈야즈 폰 워커』는 온 나라, 아니, 온 세계에 이름을 떨치는 우상과도 같은 대영웅님이다. 이 중에도 수많은 팬이 있을 것이다. 그런 지크가, 후즈야즈 국내 최고의 지명도를 뽐내는 『신의 화신 라스티아라』와 말다툼을 벌이고 있는 것이다. 라스티아라도 많은 팬들을 거느리고 있다. 남녀노소를 불문하고 모든 이들을 매료

시키는, 후즈야즈의 대표자님이니 당연한 일이다.

그런 지크와 라스티아라의 다툼.

1년 전의 유괴극이나 『무투대회』를 모르는 자라도 흥미를 느낄 수밖에 없으리라. 그뿐만이 아니라 연합국에서 가장 많은 신자를 거느린 레반교의 『티아라 님』으로 보이는 인물까지 대화에 끼어 있는 마당이니, 어떻게 진정시켜 볼 도리가 없었다.

관객들의 반응은 마치 유명한 극장에서 명배우들을 보고 있는 것 같았다.

물러나기는커녕, 우리를 둘러싼 관객들과의 거리가 야금야금 좁혀들고 있었다.

처음에는 폭력 사태인 줄 알았다가, 예상외로 흥미진진한 연애극으로 돌아가는 걸 보고 흥분한 것이리라. 가십거리에 대한 호기심을 주체하지 못하는 기색이 역력했다.

무엇보다, 장소가 문제였다. 이곳은 11번 십자로.

온실 속 화초로 자라 위기감이 모자란 귀족 커플들이 모여드는 곳이다.

까놓고 말해서, 이렇다 할 데이트 계획도 없어서 한가해진 녀석들이 모여드는 것이다. 여기서 1주일 동안 줄곧 점심을 먹으면서 내린 판단이니 틀림없다.

여기 있는 한량들은, 기사단과 영웅들이 나타났으니 안전이 확보된 거라 믿고 있는 것이다.

게다가 남들의—— 그것도 초 유명인사들의 사랑싸움이

펼쳐지고 있는 마당이니, 그리 쉽게 해산해 줄 리가 없었다.

그런 간단한 사실도 모른 채, 지크는 절박하게 하소연했다.

"될 수 있으면 좀 물러나 주시면……, 저기, 감사하겠는데요……. 좀 더 멀찍이……. 대, 대체 왜 안 물러나는 거야?!"

이 자리에 모여든 사람들이 특수한 계층에 속해 있다는 걸 모르는 것이리라.

무의미한 저항만 거듭하고 있다.

당연한 일이지만, 나와 라스티아라는 그런 시답잖은 일에 신경 쓸 시간 따위는 없었다.

나는 화가 꼭뒤까지 차올라서, 무의미한 피난 권고를 하는 주인에게 소리쳤다. 나와 말다툼을 벌이고 있는 당사자인 라스티아라도 똑같이 고함쳤다.

"카나미, 지금 그럴 때가 아니잖아!"

"지크, 지금 그러고 있을 때가 아니잖아!!"

가장 먼저, 티아라 씨를 생각하지 않는 느긋함을 나무랐다.

두 사람에게 동시에 질책을 받은 지크는 당황해서 어쩔 줄 몰랐다.

"어……, 미, 미안."

그 모습을 보고, 지켜보고 있던 주위 사람들 사이에서 작은 웃음소리가 터져 나왔다. 이어서, 극의 중심에 있는 소녀가 소리 높여 웃었다.

"히, 이히힛, 히히히히히——!!"

티아라 씨는 몇 시간 전의 긴장감을 말끔히 풀고, 신나게 웃고 있었다.

라스티아라에 대한 설득은 아직 성공하지 못했고, 작전은 여전히 안 좋은 방향으로 흘러가고 있었다. 이대로 가면 시간이 다 돼서, 아무 의미도 없이 소멸하고 말 가능성이 높았다. 냉정하게 말해서, 죽기 직전이다. 그런데도 티아라 씨는 진심으로 명랑하게 웃었다. 웃으면 안 된다는 걸 알고 있지만, 도저히 웃음을 참을 수 없다는 듯이——

주위 관객들과 다를 바 없는 그런 태도에, 라스티아라와 나는 화를 냈다.

"티아라 님도 따끔하게 한 말씀 해 주세요!!"

"티아라 씨도 한마디 하란 말야!!"

결국, 모든 것을 바꿀 수 있는 발언력을 갖고 있는 건 그녀뿐이다.

그녀만 일관된 발언을 유지해 주면, 지크뿐만이 아니라 라스티아라의 입도 틀어막을 수 있다.

라스티아라 역시 같은 생각을 하고 있었기에, 우리는 또 동시에 고함쳤다.

"천 년을 건넌 최고의 사랑이 여기에 있다는 걸, 카나미 님에게 설명해 주세요!!"

"너는 자기 스승을 딱히 좋아했던 게 아니라는 걸, 지크에게 설명하란 말이다!!"

"이번에야말로『고백』을!!"

"이번에야말로『고백』해!!"

가장 하고 싶었던 말을 쏟아붓고, 나와 라스티아라는 일단 입을 다물었다.

그런 우리 둘 사이에 낀 지크는 창백하게 질린 얼굴로 도움을 청하고 있지만, 그건 알 바 아니다. 이『고백』만은 무슨 일이 있어도 들어야 했다.

나와 라스티아라는 그런 결의를 품은 채, 재미있다는 듯 웃는 티아라 씨를 지켜보았다.

주위의 온도가 다시 상승했다.

모든 이들이 그것을 고대하고 있는 것이다. 사랑싸움을 지켜보는 이유는 오직 하나뿐.

관객들은 안전한 곳에서 우리를 둘러싼 채, 저마다 "사랑의『고백』?!" "드디어『고백』타이밍이야!" 운운하는 무책임한 소리를 떠들어댔다. 정말 재미있나 보다. 바람으로 확 날려 버리고 싶다.

그리고 언제부턴가, 11번 십자로에 남아있던 페데르트의 기사들이 양손을 벌려서 경비원 같은 역할을 수행하고 있었다. 이들도 이제 완전히 극장 분위기였다. 이 극이 중단되지 않도록 협조까지 하고 있었다.

……긍정적으로든 부정적으로든 다 지크 탓이다.

오늘 벌어진 전투를 모조리 집어삼킬 만큼의 절대적인 폭력을 지닌 영웅님이, 계속 어린애처럼 허둥대고만 있으니까 이렇게 분위기가 가벼워지고 마는 것이다.

그리고 이 연극을 끝내기 위해, 티아라 씨가 나섰다.

"이힛. 오케이, 알았어, 알았어. 그럼 내가 하고 싶었던 얘기를 시원하게 털어놓아 볼까? 마침 좋은 기회니까 말이야! 그런 식으로 한번 해 보는 거야!"

웃으면서, 비틀거리면서, 죽어 가면서, 당당하게 선언했다.

그녀는 칼끝이 아닌, 손가락을 지크에게 겨누었다.

"──스승님!!"

『고백』이 시작된다.

그것은 받아들이든 거부하든, 사랑의 『고백』이 되리라.

당사자인 지크는 예상치 못한 전개에 곤혹스러워하고 있었지만, 티아라 씨가 뭔가를 주장하려 한다는 것을 깨닫고, 경청할 자세를 취했다.

그런 지크를 향해, 티아라 씨는 천천히 『고백』을 시작했다.

천 년 후의 세계에서, 자신의 마음을.

"즐거웠어······. 그날 스승님을 만나지 못했더라면, 나는 방 밖으로 나가고 싶다는 생각조차 못 했을 거야. 그날 스승님이 구해주지 않았더라면, 나는 세계를 증오하면서 죽어 갔을 거야. 그날 스승님이 성에서 꺼내 주지 않았더라면, 흔해 빠진 비련의 공주님으로 일생을 마쳤을 거야. ······그렇게 생각해."

먼저 천 년 전의 만남부터 언급했다. 나는 전혀 모르는 일이지만 라스티아라는 잘 알고 있는 듯, 그 말을 듣기가 무섭게 외쳤다.

"맞아요! 티아라 님은 그 누구보다 먼저 카나미 님을 만났어요! 이 이세계에 소환된 카나미 님이 가장 먼저 만난 게 바로 티아라 님!! 이 아름답고 찬란한 이야기의 시작은, 티아라 님과 카나미, 그 두 사람이었어요!!"

라스티아라의 주장이 보강되는 상황에, 나는 조바심을 느꼈다.

그래도 나는 티아라 씨를 믿고 입을 다물었다.

"응, 우리는 가장 먼저 만났어. 그리고 둘이서 많은 곳을 가고, 많은 사람을 만나고, 많은 것들을 경험했어. 스승님과 만난 덕분에, 세상의 많은 것들을 볼 수 있었어. 세상이 얼마나 넓은지를, 내 두 발로 확인할 수 있었어. 그건 책이 아닌, 직접 손으로 접한 진짜 세계여서, 정말 기뻤어."

티아라 씨는 감회에 잠긴 표정으로 중얼거렸다.

그 표정과 말에서, 그녀가 느끼고 있는 감사의 감정이 전해졌다.

"아름답고, 떠들썩하고, 고된 여행이었지. 세계를 구하기 위해 각지에서 성가신 『마인』들을 처치하기도 하고, 주술이나 마법 공부를 열심히 하기도 하고, 나라를 기반부터 새로 건설하기도 하고……, 정말 보람 있는 나날이었어. 중간부터 히타키 언니를 구하기 위한 여행으로 바뀌어서, 서로 싸운 적도 있었지. 그래도 마지막에는 둘이서 사이좋게 『미궁』을 만들었어. 모든 일이 다 마무리되면 같이 살자는 얘기도 했었지."

"카나미이! 방금 그 얘기 들었지?! 똑똑히 들었지?! 카나

미는 천 년 전부터 티아라 님과 약속했었어! 다시 같이 살
기로!!"

라스티아라는 기다렸다는 듯 동조했다.

하지만 그 절박한 주장에, 당사자인 티아라 씨는 웃기만
했다.

"히힛, 이히힛."

"티, 티아라 님……?"

라스티아라는 어리둥절해서 물었다.

남녀의 인생을 건 약속 속에 웃을 부분이 어디 있느냐는
불만까지 엿보였다.

여기에 인식의 차가 있었다. 그것은 나와 티아라 씨는 확
실하게 알 수 있는 차이였다. 하지만 지크에게 진심으로 반
해 있는 사람은 알아챌 수 없는 함정이었다.

티아라 씨는 그것을 가르쳐주었다.

"라스티는 정말 순수하구나. 스승님의 구두 약속 같은 걸
믿으면 안 돼."

이 자리에 있는 남자를 믿어서는 안 된다고 말했다.

"어, 어? 그렇지만 둘이서 같이 살자고 약속하셨다면서
요? 그건 결혼하자는 얘기나 마찬가지잖아요?! 그대로 죽
을 때까지 같이 사는 거 말이에요!!"

"확실히 말해 두겠는데, 나는 그 약속을 조금도 안 믿었어.
전례가 있었으니까. 스승님이 약속을 지킬 리가 없잖아."

"에, 에엥?"

천 년 전, 지크는 아마 진심으로 얘기했을 것이다.

그의 타고난 성격상, 거짓말을 할 리가 없으니까.

그건 안다. 감수성 풍부한 라스티아라가 지크의 말을 믿는 것도 그 때문이리라.

그러나 제삼자가 보기에는 그저 허무맹랑한 얘기였다.

다른 이도 아닌 지크가 다른 사람과 안온하게 산다고? 그런 모습을 상상하는 것조차 힘들 지경이다.

하지만 라스티아라는 정말 영문을 알 수 없는 표정이었다. 어쩌면 그녀는 지크의 전처였던 『빛의 이치를 훔치는 자』 노스휘에 대한 얘기 같은 걸 전혀 모르는 건지도 모른다. 하는 수 없이 티아라 씨는 천 년 전의 진실을 라스티아라에게 밝혀서 한 번 더 쐐기를 박았다── 뭔가 후련한 표정으로.

"알겠니? 저기 저 남자는 정말 쓰레기라니까? 답이 안 나오는 거짓말쟁이인데, 어떻게 믿을 수 있겠어? 천 년 전에, 얼마나 많은 여자를 홀려 놓고 버렸는데! 얼마나 많은 여자를 울렸는데! 지금부터 우리 딸에게 다 얘기해 줄게! 매정하게 싹 잊어버린 스승님에게 재인식도 시켜줄 겸 해서 말이야!!"

라스티아라와 지크가 둘이서 "엥?" 하고 입을 벌렸다.

반면에, 내 얼굴에는 웃음이 가득했다.

드디어 티아라 씨가 마음먹고 모든 걸 증명하려 하고 있다는 것이 기뻤다. 덤으로 잘난 척하던 두 주인이 동시에 곤

죽이 될 것 같아서 아주 기뻤다. 주위의 관객들도 즐거워하는 표정이라서 참 다행이었다. 아까 날려 버리고 싶다고 생각했던 게 미안할 정도로.

"그럼, 한 명씩 얘기해 줄게!"

그리고, 드디어 대공개가 시작되었다.

티아라 씨는 멍하니 입을 벌린 두 사람이 미처 제지할 틈도 없을 만큼 빠르게, 숨조차 쉬지 않은 채 이름들을 나열하기 시작했다. 천 년 전 지크의 여성 편력을———.

"으~음, 우선 처음에 내 언니가 공략당했어. 나를 포함해서, 후즈야즈의 공주님이 두 명인 셈이지. 그리고 후즈야즈에서는, 대표적으로 기사단장과 궁정 마술사 언니를 동시에 공략해서, 둘 사이에 싸움이 벌어졌어. 『사도』시스 언니도 반해 있었지, 아마? 솔직히, 후즈야즈 안에서는 헤아릴 수도 없을 만큼 많아. 본인은 자각도 못 한 채로 공략해 버리니까, 얼마나 성가신지 몰라. 다음으로 대륙 각지의 유명한 곳을 찾아보자면, 레기아 지방에서 쿠넬을 공략하고, 파니아 지방의 연구원에서 아르티를 공략하고, 엘트라류 지방에서 앨류를 공략했었지. 마인 사건을 해결할 때마다 점점 더 늘어나서, 완전 난리도 아니었다니까. 같이 여행하던 내가 몇 번이나 칼에 찔릴 뻔했던지……. 이성으로서 환멸을 느끼는 데 그리 오래 걸리지도 않았어. 새로운 나라에 가면 항상 그 나라의 공주님이나 여왕님이 호의를 품었으니까, 그 정도면 아예 일종의 스킬이라 마찬가지라니까. 뭐랬더라?

스킬 『화술』이었던가? 스킬 『홀리기』? 아니, 『여자 홀리기』라고 해야 하려나? 항상 여자들만 홀렸으니까. 하핫, 역시 스승님이야, 세계에서 제일가는 쓰레기라니까! 히타키 언니와 같이 있을 때도 항상 그러는걸 보면, 그 배짱에 놀랍기까지 할 정도야. 최종적으로는 『이치를 훔치는 자』이면서 남북전쟁의 우두머리인 두 사람, 로드와 노스휘까지 속여서 이용해 먹었으니까, 이 정도면 세계 최고의 난봉꾼이라도 해도 되겠지! 성격이 틀어진 뒤로는 아예 대놓고 여자들을 꼬시기까지 해서, 피해자가 기하급수적으로 늘어났지 뭐야! 이름을 하나하나 열거하자면 끝이 없을 정도야. 그래, 끝이 없지만, 그래도 오늘은 얘기할게. 우리 딸이 속지 않도록 진실을 전해야 하니까. 아, 이건 어디까지나 내가 알고 있는 범위 안에서만 얘기하는 거니까, 실제로는 이것보다 훨씬 많다고 생각하는 게 좋을 거야. 으~음, 우선 안나, 엘리나와 셰나 씨, 그리고 엘바 씨도 있었고, 또 누가 있었더라——."

"타임!!"

견디다 못한 지크가 소리쳤다.

당연한 일이리라. 사랑하는 라스티아라 앞에서 온갖 폭로가 다 나오고 있는 상황이니, 그 심정을 생각하면 절로 웃음이 나왔다.

지크는 광범위하게 마력을 침투시키며, 대마법을 사용해서라도 저지할 기세로 티아라 씨에게 고함쳤다. 그 기세가 워낙 진지하다 보니, 천하의 티아라 씨도 얘기를 중단할 수밖에 없었다.

"자, 잠깐만……, 티아라. 아니, 티아라 씨. 그게 사실이야? 정말 진짜야? 진짜 진실이야?"

가능하면 농담이라는 대답을 듣고 싶었던 것이리라.

완전히 구걸이라도 하는 태도였다.

"……정말이야! 그게 정말이었으니까, 나는 마지막에 스승님을 믿지 못해서! 레거시 군 쪽에 붙은 거야!!"

"어, 어엉……?! 고작 그런 이유 때문에?!"

그러나 티아라 씨는 그런 지크의 염원을 정면으로 부정했다.

비틀거리는 지크를 향해, 인정사정없이 말을 이었다.

"고작 그런 이유?! 고작 그런 이유야!! 이 난봉꾼! 호구! 허세남! 시스터 콤플렉스! 변태! 인간쓰레기! 여자의 적! 아니, 인류의 적! 우유부단! 기대만 시켜 놓고 방치하니까 그런 끔찍한 일이 벌어지는 거야! 입만 산 허풍선이! 겁쟁이! 솔직히, 살아있는 것 자체가 민폐야! 주면 사람들이, 아니, 내가 뒤처리를 하느라 얼마나 애를 먹었는지 알기나 해?! 이 약골! 질 때마다 여자한테 도망치지 마! 근성 없는 놈! 중요한 상황에서는 지기만 하고! 이 패배자!!"

"으, 응. 알았어. 미안해. 충분히 잘 알았으니까, 이쯤 하고 그만 좀……."

그 지독한 욕지거리에 지크는 얼굴이 파랗게 질려서 항복하려 했다.

그러나 산전수전 다 겪은 티아라 씨는, 적이 항복하건 말건 인정사정없이 몰아붙였다.

"시끄러워, 스승님! 마지막이니까 다 말해야겠어! 스승님은 한 여자에게 집중하지 못하는 게 문제야! 여기저기 집적거리지 마!! 알았어? 한 명이야, 한 명!!"

"그럼, 사람들이 너무 많이 모였으니까……, 하다못해 장소라도 좀 옮기자!"

지크는 주위의 반응을 보고 이동을 요구했다.

관객들의 흥분도는 어느덧 최고조에 달해 있었다. 영웅의 스캔들을 듣고, 흥미진진한 표정으로 귀를 기울이며, 지인들과 수군수군 얘기를 나누고 있었다. 티아라 씨의 폭로 내용으로 미루어보아, 무슨 얘기가 오가고 있을지를 상상하는 건 어렵지 않았다.

아니, 그냥 내 귀에도 "역시 소문이 사실이었네"라느니 "우와, 쓰레기잖아"라느니 하는 목소리가 들려올 정도였다. 지크에 대한 평판이 어마어마한 속도로 곤두박질치고, 원래부터 돌고 있던 소문의 신빙성이 급상승하고 있음을 알 수 있었다.

이 자리를 벗어나고 싶어 하는 지크의 심정도 충분히 이해가 갔다.

이해는 되지만, 지금 눈앞에서 얘기하고 있는 소멸 직전의 소녀에게서 벗어나는 건 용납할 수 없었다.

나는 은근슬쩍 지크의 퇴로를 차단하면서, 웃음 띤 표정으로 두 사람의 대화를 지켜보았다.

"스승님! 이제 와서 주위 사람들의 시선을 의식하는 거야?! 그 모양이니까 천 년 전에도 중요한 상황에서 실패만 겪은 거잖아!!"

"아니, 그건……. 하지만 이대로 가면 내 평판이……. 지금 스노우 녀석도 분명히 듣고 있을 텐데……. 더 이상은 곤란해……! 여러 가지 의미로, 진짜 곤란하단 말야!"

"중요한 건, 지금 이 자리에 있는 라스티아라잖아! 여기서 도망치려고 들면 확 날려 버릴 줄 알아!"

"큭, 알았어……! 알았지만, 마법은 쓰지 말아 줘!! 마법 없이 해결하자고!!"

전의를 드러내는 티아라 씨의 모습에 겁을 집어먹은 지크는, 자기 편으로 여겨지는 라스티아라 곁으로 후퇴했다.

마치 무릎이라도 꿇을 것 같은 기세였다. 티아라 씨의 기세에 완전히 휘말려 들었다는 걸, 척 봐도 알 수 있었다.

지크를 압도한 것에 만족했는지, 티아라 씨는 비난 세례를 중단하고, 이야기의 결론을 들이밀었다.

"하여튼, 나는 스승님을 안 좋아해! 이 남자는 수많은 여자를 후리고 다니는 쓰레기니까! 이성으로 여긴다는 건 말도 안 돼! 그나마 있는 거라고는, 사제 간의 존경심이 아주 조금 남아있는 게 전부야!!"

그 말에, 지크와 라스티아라는 동시에 충격에 휩싸였다.

두 사람 모두 그 충격이 표정에 역력하게 드러났다. 그들은 초월적인 레벨과 능력을 가진 무시무시한 존재들이지만,

정신적으로는 대단할 게 없었다. 특히 연애 면에서는, 유치하다는 표현도 아까운 수준이라는 게 이미 확인된 상태다.

티아라 씨의 선언에 아연실색하는 두 사람. 먼저 회복한 건 라스티아라였다.

어떻게든 국면을 뒤엎기 위해 지크를 격려하려 했다.

"카, 카나미……. 믿으면 안 돼……! 거짓말이야, 거짓말! 이건 아마, 티아라 님이 나를 위해 물러나려고 지어낸 말일 테니까……!"

"그럴까……? 방금 그 얘기는 거짓말……, 이라고 믿고 싶지만, 티아라가 거짓말을 하는 것 같지는 않아 보이는데……."

"자신감을 가져! 카나미는 멋있다니까! 세상에서 제일 멋있어! 티아라 님도 반했을……, 거야. 아, 아마도……."

"어째……, 처음보다 자신감이 없게 들리는데……?"

"그야, 내용이 워낙 지독해서……."

"그, 그래, 지독하네……."

두 사람은 티아라 씨가 한 말을 머릿속에서 털어내려 했지만, 결국 말려들어서 고개를 푹 숙였다. 그 모습으로 미루어보아, 티아라 씨가 한 얘기를 진심으로 믿고 있다는 걸 알 수 있었다.

두 사람은 스테이터스를 보는 눈을 갖고 있을 뿐만 아니라, 뛰어난 관찰력의 소유자이기도 했다. 그리고 티아라 씨가 한 얘기에는 "아아, 역시 그랬구나……"라는 생각을 들게 만드는 설득력이 있었다.

하지만, 비록 기죽은 못난 주인들이라 해도, 수없이 많은 수라장을 이겨내 온 사람들이다.

이내 마음을 굳게 다잡고 "아니, 아직 확실한 건 아냐" "뭔가 스킬에 속고 있는 것뿐인지도 몰라"라고 뇌까리며, 서로를 지탱해 주려 했다.

그 최후의 발악을 보고, 나는 볼멘소리를 뇌까리며 한 발짝 앞으로 나섰다.

"쳇, 아직도 모른다는 거냐."

티아라 씨의 얘기를 보충하기 위해, 내가 알고 있는 현대 지크의 여성 편력 얘기를 보태려 했다. 바로 이 자리에 있는 라스티아라를 비롯해서, 지크 파티의 구성만 살펴보아도, 티아라 씨의 얘기를 보강할 소재는 충분하고도 남았다.

내 힘으로도 치명타를 날릴 수 있었다. 하지만, 티아라 씨가 그런 나를 제지했다.

"라이너, 아직 나한테 맡겨 줘. 이래 봬도 가장 연장자니까 말이야. 상대가 스승님이라고 해도, 승부에 쐐기를 박는 데에는 숙련돼 있다고. 똑똑히 잘 봐 둬."

그리고 사냥감을 몰아붙이는 사냥꾼의 눈으로, 이를 드러내며 웃었다.

자기 과거 얘기를 시작했을 때는 약간 불안했지만, 지금 티아라 씨가 지크와 라스티아라를 넉다운시키려 하고 있다는 건 틀림없었다.

힘으로 당해낼 수 없으면 말을 이용해서 승리를 거둔다는 어제 수업의 연장선상이라는 것을 깨닫고, 나는 한 발짝 물러섰다. 제자로서, 마지막까지 지켜보기로 한 것이다.

"지금부터 증명해 줄게. 나는 스승님을 좋아하지 않고, 스승님은 라스티를 좋아한다는 걸. 그 사실을, 지금 이 자리에서 완벽하게 가르쳐줄게——!!"

티아라 씨는 거세게 몰아붙였다.

마음이 흔들리고 있는 두 사람을 완전히 처치하기 위해, 잔혹하면서도 다정하게, 천천히 말을 걸었다.

"똑똑히 들어, 스승님. 아까 얘기했다시피, 나는 천 년 전의 스승님을 잘 알고 있어. 물론, 스승님에 대한 것뿐만이 아니라, 다른 것들도 많이 알지. 나는 사도 레거시에게 당한 스승님과는 달리 평생 무패여서, 천 년 전에 아주 오래 살았거든~. 까놓고 말해서, 한발 앞서 미궁의『최심부』에까지 갔는걸."

아무 일도 아니라는 듯, 연합국 최대의 염원을 자신이 달성했음을 알렸다.

"뭐——?!"

미궁의『최심부』를 목표로 하고 있던 지크는 경악을 감추지 못하며, 지금까지 하던 얘기를 모조리 잊어버린 것처럼 보일 만큼 놀라는 기색을 보였다.

"천 년 전의 승리자였던 나는, 그 누구보다 먼저 모두의 소원을 달성했어. 시스 언니가 원하던『세계를 평화롭게 만드는 방법』도 마련했어. 새로운『모두를 행복하게 만드는 마법』도 개발했고 말이야."

지크가 놀라건 말건, 티아라 씨는 잇따라 새로운 사실들을 열거해 나갔다.

"히타키 언니는 아직 잠들어 있지? 나는 히타키 언니를 깨울 방법도 알고 있어. 아니, 애초에 그『병』의 정체를 스승님보다 더 자세히 알고 있어. 『최심부』에서, 드디어 확신을 얻었거든."

거짓말인지 사실인지 종잡을 수가 없었다. 그렇지만, 자신이 모든 것을 해결할 힘을 갖고 있다고 말했다.

좀처럼 믿기 힘든 얘기였지만, 천 년 전을 살았던 티아라 씨에게는 그런 얘기를 할 권리가 있었다. 현실미가 있었다.

"지금 사라져 가고 있는 나를 살려 놓으면, 그런 다양한 편리한 것들을 알 수 있다는 얘기야~. 아, 하지만 자세한 얘기를 제대로 듣고 싶으면 라스티아라를 희생시켜야 해! 그런 것들은 즉석에서 할 수 있는 얘기가 아니니까 말이야!"

티아라 씨에게 남겨진 시간은, 이제 정말 얼마 없었다.

지크는 차원마법을 통해 그 사실을 이해하고 있다.

"그러니까 말이야! 지금, 이 자리에서! 『라스티아라 후즈야즈』인지 『티아라 후즈야즈』인지, **어느 쪽을 살릴 건지 선택해!** 스승님 손으로!"

우격다짐으로 양자택일을 강요했다. 그것은, 단순히 좋아하는 사람을 고르라는 얘기가 아니었다.

"한 마디로, 『좋아하는 사람』이냐『그 이외의 모든 것』이냐,

하는 선택이지. 아주 이해하기 쉽고 간단한 선택이지 않아?"

엄청난 걸 저울에 달아 놓고, 티아라 씨는 속 편하게 웃었다.

지크는 말문이 막혔다.

그러나 그 물음에 대한 대답은 빨랐다. 정말 빨랐다.

미간에 주름을 잡는 일도 없었고, 망설임도 전혀 없었다.

"──간단한 선택이군. 그것만은 오인하지 않아. 이제 나는, 절대 오인하지 않아."

티아라 씨의 말마따나 이해하기 쉽고 간단해서 오인할 리가 없다고 호언장담하고, 그 마지막 문제에 대한 『대답』을 얘기했다.

"──나는 『라스티아라 후즈야즈』를 선택하겠어. 『티아라 후즈야즈』를 선택하지 않아."

상대하고 있는 대상인 티아라가 아닌, 곁에 있는, 자신이 지켜야 할 사람의 이름을 불렀다.

──드디어 모든 운명이 확정되었다.

그 말을 들은 당사자는, 고개를 가로저으면서 질책했다.

"카나미!!"

하지만 지크가 그 말에 흔들리는 일은 없었다. 확고한 의지로 선택했다. 그렇기에 그 결의를 뒤집을 일도, 후회할 일도 없을 거라고 말을 이었다.

"라스티아라를 외면한다는 건, 말도 안 되는 일이야. ……그렇다고 해서 다른 모든 걸 간단히 포기할 만큼 초연한 성격도 아니지만 말이야."

그렇게 말하고는, 티아라 씨 쪽을 보며 그녀와 똑같은 웃음을 지었다.

두 사람은 마치 거울을 보는 듯 똑같은 웃음을 지으며 마주 보고 있었다.

쏙 빼닮은 그 모습을 보니, 그들이 서로 같은 마음을 공유하며, 같은 의지로, 같은 길을 걷고 있음을 알 수 있었다.

감정을 공유한 것을 확인한 티아라 씨의 얼굴에서 안도한 기색이 보였다.

"이히힛. 정말 말재주가 많이 늘었네. 말투 거만한 것 좀 봐~. 정말 많이 달라졌어."

티아라 씨는 원하던 『대답』을 받아들였다.

모든 것이 예정대로 이루어졌다……하지만, 약간 쓸쓸해 보이기도 했다.

그러나 이내 환한 웃음을 되찾고, 쓸쓸함을 지워 버리며 외쳤다.

"역시 스승님이야! 요즘 세상에 사랑하는 사람을 선택하고 세계도 지키겠다니, 천 년은 뒤처졌어! 사랑하는 사람을 지키고, 소중한 가족과 친구도 지키고, 게다가 세계까지 지키겠다니! 이런 게 바로 최고의 해피엔딩!"

당당한 승리 선언이었다.

그리고 우군을 잃은 라스티아라는, 애원하듯이 옆에 있는 지크에게 되물었다.

"카, 카나미…… 진심이야……?"

"나는 진심이야. 진심으로 너를 좋아하니까, 망설임 따위는 없어."

고민조차 안 하는 그 대답에, 라스티아라는 구슬픈 표정으로 입술을 깨물었다.

지크를 설득하는 건 단념한 것이리라. 이번에는 티아라 씨에게 말했다.

"티아라 씨는 정말 괜찮으세요……? 어떻게 그렇게……, 웃으실 수 있는 거죠?"

"당연히 웃을 수 있지. 왜냐면, 내가 스승님에게 원하는 건, 스승님이 스승님답게 있어 주는 것뿐이니까. 자랑스러운 스승님이 정말 강한 스승님이 돼 줬으니, 난 정말 만족해. ……진심으로, 이제야 **그때**의 보답을 했다는 생각이 들어. 아까부터 계속 얘기했지만, 이 자리에 있는 사람들 중에 스승님을 좋아하는 건 라스티아라뿐이야. 생전의 나는 미련 없이 성불했다니까~?"

"저, 저만, 좋아한다고요……? 카나미를, 좋아한다고요?"

그 말이 거짓이 아닌 진실이라는 것을, 조금씩 이해하기 시작한 것이리라.

라스티아라의 표정이 정신없이 바뀌었다. 슬픈 표정에서 곤혹스러운 표정으로. 곤혹스러운 표정에서 어리둥절한 표정으로. 어리둥절한 표정에서 기쁜 표정으로. 기쁜 표정에서 부끄러워하는 표정으로. 완벽하게 가지런한 그 이목구비를 연신 엉망으로 일그러뜨린 끝에, 도달했다.

"──아아."

더 이상은 고개를 가로젓지 않았다.

이제는 "안 돼"라며 무턱대고 거부하지도 않았고, 몸에 깃들어 있던 광기도 흩어졌다.

그리고, 이제야 그 또래 여자다운 표정을 보였다.

젊고 순진하고, 좀처럼 자기감정에 솔직해지지 못하는, 뜨거운 연애 감정에 불이 들어왔다.

라스티아라의 새하얀 뺨이 색으로 물들었다. 그녀의 현재 감정을 나타내듯 뜨거운 피가 돌아서, 붉게 물들어 갔다. 끝을 모르고, 붉고 붉고 붉게.

"아아……, 아아아아, 아아아아아아──!!"

멍하니 입을 벌리고, 기다란 금발을 마구 흔들며 절규했다. 증기가 뿜어져 나오는 게 아닐까 싶을 만큼 뜨겁게 달아오른 듯, 몇 초 만에 안면이 온통 새빨갛게 물들어 버렸다.

오늘까지 억눌러 왔던 연애 감정이, 몇 배로 부풀어 올라서 겉으로 드러났다는 걸 알 수 있었다.

줄곧 외면해 왔던 진실과 직면해서, 부끄러움이 정점에 달한 것이리라.

그 급변을 보고, 바로 옆에 있던 지크가 걱정 어린 표정으로 다가갔지만,

"라스티아라, 괜찮──아니, 왜 칼부림을 하는 건데?!"

"이, 이쪽 쳐다보지 마아아아아!!"

라스티아라는 검을 휘둘러서 지크를 쫓아내고, 후-후-

하고 고양이처럼 위협하기 시작했다.

솔직히, 그 과잉반응은 라스티아라답지 않았다. 이 정도로 흥분해서 이성을 잃는 모습은, 지금까지 본 적이 없었다.

하지만, 이게 원래 그녀가 보여야 할 반응이었던 것이다.

한 자릿수 정신연령에 걸맞은 감정이었다. 염세적으로 웃고, 한 발짝 물러서고, 주위의 다른 여자를 응원하다니, 너무나도 아이답지 않은 짓이다.

이것이 바로, 라스티아라의 마음속에 잠들어 있던 본심.

……아아, 드디어 여기까지 왔다. 꼴좋게 됐다.

세계를 마치 옛날이야기처럼 한 발 떨어져서 관망하고 있던 바보녀를, 이야기 속으로 끌고 들어온 것이다. 등을 떠밀고, 퇴로를 차단해서, 가까스로 무대 뒤에서 무대 한가운데로 떠미는 데 성공했다.

그리고 우리의 주인공은, 무대 중앙에 선 히로인에게 말했다.

"그건 싫어. 나는 너를 좋아하니까, 미움을 사는 한이 있더라도 죽을 때까지 지켜볼 거야."

으, 으~음…….

이 대사는 뭔가 좀 아닌 것 같다.

지크는 지금 그 말이, 자신이 껄끄럽게 여기는 드래고뉴트나 전직 노예가 할 법한 대사라는 걸 알고 있는 걸까. 게다가 차원마법 ≪디멘션≫을 쓸 수 있는 지크가 그런 얘기를 하니 더더욱 끔찍하게 느껴졌다.

하지만 그 무거운 대사는 즉각 효과를 발휘해서, 라스티아라는 한층 더 격하게 몸부림쳤고, 그 얼굴은 한계를 넘어서 점점 더 빨개졌다. 거세게 고개를 휘저으며, 긴 머리칼을 마구 흔들어댔다.

"으아아, 아아! 아아아, 아아아아아아악! 진짜——!!"

환희 같기도 하고 절망 같기도 한 절규와 함께, 고양이처럼 민첩한 몸놀림으로 지크에게서 도망치려 들었다.

방금 지크가 한 말을 스토커 같은 의미로 받아들인 나와는 달리, 라스티아라는 의심 없이 연애적인 의미로 받아들인 모양이었다.

하지만, 갈채를 보내는 관객들에게 둘러싸인 이곳에 안전한 도피처는 없었다.

라스티아라는 안면이 있는 사이인 나와 티아라 씨를 번갈아 쳐다보다가, 이내 티아라 씨를 선택하고 그 품에 안겼다. 아마 지금 나는 가학적이기 그지없는 웃음을 짓고 있었으리라. 어머니처럼 자애로운 표정으로 지켜보고 있는 티아라 씨와 그런 나를 비교하면, 누구나 티아라 씨 쪽을 택할 것이다. 그건 어쩔 수 없는 일이다.

그리고, 체크메이트.

수많은 우여곡절이 있었지만, 예정했던 결말을 되찾는 데 성공했다.

지금 이 자리에는, 의식에 필요한 『주얼 크루스』들이 모여 있다.

라스티아라가 자발적으로 우리 손에 들어왔다.

티아라 씨는 품에 안긴 라스티아라의 머리를 쓰다듬으며, 다정하게 속삭였다.

"스승님이 좋아하는 것도 라스티뿐인 것 같네. ……잘 됐어, 서로가 서로를 좋아하는 거잖아."

"우, 우우우! 아아아아――!!"

라스티아라는 마치 숨기라도 하듯, 티아라 씨의 품에 얼굴을 묻고 신음했다.

새빨갛게 물든 우스꽝스러운 얼굴을 남들에게 보이기 싫다는 심정은 이해하겠지만, 참 못 봐 줄 몰골이었다. 정신 연령을 생각하면 이러는 게 정상이겠지만, 두 사람의 현재 신장 차이만 보자면, 마치 어른이 여자아이에게 응석을 피우고 있는 것처럼 보이는 것이다.

그리고 라스티아라는, 둘이 밀착해 있는 상황임에도 티아라 씨를 흡수하려는 기색을 보이지 않았다. 이제 그럴 이유가 없어진 것이리라. 라스티아라는 지금까지 티아라 씨의 연심을 이유로 움직여 왔으니, 그게 사라진 마당에 막무가내로 『재탄생』시킬 이유가 없는 것이다.

티아라 씨는 그런 라스티아라를 충분히 쓰다듬어준 다음, 지크 쪽으로 고개를 돌렸다.

"후우~. 그럼 이제 다 끝난 건가~? 스승님도 오케이? 뭐, 천 년 전 일은 찬찬히 기억해 내면 돼. 다만, 혹시 전부 다 기억해 내면 말이야, 그때는――."

그리고, 작별의 말을 남겼다.

그것은, 마치 『예언』과도 같은 것이었다.

"그때는, 우리 모녀, 라스티아라를 사랑해 줘."

티아라 씨는 품속에 안긴 소녀를 딸이라 칭하며, 부탁했다.

모정을 연상케 하는 그 부탁에, 지크는 고개를 끄덕여 대답했다.

약속이 체결되자, 티아라 씨는 곧바로 진지한 표정으로 외쳤다.

"라이너! 전에 했던 말을 뒤집어서 미안하지만, 힘도 마음도, 모두 딸에게 물려주기로 할게! 지금이라면 딸과 『친화』를 할 수 있을 것 같아! 그러니까, 계획 변경!!"

내가 아닌 라스티아라를 계승자로 선택하겠다고 선언했다.

지금 『친화』를……? 아니, 내 입장에서는 아무 불만도 없었다.

설득이 성공한 마당이니, 라스티아라가 저항할 일도 없을 것이다.

수많은 우여곡절을 거쳐서, 우리는 진정으로 이상적인 결말에 도달했다.

지크의 등장은 결코 헛된 일이 아니었던 것이다.

"미안해할 것 없어! 나는 이미 받을 만큼 받았어! 원래 이게 최선의 결말이야!"

티아라 씨는 그 즉시 품에 안겨 있는 라스티아라의 피에 손을 써서, 『리바이브』 마법을 재개시켰다. 두 사람의 마력이 융합해서, 하얀 빛을 내뿜었다. 이제, 세계 최고의 신성 마법이 11번 십자로의 『라인』과 공명해서, 최대 규모로 발동할 것이다.

티아라 씨가 그 마법을 위한 『영창』을 읊조렸다.

지켜보는 모든 이들이 알 수 있도록, 더 찬란한 빛을 내뿜기 위해, 마음 가는 대로 읊었다.

"지금부터, 『재탄생』 의식의 마무리를 시작하노라! 내 이름은 성인 티아라 후즈야즈! 천 년의 『예언』을, 이 자리에서 완성하리니! 시조를 위해, 나는 『재탄생』하여, 생명을 완수하겠노라! 우리 후즈야즈의 백성들이여! 이 의식을 보고, 두 눈에 똑똑히 새겨둘지어다! 이것이 레반교의 모든 것! 이 신성한 빛을 받아들이라! 결국, 신의 가르침이란 이런 것일지니! 하지만 이런 것이 세계의 전부였나니! 지금부터, 시조 카나미와 딸 라스티아라의 혼약을 실시하겠노라! 두 사람은, 내 목숨을 걸고 정한 레반의 계율에 맹세하라! 살짝 중복되더라도, 혼약은 혼약! 왜냐하면, 『아아, 세계에서 가장 위대한 것은 사랑』! 『사랑이 곧 인생, 사람이 살아가는 의미 그 자체』! 『사람의 사랑을 방해하는 녀석은 죽어 버려라』! 레반의 이름으로 말하노니, 두 사람의 앞길에 축복 있으라──!"

엄격한 문구로 시작하나 싶더니, 마지막 부분은 완전 엉망진창이었다.

하지만 진정으로 마법을 돕는 건 그 엉망진창 『영창』 쪽이라는 걸 알 수 있었다. 장식적인 표현 따위는 아무런 의미도 없다. 진심에서 우러나온 말만이 마법을 강화할 수 있다.

그 이치를 증명해 주는 빛이 흘러넘쳤다.

"──신성마법 《리바이브》!!"

티아라 씨가 마법명을 선언하고, 빛이 폭발했다.

두 『주얼 크루스』의 몸에서 뿜어져 나오는 빛이 점점 팽창해 나갔다. 반짝이는 빛 가루가 흩날리고, 어렴풋한 무지갯빛을 깃들인 채, 눈을 찌르듯 찬란하게 끝없이 퍼져나갔다.

끝없이 퍼지는 빛에 휩싸인 나는, 도저히 눈을 뜰 수가 없었다.

빛의 중심부에 있는 두 사람의 모습을 끝까지 볼 수도 없었다.

이 빛이 바로 신성마법 《리바이브》.

이제 아무도 막을 수 없을 거라 확신했다.

이제 다 끝났다고 안도했다.

──그때, 목소리가 들려왔다.

빛 안쪽에서, 가볍기 그지없는 목소리가 날아들었다.

"그럼, 라이너. 뒷일도 그렇고, 히타키 언니 일도 그렇고, 여러모로 잘 부탁할게. 그럼, **스킬 해제~**."

이런 절체절명의 순간에, 티아라 씨는 예기치 못한 소리를 꺼냈다.

스킬 해제. 즉 지금까지 나에게 모종의 스킬을 걸어 두고 있었다는 것을 자백한 셈이다.

"──엉?"

나는 어안이 벙벙해서 뇌까렸다.

지금껏 스킬에 의해 무마됐던 『어떤 위화감』이 다시 솟구쳤다.

어떤 스킬이었는지는 알 길이 없었다. 지금까지 나를 속여 왔던 것의 정체도 알 수 없었다. 하지만 티아라 씨가 그 스킬의 힘으로 내 신뢰를 얻고 있었다는 점만은 알 수 있었다. 동시에, 내 머릿속에 괴이한 잡음이 섞여들었다.

지지직 하는, 모래를 씹는 것 같은 요상한 소리.

그제야 나는, 나도 신성마법 ≪리바이브≫의 대상에 포함되어 있다는 사실을 깨달았다.

그 마법이 내 핏속에 무언가를 쑤셔 넣었다.

그것은 기억. 티아라 씨의 과거가 내 안으로 들어왔다.

황량한 고성──싸늘한 돌벽과 바닥──언제, 어디인지는 알 수 없다──어느 성의, 어느 방 안──반짝이는 머리칼을 가진 소녀가 있었다──그것이 생전의 티아라 씨라는 걸, 나는 직감적으로 이해했다──그 티아라 씨 옆에, 흑발의 남매가 있었다──얼굴을 보니 누군지 알 수 있었다──아마 천 년 전의 지크와 그 여동생이리라──셋이서 같이 웃고 있었다──그리고, 약속하고 있었다──그 약속의 내용은──.

인생을 통째로 응축해 놓은 기억 덩어리를 소화하는 건, 내 처리능력으로는 불가능했다.

바늘로 찌르는 것 같은 고통이 두뇌를 덮쳐왔다.

도망치려고 눈을 질끈 감아 봐도, 뇌리에 떠오른 광경은 사라지지 않았다.

그 기억은 눈꺼풀 안에 끈질기게 비추어졌다.

마치 잔상처럼, 수없이 많은 천 년 전 시조와 성인의 모습이 비추어졌다.

──그것은, 아름답고도 찬란한『별빛 하늘의 이야기』.

그 이야기를 지금 전부 이해하는 건 불가능했다. 너무나도 막대한 양의 정보가 너무나도 빨리 흘러 들어와서, 머릿속이 타 버리지 않도록 버티기도 버거울 지경이었다.

하지만, 단편 정도는 가까스로 파악할 수 있었다.

그 단편들을 끼워 맞추면서, 나는 생각했다.

──애, **얘기가 달라도 너무 다르잖아!**

나는 자기도 모르게 절규했다. 빛 속을 향해, 사라지려 하는 티아라 씨를 불러 세우듯 외쳤다.

"이건……, 자, 잠깐! 기다려 봐! 티아라 씨, 설명을 좀─!!"

"미안, 라이너. **그냥 그렇게 됐어.** 그냥 거기서 지켜보고 있어."

그러나 잠자코 구경이나 하라는 대답이 돌아왔다.

하긴, 이제 와서 다시 물고 늘어졌다가는, 기껏 항복했던 라스티아라가 다시 부활해서 반역을 도모할 것이다. 그렇다고 해서 방금 그걸 그냥 간과하고 넘길 수는 없었다. 방금 보인 기억이 사실이라면, 전제 자체가 뒤엎어진다. 모든 의미가 뒤집힌다.

나는 모든 게 다 잘못되었다는 것, 자신이 티아라 씨의 꾀에 걸려들었다는 것을 깨달았다.

다만 그와 동시에, 티아라 씨가 **오직 나만을** 믿었다는 것도 깨달았다.

"응, 믿고 있어. 그러니까, 부탁할게."

그런 내 생각을 읽고, 그녀는 부탁했다.

왜 티아라 씨가 나에게만 방금 그 기억을 보여준 건지, 막연하게나마 알 것 같았다.

이제 믿을 수 있는 사람이 나밖에 없는 것이다.

천 년을 넘는 세월 끝에, 간신히 찾아낸 단 한 명의 협력자. 그게 하필이면 나였다.

티아라 씨의 처음 계획대로, 힘과 마음은 라스티아라에게 넘겨준다.

하지만, 정확한 기억만은 나에게 남겨준다.

"……하면 될 거 아냐, 하면!"

며칠 전에, 나는 약속했다.

훈련을 도와준 보답으로, 만약 지크와 지크의 여동생이 잘못된 길로 빠지면 싸우겠다고 약속했다.

지금 지크의 여동생이 내 상상을 뛰어넘는 『괴물』이라는 얘기를 들었다고 해서, 한 번 했던 약속을 번복할 생각은 없었다.

티아라 씨는 그런 내 대답에 만족했는지, 빛 속 깊은 곳에서 "고마워"라는 조그만 목소리가 들려온 것 같았다. 이제

와서 그녀에게 볼멘소리를 늘어놓아 봤자 헛수고이기에,
나는 의식을 성공시키는 데에 최대한 협조하기로 했다.

"라스티아라! 지금부터 네 안에 티아라 씨의 진실이 들어
갈 거야! 한 번 더 비교하고 확인해 봐! 너 자신의 마음을!!"

티아라 씨의 목적은, 라스티아라가 스스로의 마음을 확인
하도록 하는 것.

나는 그걸 거들어주려는 것이다.

두 『주얼 크루스』가 마법의 빛에 휩싸이고, 하늘에서 티아
레이(마법의 눈)가 쏟아졌다.

라스티아라는 여전히 빨갛게 달아오른 얼굴로, 자기 핏속
에 쏟아져 들어오는 티아라 씨의 마음에 어쩔 줄 몰라 했다.

"아, 아아아, 아아……. 거짓말이, 아니었어……? 티아라
님의 마음이……, 느껴져……. 티아라 님은 정말로, 카나미
를 부모님처럼 따르고 있었던 것뿐이었다는 거야……? 아
아, 아아아아아아──!!"

아마 두 사람 사이에 있었던 벽이 사라진 덕분에, 티아라
씨가 조금 전에 얘기했다시피 『친화』에 돌입한 것이리라.

아까 그 『고백』에 의해, 드디어 두 사람의 인생이 올바르
게 교차한 것이다.

그리고 그녀의 마음과 겹쳐 보고, 스스로의 잘못을 이해
했다.

"카나미가 좋아했던 건, 나……? 나뿐이었단 말이야? 그 마
음이 전부 나에게서 비롯된 거였다고……? 그럴 수가……!"

놀랍게도, 불과 몇 초 만에 정말로 라스티아라를 납득시켰다.

티아라 씨는 딸의 머리를 쓰다듬으며 대답했다.

"그래, 맞아. 나는 스승님과의 재회 같은 건 바라지 않았어. 내가 바랐던 게 있다면, 그건 사랑하는 내 딸들의 행복 정도야. 행복해져야 해……. 자, 이제부터는 다 라스티 하기 나름이야."

이렇게 해서 마음을 건네받고, 소원을 물려받은 라스티아라는——.

"으, 응! 미안, 어머니! 나, 살아갈게……! 나는 카나미를 좋아하니까……! 어머니에게 몸을 줄 수 없어! 나도 어머니가 아닌 나를 선택할게!! 나는 있는 힘을 다해 나를 행복하게 만들 거야! 카나미와 함께, 평생 행복하게 살아갈 거야!!"

티아라 씨의 유언을 지키기 위해, 라스티아라는 소리 높여 자신의 행복을 맹세했다.

그『주얼 크루스』몸은 다른 누구의 것도 아닌 라스티아라 자신의 것이라고, 후즈야즈의 모든 속박을 향해 외쳤다.

티아라 씨는 그 결말에 만족한 듯, 라스티아라를 쓰다듬던 손을 멈추었다.

그리고 그 몸에서 점점 힘이 사라져 갔다.

의식에 의해, 모든 것이 라스티아라 안으로 승계되어 갔다. 빛이 수축하고, 마력이 응축되고, 혼이 몸에서 몸으로 이동했다. 그것은 티아라 씨의 몸이 정지한다는 것을 의미했다.

작별의 말이 희미하게 사라져 갔다.

"나~이스, 라스티……. 이제, 나는, 안심……. 그럼, 이
만—— 안녕——."

"네, 안녕히 가세요! 어머니!!"

라스티아라가 건넨 생기 가득한 작별 인사가, 빛 속에서
힘차게 울려 퍼졌다.

동시에, 티아라 씨의 몸이 완전히 정지했다.

빛과 마력이 완전히 고갈되고, 호흡과 피의 맥동이 멎고,
진정한 의미로 텅 비어 버렸다.

역할을 마치고, 세계에서 사라졌다.

이제 더 이상, 은근히 사람 화를 돋우는 그 스승님에게 볼
멘소리를 할 수 없게 되었다.

나에게 있어서도, 그것은 최후의 작별 인사였다.

티아라 씨의 소실과 동시에, 의식은 완료되었다. 막대한
빛과 마력은 라스티아라 안으로 사라지고, 남은 건 하늘에
서 흩날리는 미량의 티아레이뿐.

주위에서 구경하던 관객들도, 웬일인지 잠자코 지켜보고
있었다.

나도 지크도 아무 말이 없었다.

오직 한 사람, 중심에 있는 라스티아라만이 심호흡을 하
면서 목소리를 흘렸다.

"아아, 내 안에 있는 이 커다란 사랑의 감정은 내 거였구

나……. 전부 다 내 거였구나……. 이제야 자신 있게, 카나미를 좋아한다고 말할 수 있어. 이제 나 스스로만의 책임으로『고백』할 수 있어. 고마워요, 티아라 님……."

하늘로 날아오르는 반짝이는 빛을 뒤쫓듯이, 하늘을 향해 감사의 말을 보냈다.

그 얼굴은 빙의에서 풀려난 것처럼 후련해 보였다.

나는 전투태세를 풀고, 검을 칼집에 집어넣고, 커다란 안도의 한숨을 내쉬었다.

"그래, 네 마음이었던 거야. 전부 다. ……하아, 드디어 끝났군. 진짜 성가신 일이었어."

모든 일이 마무리된 것에 대한 감상을 뇌까렸다. 그리고 해산 방법을 고민했다.

주위를 둘러싼 관객 무리에서 벗어날 방법, 페데르트나 에밀리에 대한 처우 등, 처리해야 할 일이 아직 많이 남아있었다. 빨리 그 작업을 끝내고, 혼자만의 시간을 갖고 싶었다.

빨리 혼자만의 시간을 가지면서, 그 희대의 거짓말쟁이 티아라 씨의 기억을 읽어야만 한다. 아까 머릿속에 들어온 정보를 정리하면서, 뒤처리를 위한 활동도 시작해야 하고──.

"아직 움직이지 마, 라이너."

라스티아라가 그런 나를 제지했다.

티아라 씨를 흡수해서 강해진 사지에 힘을 가득 깃들인 채, 미궁의 가디언을 방불케 하는 압박감으로 나를 짓눌렀다.

움직이면 치사량의 마법을 날려 버리겠다고 위협하는 듯, 마력이 꿈틀거리고 있었다.

"어……?! 또 왜 그러는 건데……?"

라스티아라와 나 사이에는, 그 말에 따르지 않고는 못 배길 만큼의 역량 차이가 존재했다.

기진맥진한 나는, 하는 수 없이 발걸음을 멈추고 되물었다.

"왜냐고……? 그야 지금부터가 진짜 시작이니까 그렇지. 그리고 라이너는, 그 진짜 시작을 지켜봐야 할 의무가 있어."

무슨 말을 하는 건지 이해가 안 간다는 듯, 라스티아라는 도리어 어리둥절한 표정으로 나에게 되물었다.

불길한 예감이 들었다.

"지, 진짜 시작? 잠깐, 뭘 하려는 거야? 이제 해산해도 되잖아? 오늘은 피곤해. 일단 해산했다가, 내일 다시……."

대안을 제시했지만, 라스티아라는 이미 나에게서 시선을 돌린 뒤였다.

지금까지 자신이 안겨 있던 티아라 씨의 시체를 근처의 벤치에 뉘어 놓고, 심기일전한 표정으로 자신의 반짝이는 머리카락을 땋기 시작했다.

장엄하고 아름답고 매끄러운 장발이, 어린아이 같은 유치한 땋은 머리로 변해 갔다.

그것은 1년 전 『무투대회』에서 싸울 때와 같은 헤어스타일이었다.

지크의 도움을 받아서, 스스로의 자유로운 의지 하에 마음껏 싸우던 때의 헤어스타일이었다.

그렇게 그녀는 초심으로 돌아갈 의지를 보이며, 힘차게 일어서서 어느 한 곳을 쏘아보고 있었다.

그 시선의 대상은, 지크.

"이제 티아라 님을 구실로 삼지 않을 거야! 후즈야즈도 상관없어!! 지금부터 하는 말은 『성인』도 『신의 화신』도 아닌 나 자신의 말! 언젠가 『대영웅』이 될 예정인 나, 바로 『라스티아라』가!! 그 마음을 전해야만 해! 어머니를 위해서라도! 지금 당장!!"

나는 그 외침이 지크만을 향한 것이 아니라, 주위 관객들에 대한 자기소개이기도 하다는 것을 알 수 있었다. 지금 이 자리에서, 모두가 알 수 있도록 해답을 내겠다는 의지가 역력하게 엿보였다.

나는 조바심을 내면서, 그 강행을 말리려 했다.

"지, 지금 당장?! 아니, 잠깐! 잠깐잠깐잠깐!"

"예전에 얘기했었잖아? 『재탄생』 의식이 끝나면, 나와 카나미의 사랑이 진짜인지 아닌지를 확인하겠다고……!"

"아니, 그건 나도 알지만……, 그런 건 어디 방이라도 잡고 단둘이서 하든지 말든지 해! 지금 당장 해야 할 일이 아니라고! 절대로!"

"단둘이서 하면 어쩐지 부끄럽잖아!"

라스티아라는 도통 이해할 수 없는 논리로 되받아쳤다.

자세히 살펴보니, 라스티아라의 얼굴은 다시 빨갛게 물들어 있었다.

　지금부터 시작될『사랑을 확인』하는 행위에 대해, 본인이 가장 부끄러워하고 있는 것이다.

　"부, 부끄럽다고?! 도대체 뭘 하려는 건데?!"

　"뭘 하긴……, 그야 당연히『고백』이지! 진정한『고백』을 하는 거야!!"

　"뭐라고?!"

　『고백』이라고 했다.

　이 자리에서 인생을 건 일생일대의『고백』을 하기로 마음먹은 모양이었다.

　사춘기에 돌입한 건지 아직 돌입하지 않은 건지 애매모호한 이 4세 아동의 폭주는, 더 이상 막을 길이 없었다. 스킬『악감』도 그런 확신을 뒷받침해 주었다.

　내가 입을 다문 것을 보고, 라스티아라는 한 발짝 한 발짝 앞으로 나아갔다.

　마치 투기장 안에서 대전 상대를 향해 걸어가는 결투가 같은 걸음걸이였다. 그 얼굴이 부끄러움에 새빨갛게 물들어 있지만 않았다면, 그녀가 지금부터 하려는 행위가『고백』이라는 걸 짐작도 하기 힘들었을 것이다. 주위 관객들의 감상도 같았는지, 라스티아라의 서투른 모습에 큭큭거리며 웃고 있었다. 하지만 라스티아라는 그런 나와 관객들의 반응 따위는 안중에도 없이 걸어가서──

　"카나미이──!!"

지금부터『고백』하려는 상대의 이름을 목청껏 외쳐 불렀다.

부끄러움을 무마하려고 무작정 소리부터 치고 본 것 같다는 느낌이 역력하게 묻어나는 외침이었다.

"그래, 나는 도망치지 않아!! 라스티아라——!!"

그건 지크도 마찬가지였다. 라스티아라와 똑같이 서툴렀다.

지금 라스티아라가 하려 하는『고백』을 예측하고, 그 역시 새빨갛게 물든 얼굴로 맞고함치고 있었다. 솔직히, 체면을 의식하는 지크 입장에서 이건 최악의 상황이라 해도 과언이 아닐 것이다. 아까 얘기했다시피, 장소를 옮기고 싶다는 생각이 머릿속에 가득할 게 틀림없다.

그럴 테지만, 이제 와서 쓸데없이 마음의 힘을 발휘하려 하고 있었다.

내 주인들은 바보들이다 보니, 진정한 사랑이라면 그 어떤 상황에서도 사랑을 외칠 수 있어야 한다고 생각하는 것이리라.

지금까지 겪어 온 경험들을 통해 얻은 교훈들——여기서 도망치면 안 된다는 것, 여기서 거짓말을 해서는 안 된다는 것, 여기서 오인하면 안 된다는 것, 여기서 본심을 주고받지 않으면 후회하게 된다는 것——을 바탕으로, 결코 물러서지 않겠다는 의지를 보이고 있었다. 두 사람 모두, 참 쓸데없는 의지였다.

지금, 이 순간, 지크 역시『고백』하기로 결의했다.

그리고 이 두 번째『고백』이 바로, 오늘의 진짜 승부.

그런 각오가 느껴지는 표정으로, 지크도 한 발짝 앞으로 나섰다. 반파된 11번 십자로에서, 후즈야즈 시민들이 지켜보는 가운데, 마주 보고 선 두 남녀. 지크와 라스티아라.

그리고 본의 아니게 그 모습을 지켜보고 있는 나. 라이너 헤르빌샤인.

집에 가고 싶다……!

진심으로 집에 가고 싶다……!!

이 부끄러운 2인조의 관계자로 취급받는다는 사실만으로도, 내 얼굴까지 빨개질 지경이었다. 당장이라도 모른 척하고 도주하고 싶었다. 아니, 말리고 싶었다. 할 수만 있으면 말리고 싶었다.

하지만 오늘 하루 종일 거듭된 전투에 시달리느라 기진맥진한 내 힘으로는, 둘 중 누구도 당해낼 수 없었다.

최악이다……!

최고 같지만 최악인 결말 앞에서, 나는 얼굴을 찌푸렸다.

그런 내 눈앞에서, 두 사람의 진정한 『고백』이 시작되었다.

"미안해, 카나미. 나, 지금까지 도망만 쳐 왔어……."

먼저 라스티아라가 사과의 말로 선공에 나섰다.

지금 시작되는 것이 『고백』이라는 걸 알고 있는데도, 결투를 방불케 하는 긴장감이 느껴졌다.

조금이라도 잘못된 선택은, 곧 파멸. 두 사람은 그런 생각이 들 만큼 진지한 표정으로 서로를 노려보았고, 지크가 후공에 나섰다.

"도망쳤다는 건, 나나 마리아에게서 도망쳤던 걸 얘기하는 거야?"

"응, 그것도 있지만……. 카나미가 나를 좋아한다고 했을 때, 싫어한다는 말로 넘긴 것 말이야. 오해의 소지가 있는 것 같으니까 고쳐 말할게. 나는 티아라 님의 이야기를 버렸던 카나미가 싫었고, 내 이야기를 구해준 카나미가 좋았어. 종합적으로 따지면, 많이 좋아해. 아주 좋아해."

새빨갛게 달아오른 얼굴의 라스티아라가, 정처 없이 시선을 이리저리 옮기며 "좋아해"라는 말을 되풀이했다.

그 말에, 지크는 고개를 가로저으며 대답했다.

"괜찮아. 그 얘기는 이미 세라 씨에게 들었으니까, 걱정할 것 없어."

"세라가……? 그랬구나. 세라한테 고맙다고 얘기해야겠네."

토할 것 같았다.

아까부터 뻔뻔스럽게 대놓고 이런 얘기를 지껄이고 있지만, 여기는 사람들의 눈길이 없는 조용한 곳이 아닌, 후즈야즈에서 가장 왁자지껄한 11번 십자로인 것이다.

주위에는 천 명 가까운 눈길들이 늘어서서, 속물 같은 호기심 가득한 시선으로 그들을 응시하고 있었다.

나는 분명 『고백』과는 무관한 사람이지만, 두 사람을 모시는 기사라는 이유만으로 민망해서 죽을 것 같은 기분이었다. 두 사람도 분명 그런 내 심정을 알고 있으련만, 자기들의 기사 따위에는 안중에도 없이 얘기를 이어갔다.

"그래도 다행이야. 네 입을 통해 똑똑히 들으니까 마음이 놓여."

"아니, 아직 아냐. 카나미, 아직 안심하면 안 돼. 오랫동안 나는, 우리의 좋아하는 마음을 의심해 왔었어. 나에 대한 카나미의 호감도, 카나미에 대한 나의 호감도, 전부 천 년 전 티아라 님의 존재에 의한 호감이 아닐지 의심해 왔어! 그러니까, 지금 확인하지! 의심의 여지를 없애는 거야!"

2주일 전에 지크의 『고백』을 거부한 이유는 단순했다.

그 고백에 담긴 사랑을, 라스티아라가 믿지 못했기 때문이었다.

티아라 씨의 인생을 보고, 카나미에 대한 자신의 감정이 실은 티아라 씨 것이 아닐까 하는 생각에 빠져 있었다. 지크도 티아라 씨의 잔상을 보고 있는 것일 뿐, 정말로 사랑하는 건 자신이 아닐 거라고 생각했다. 그 의심이, 지금 걷혀 나갔다.

"티아라 님은 우리의 행복을 기원하며 사라졌어! 그러니까, 우리의 사랑이 진짜가 아니라면……, 티아라 님에게 너무 죄송한 일이야!!"

그리고 이 수많은 사람의 시선 앞에서, 드디어 직구를 던졌다.

"카나미! 정말 나를 좋아해?!"

"좋아해! 항상 얘기했잖아! 너는 내 『단 하나뿐인 운명의 사람』이라고!"

지크는 잠깐의 주저도 없이 대꾸했다.

그 모습을 본 나는 아연실색했다.

구역질과 함께, 낯부끄러움에 빨갛게 물들었던 얼굴이 조금씩 파랗게 질려 갔다.

왜일까.

나는 두 사람을 모시는 기사이면서도, 마치 두 사람의 보호자 같은 기분으로 두 사람이 저지르는 일을 지켜보고 있었다. 아마, 부끄러움의 크기로 따지면 두 사람보다 내가 더 클 것이다.

집에 가고 싶어서 눈물이 날 것만 같았다.

"정말?! 미리 말해 두지만, 난 아주 귀찮은 여자야! 정말 최후의 순간까지 좋아하겠다고 장담할 수 있어?!"

"장담할 수 있어! 무슨 일이 있더라도, 마지막까지 그렇게 말할 자신이 있으니까, 『단 하나뿐인 운명의 사람』이라고 생각하는 거야!"

아니, 이제 정말로 눈물이 나기 시작했다.

반쯤 울다시피 하면서, 나는 두 사람의 『고백』에 끼어들었다.

"이, 이봐……. 이거, 정말 내가 꼭 들어야 하는 거야……?"

주위의 관객들 사이에서 "둘을 방해하지 마"라고 따지는 듯한 시선과 혀 차는 소리가 날아드는 느낌이었다. 하지만 그런 것보다는 자신의 정신적 건강이 중요했기에, 나는 조금씩 두 사람에게서 멀어져 가며 주장했다.

"이제 나는 필요 없잖아? 이제 여기 있을 의미가 없잖아?

이봐……, 이봐! 내가 움직인 거리만큼 차원마법으로 끌고
가지 마! 무섭잖아!"

내가 뒷걸음을 치면, 지크가 차원마법 ≪디폴트≫로 나를
원래 자리로 끌어다 놓는 바람에, 두려운 현상이 벌어지고
있었다. 왜 그런 짓을 하는 건가 싶어 지크 쪽을 쳐다보니,
지크는 진지하기 그지없는 얼굴로 부탁했다.

"부탁이야, 라이너. 여기 있어 줘. 네가 여기 없으면 불안
해서 그래. ……만에 하나 도망치면, 등에 대고 마법을 쏠
거야."

"그럼 죽잖아!!"

혼자서『고백』하는 건 불안하니까 같이 있어 달라니, 그게
무슨 처음으로 고백하는 학원의 어린 여학생 같은 소리냐!

애초에 이건 부탁이 아니라 명령이잖아!

내가 작정하고 도망치려 해 봤자, 차원마법 ≪디폴트≫가
있는 한, 탈출이 가능할 리 없다.

쓸데없이 사기같이 강력한 마법 때문에, 강제적으로 이
자리에 붙잡혀 있어야 하는 것이다.

아, 끔찍한 악몽이다……!

"나도 카나미를 좋아해……. 하지만, 자신이 없어."

"자신이 없다고? 라스티아라, 그게 무슨 뜻이지……?"

아무 일도 없었다는 듯『고백』을 재개하는 두 사람의 모습
에, 나는 더 이상 아무런 생각도 하기 싫어졌다. 도망치고
싶어도 도망치지 못한 채 두 사람의 공격을 견뎌야 하는 상

황이니, 결국은 감정을 버리는 수밖에 없었다.

그래. 티아라 씨의 지도를 떠올리는 거다.

죽음의 위기를 거듭 겪던 그때처럼, 무심하게 이겨내는 것만을 생각하란 말이다.

이제 내가 할 수 있는 일은 그것밖에 없었다.

정신줄을 놓아 가는 내 앞에서, 두 사람의 대화가 이어졌다.

"내 사랑은 말이야, 보통 사람들의 사랑과는 조금 달라……. 내가 알고 있는 책이나 연극에 나오는 것과는 다르다고 해야 하나, 이상하다고 해야 하나……. 저기……."

"보통과는 다르다고? 미안, 아직 잘 모르겠어."

"으~음, 사랑에 빠지는 이유나, 끌리는 점이 보통 사람들과는 다르다고나 할까?"

"끌리는 점이? 그럼 일단 한 번, 라스티아라가 나에게 끌린 게 어떤 점 때문이었는지 얘기해 주겠어?"

잠시 고민하다가, 지크는 약간 기대에 부푼 표정으로 요구했다.

"응, 그건 바로 얘기할 수 있어! ……난 말이야! 카나미가 다른 여자애들을 상대로 당황해서 어쩔 줄 몰라 하는 모습이 가장 좋아! 보고 있으면 얼마나 즐거운지 몰라!!"

"……어. ……엥? 그런 면이 좋았다는 거야? 뭐랄까, 나의 강하고 든든한 면 같은 것에 반한 게 아니라……?"

"그건 절대 아닌데~."

기대했던 것과 전혀 다른 대답이 돌아오는 바람에, 지크는 "저, 절대 아니구나······"라며 충격에 휩싸였다.

아니, 왜 충격을 받는 거냐. 당연한 거잖아.

약간 삐딱해진 나는 마음속으로 태클을 걸었다.

"난 있지! 카나미가 디아와 둘이서 미궁을 탐색하는 걸 생각만 해도 가슴이 두근거렸어! 어떻게 미궁을 공략하고, 어디서 좌절할지, 얼마나 기대됐나 몰라! 마리아와 함께 집에서 요리를 하는 카나미를 보기만 해도 실실 웃음이 나왔어! 앞으로 둘이서 어떻게 친해질지, 지켜보고 싶어서 견딜 수가 없었어! 스노우와 함께 길드 생활을 하면서 영웅처럼 싸우는 카나미도 좋았어! 평소와는 다른 식으로 고생하는 모습을 보고 있으면 웃음이 그치지 않았어!! 하여튼, 나는 열심히 애쓰는 카나미가 좋아! 정말 좋아!!"

라스티아라는 해맑은 웃음을 지으며, 자신의 고약한 취향을 폭로했다.

아무런 관계도 없는 관객들은 그 말을 듣고 재미있다는 듯 "우와아" 하고 탄식을 터뜨렸지만, 관계자와 지크는 다른 의미에서 "우와아" 하고 탄식했다.

이런 건 외부인이 보기에는 재미있는 법이다.

하지만 친구나 가까운 사람이 이런 짓을 벌이면, 웃을 수만은 없게 된다.

"나는 카나미를 좋아해. ——하지만 말이야, 거기에 **내가 있어야 하는 건 아냐**. 내가 그 자리에 없더라도, 나는 카나미를 좋아한다고 자신 있게 말할 수 있어. 다른 사람들과 다르다고 한 게 바로 그 부분이고……, 나 자신의 감정에 대해 자신을 잃었던 것도 그 부분 때문이었어."

표정으로 보아, 그게 본인 입장에서는 지극히 진지한 고민이라는 걸 알 수 있었다.

예전부터 알고 있었던 거지만, 라스티아라의 사랑은 너무나도 만능인 것이다. 『다른 사람을 대체하기 위해 만들어졌다』라는 특수한 출신 때문에, 허용할 수 있는 범위가 남들보다 훨씬 넓었다. 너무나도 관대하게 만들어진 것이다.

게다가 하인 형님과 팰린크론의 교육을 받으면서, 자신의 인생마저 하나의 연극처럼 즐기는 버릇이 생겨 버렸다.

"이런 걸 정말 좋아한다고 해도 되는 걸까?! 마리아나 다른 애들의 애정에 비하면 너무 가벼운 것 아닐까?! 같은 사랑이라고 표현하는 것 자체가 염치없는 짓 아닐까 하는 생각까지 들어!!"

라스티아라는 상반되는 감정을 한데 담아서 외쳤다.

더없이 보기 좋은 미소로, 하지만 미간을 한껏 찌푸린 채, 자신의 성적 취향을 물었다.

"하인 씨처럼 죽는 한이 있어도 마음을 숨기면서 헌신하고 싶다는 생각까지는 안 해! 디아처럼 놓치고 싶지 않다는 마음에 미쳐 버릴 정도도 아냐! 마리아처럼 죽여서까지 빼앗으려 드는 정열도 없어! 스노우처럼 항상 감시해야 직성이 풀릴 정도의 불안도 안 느껴! 티아라 님처럼 몇 년 동안에 걸쳐 쌓아 온 마음도 없어! 카나미의 여동생처럼 태어날

339

때부터 항상 같이 있었던 것도 아냐!!"

그리고 카나미를 좋아하는 여자들을 하나하나 열거하며, 자신이 가장 어울리지 않는 사람임을 토로했다. 자신감을 상실한 진짜 이유를, 이제야 제대로 얘기한 것이다.

"——내 사랑은 가벼워!! 너무 가벼워서, 모두의 사랑과 운명에 이길 자신이 없어! 아니, 이겨서는 안 된다고 생각해! 세상에서 카나미를 제일 좋아하는 게 내가 아닌 이상, 아무래도 한 발짝 물러서는 게 옳다는 생각이 들었어!!"

다른 사람을 제치고 행복을 쟁취하려 노력하는 힘이, 라스티아라에게는 없었다.

지나칠 정도로 예의가 바른 성격이다 보니, 사랑 이야기에서는 가장 깊은 사랑을 가진 자가 승리해야 한다는 신앙을 갖고 있었다.

본능적으로 연극의 규칙을 준수하려 든다.

그 특수한 사고방식을 듣고, 지크는 거침없이 대답했다.

나처럼 귀찮다고 내팽개쳐 버리는 일 없이, 진지하게 라스티아라의 생각을 들어 주었다.

"가벼운 게 뭐 어떻다는 거야?! 그 정도 마음을 갖고 살아가는 사람들은, 세상에 수도 없이 널려 있어! 별생각 없이 부부가 되고……, 그러고도 만족하는 남녀도 있어! 아니, 오히려 하인 씨나 다른 여자애들의 사랑이 너무 무거운 거야!"

"그, 그런 거였어……?! 아니, 만약 정말 그렇다고 해도 마찬가지야……! 카나미에 대한 내 사랑이, 다른 애들과 비교해서 가장 불순하다는 건 의심의 여지가 없잖아!"

라스티아라는 지크의 정론에 고개를 가로젓고, 자신에 대한 비하를 이어 갔다.

"나는 카나미를 좋아하지만, 카나미 주위의 이야기를 그보다 더 좋아해! 사람 그 자체에는 관심도 없이, 그 사람이 겪는 로맨틱한 상황에만 이끌리는 거야! 솔직히 말해 최악이잖아?! 내면이 아닌 외면만 보는 정도를 넘어서, 카나미의 이야기만 좋아하는 거니까! 그 성장환경을, 운명을, 이야기를 보고 재미있어하는 것뿐이야!! 팰린크론과 하인 씨의 안 좋은 면만 모아 놓은 것 같은 취향이잖아! 그렇게 가십거리에만 환장하다니, 내가 생각해도 재수 없는 성격인걸!"

"그 정도는!! 너를 처음 만났을 때부터 알고 있었어! 너는 완전 밥맛없는 성격인데다, 스릴이라면 사족을 못 쓰고, 무섭고, 가십에 환장하고! 정말 한심하기 짝이 없는 녀석이야! 그래도, 나는 그런 네가 좋단 말이야!!"

"어, 에엥?! 그런 점이?! 카나미는 내 얼굴에 끌린 거 아니었어?!"

"그건 절대 아냐!"

아까와 똑같은 입씨름이, 서로 입장이 뒤바뀐 채 반복되었다. 라스티아라는 "어, 아니었어?!"라며 충격에 휩싸여 있었다.

보아하니, 상대가 자신에게 이끌린 이유를 서로 잘못 알고 있었던 것 같았다.

라스티아라는 지크가 자신을 좋아하는 이유가, 티아라 씨를 닮은 자기 얼굴 때문이라고 생각했던 모양이었다.

……그나저나, 지크의 그 고약한 취향은 여전하군.

저런 성격을 좋아하다니, 취향이 괴팍해도 너무 괴팍하다. 세라 씨와 마찬가지다. 솔직히, 나는 죽을 때까지 이해 못 할 것 같다. 내가 그런 무례한 생각을 하는 사이에도, 이야기는 이어졌다.

"나는 네 그런 면이 좋아! 그 덕분에 곁에 있어도 마음이 편하고, 즐거워서, 이세계에 온 상황에서도 웃을 수 있었어! 내가 그 점을 얼마나 고맙게 생각했는데!!"

"이, 이런 나를?! 카나미는 정말 나 같은 애가 좋다는 거야?!"

"좋은 점만 가진 사람이 세상에 어디 있어?! 좋은 점과 나쁜 점을 모두 받아들인 끝에 좋아하게 되는 거 아냐?! 사랑에서 시간이니 무게니 하는 건 중요하지 않아! 진심으로 좋아한다고 말할 수 있느냐 아니냐 하는 게 중요한 거야! 싫어하는 점이 없어서 좋아하게 되는 게 아냐! 좋아하니까, 싫어하던 점도 좋아하게 되는 거야!!"

아아, 버겁다…….

그냥 동석하고 있는 것뿐인데, 왜 이렇게 민망한 거지……?

주위에 관객이라도 없었더라면 그나마 좀 나았을 텐데…….

나와는 상관없는 일이다. 하지만, 낯부끄러워서 견딜 수가 없다!

그렇다고 여기를 떠날 수도 없다! 떠나려고 했다가는, 등 뒤에서 마법이 날아들 거다!

저 둘은 요즘 들어 나를 대할 때 인정사정 안 봐주니까, 진짜로 쏠 게 분명하다!!

"저, 정말 괜찮겠어?! 후회 안 할 자신 있어?! 내가 중시하는 건, 이야기! 그러니까 아마 카나미에게 높은 이상을 요구하게 될 텐데?! 카나미가 험한 일을 겪어도, 웃으면서 방치해 버릴지도 모르는데?! 매우 못된 짓을 할 수도 있는데?!"

"알 게 뭐야! 어차피 하루 이틀 겪는 일도 아냐! 그리고 나는, 네가 정말 힘든 상황에 처한 녀석을 외면하지 못하는 다정한 면도 갖고 있다는 걸 이미 알고 있어!"

"그리고, 나는 모두 다 행복해지지 못하는 건 싫어! 솔직히 말해서, 나는 디아나 마리아도 카나미 못지않게 좋아해! 스노우도, 리퍼도, 세라도, 모두 좋아! 그러니까 다 함께, 완벽하게, 아름답게, 웃으면서 끝나는 해피엔딩이 아니면 받아들일 수 없어! 그것 말고 다른 건 다 싫어! 카나미는 정말, 그런 나를 좋아해도 괜찮겠어?!"

내가 고통에 신음하는 동안에도, 『고백』 대결은 이어졌다.

솔직히, 그냥 내버려 두면 둘이서 주야장천 서로의 마음을 확인하려 들 것이다. 그런 확신이 들 정도의 열기였다. 얼굴을 자세히 살펴보니, 둘 다 눈의 동공이 풀려서 초점이 안 맞을 정도로 흥분한 상태였다. 당장이라도 눈이 핑핑 돌아 쓰러질 것 같아서 걱정될 지경이었다.

내 추측이지만, 이 『고백』이 끝나려면 냉정한 제삼자의 동의가 필요할 것이다.

내가 이 자리에 붙들려 있는 것도, 아마 그 때문이리라.

정말 내키지 않는 일이었지만, 나는 중매쟁이 노릇을 시작할 수밖에 없었다. 여러 가지 의미로 대미지를 입은 몸을 채찍질해서, 세상에서 가장 끼어들기 싫은 상황에 개입했다.

"——바보 아니냐, 라스티아라? 지금 카나미가 널 좋아해도 괜찮은 거냐고 물은 거냐? 당연히 괜찮지. 그렇게 얼굴이 새빨갛게 달아올라서, 이런 곳에서 자기 마음을 마구잡이로 퍼부어댔는데, 그래도 안 된다면 후즈야즈 시민 대부분은 연애를 해서는 안 되는 몸이 된다고. 불안한 점에 대해서는 지크가 다 확인해 줬잖아? 그런 마당에 뭘 더 걱정한다는 거냐? 잔말 말고 빨리 좀 끝내."

나는 지크와 라스티아라 사이에 끼어들었다. 그러자 두 사람은 기뻐서 어쩔 줄 모르는 얼굴로 나를 쳐다보았다. 이 둘은 대체 왜, 교제 상대의 보호자에게 교제 허락을 부탁해서 간신히 허가를 받은 것 같은 표정을 짓고 있는 거냐.

왜 그런 표정을 짓는 건지 이해할 수 없었다.

왜 내가 그런 역할을 떠맡아야 하는지 이해할 수 없었다.

목구멍까지 솟구친 불평을 애써 꾹 참고, 나는 말을 이었다.

"티아라 씨도 얘기했잖아. 이제 됐어. 이제 너를 속박하는 건 아무것도 없어. 자신 있게 말해도 돼. 자, 어서——."

그러니까, 빨리 좀 끝내 줘.

그렇게 기원하며, 나는 라스티아라의 등을 떠밀었다.

그리고 이 무모하기 그지없는『고백』의 마지막 순간이 찾아왔다.

답답하게 빙빙 돌기만 하던 마음과 마음의 충돌이, 가장 거침없는 말로 변환되었다.

"나는……, 나ㅡ으은ㅡㅡ!!"

라스티아라가 말을 꺼냈다.

지크의 바로 눈앞에 있음에도 불구하고, 그 조금의 거리조차 답답하다는 듯 다가들어서,

"카나미가 좋아!! 좋아해, 카나미!! 진짜 좋아해ㅡㅡ!!!!"

어린아이처럼『고백』했다.

그 외침은, 일대에 가득 울려 퍼졌다.

라스티아라의 무지막지한 심폐 능력 덕분에, 그 목소리는 마치 굉음과도 같이 모두의 고막을 때렸다.

11번 십자로 정도가 아니라, 후즈야즈 전역을 가득 채우는 게 아닐까 싶을 정도였다.

단순히 성량만 큰 게 아니었다. 언어에 감정이 실려 있어서, 세상의 잡음을 모조리 날려 버렸다. 그리고 11번 십자로는 갑자기 정적에 잠겨서, 무음의 세계가 펼쳐졌다.

주위 사람들은 한 명도 빠짐없이 일시적으로 잡담을 멈추고, 라스티아라를 주목하고 있었다.

모두가 마른침을 삼키며 동향을 지켜보고 있었다. 나도 마찬가지였다.

무수히 많은 시선이 지켜보는 가운데, 지크의 눈에는 살

짝 눈물이 맺혀 있었다.

오랫동안 알고 지낸 사이이기에, 나는 지금 주인이 감동에 말을 잃은 상태임을 알 수 있었다.

라스티아라가 지크를 좋아한다는 건 이미 뻔히 알고 있는 일이건만, 주인은 지금 이 순간까지 불안했던 것이리라. 수많은 실패를 겪느라 어떤 상황에서도 방심하지 않는 버릇이 든 탓에, 이 새콤달콤한 고백 무드 속에서도 임전 태세를 풀지 못했다. 누군가의 기습에 의한 역전을 경계해야만 했던 것이다.

머릿속 한구석에서, 무참하게 차였던 지난 기억을 떠올리고 있던 게 분명했다.

그런 끝에, 드디어 확신할 수 있는 승리까지 다다랐다.

처음 『고백』했던 것은, 2주 전의 대성당.

그때는 너무나도 준비가 부족했고, 돌발적이었다.

하지만 오늘은 달랐다. 티아라 씨가 밥상을 차려 준 데다, 나의 전면적인 지원까지. 게다가 최고의 고백 명소에, 더할 나위 없이 달콤한 분위기의 관객들까지 갖춰진, 그야말로 최고의 환경이 만들어졌다.

흠잡을 곳 없는 『고백』에, 흠잡을 곳 없는 호의였다.

"저, 저기── 대답은?"

불안했는지, 라스티아라는 머뭇머뭇 물었다.

우리가 느끼기에는 짧은 시간이었지만, 라스티아라에게 있어서는 무한처럼 기나긴 시간이었으리라. 좀처럼 대답해 주지 않는 지크를 보고, 정말로 불안한 듯 움츠러들어 있었다.

이윽고 지크가 입을 열었다. 걱정할 필요 없다고, 당연하다는 듯이——.

"그래, 나도 좋아해. ——라스티아라를 진심으로 사랑해."

라스티아라를 똑바로 응시하며, 장식적인 표현 따위는 하나도 쓰지 않고, 그러면서도 상대의 말보다 훨씬 크게 부풀려서 대답한 것이다.

그것은 서로의 사랑이 『진짜』이고, 서로가 서로를 사랑하고 있음이 『증명』되는 순간이었다.

1년의 시간을 들여서, 라스티아라는 드디어 여기에 다다랐다.

그 이후의 전개는 순식간에 이루어졌다.

라스티아라는 한 발짝 앞으로 나섰다. 안 그래도 가까웠던 거리가 한층 더 가까워졌다.

단 한 마디, 상대의 이름을 부르고는,

"카나미……!"

"——으음!"

사랑하는 이의 입술에, 자신의 입술을 포개었다.

지크는 놀라서 눈이 휘둥그레졌지만, 저항은 하지 않았다.

이내 마음을 가라앉히고, 지그시 눈을 감고 그 입맞춤을 받아들였다.

한동안 조용하던 주위에서 "오오" 하는 목소리가 터져 나오고, 이어서 박수 소리가 울려 퍼지기 시작했다. 갈채가 11

번 십자로를 가득 채워 나갔다.

그 뒤에 이어진 것은, 우렁찬 환호성. 두 사람의『고백』이 성공으로 끝난 것을 축복하는 목소리가 잇따라 터져 나왔다. "축하해" "잘 했어" "드디어 맺어졌네~" 등등, 마치 한 편의 연극 관람을 마친 것 같은 감상이었다.

물론 팬으로 보이는 몇몇 사람들이 비명을 지르기도 했지만, 그들도 이내 축복해 주는 분위기로 바뀌었다. 상황의 흐름을 거스를 수 없었던 때문이기도 했겠지만, 팬으로서 분위기 파악 못 하는 짓을 해서는 안 된다는 다짐가짐이 더 크다는 걸 알 수 있었다. 정말 최고의 장소에서, 최고의 관객들 앞에서『고백』한 셈이었다.

다만, 그 축복의 대홍수에 둘러싸인 두 사람은, 새빨갛게 물든 얼굴로 입맞춤을 한 채 굳어 있었다.

똑같은 자세 그대로, 미동조차 하지 않았다.

움직이는 건, 두 사람의 눈가에서 흐르는 눈물뿐.

저건 보아하니……, 감정에 휩쓸려 무턱대고 키스하긴 했지만, 뒷일에 대해서는 아무 생각도 안 하고 있었던 표정이군. 좋아, 기회다…….

지크와 라스티아라 모두 나에게 도움을 청하고 있는 것 같은 느낌이 들었지만, 나는 한숨을 내쉬며 돌아서서 하늘을 우러러보았다.

두 사람이 아무리 괴물 같은 자들이라도, 저 상태에서 나에게 마법을 쓸 수는 없을 것이다.

"하아……, 이제 정말로 끝났군."

끝났다.

여러 의미에서 끝났다.

아마 오늘 사건은 온 연합국의 화젯거리가 될 것이다.

또 하나의 전설이 탄생한 거라 해도 과언이 아니다.

정말 기나긴 하루였다. 참 많은 일이 있었다. 뒤처리해야 할 일도 산더미처럼 쌓여 있다.

우선, 근처에 쓰러져 있는 페데르트와 에밀리는, 어딘가 안전한 곳에서 협상을 해야만 한다. 덤으로 대성당에 포박된 라그네 씨도 회수해서, 오늘 벌어진 비정상적 사태를 은폐해야 한다.

다른 누군가가 보고서를 제출하기 전에, 내가 먼저 써야 할 것이다.

가능하면 등 뒤에서 사과처럼 빨간 얼굴을 맞대고 있는 두 사람도 같이 가 주면 좋겠지만——지금은 행복해 보이니까 그냥 내버려 둬야겠다.

두 사람의 저 행복한 시간을 지키는 것이, 기사인 나의 역할일 것이다.

귀찮은 뒤처리는 내가 마무리해 둬야겠다.

"좋았어!"

내가 해야 할 일을 결정한 나는, 자신의 뺨을 양손으로 한 번 치고, 발걸음을 내딛으려 했다.

그리고 마지막으로 딱 한 번.

내일부터는 종전보다도 훨씬 더 많은 커플이 찾아드는 데이트 코스가 될 11번 십자로를 관찰하였다.

후즈야즈 시민들이 환호성을 터뜨리고 있다.

그 시민들 뒤의 부부상이 부서져 있는 모습이 보였다.

그 맞은편에는, 1주일 전에 내가 앉아있던 벤치가 부서져 있었다.

이제 다시는 저기서 식사를 할 수 없으리라.

여러모로 만족하면서, 나는 걸음을 옮겼다. 몇몇 관객들의 눈길이 내게로 향했지만, 그 시선들도 이내 메인 스테이지 쪽으로 돌아갔다. 중매쟁이의 역할을 마치고 조용히 떠나려 하는 나를 막는 자는 없었다.

나는 두 주인을 둘러싼 무리 밖으로 빠져나왔다.

관객들의 고리는 생각보다 두꺼워서, 빠져나오는 것도 여간 고역이 아니었다.

그래도 그럭저럭 현장의 분위기를 해치지 않고 11번 십자로를 벗어나는 데 성공한 나는, 후즈야즈의 가도를 걸으며 혼잣말을 뇌까렸다. 내 품속에서 흔들리는 마력을 향해 대답하듯이.

"나도 알아, 티아라 씨. 진짜 싸움은 지금부터 시작이라는 거지?"

일이 그녀의 의도대로 진행된다면, 나중에 후즈야즈국 전체를 『과거시』로 뒤져 봐도, 오늘 일의 『진상』은 알아낼 수 없을 것이다.

『세계』도『사도』도『지크』도『그녀』도, 그 누구도——.

이제부터 시작될 싸움을 생각하기만 해도, 오한에 몸이 떨렸다.

이렇게 완벽한 해피엔딩으로 마무리되었는데도, 나의 스킬『악감』은 여전히 사라지지 않았다. 그 효과는 오히려 점점 더 강해지기만 할 뿐이었다.

가야 할 길은 아직도 멀었다.

그것을 증명하듯, 눈앞에 기나긴 가도가 이어져 있었다.

그리고 나는, 티아라 씨가 있던 후즈야즈의 대성당으로 이어지는 길을 따라 나아갔다.

오늘, 내 인생에 있어서 하나의 막이 일단락되었다는 건 의심의 여지가 없었다.

그것은 하인 형님에 대해 느끼던 죄책감일까, 지크 일행에게 느끼던 죄책감일까…….

구체적으로 표현하기는 힘들었지만, 중요한『사명』하나가 끝났다는 건 확신할 수 있었다.

하인 형님이 사랑했던 소년과 소녀는, 이제 행복을 찾았다.

그 두 사람의 행복한 모습을 보는 것은, 내 인생의 종착점 중 하나였다.

나는 아마, 방금 전에 본 두 사람의 새빨간 얼굴을 죽는 날까지 잊을 수 없을 것이다. 1년 전에 실패했던『재탄생』 의식은, 모든 이들이 원하는 형태로 끝났다. 1년 전에 하인 형님이 도달하지 못했던 지점에, 동생인 내가 대신 도달한 것이다.

그러나 아직 모든 게 다 끝난 건 아니었다. 나는 또 하나의 새로운『사명』을 얻었다.

종착점 너머에서 기다리고 있던 것은, 또 하나의 기나긴 길이었다.

다음 길은, 훨씬 길다.

다음 벽은, 훨씬 높다.

다음 싸움은, 훨씬 가혹하다.

하지만 우울한 기분은 조금도 들지 않았다.

앞으로는 지겨울 일 없이, 더없이 즐거운 인생을 살아갈 수 있을 거라는 식으로 생각할 만큼의 여유까지 있었다. 하인 형님이 죽은 뒤, 지크와 라스티아라의 목숨을 노리던 시절에는, 내가 이런 감상을 품게 될 거라고는 상상도 할 수 없었다.

정말 많이 달라졌다고 스스로를 살짝 칭찬하면서, 나는 시선을 살짝 들었다.

쾌청한 파란 하늘 아래.

진정한 내 인생의 시작은 지금부터라는, 막연한 생각이 들었다.

5. 『진상』

『**별빛 하늘의 이야기**』의 시작점.

그것은 대지를 뒤흔드는 마력의 울림이었다.

아니, 정확히 말하자면 마력이 아니라『마의 독』이라고 해야 할 것이다.

이 시대에는 아직 마력이라는 단어가 존재하지 않았다.

세계를 가득 채우고 있는『마의 독』이 진동해서, 건조물이 삐걱거리는 듯한 소리가 세계에 울려 퍼졌다.

어느 커다란 성의 벽에 커다란 균열이 생겨났다.

그 성의 이름은, 후즈야즈 성.

어느 대륙의 변경에 있는 소국, 후즈야즈가 자랑하는 섬이었다.

산과 숲으로 사방이 둘러싸인 천연 요새와도 같은 성은, 벌써 100년 가까이 후즈야즈의 권위를 지켜 오고 있었다. 광맥 등의 자원을 갖지 못한 후즈야즈국이 오늘까지 힘겹게 살아남을 수 있었던 이유 중의 하나가, 바로 이 성의 견고함이었다.

그래서 후즈야즈에서 태어난 사람들은 모두가 후즈야즈 성을 자랑했다.

그 성이 바로 나라의 상징이자, 번영의 증거라는 긍지를 갖고 있었다.

하지만 다른 나라 주민들에게 물으면, 하나같이 입을 모아서 "빼앗아 봤자 얻을 게 없는 계륵 같은 곳"이라는 대답만 돌아올 뿐이었다.

까놓고 말하자면, 후즈야즈국은 인근 국가들에게 방치되어 있었다.

그냥 내버려 두면 알아서 자연 소멸할 거라고 생각하는 나라까지 있을 만큼, 심각한 빈곤 문제에 시달리고 있었다. 그리고 그런 타국의 타산은 정확하게 적중했다.

만약 한 번이라도 더 재난이 발생했더라면 맥없이 멸망했을 것이다

플러스가 될 외부 요인이 없었다면, 1년 만에 자연 소멸했을 것이다.

──그러나, 후즈야즈는 살아남았다.

이 이후로도 천 년이 넘도록 살아남는다.

플러스가 될 외부 요인이 있었던 것이다.

그리고 후즈야즈에 찾아온 그 외부 요인은, 규격을 한참이나 벗어난 것이었다.

주변국의 예상을 뒤엎는 수준의 재앙이자, 『기적』.

그 규격 외 요소의 명칭은, 『사도』.

세 명의 사도. 그들의 방문이 이 소국의 운명을 뒤바꾸었다.

주인의 지식과 중용의 마음을 담당하는 사도, 『디프라클라』.

주인의 사랑과 정의의 마음을 담당하는 사도, 『시스』.

주인의 힘과 혼돈의 마음을 담당하는 사도, 『레거시』.

그 사도들은 후즈야즈 국에 눌러살며, 규격 외 요소를 늘려나갔다.

다음으로 나타난 규격 외 요소의 명칭은, 『이방인』.

첫 번째 『이방인』의 이름은 『아이카와 히타키』라 했다.

그리고 이날. 두 번째 『이방인』이 후즈야즈에 소환되었다.

조금 전에 발생한 『마의 독』의 울림은, 『이방인』 소환의 여파였다.

그 여파가 발생한 이후, 밤하늘 아래(대륙의 하늘은 항상 검은 안개로 덮여 있지만, 시간으로 따지면 지금은 밤이다), 성의 넓은 뜰에 수많은 병사가 정신없이 뛰어다녔다.

위엄 있는 갑옷을 입은 남자들이, 철컥철컥 금속 스치는 소리를 내며 뛰고 있었다.

아직 마법이라는 편리한 것이 존재하지 않던 시대였기에, 군속들이 갖추고 있는 장비는 기본적으로 무거웠다.

그리고 천 년 전과는 달리, 병사들의 성비는 10대0.

선발 기준은 체격과 완력뿐이기에, 병사들은 예외 없이 근육 빵빵한 거한들이었다.

풀플레이트 갑옷에 거대한 창을 든 거한들이 저마다 조바심 가득한 목소리로 소리치고 있었다.

"『소환되신 이방인님은 어디에 계신 거냐』……?!"

"『잠깐 한눈을 판 사이에』……!『무시무시하게 빠르신 분이야』……!!"

"『무슨 일이 있어도 붙잡아서 모셔와』!『그분은 사도님들

께서 희망이라고 부르시던 분이시다』!"

"『이번 이방인님도 희한한 의상에 검은 눈, 검은 머리다』! 『헷갈리지 마라』!!"

남자들은 『이방인』을 필사적으로 찾고 있었다. 그들이 탐색 대상을 정중하게 대우하려 있다는 점은, **대화 내용만 알아들을 수 있다면** 알 수 있었을 것이다.

하지만 슬프게도, 현실은 그렇게 간단하지 않았다.

병사들이 뛰어다니고 있는 정원 안, 그 한쪽 구석에 있는 나무들 중 한 그루.

나무 뒤에 숨어있는 흑발 흑안의 소년은 겁에 질린 채 중얼거렸다.

"뭐, 뭐야…… 대체 뭐야, 이거……"

소년은 아직 이 세계의 언어를 알아듣지 못했다.

영어와도 다르고 일본어와도 다른 『이세계어』는, 맷돌로 갈아 놓은 것처럼 도저히 알아들을 수가 없었다.

거한들이 살벌한 얼굴로 주문 같은 목소리를 뇌까리고 있는 모습을 본 소년이 느낀 것은, 오로지 공포뿐.

붙잡히면 무슨 꼴을 당할지 알 수 없다.

단순히 죽기만 하는 거라면, 그나마 나을지도 모른다.

죽음보다 더 끔찍한 꼴을 당할지도 모른다.

그런 생각을 하는 것도 무리는 아니었다.

우선, 이날 소년이 소환된 지점은, 현대적 감각을 가진 그를 미쳐 버리게 만들기에 충분한 지하실의 마법진 위였다.

촛불만이 아른거리는 어둠 속에서, 로브를 뒤집어쓴 수상한 인물들이 그를 둘러싸고 있었다. 게다가 그 인물 중에는, 척 보기에도 이 세상 사람 같지가 않아 보이는『괴물』도 있었다. 판타지 창작물에 흔히 등장하는『엘프』며『수인』같은 외모를 가진 자들도 있었다.

그가 반사적으로 도망친 것도 무리는 아니었다.

그리고 도망친 소년은 나무 뒤에서 숨을 죽이고 있었다.

병사들에게 들키지 않도록 살금살금 이동했다.

걸으면서, 그는 자신이 요새 같은 곳에 있다는 점을 이해했다. 이것 역시 그가 살던 시대의 감각과는 완전히 동떨어진 공간이었다. 자신이 왜 이런 곳에 있는지, 이유를 짐작조차 할 수 없었다.

『혼란』은 점점 커지기만 했다.

소년은 냉정하게 상황을 정리해 보지도 못한 채, 정신없이 걷기만 했다.

다만, 아무것도 모르는 와중에도, 단 한 가지 상황만은 이해할 수 있었다.

숨을 헐떡이며 이동하는 과정에서 느껴지는 감각이 있었다.

"하악, 하악, 하악――! ……어?!"

이상하리만치, 공기가 **맛있었다.**

도시의 공기와는 전혀 다르다는 걸, 단 한 번의 호흡만으로도 알 수 있었다.

너무나도 짙고, 신선하고, 달콤한 공기.

그 덕분인지, 몸이 가벼웠다. 평소보다 확연하게 컨디션이 좋았다. 그 덕분에 병사들에게서 도망치는 데 성공한 거라 해도 과언이 아니었다.

불운 속의 행운에 감사하면서, 소년은 주위를 둘러보았다.

"어디 좀……, 숨을 만한 곳이……."

숨는다고 해서 문제가 해결되는 건 아니라는 점은 알고 있었다. 가장 좋은 방법은, 이 요새에서 도망치는 것이다. 하지만 소년은 우선 차분하게 마음을 가라앉힐 수 있는 공간이 필요했다.

소리가 나지 않도록 숨을 죽여 가며 주위를 둘러본──바로 그때였다.

"──────, ──────."

"어?"

멀리서 낭랑한 노랫소리가 들려왔다.

노래……, 가 맞는 걸까?

맞을 것이다.

그 노래에 홀린 듯, 소년은 경직되었다.

아까 정신없이 뛰어다니던 남자들의 목소리와는 비교도 안 될 만큼 아름다운 목소리였다.

주문처럼 알아들을 수 없는 언어인 건 마찬가지였지만, 그 목소리에서는 신비로운 매력이 느껴졌다.

목소리의 톤으로 미루어보아, 소년은 그것이 젊은 여성의 목소리일 거라고 짐작했다.

그리고 마치 『마법』에라도 걸린 듯, 소년은 노랫소리가 들려오는 방향으로 발걸음을 옮겼다. 지금까지 줄곧 굵은 목소리의 남자들에게 쫓겨 다닌 탓인지, 그 높고 부드러운 목소리에 마음이 이끌린 것이다. 물론 남자보다 여자가 더 부드러운 태도로 대해 줄 거라는 계산도 있었으리라.

걸어가는 길에, 다수의 탑을 발견했다.

보초며 물자 보관 등, 다양한 용도를 가진 탑들이 성안에 늘어서 있었다.

그 가운데 하나.

성의 부지 내부 한쪽 구석, 눈에 띄지 않는 곳에 서 있는 석조 탑에서 노랫소리가 들려오고 있었다.

후즈야즈 성의 탑 중에서 가장 특수한 영역.

소년은 그 석조 탑을 향해 걸어갔다.

주위에 병사들이 없는 것을 확인하고 나서, 소년은 탑의 문 앞까지 다다랐다.

주저 없이, 천천히 문을 향해 손을 뻗었다.

다행히도 문은 잠겨 있지 않았다. 다만, 기이이익 하고 예상보다 큰 소리가 났기에, 허둥지둥 안으로 들어가서 문을 닫아야 했다.

탑 내부는 외견보다도 더 소박했다.

쓸데없는 물건은 하나도 없이, 성의 벽을 타고 오르는 석조 나선계단이 있을 뿐. 문득 고개를 들어 보니, 꼭대기에 방 하나가 있는 게 보였다.

탑 안으로 들어오니, 노랫소리가 한층 더 크게 들려왔다.

소년은 탑 안을 걸었다. 아직 혼란에 빠져 있었기 때문인지, 아니면 정말로 『마법』에 걸린 건지……, 마치 노랫소리에 이끌리듯이 걸어갔다.

석조 계단을 한 발짝씩 올라갔다.

상당히 많은 계단이었지만, 그리 힘들이지 않고 오를 수 있었다.

그 계단 끝에는 하나의 문이 있었다.

서양의 그림에 나올 법한 고풍스러운 목제 문에, 낡은 자물쇠가 하나 걸려 있었다. 어쩌면 헛걸음을 한 걸지도 모르겠다고 생각하면서, 소년은 자물쇠를 어루만졌다.

그랬더니, 그 자물쇠는 묵직한 소리와 함께 계단에 떨어졌다.

너무 낡아서 부패한 게 아니었다. 사슬로 엮인 자물쇠는 처음부터 자물쇠의 기능을 갖고 있지 않았고, 단순히 문손잡이에 얽혀 있을 뿐이었던 것이다.

신기하다는 생각보다는, 너무 무방비한 것 아닌가 하는 생각부터 들었다.

하지만 문 잠그는 걸 깜박하는 건 흔히 있는 일이라 판단하고, 주저 없이 문손잡이를 움켜쥐었다.

그리고 이번에도 끼이이익 하는 커다란 소리를 내며 문이 열렸다.

순간, 소년의 몸에 서늘한 밤바람이 휘몰아쳤다.

바람 때문에 눈이 감길 뻔했다. 하지만 소년은 눈을 감지
않았다.

눈앞의 광경에 시선을 빼앗겨서, 눈을 감을 수가 없었던
것이다.

탑 최상층에 있는 방.

그 안은, 탑 계단의 소박함과는 정반대로 요란하고 잡다
한 분위기였다.

짙은 고동색 융단이 가득 깔려 있어서, 석조 바닥이 보이
지 않았다. 그 위는 근사한 장식 조각이 새겨진 목조 가구
로 가득했다. 중앙에는 테이블. 그 옆에는 흔들의자가 하나
있고, 벽에는 장식장이 늘어서 있었다. 그 모든 가구에는 책
으로 보이는 대량의 양피지 다발들이 놓여있었다. 그 양피
지 다발들은 테이블 위를 가득 채우고, 흔들의자 위에서는
사람 대신 책이 흔들거리고 있고, 장식장 안에도 위에도 옆
에도 책들이 빼곡하게 들어차 있었다.

방 안에는 창문이 하나 있었다.

새까만 하늘이 내다보이는 창문 바로 옆에는 목조 침대가
하나. 침대 위에는 대량의 책들이 빼곡하게 널브러져 있어
서, 침상으로서의 기능을 발휘할 수 없는 지경이었다.

그 침대에 한 소녀가 앉아있었다.

흰색 같기도 하고 황색 같기도 한 반짝이는 머리칼을 길
게 늘어뜨리고, 얇은 옷을 두 벌 정도 겹쳐 입고 있었다. 나
이는 소년보다 서너 살 어려 보였고, 키는 둘이 나란히 서

면 소녀의 머리가 소년의 허리 정도에 닿을 정도쯤 되어 보였다.

그 소녀는 봉제 인형 같은 것을 쿠션처럼 안고, 담요를 양손으로 잡아서 목까지 끌어올린 채, 방 안에 들어온 소년을 놀란 표정으로 쳐다보고 있었다.

노랫소리는 이미 멎어 있었다.

그 노랫소리는 소녀의 것이었고, 소년이 들어오는 바람에 중단된 것이다.

우선 소년은, 그 아름다운 노래를 방해한 것을 부끄럽게 느꼈다.

그런 걸 따지고 있을 상황이 아니련만, 일단 사과해야겠다는 생각부터 떠올랐다.

"미, 미안……. 아름다운 노랫소리가 들려오기에……, 어떤 사람이 노래하는 건지 궁금한 마음에……."

고개를 숙였다. 그러자 소녀는 고개를 갸웃거리며 대답했다.

"『안녕』……?『오빠』,『왜 여기에』……?"

"으음……, 나는 이쪽 말을 못 알아들어."

"『응』?『잠깐』,『뭐라고 한 거야』?"

서로 말이 통하지 않았다.

소년과 소녀는 곤혹스러운 표정으로, 어떻게든 의사소통할 방법을 찾으려 했다.

우선 소년이 보디랭귀지라는 수단을 시도했다.

어설픈 제스처를 동원해서, 어떻게든 "나는 적의가 없다는 것" "나도 모르는 사이에 끌려왔다는 것" "무서운 사람들에 쫓겨서 난감한 상황이라는 것", 그 세 가지를 전하려 애썼다.

총명한 소녀는, 눈앞에 있는 사람이 제스처로 의사소통을 시도하고 있다는 것을 곧바로 이해했다. 소년의 움직임을 빤히 응시하며, 그 의도를 읽으려 했다.

그러나 그 진지한 표정은 오래 가지 못했다.

"『후훗』──."

아주 작은 소리였지만, 그것은 분명 웃음소리였다.

우스꽝스럽게만 보이는 소년의 어설픈 몸동작을 보고, 참다못해 웃음을 터뜨린 것이다.

궁지에 몰린 소년의 절박한 표정 때문에, 그 몸동작은 더더욱 우스꽝스럽게 보였다.

"응. 그래, 그럴 줄 알았어……."

소년은 약간 체념한 표정으로, 자신의 어설픈 제스처를 떠올리고 얼굴을 붉혔다.

하나씩 차근차근 얘기하면 됐을 텐데, 괜히 세 가지를 한 번에 전하려다가 우스운 꼴을 보이고 말았다는 것을 스스로도 깨달았다.

소녀의 아름다운 웃음소리가 울려 퍼졌다.

그리고 방의 창문이 열려 있는 이상, 그 웃음소리는 당연히 탑 밖으로 새어 나갔다.

그 웃음소리에 반응해서, 밖에서 우렁찬 목소리가 대답했다.

『공주님』!『거기에 누가 있는 겁니까』?!"

아까 그 병사들의 목소리였다.

소년을 찾아다녔지만 발견하지 못한 병사들이 석조 탑 아래서 수색을 벌이고 있었던 모양이었다.

소녀는 곧바로 침대 위에서 몸을 일으키고, 창밖으로 고개를 내밀어 외쳤다.

"『아니』!『그냥 평소처럼 혼잣말을 하던 거야』!『너희들은 거기서 뭐 하고 있어』?!"

타고난 거짓말쟁이인 소녀는, 반사적으로 상황을 얼버무렸다.

소년과 마찬가지로 혼란에 빠진 건지, 아니면『마법』에라도 걸린 건지……, 소녀도 이끌리듯 소년과 같은 길을 걸었다.

"『그게』……,『손님께서 성안에서 길을 잃으시는 바람에』『모두 나서서 찾고 있는 중이었습니다』!"

"『손님이 오셨어』……?"

"『특징은 검은 머리와 검은 눈』!『한 번 보시면 바로 알아보실 수 있을 겁니다』!"

소녀는 병사들이 찾고 있는 인물이 이 석조 탑에 흘러들어온 소년이라는 것을 이해하고, 방 안으로 눈길을 돌렸다.

시선 앞에는, 불안한 표정으로 이쪽을 쳐다보는 소년이 있었다.

그 소년을 보고, 소녀는 즉시 판단을 내렸다.

그것은 별것 아닌 변덕이었다. 하지만 필연성 있는 변덕이기도 했다.

1년 넘게 이 방에 갇혀 있었던 소녀가, 우연히 흘러 들어온 소년과 조금 더 이야기해 보고 싶다고 생각하는 건 당연한 결과였다.

이 석조 탑 안의 소녀에게는, 그런 판단을 내릴 수밖에 없는 경위가 있었다. 그렇기에, 거짓말을 한 번 더 보탰다.

『알았어!』『이 창밖으로 보이면』『너희들을 부를게.』"

소녀는 창밖을 향해 목청껏 대답하고, 힘차게 손을 흔들었다.

『감사합니다.』『그럼 저희는 수색 작업에 복귀하겠습니다.』!"

병사는 그렇게 대답하고, 다시 밖에서 수색을 개시했다.

멀어져 가는 병사들의 발소리를 듣고, 소년은 소녀가 추적자들을 쫓아내 주었다는 사실을 이해할 수 있었다.

아까 그 멍청해 보이는 제스처가 통한 건지도 모른다는 생각에, 소년의 표정에 화색이 돌았다. 바로 침대 위의 소녀에게 다가가서 감사를 표했다.

"저기, 알아듣지는 못하겠지만……, 고마워. 덕분에 살았어."

그 말에 소녀는 웃으며 대답하려 했지만,

『아니』『고마워할 것 없어』『오히려』『감사 인사를 해야 하는 건 나, ──윽』!!"

미소는 끝까지 이어지지 못했다.

갑자기 거세게 기침을 해 대며, 양손으로 입을 틀어막고 몸을 숙였다.

소년은 반사적으로 주위를 둘러보았다.

오랫동안 간병 생활을 한 그였기에, 신속하게 대처할 수 있었다. 방 안을 뒤져서, 도기로 된 물 주전자를 찾아냈다. 거기 딸린 컵을 들고, 주전자 안에 든 물을 따라서 소녀에게 건넸다. 다른 약 같은 건 없을지 찾아보았지만 결국 물 주전자 말고 다른 건 찾을 수 없었기에, 그녀의 병세 변화를 가만히 지켜보기로 했다.

"『물』, 『고마워』……."

힘들어 보이는 와중에도 힘겹게 한마디 대답을 건네고, 소녀는 물을 받아서 입에 머금었다.

물을 입에 머금고 나니, 소녀는 조금씩 안정을 되찾았다.

그 모습을 지켜보며, 소년은 방금 들은 말을 머릿속으로 되뇌었다. 그리고 방금 그 말이 "고마워"에 해당하는 말이라는 것을 이해했다.

동시에, 소녀의 증상에 대한 진단도 마쳤다. 남의 안색을 살피는 건 서투르지만 증상을 살피는 데에는 일가견이 있는 그는, 소녀에게 약간 열이 있다는 것을 간파했다.

감기는 아니었다. 소녀는 아까 그 기침에 익숙한 듯 보였다. 마치 목소리를 크게 내면 목구멍의 상태가 악화하는 걸 당연하게 여기는 것 같았다.

자신의 여동생과 비슷한 증상이었다.

그랬기에 소년은, 더 이상 이 소녀에게 의지하는 건 좋지 않겠다고 생각했다. 만약 정말로 여동생과 같은 병이라면, 대화를 나누는 것만으로도 부담을 가하게 될 가능성이 있었다.

소년은 소녀의 목 상태가 진정된 것을 보고, 아까 들었던 말을 흉내 내서 대답했다.

"아까는 나를 감싸 줘서……,『고마워』"

병사들을 따돌려 줘서『고마워』라는 뜻을 전하고, 탑을 떠나려 했다.

다시 병사들에게 쫓기는 신세가 될지도 모르지만, 어떻게든 언어가 통하는 사람을 찾아보자. 최악의 경우, 이 요새에서 도망치는 수밖에 없다. 그러려면 머릿속에 주변의 지도를 그릴 필요도 있을 것이다.

"『잠깐』!!"

소녀가 불러 세웠다.

탑 밖의 병사들에게 대꾸할 때보다 더 큰 목소리에, 소년은 놀라서 발걸음을 멈추었다.

소녀는 고개를 갸웃거리며, 약간 서글픈 표정으로 물었다.

"『어』,『왜』……?『벌써 가려는 거야』……?"

말은 통하지 않았지만, 소년은 소녀가 하고자 하는 말을 막연하게 짐작할 수 있었다.

소년은 쓴웃음을 지으며 고개를 가로젓고, 부드럽게 손을 저었다.

설명해 줄 수는 없지만, 더 이상은 여기 있을 수 없다는 뜻을 전하고 싶었다.

그리고 다시 돌아서서 방을 떠나려 했을 때, 콰당하고 커다란 물건이 떨어지는 소리가 울려 퍼져서 소년의 발걸음을 붙잡아 세웠다.

소녀가 침대에서 굴러떨어져 있었다.

굴러떨어진 소녀는 일어서지 못하고, 방바닥에 허리를 댄 채 기어서 소년 근처까지 다가오더니, 그의 옷자락을 붙들고 늘어졌다.

"『조금만 더』……, 『아주 조금이라도 좋으니까』『같이 있어 줘』……. 『조금 정도는』『여기 숨어있어도 괜찮으니까』……. ──『아, 맞아』! 『내가 오빠에게 후즈야즈 말을 가르쳐줄게』! 『오빠는 산 너머 사람이잖아』?!"

말이 통하지 않는다는 건 알고 있었다.

그래도 어떻게든 마음을 전하려고, 소녀는 절박하게 말을 이었다.

그리고 소년은 이번에도 소녀가 하고자 하는 말을 어렴풋이 짐작했다.

옷자락을 붙잡고 늘어지는 힘은 강했다. 필사적으로 소년을 잡아두려 하고 있다. 여기 있어 줄 것을 애원하고 있다. 쫓기고 있는 상태라면 여기 숨겨줄 수도 있다고 말하고 있다.

함께 있으면서 자신과 얘기해 주기를 바라는 것이리라. 그 사실을 알 수 있었다.

──알 수밖에 없었다.

바로 얼마 전에, 이것과 똑같은 상황에서 똑같은 애원을 받은 적이 있었다.

그랬기에 소년은 알 수밖에 없었고, 아까와 같은 대답을 되풀이할 수밖에 없었다.

"『고마워』."

소년은 자신이 알고 있는 유일한 말을 되풀이하고, 고개를 끄덕였다.

그것을 보고, 소녀의 얼굴이 환해졌다.

그리고 바닥에 주저앉은 채, 해맑은 얼굴로 말했다.

"『그럼』, 『바로 가르쳐줄게』!"

이번에는 무슨 말을 하는 건지 알 수 없었다.

소년이 어깨를 으쓱하자, 이번에는 소녀가 보디랭귀지를 시작했다. 이 나라의 언어를 가르쳐주고 싶다는 뜻을 가까스로 표현한 다음, 근처에 있던 책을 집어 들고 단어를 말했다.

"『이것은』, 『책』!"

미소 띤 얼굴로 말하며 책을 가리켰다.

소년은 『책』을 외웠다. 솔직히 보디랭귀지는 이해하기 힘들었지만, 책을 가리키면서 한 단어를 얘기하는 행동 정도는 이해할 수 있었다.

"『하늘』!"

이번에는 창밖의 하늘을 가리키며 한 마디.

방금 그건 창문……, 아니, 하늘일까?

소년은 배운 말을 곱씹어보며, 소녀를 향해 웃어 보였다.

"『하늘』, 말이지?『고마워』."

조금 불안했지만, 소녀가 했던 것처럼 창밖의 하늘을 가리켜보았다.

그러자 소녀는 두 팔을 들며 기뻐했다.

"『만세』!『통했어』!"

통한 게 아니었다. 그저 앵무새처럼 되뇐 것뿐이다.

그래도 소녀는 기뻐하고 있었다.

마치 이 방에서 다른 사람과 얘기해 본 게 처음인 것처럼, 다른 사람에게 무언가를 가르쳐 본 게 처음인 것처럼……, 상식적으로는 생각하기 힘들 정도로 기뻐하고 있었다.

"하, 하하하……."

소년은 쓴웃음을 지었다.

곤혹스럽기만 할 따름이었다.

이렇게 된 이상, 이 방을 떠날 수는 없었다.

이 병약해 보이는 소녀를 두고 떠나는 건 절대 불가능했다.

왜냐하면, 소년은 **그렇게 타고났기** 때문이다.

여기서 그녀를 두고 갈 수 있는 성격이 아니었다. 이 시점부터, 그는 이미 영웅담의 등장인물로서 완성된 것이라 할 수 있었다.

그렇기에, 소년은 조금 타협해서 이 소녀와 어울려 주기로 결심했다.

목표를 『언어가 통하는 사람을 찾는 것』이 아닌, 『언어를 익히는 것』으로 전환했다. 그녀의 협조를 얻어서 최소한의 언어를 익히고, 어떻게든 병사들과 교섭하는 것이다.

냉정하게 말해서, 승산이 낮은 도박이었다.

소녀가 불러 세우지 않았다면 절대 택하지 않았을 선택지였다.

그럼에도 소년은 선택했다. 이 순간 그는 『그 이외의 모든 가능성』을 버리고 『한 명의 소녀』를 선택한 것이다. 천 년 전 이야기 때부터, 이미.

"『이건 침대』! 『매일 여기서 자고 있어』!"

"음, 으음? 방금 그건 침대? 아니, 이불인가?"

소년도 방에 깔린 융단 위에 주저앉았다.

그리고 이런저런 것들을 가리키며 단어를 나열하는 소녀에게서, 이세계의 언어를 조금씩 배워 나갔다.

소녀는 즐거워 보였다.

정말 끔찍한 일이지만, 이것이 그녀의 인생에서 처음 가져본 즐거운 시간이었다.

소년은 진지하기 그지없었다.

조금이라도 빨리 언어를 익히려고, 소녀보다 먼저 물건을 가리키며 물어보기까지 했다.

다행히, 소년은 이런 식의 암기법에 재능이 있었다. 무작정 묵묵히 공부하는 걸 좋아했기 때문이다. 외부 상황에서 떨어져서 다른 일에 몰두하면, 싫은 일들을 잊을 수 있었다. 몇 십 시간이든 작업에 집중할 수 있는 적성이 있었다.

그리고 더더욱 다행스럽게도, 소녀 역시 가르치는 데 재능이 있었다.

태어나서 지금까지 한 번도 지적받은 적 없었던 재능이 발휘되었다.

——몇 시간 뒤.

짧은 시간 안에, 소년은 『이세계어』의 단어뿐만이 아니라 문법까지 막연하게나마 이해해 냈다. 궁지에 몰린 상황이라는 이유만으로는 설명할 수 없는 속도였다. 정말로 무시무시한 그 이유를 깨달은 것은, 조금 더 시간이 흐른 뒤였다. 그때까지 두 사람은 자신들의 상성이 아주 좋은 덕분이라고만 생각했다.

이렇게 해서, 그날이 마무리될 때쯤에는 자기소개를 할 수 있는 수준까지 다다를 수 있었다.

수상쩍게 여긴 병사들이 탑에 올라오기 전에, 두 사람은 서로에게 얘기했다.

더듬거리는 『이세계어』로, 소년은 자기 몸을 가리키며 말했다.

"『나는 카나미』……, 『아이카와 카나미』.『너의 이름은』……?"

"『나는 티아라』…….『티아라 후즈야즈야』……."

소녀도 소년이 했던 것처럼 자기 몸을 가리키며 대답했다.

서로의 이름을 알았다.

카나미도 티아라도, 약간의 성취감을 맛보며 상대의 이름을 읊조렸다.

그리도 다시는 잊지 않겠다는 듯, 서로의 이름을 곱씹었다.

"『티아라』……."

"『카나미』……."

어두운 탑 안에서, 두 사람은 서로를 마주 보았다.

이 두 사람은, 오랫동안 짙디짙은 어둠 속에 있느라 강렬한 불안에 휩싸여 있었다.

한 치 앞도 보이지 않는 공포에 떨고, 고독에 짓눌리기 직전이었다.

그러다가, 이제야 한 줄기 빛을 발견했다.

칠흑처럼 깜깜한 밤하늘에서, 하나의 별을 발견했다.

그것은 운명이라는 애매한 말을 믿고 싶어질 정도의 우연이었다.

앞으로 영원한 시간을 살게 된다고 해도, 이보다 더 큰 행운은 만날 수 없을 것이다.

희망의 별을 발견한 두 사람은, 미소 띤 얼굴로 서로를 바라보며, 처음으로 익혔던 말을 다시 입에 담았다.

"『티아라』, 『고마워』."

"『카나미』! 『나야말로, 고마워』!!"

두 사람은 서로에게 감사했다.

그 순간 두 사람은 서로의 얼굴이 너무 가깝다는 것을 깨달았고, 카나미는 쑥스러움에 시선을 돌렸고,

"──『카나미』."

티아라는 열기가 가득 담긴 눈으로 카나미를 응시했다.

다만, 그것은 친구를 발견한 이의 열기가 아니었다.

한눈에 반한 것도 아니었다.

소녀에게 있어서는, 신을 만난 것이나 다름없는 해후였다.

지금, 이 순간, 그녀는 살아갈 의미를 깨닫고, 스스로의『사명』을 깨달았다.

──이것이 진정한 시작.

천 년 전, 변경의 국가 후즈야즈.

그 성에 있는 하나의 탑.

거기서 두 사람은 처음 만났다.

좀 더 평범한 시작이었더라면 좋았을 텐데.

이를테면, 어느 던전 안에 소환됐다거나 하는 식으로.

하지만 현실은 달랐다. 마치 옛날이야기 속에나 나올 것 같은 시작이 되고 말았다.

너무나도 로맨틱한 그 만남 때문에, 모든 톱니바퀴가 헝클어졌다.

아이카와 카나미가『이세계』에서 처음 만난 것이 여동생인 아이카와 히타키가 아닌, 티아라 후즈야즈였다는 것, 단지 그것 때문에──.

『별빛 하늘의 이야기』라는 책의 두께는 수백 배나 더 두꺼워지고 말았다.

『이세계』의 운명은 크게 틀어지고, 그 왜곡은 천 년 뒤까지 파급력을 미쳤다.

『세계의 주인』은 사도들을 지상으로 끌어낸 것을 끔찍하게 후회했고, 모든 계획이 수포로 돌아갔다.

그 분기점이, 바로 이날이었다.

◆ ◆ ◆ ◆ ◆

그런 이야기의 시작이 있었다.

라스티아라 녀석은 이것을 보고 만 것이리라.

성인의 그릇으로 태어난 탓에, 단편적으로나마 기억을 볼 권리를 갖고 있었던 것이다.

그리고 그 등장인물 소녀에게 엄청나게 감정이입을 하고 말았다.

이런 걸 본 마당이니, 티아라 씨와 지크가 맺어져야 한다고 생각하게 되는 것도 무리는 아니었다. 티아라 씨가 지크를 좋아한다고 주장하는 것도 당연한 건지도 모른다.

그 주장은 『정답』이었다.

티아라 씨에게서 『진상』을 넘겨받아서 모든 사정을 알게 된 나는, 무시무시하게 날카로운 그 통찰력에 고개를 숙이지 않을 수 없었다.

결국, 어제의 의식에서 옳았던 것은 라스티아라 후즈야즈뿐.

속고 그릇된 판단을 내린 것은, 라이너 헤르빌샤인이었다.

틀림없이, 티아라 씨는 지크와 처음 만났을 때부터 죽을 때까지, 평생토록 그를 남성으로서 사랑했다.

처음에 라스티아라가 의심했던 대로, 그녀가 가진 애정의 절반 정도는 티아라 씨의 것이었을 것이다. 어쩌면 지금 지크가 라스티아라에 대해 느끼고 있는 감정의 절반 정도도, 실은 천 년 전의……, 하아.

절로 한숨이 나왔다.

지크가 과거를 전부 다 기억해 내면, 둘은 상당히 어색한 관계가 될 것이다.

일단 한 번이라도 알아채면 끝장이다. 앞으로 무슨 일이 있더라도, 라스티아라에 대한 애정 속에 티아라 씨의 그림자가 어른거리게 될 것이다. 하지만 그것을 알아챘을 때쯤에는, 이미 헤어질 수 없을 만큼 깊은 사이가 되어 있으리라.

그 상태가 되도록 만드는 것이, 티아라 씨의 노림수 중 하나.

『자신이 없더라도, 자신이 사랑받는 것』.

티아라 씨는 라스티아라와 정말 많이 닮아있었다.

닮아도 너무 닮아서 웃음이 나올 지경이었다.

다만, 비록 닮기는 했어도, 그 레벨이 달랐다.

연령으로 따지면 네 살과 천 살이니 당연한 얘기였지만, 티아라 씨는 완전히 라스티아라의 발전형이라 할 수 있었다.

티아라 씨가 훨씬 더 중증이고, 거짓말 실력도 훨씬 더 뛰어났다.

그 연기력은, 연극 사랑이 발전해서 여배우 수준에 다다라 있었다.

그 스킬의 수는, 제자 노릇을 계속해서 성인 수준에 다다라 있었다.

무엇보다, 그 애정의 농도 면에서 아이와 어른 만큼의 차이가 있었다.

라스티아라의 『사랑』이 만능이었던 것처럼, 티아라 씨의 사랑도 만능이었다.

——다만, 그 사랑은 차원이 다를 정도로 깊고, 무겁고, 짙었다.

그렇기에, 아까 그 『별빛 하늘의 이야기』의 뒤 내용은 이렇게 된다.

『이방인』의 도움으로 병을 고치고 건강해진 티아라 씨는 탑을 떠났다. 이어서 그녀는 치밀하게 주위를 관찰해 가면서, 사랑하는 이의 곁에 영원히 있을 수 있는 방법을 찾기 시작했다. 그를 남자로 보고 있다는 사실이 알려지면, 여동생이나 사도들의 경계심을 사게 된다는 건 알고 있었다. 그래서 티아라 씨는, 사랑하는 이를 스승으로서만 따르고 있는 것처럼 연기했다.

이렇게 하면 혼자 튀지 않고 모두 함께 즐겁게 지낼 수 있을 거라 생각한 것이다.

같은 무대에 서서, 모두와 함께 웃으며 지내는 것을 우선시했다.

모두 다 웃고, 모두 다 행복하고, 모두 다 함께하는 해피엔딩.

수많은 별이 찬란히 빛나는 완벽한 이야기가 그녀의 신념이자, 살아가는 방식.

천성적으로 거만하고, 엄청난 탐욕을 가진 『강한 사람』.

그것이 티아라 후즈야즈의 본성.

천 년 전, 그녀는 굳세게 살았다.

절대 자신의 감정을 들키지 않도록, 신중하게 살았다.

각지에서 악행을 저지르는 『마인』 토벌에 참가하고, 『마의 독』을 분해하는 술식 개발을 돕고, 각국의 안정을 위해 애쓰고, 마법의 기초를 조금씩 구축해 나갔다.

지크가 『시조』라 불리고, 티아라 씨가 『성인』이라 불리게 된 이유가 이것이었다.

하지만, 세 『사도』들의 계획은 중간에 한 번 어그러졌다.

지크의 여동생── 아이카와 히타키의 치료가 실패하는 바람에, 천 년 전의 지크가 폭주하기 시작한 것이다.

그것을 예측하고 있었던 티아라 씨는 『마석화』라는 마법을 동원해서 지크에 대한 설득에 나섰다. 다만, 이때는 이미 『이치를 훔치는 자』들의 전쟁이 막바지에 다다르고, 세계를 멸망시키는 『세계봉환진』도 발동한 상태였다.

결국, 많은 등장인물이 죽었다.

그 『대가』로 말미암아, 인간들 간의 전쟁도, 『이방인』과 『사도』 간의 전쟁도 끝났다.

살아남은 것은 네 명뿐.

『시조』카나미.

『성인』티아라.

『사도』레거시.

『불의 이치를 훔치는 자』아르티.

이 네 명뿐이었다.

전쟁이 끝난 후, 모든 것을 다시 시작하기 위한 『미궁』계획이 설립되었다.

이 계획대로 하면 치료에 실패한 아이카와 히타키는 원래 상태로 돌아가고, 원통하게 죽어 간 『이치를 훔치는 자』들도 구제할 수 있다. 그런 의도로 구상된 계획이었다.

전쟁 후에는, 모든 것이 순탄하게 풀렸다.

더 이상 서로 으르렁대지도, 싸우지도 않는 세계에 근접해 있었다.

티아라 씨가 원하던 완전 무결한 해피엔딩을 향해 나아가고 있었다……그렇게 보였다.

하지만 실제로는 그렇게 되지 못했다.

그 계기를 만든 것은 『사도』레거시.

평화로운 나날 속에서, 살아남은 자들 중 한 명이 배반을 자백했다.

이건 거짓 해피엔딩일 뿐이었다고, 『사도』가 『성인』과 『이치를 훔치는 자』에게 얘기했다.

아직 진정한 적이 남아있다는 것.

『이치를 훔치는 자』들과 『사도』들의 싸움은 모두 각본이 짜인 연극에 불과했다는 것.

모두 한 소녀의 손바닥 위에서 놀아난 꼴이었다는 것.

천 년 후에 진정한 싸움이 기다리고 있다는 것.

──모든 것을 자백했다.

티아라 씨는 생각했다.

이제 시간이 없었다.

그『미궁』이 완성되기 전에 선택해야만 했다.

계속 이대로『그녀』의 손바닥에서 놀아나고 있으면, 시조 카나미와 행복해질 수 있다는 점은 의심의 여지가 없었다. 아마 100년쯤은 부부 같은 사이로 지낼 수 있을 것이다. 두 사람 사이에는 그만큼의 인연이 있었다. 다른 이들도 그것을 수긍하게 만들 만큼 많은 추억도 쌓여 있었다.

단적으로 말해서, 티아라 씨는 지크를 좋아한다.

남성으로서, 세계에서 제일 사랑하고 있다.

그와 함께 행복해지고 싶다는 것은,『미련』이었다.

하지만 티아라 씨는 끝없이 자문자답했다.

정말로 그 정도면 되는 걸까?

나는 거기 만족할 수 있을까?

그 뒤에 기다리고 있을 진정한 싸움을 놓친 채로 끝나도 되는 걸까?

아마, 그 싸움에 참전할 수 있는 건 자신밖에 없을 것이다. 『이방인』도『사도』도『이치를 훔치는 자』도 아닌,『사람』인 자신뿐일 것이다.

그『사람』으로서의 책무를 내팽개친 채, 그런 차선책의 엔딩에 만족하고 죽을 수 있을까? 정말로? 어쩌면 히타키 언니는 그 약속을 믿고 천 년 후에서 나를 기다리고 있을지도 모르는데……?

티아라 씨는 고민했다.

약속된 행복을 받아들일 것인가 말 것인가.

『단 하나뿐인 운명의 사람』인가, 『그 이외의 모든 것』인가.

그 결과, 티아라 씨가 내놓은 해답은——.

"이제 다시는 오인하지 않을 거야……. **내가 혼자니까 안 되는 거야.**"

그렇게 중얼거리고, 양자택일이라는 선택을 거부했다.

둘 중의 하나가 아니라, 양쪽 모두를.

누군가 한 사람이 아닌, 모든 사람을.

스승님과 맺어지면서도, 모두를 구하고 말겠어.

완전무결한 해피엔딩에 도달하고 말겠어.

그렇게 결의한 티아라 씨가 눈여겨본 것은, 하나의 마법 이었다.

그리고 바로 그 마법을 익히기 시작했다.

전례가 있었다.

모든 문제를 해결해 줄 것 같은 마법이 이미 존재하고 있 었다.

스승님이 미리 가능성을 제시해 주고 있었던 것이다.

——마법 ≪그림 림 리퍼(그리워하는 사신)≫.

『계약』『대가』『친화』『영원』.

그 마법에는, 당시의 모든 마법기술이 결집하여 있었다.

티아라 씨가 내놓은 해답은 단순했다.

혼의 분산. 지나치게 뛰어난 그녀의『수치로 나타나지 않는 수치』가, 『주얼 크루스』의 진정한 이용법을 발견한 것이었다.

지금의 내 힘으로 안 된다면, 지금의 나를 그만두는 수밖에 없다.

혼자 힘으로 안 된다면, 혼자를 그만두면 그만이다.

다시 말해,『사람』이 아닌 존재가 되면 된다.

『이치를 훔치는 자』도 아니다.

『사도』도『이방인』도 아니다.

완전히 새로운『존재』.

──『**마법**』.

나와 스승님이 같이 만든『마법』이야말로, 모든 문제의 해답.

그렇다.

내가 직접『진정한 마법』이 되는 것이다.

생사와 자아를 초월한 현상이 되면, 혼자가 아니게 된다.

온 세계 사람들이 사용하는『마법』이 되면, 모두를 동시에 행복하게 만들 수 있을 것이다.

아아, 드디어 알아냈어…….

그런 거였구나…….

그날, 나와 스승님의 만남은 이것을 위한 것이었다.

스승님의 제자로 들어가서 여기까지 다다른 건, 운명이었다.

이러면『영원』히 도전할 수 있다.

죽을 때까지, 영원토록 스승님과 함께할 수 있다.

거짓된 차선책의 엔딩이 아닌, 완전무결한 해피엔딩에 다다를 수 있다.

그 후로, 티아라 씨는 다른 세 등장인물과의 생존경쟁에서 완벽하게 승리해서, 세계의 마지막 등장인물이 되었다.

홀로 살아남은 위인으로서 후즈야즈국에 군림하고, 온 세계를 지배하고, 조종하기 시작했다.

천 년 후의 무대를 만들기 위해,『라인』과『레반교』를 세계에 퍼뜨려 나갔다.

자신에게 유리한『예언』을 남긴 후, 아무리『과거시』를 사용해도 알 수 없도록 거짓된 역사를 만들어나갔다. 오로지 혼자만의 힘으로, 고독하게. 죽는 순간까지, 계속.

그 인생에는 그늘도 망설임도 없었다. 피할 길이 없는 영원한 고난이 기다리고 있는데도, 티아라 씨는 웃고 있었다.

100년 후에 늙어 죽을 때까지, 티아라 씨는 항상 웃음을 머금고 살았다.

티아라 씨의 가슴속에는 감사의 마음만이 가득했다.

그녀는 그 길로 나아갈 것을 받아들였다.

진심으로 수긍하고 있었다.

모두를 행복하게 만드는 것이, 나를 행복하게 해 준 모두에 대한 보답이니까.

그렇게 믿으면서.

『성인』티아라 후즈야즈는 몸을 버리고.

『마법』티아라 씨가 되어.

천 년 후, 나를 만났다.

그럭저럭 믿을 만해 보이는 『사람』.

라이너 헤르빌샤인이라는 만만해 보이는 기억 보관 상자를 발견한 티아라 씨는, "역시 나는 행운아라니까"라면서 웃었다고 했다.

티아라 씨의 계획은, 완전무결한 해피엔딩을 향하여 한 발 더 가까이 다가갔다.

다행인지 불행인지, 나는 그 모든 것을 알게 되었다.

………….

……………………….

……대략적인 기억 정리는 대충 끝났다.

너무 많은 기억 때문에 혼란스러웠지만, 큰 줄기는 대략적으로나마 파악했다.

솔직히, 아직 전부 확인하지는 못했다. 기억에 의도적인 결락이 있다는 느낌도 들었다.

하지만 단기간에 너무 무리했다가는, 정보를 제대로 처리하지 못해서 쓰러지고 말 것이다. 세세한 부분은 시간을 들여서 확인해 나가는 수밖에 없다.

신중하게, 차근차근히 해 나가자.

시간은 아직 충분하다. 갈 길은 아직 멀다.

티아라 씨나 지크와는 달리, **나만은 아직** 자기 이야기의 프롤로그에도 다다르지 못했으니까.

작가 후기

13이란 참 멋있는 숫자란 말이죠.

『이세계 미궁의 최심부를 향하자』 13권을 구입해 주셔서 감사합니다.

코믹스판 1권도 동시에 발매되니, 그쪽에도 관심을 가져 주시면 기쁘겠습니다.

이번에 발매되는 "라스티아라와의 관계를 매듭짓는 서적판 13권"과 "라스티아라와의 첫 만남을 그린 코믹스판 1권"을 같이 읽으면 한층 더 재미있지 않을까 합니다.

코믹스판을 담당해 주신 사토 선생님 덕분에, 코믹스판은 이야기 구성도 참으로 세련되고, 재미있고, 읽기 편하니까, 진심으로 추천 드립니다. 소설에서는 표현하지 못했던 다양한 표정을 볼 수 있어서, 캐릭터들이 세계 속에서 살아가고 있다는 걸 느낄 수 있습니다. 이야기의 커다란 전환점이 되는 13권을 맞이한 지금, 히로인들이 즐겁게 웃는 모습을 코믹스판에서 즐겨 주셨으면 좋겠습니다.

책 본편에서는, 13권을 맞이해서 정말 많은 것들의 매듭이 지어졌습니다.

주인공은 메인 히로인과 맺어지고, 소중한 여동생은 지난 권에서(아직 잠들어 있는 상태이긴 하지만……) 탈환해 낸 상태. 여기서 이야기가 끝난다 해도 이상할 게 없는 해피엔딩입니다.

그러나 작가인 제 입장에서는, 이 13권까지의 이야기는 소위 "전형적인 이세계 소환형 이야기"일 뿐이며, 서장에 불과하다고 생각하고 있습니다.

이제부터 이세계의 핵심에 다가가는 『아이카와 남매편』에 들어가서, 아직 남아있는 수수께끼들을 해명해 나가고, 아이카와 카나미가 주인공이기에 이루어질 수 있는 이야기가 펼쳐질 것입니다.

예고 및 선전을 좀 하자면, 다음 권은── 드디어 커플로 맺어진 카나미와 라스티아라. 하지만 매듭지어야 하는 일이 아직 남아있었다. 대성당이라는 새로운 무대에서 1년 전의 동료들을 찾고 있을 때, 전처라 자처하는 『빛의 이치를 훔치는 자』노스휘가 나타나고, 거기에 새로운 적과 그리운 얼굴들까지──라는 식이 되겠습니다.

부디 기대해 주시길.

……요즘은 사토 선생님이 그리신 코믹스판을 반복해 읽다 보니, 처음 이 이야기를 쓰기 시작했을 무렵을 종종 떠올리곤 합니다. 솔직히 말해서, 당시에는 여기까지(13권까지) 올 수 있을 거라고는 생각도 못 했습니다.

이것도 다 많은 분의 도움 덕분입니다.

항상 최고의 일러스트를 그려 주시는 우카이 선생님, 제 소설을 발굴해 주신 편집자님, 무엇보다 독자 여러분께 감사의 말씀을.

진심으로 감사드립니다……!

이세계 미궁의 최심부로 향하자 13

2021년 6월 1일 1판 1쇄 발행

저　　　자	와리나이 타리사
일 러 스 트	우카이 사키
옮 긴 이	박용국
발 행 인	유재옥
본 부 장	조병권
담당편집자	정영길
편집 1팀	이준환 정현희
편집 2팀	정영길 김민지 조찬희
편집 3팀	오준영 곽혜민 김혜주
편집 4팀	성명신
미　　　술	김보라 서정원
라 이 츠	김슬비 한주원
디 지 털	박상섭 이성호 최서윤
발 행 처	㈜소미미디어
제 작 처	코리아피앤피
등　　　록	제2015-000008호
주　　　소	서울시 마포구 토정로 222, 403호 (신수동, 한국출판콘텐츠센터)
판　　　매	㈜소미미디어
마 케 팅	한민지 이주희
전　　　화	편집부 (070)4164-3962, 3963 기획실 (02)567-3388
	판매 및 마케팅 (070)4165-6888, Fax (02)322-7665

ISBN 979-11-6611-435-9 04830
ISBN 979-11-5710-166-5 (세트)